Las huellas en el desierto

Las huellas en el desierto

Maha Akhtar

Traducción de Enrique Alda

Rocaeditorial

Título original en inglés: *Footprints in the Desert*

© Maha Akhtar, 2014

Primera edición: mayo de 2014

© de la traducción: Enrique Alda
© de esta edición: Roca Editorial de Libros, S.L.
Av. Marquès de l'Argentera 17, pral.
08003 Barcelona
info@rocaeditorial.com
www.rocaeditorial.com

Impreso por LIBERDÚPLEX, S.L.U.
Crta. BV-2249, km 7,4, Pol. Ind. Torrentfondo
Sant Llorenç d'Hortons (Barcelona)

ISBN: 978-84-9918-748-8
Depósito legal: B. 6.864-2014
Código IBIC: FA

A mi mejor amigo e inspirador:
mi querido y fiel *Dougall*.

Capítulo 1

*L*as primeras sombras empezaban a dibujarse en el cielo oriental. En esos instantes previos a la eclosión de los sonidos matutinos, una mula atravesó la cortina de niebla que cubría la cima de la colina y, tras ella, apareció el carro del que tiraba. El conductor arreaba al animal desde el pescante y en la parte posterior viajaban un hombre y una mujer. La mula rebuznó y mantuvo el paso, en medio de un silencio que amplificaba el sonido de sus cascos.

—¿No hay forma de ir más rápido, hermano? —preguntó la mujer.

—¡Hago lo que puedo! *Yallah, yallah!* —la apremió de nuevo mientras se secaba el sudor de la frente con un extremo del pañuelo a cuadros rojos que cubría su cabeza.

—¿Está seguro de que vamos bien?

—¡Por supuesto! Pastoreo mis ovejas en estos parajes, los conozco como la palma de mi mano.

Noura arrugó el entrecejo y se mordió el labio para no replicar. Inspiró profundamente y apoyó la cabeza en el hombro de su marido. «¡Dios mío, ayúdanos!», pidió mientras se acariciaba el vientre. Aún no se había recuperado de la sorpresa de ese inesperado viaje que Khaled le había anunciado la noche anterior.

—¡A Beirut! —Noura reaccionó horrorizada—. ¿Y el niño? Estoy a finales del noveno mes.

—Lo hago por él, para que nazca en Beirut y sea libanés, como nosotros.

—Pero *habibi*, ¿y si viene al mundo mientras estamos de camino?

—Ya verás como espera a nacer en Beirut —la tranquilizó Khaled—. El barco zarpa a primera hora.

—¿A primera hora de mañana?

—Saldremos antes del amanecer, vendrán a buscarnos.

—Pero ¿por qué vamos en marzo en vez de en junio, como siempre? ¿Qué vamos a decirles a la familia y a los amigos?

—Estamos en guerra, no necesitamos excusas.

—Está bien. Llamaré a Ela para que haga las maletas.

—¡No! Llevaremos lo menos posible.

—Si voy a dar a luz en Beirut, el niño necesitará las cosas que hemos comprado…

—El barco va lleno, no podemos viajar cargados. Una bolsa para los dos con lo esencial será suficiente.

Cenaron en un silencio solo roto por el ruido de los vasos y de los cubiertos.

—Le diré a Ela que venga a limpiar —dijo Noura al levantarse de la mesa.

—No le digas nada a nadie —le pidió Khaled con brusquedad.

Ella arqueó las cejas. Era consciente de que estaban en guerra, pero se libraba en otros países de Europa, lejos del pueblecito de Selyuk en el que vivían, a pocos kilómetros de Esmirna, e incluso lejos de Constantinopla. Tampoco creía que el trabajo de su marido implicara ningún riesgo especial.

«¿Qué va a querer nadie de un abogado del Chemin de Fer Impérial?», preguntó a la imagen que reflejaba el espejo del cuarto de baño mientras se aplicaba crema en su tersa piel. «No trabaja para el ejército, sino para el ferrocarril.»

Cuando se dirigió hacia la cama, su marido no estaba en ella. Al otro extremo del pasillo la luz del estudio seguía encendida. Eran casi las diez y tenían que ponerse en camino a las cuatro. Cerró la puerta con suavidad y se acostó.

Hacía meses que Khaled se comportaba de forma extraña. Ya no le prestaba tanta atención y se mostraba malhumorado y distante, incluso durante la cena, que antes aprovechaban para compartir las anécdotas del día. Cada vez que Noura le había preguntado si le sucedía algo, él se había limitado a apretarle la mano para tranquilizarla. Si ella mencionaba el trabajo como motivo de preocupación, Khaled sonreía lánguidamente y le rehuía la mirada. Además, desde la confirmación de su embarazo no tenían contacto íntimo más allá del acostumbrado beso de buenas noches en la frente.

Se despertó varias veces, siempre con el hueco vacío a su lado, antes de levantarse a las cuatro. Cuando ya se había lavado y vestido, apareció Khaled y le puso un dedo en los labios. Recogió la pequeña maleta de color marrón que ella había preparado y, con un último vistazo a su alrededor, sopló la lámpara. Fueron de puntillas por el pasillo, Khaled abrió con cuidado la puerta de la cocina, que chirrió y les hizo detenerse. Salieron sin cerrarla ni llevarse las llaves.

Fuera les esperaba un carro con una mula. Noura subió sin pronunciar palabra.

—No te preocupes —murmuró Khaled cuando el conductor chasqueó la lengua para ponerse en marcha.

—¿A qué hora sale el barco?

—Muy temprano. —Khaled le pasó el brazo por la espalda y le dio un beso en la cabeza.

—¿Llevas todos los documentos? ¿Has reservado los pasajes?

Él se encogió de hombros y se alegró de que en la oscuridad no pudiera verle la cara. Los documentos de identidad que llevaba eran falsos. Los había comprado en el zoco el día anterior. Los verdaderos estaban en la caja fuerte de la oficina del gobernador, una medida preventiva por parte del Gobierno turco otomano para evitar que salieran del país sin avisar. Llevaba poco dinero, tan solo el que tenía en casa, pues le había dado las monedas de oro al falsificador. No había ido al banco a retirar sus ahorros por miedo a que alguien informara de que había cerrado su cuenta. Las tropas alemanas y otomanas repartidas por todo el Imperio interrogaban y detenían a cualquiera con el mínimo pretexto.

Por enésima vez volvió a cuestionarse si era acertado desaparecer al amparo de la noche. Pero sabía que era cuestión de tiempo que fueran a buscarlo. Deseaba abandonar Turquía y volver a Beirut. Las cosas les irían mejor allí. Esperaba que Salah hubiera cogido ya el barco que lo llevaría a Alejandría. Allí estaría a salvo. Egipto era un protectorado británico.

Más allá de la niebla se oyeron unos gritos, seguidos de disparos y chillidos de dolor.

—*Allah!* ¿Qué ha sido eso? —Noura se levantó nerviosa y se llevó una mano a la boca.

—Parece que proviene de allí. —Khaled señaló un matorral.

—Sí, detrás de esos árboles hay un afluente del río que desemboca en el gran mar —aclaró el conductor refiriéndose al Mediterráneo—. Siempre lo han frecuentado contrabandistas, pero ahora, con la guerra, podrían ser soldados británicos, franceses, alemanes, otomanos, ¿quién sabe? No quiero tropezármelos.

—¿Qué hacemos? —Noura elevó ligeramente la voz.

—¡Shh! ¿Quiere que nos maten a todos?

—Esperemos un poco entre aquellos árboles —sugirió Khaled.

—Vamos mientras hacen ruido o nos descubrirán. A esta hora de la mañana se oye todo. *Haraam!* ¿Qué le pasa a este animal? —protestó el conductor en voz baja y levantó el palo sobre el lomo de la acémila.

—¡No lo hagas, hermano! Eso también nos delatará —susurró Khaled y saltó al camino, cogió la cuerda que hacía de brida y echó a andar rápido junto a la mula al tiempo que le susurraba para que no hiciera ruido. Esta se acompasó a su marcha y dio la impresión de que le agradaba aquella conversación amigable.

A lo lejos, un reloj dio las cinco. Miró a Noura y comprendió su expresión de miedo. Sonrió para tranquilizarla en aquella luz grisácea previa al alba.

—¡Venga, mula! —susurró en la alargada oreja—. Mi mujer y yo tenemos que llegar al barco.

La mula lo miró de reojo y rebuznó como si le hubiera entendido. Enderezó las orejas y condujo el carro a un espeso bosquecillo. Ya a cubierto, Noura sintió una primera contracción. «¡Dios mío, ahora no!», pensó. Unos minutos después, emprendieron los últimos kilómetros que los separaban del puerto de Esmirna.

Cuando llegaron a las afueras de la ciudad el sol acababa de salir.

—No puedo ir más lejos —anunció el conductor.

—¿Qué? —protestó Khaled—. ¡El puerto está al otro lado del mercado! ¿No te das cuenta del estado de mi mujer?

—¿Ve esos soldados de allí? Voy indocumentado y, si nos paran, tendré problemas.

—Yo responderé por ti. Les diré que eres de Selyuk y que nos has traído hasta aquí. Trabajo en la oficina del gobernador.

—Me da igual para quién trabaje. Además, con todos los problemas que tiene seguro que le detienen antes que a mí.

—¿De qué estás hablando? ¿Qué sabes de mis problemas?

—Si no los tuviera, no habría contratado a un pobre pastor de cabras para que le trajera a Esmirna en mitad de la noche.

—¡Por favor, llévanos al puerto! Mi mujer no puede andar.

—Bueno, pero tendrá que pagarme.

—No tengo mucho dinero y he de comprar los pasajes del barco —susurró para que su mujer no le oyera.

—Si no hay dinero, no hay transporte.

—¿Cuánto?

Sus voces ya habían atraído la atención de los soldados otomanos.

11

—¿Qué sucede? —preguntó uno de los soldados acercándose.

—La culpa es mía —intervino Noura, que se había levantado y se sujetaba el vientre con ambas manos—. He sentido un espasmo y he creído que iba a tener al niño. Le he pedido a mi marido que me lleve a un médico. Estamos acordando el precio, pues es muy temprano.

—Documentación —exigió el soldado.

Khaled se la entregó y contuvo la respiración.

—¿Eres de la provincia turca de Hatay? —Pareció extrañarse de que fuera turco y esperó el asentimiento del sospechoso—. Un bonito rincón del Imperio, según he oído. Muy bien, muévanse y no obstruyan el tráfico. Es día de mercado.

—Ya me retiro —aceptó el conductor con su desdentada sonrisa—. Muchas gracias, señor. *Yallah*, mula, *Yallah!*

En cuanto reanudaron la marcha, Khaled dejó escapar el aliento contenido sin atreverse aún a mirar a su mujer. Solo le había apretado la mano con tanta fuerza que le había marcado las uñas.

El puerto era un hervidero. Los muelles estaban llenos de marineros y estibadores que subían cajas y sacos a los cargueros y barcos de pasajeros a punto de zarpar hacia diferentes destinos en el Mediterráneo y el Egeo. Los pasajeros, junto a sus pertenencias, aguardaban para embarcar. El conductor paró en la entrada del puerto y extendió la mano para recibir las prometidas monedas adicionales.

—Que Dios le dé un hijo —les deseó llevándose dos dedos a la frente antes de dar media vuelta al carro.

—¡Espere!

Khaled se acercó a un vendedor de fruta, volvió con una manzana y dejó que la mula la comiera en su mano. Tras los dos bocados, rebuznó e irguió las orejas agradecida.

Con una mano cogió el equipaje, apretó con la otra la de su mujer y se adentraron en el caótico puerto sin rastro de carteles indicadores.

—Estamos buscando el barco que va a Beirut —preguntó Khaled a un estibador que cargaba sacos de fruta seca en una carreta.

—Pregunte al capitán del muelle siete. Este es el seis, así que debe de estar por allí —le indicó sonriendo y dejando ver unos torcidos y ennegrecidos dientes—. O por allí —añadió señalando en la otra dirección—. Los números de los muelles cambian según el humor del capitán del puerto.

—*Shukran.*

—No me encuentro bien —se quejó entonces Noura—. He tenido un espasmo como el del bosque.

—Espera, voy a buscar al capitán.

—Deja que vaya contigo. ¿Qué voy a hacer si pasa algo?

—Solo voy a hablar con aquel hombre del jersey blanco y la gorra de capitán.

A menos de veinte pasos había divisado a un fornido oficial de raza negra.

—Estoy buscando al capitán Nusair.

—¿Y quién le busca? —inquirió el otro sin darse la vuelta.

—Un amigo me ha dicho que podría solicitarle pasajes a Beirut para mi mujer y para mí.

—¿Y tiene nombre ese amigo?

—Salah… Salah Masri.

—¿El egipcio? —preguntó dándose la vuelta finalmente.

—¿Lo conoce?

El oficial asintió y se echó a reír con tal fuerza que necesitó sacar un pañuelo blanco del bolsillo del pantalón para secarse los ojos.

—Sí, conozco al cabrón de Salah. Hace unos días quería volver a Alejandría y le puse en contacto con otro capitán. Estaba sin blanca. Dígame, ¿en qué puedo ayudarle?

—Estoy buscando al capitán Nusair.

—Yo soy Musa Nusair —se presentó al fin, extendiendo la mano—. El famoso capitán de Yemen.

13

—*Al-hamdulila!* Mire, estoy en apuros. He de regresar a casa con mi mujer..., que está a punto de dar a luz. Salah me dijo que hacía escala en Beirut...

—¡Es una locura! Está bloqueada por los aliados, que intentan rendirla por hambre.

—Es mi hogar, nací allí.

—¿Me ha oído? La gente se muere de hambre. Los turcos lo confiscan todo. ¿Por qué no va a un sitio más seguro?

—El mundo entero está en guerra.

—Sí, por desgracia. Las guerras solo benefician a gente como yo. Todos necesitan transportar provisiones. ¿Lleva su mujer un vestido azul marino?

—Sí, creo que sí...

—¿Y tiene el pelo largo y castaño?

—¿Cómo lo sabe?

—Una mujer embarazada que se ajusta a esa descripción acaba de desmayarse. —El capitán señaló el lugar en el que Khaled la había dejado.

—¡Dios mío! ¡No! —exclamó y echó a correr.

Aquella mañana de primavera de 1916, Khaled y Noura Shadid se embarcaron en *El árbol de la vida,* un carguero yemení con rumbo al Mediterráneo oriental, cuyo primer puerto de escala sería Beirut.

A las ocho el barco zarpó del muelle y se hizo a mar abierto bajo el mando de Musa Nusair. El capitán no se molestó en comprobar su documentación ni en incluir a dos civiles en la lista de pasajeros que entregó a la comandancia del puerto. Ayudó a Noura a subir a bordo y la acomodó en su camarote.

—Señora Shadid...

—Llámeme Noura, por favor. No puedo echarlo de su habitación.

—Este es mi barco y aquí mando yo. Así que son «órdenes del capitán». —Sonrió haciendo un saludo militar con la mano.

—Gracias, capitán. —Khaled le estrechó la mano con fuerza—. No sé cómo corresponder a su generosidad.

—Los amigos de Salah son mis amigos. Me ha hecho muchos favores. Enviaré a alguien para que les traiga la cena. El comedor no es adecuado para una señora.

Khaled se dejó caer en una silla, se llevó las manos a la cara y dejó escapar un suspiro de alivio. Cuando levantó la vista, Noura estaba recostada en la almohada, con los ojos cerrados. Deseaba explicarle todo lo ocurrido, pero temía ponerla en peligro.

—Noura… —empezó a decir con el entrecejo fruncido.

—Sé que me lo dirás cuando puedas.

—Solo necesito que no dudes de mí.

Un par de días más tarde Noura sintió otra contracción mientras Khaled estaba en el puente con el capitán Nusair. Consiguió incorporarse, se puso las manos en la espalda y notó una cálida sensación en el abdomen, seguida de un dolor tan agudo que tuvo que inclinarse hacia delante jadeando y agarrarse a una pequeña silla. Se secó el sudor de la cara con la manga de su camisón de algodón blanco. Tenía los pies tan hinchados que le dolían al contacto con el suelo de linóleo, y también la pelvis, por el peso del embarazo. Una nueva opresión en el vientre le hizo gritar de dolor. Cuando intentó sentarse se le humedeció el interior de los muslos y formó un charquito de líquido pardusco en el suelo. Pensó en ponerse de rodillas para limpiarlo, pero le dio miedo no ser capaz de levantarse.

Antes del embarazo era esbelta, aunque fuerte. Su estatura de metro setenta superaba la media entre las mujeres libanesas. Poseía un generoso pecho, que había aumentado con la gestación. Sin atenerse al canon de belleza clásica, resultaba bastante guapa, aunque un par de dientes ligeramente torcidos le hacían reprimir una sonrisa abierta. Un lunar en la mejilla izquierda atraía la vista hacia unos ojos siempre luminosos y alegres.

Con una nueva contracción, el dolor se le extendió por

la espalda y le temblaron tanto las piernas que, de no haber sido por la silla, se habría caído. Como pudo, dio los pocos pasos que la separaban del catre. Sabía que el niño estaba a punto de nacer e intentó recordar lo que le había contado su madre sobre el parto. Jamás pensó que daría a luz en un barco que navegaba por el Mediterráneo. Siempre había imaginado un grato alumbramiento en casa, rodeada por su madre y una comadrona. Pero era la única mujer a bordo y estaba rodeada de hombres desconocidos.

Tenía la cara empapada de sudor, al igual que el pelo y todo el cuerpo. Las gotas resbalaban por la nuca y caían en la almohada. Las contracciones se sucedían cada vez más seguidas. Le inquietó que se manchara la ropa de cama. Intentó incorporarse, pero el catre no tenía cabecero. Le había pedido a Khaled que lo pusiera en el centro del camarote para disfrutar de la brisa que entraba por el ojo de buey durante las sofocantes noches.

Oyó voces en el pasillo e intentó llamar a su marido, pero la voz se ahogó en su garganta cuando se le contrajo de nuevo el vientre. Se aferró a los laterales del catre y cerró con fuerza los ojos, poco dispuesta a exponerse a la vergüenza de gritar y que la oyeran los marineros. Por fin alguien llamó suavemente a la puerta pero, por toda respuesta, Noura emitió un grito ahogado. La puerta se abrió de par en par y apareció Khaled, al que se le pusieron los ojos como platos al verla tendida, sudando y con una sábana que cubría pudorosamente sus piernas abiertas.

—*Ya Allah!* ¡Noura! ¿Por qué no has pedido ayuda?

—No he podido —respondió con una débil sonrisa cuando su marido se arrodillaba a su lado y le besaba la mano.

—¿Qué hago?

Noura no atinó ni a darle la primera orden y la ternura que le provocó su rostro, tan preocupado, le hizo recordar la primera vez que lo había sorprendido mirándola en el mercado mientras compraba unos higos. Le pareció muy guapo, bastante más alto que ella, delgado pero atlético. Le atrajeron de inmediato sus ojos aunque apartó la mirada por timidez, para observarle de reojo, hasta que él sonrió, con una timidez e inseguridad que la desarmaron por completo.

—¿Puedo pasar? —preguntó el capitán Nusair desde la puerta.

—Entre, por favor, capitán —lo saludó Noura apartándose un mechón de pelo húmedo de la cara.

—Está muy hermosa.

—Debe de estar ciego.

—En absoluto. ¿Me permite que me haga cargo? Sí, querida señora, soy un experto en el arte de traer niños al mundo.

—La verdad es que no lo aparenta —comentó Noura ya entre jadeos, agarrada con fuerza a la mano de Khaled.

—Tengo siete hijos y estuve en todos los partos —le informó aquel amable gigante con un aplomo muy tranquilizador—. Khaled, necesito agua hirviendo, palanganas y toallas o sábanas limpias. Vaya a pedirlo a la cocina.

—¿No debería cambiarse? Se va a manchar. —Noura vio salir corriendo a su marido. Había dejado de sentir miedo.

—Tengo ropa de recambio. Ahora quiero que haga todo lo que le pida, sin sentir vergüenza. He de tocarle el vientre y ayudar al niño a salir. Recuéstese, doble las piernas y abra las rodillas.

La parturienta cerró los ojos mientras el capitán levantaba la sábana.

—¡Estupendo! Todo está como debe. Su hijo nacerá enseguida.

Tras dos horas de terribles dolores, con el ánimo del capitán, los nervios del padre y un grito capaz de helar la sangre al dar el último empujón, Noura dio a luz a una niña.

—Felicidades, es muy guapa —observó el capitán cuando recogió a la criatura, cubierta por una masa gelatinosa, para lavarla y entregarla a su madre—. ¿Qué nombre van a ponerle a esta hermosa niña?

—Lo elegirá Noura. —La voz de Khaled transmitió el orgullo que sentía mirando a su mujer y a su hija.

17

—Es tan hermosa como las sirenas de los mares —aseguró Nusair poniendo una mano en el hombro de Khaled—. ¿Y bien?

—Siran... Siran Shadid —contestó Noura sin dejar de contemplar a su niña a pesar de que se le cerraban los párpados.

—Dejemos que descansen las dos, vamos a celebrarlo. Toda la tripulación se ha enterado del nacimiento y querrán organizar una fiesta. El cocinero ya habrá preparado *meghli.*

Desde el camarote se oyeron los vítores cuando Khaled salió a cubierta acompañado por el capitán.

—*Mabruk!* ¡*Mabruk,* hermano! —lo felicitaron los marineros, y Khaled sonrió y estrechó las manos que le ofrecían.

—*Tayeb, tayeb* —gritó el capitán—. *Haida ktir!* ¡Dejad al pobre hombre! ¡Está agotado!

—No tanto como su pobre esposa —replicó uno de los marineros, lo que provocó una carcajada general.

—Ahora volved al trabajo, pandilla de vagos. Le diré al cocinero que prepare *meghli* para la numerosa familia de Siran Shadid.

—*Al-hamdulila!* —exclamaron al unísono, deseosos de comer el tradicional pudin de arroz con nueces, miel y canela que se sirve a los amigos y familiares cuando nace un niño.

—Aunque Siran probablemente no llegará a conocer a ninguno de estos granujas —comentó Nusair cuando se fueron y le guiñó un ojo a Khaled.

—Pero le alegrará saber que celebraron su nacimiento.

—Según una antigua creencia, un nacimiento en el mar trae suerte al niño y a todos los que están cerca.

Unos días después, *El árbol de la vida* entraba en el puerto de Beirut. El barco cargaba provisiones para las tropas británicas que lo bloqueaban, de modo que atracó sin preguntas sobre los polizones o el contrabando que

Nusair había recogido en Esmirna para el gobernador turco de la provincia y que ocultaba en un compartimento bajo su camarote.

—Le estaremos eternamente agradecidos —se despidió Khaled estrechándole la mano al capitán, que había desembarcado a la recién nacida para entregársela a su madre ya en tierra firme.

—Manténganme informado. Quiero saber cómo crece mi ahijada.

—Le escribiremos sin falta —prometió Noura.

—Dios les bendiga a los tres.

Se quedó en el muelle mientras se alejaban. «¿Qué mundo va a heredar esa inocente niña?», musitó. Meneó la cabeza y regresó para supervisar la descarga de las cajas que debía entregar en Beirut.

—*Yallah! Yallah!* —gritó a sus hombres—. Tenemos que zarpar a la puesta de sol. No quiero estar aquí ni un minuto más de lo necesario.

El puerto de Beirut era un caos. Estaba atestado de soldados del ejército otomano, marineros que buscaban trabajo, mendigos y gente que se arremolinaba en espera de acontecimientos.

Khaled y Noura se dirigieron a la fila del control de inmigración en la oficina de la autoridad portuaria. Conforme avanzaban, Khaled no pudo reprimir la alegría. A pesar del hambre, las epidemias y la guerra, estaba en casa, en suelo libanés.

—¿Llevas los documentos? —le preguntó Noura mientras acunaba a Siran en los brazos.

—Sí —respondió escuetamente.

—No pondrán ningún problema por la niña, ¿verdad?

—No creo —aventuró nervioso y al acercarse a las ventanillas notó que estaba sudando.

Durante el viaje, Khlaed se había atormentado por estar engañando al capitán.

—Capitán, debo aclararle algo —murmuró la última noche antes de llegar a Beirut.

—Le preocupa que la documentación sea falsa —dijo

19

Nusair dando una chupada a su puro y formando anillos de humo gris azulado mientras miraba el cielo púrpura del Mediterráneo.

—¿Cómo lo sabe?

—Digamos que tuve un presentimiento. ¿Se llaman realmente Khaled y Noura Shadid?

—¡Sí, claro!

—Entonces, ¿por qué ha falsificado los documentos?

—Para que digan que nos llamamos Kemal y Nadine Enver, y que somos turcos.

—No le voy a preguntar el motivo. Necesita que les ayude a entrar en Beirut —sentenció sin dejar de fumar.

—Sí, temo que nos detengan.

—Me encargaré de ello. Buenas noches.

—Buenas noches, capitán.

A la mañana siguiente, mientras esperaba a que Noura se vistiera, Musa Nusair se acercó a Khaled en cubierta.

—Está todo arreglado —le comunicó con discreción—. Tiene que dirigirse a un empleado de inmigración que se llama Magdi Youssef. Es egipcio, de El Cairo. Amigo mío y de Salah. Les ayudará a pasar el control.

—Muchas gracias.

—Pero tendrá que arreglárselas para que le toque su ventanilla. Solo hay una fila. Recuerde, Youssef es bajito y calvo, con un gran bigote cano.

—Que sea lo que Dios quiera.

Estaban al principio de la cola. Khaled revisó las tres ventanillas en busca de Magdi Youssef. Sin duda era el funcionario que ocupaba la de la izquierda. La frente se le perló de sudor cuando les tocaba el turno y vio que el empleado de la ventanilla central empezó a estampar sellos. Era el trámite final con el hombre al que atendía.

—¡Siguiente! —gritó haciendo un gesto a Khaled y Noura para que se acercaran. Noura dio unos pasos y Khaled inspiró con fuerza y la siguió.

—Lo siento, señora —se disculpó el empleado—. Me he quedado sin tinta. Si quieren pueden esperar o dirigirse a alguno de mis compañeros.

—Yo me encargo —le avisó Youssef desde su puesto.

Khaled dejó escapar el aire y se dirigió hacia el egipcio.

—¿Qué tiempo tiene la niña? —preguntó y era evidente que los había reconocido como los amigos de Musa Nusair.

—Es recién nacida, señor —le aclaró Noura.

—¿Cuánto tiempo van a estar en Beirut?

—Unas semanas. Hemos venido para enseñársela a la familia y amigos.

Tras varias preguntas rutinarias, Youssef selló la documentación.

—Bienvenidos —se despidió guiñándole un ojo a Khaled, que le habría dado un abrazo de buena gana.

—Me alegro de estar en casa —comentó Noura cuando subían al taxi tirado por un caballo en la entrada del puerto.

—Yo también. No sabes cuánto. —Khaled sonrió y le acarició la mejilla. Nada malo podía sucederles allí.

21

Capítulo 2

Khaled y Noura llamaron al timbre de una alegre casa de piedra caliza de tres pisos, con grandes ventanales en arco y techo de pizarra gris oscuro de una bocacalle adoquinada de la rue Hamra, en el elegante barrio residencial de Ras Beirut.

—¿Está la señora? —preguntó Khaled cuando se abrió la puerta.

—Sí, señor —respondió una joven haciendo una reverencia—. ¿A quién debo anunciar?

—A Khaled y Noura Shadid —precisó entregándole una tarjeta de visita—. Soy un amigo de Esmirna del señor Al-Jabari.

—¿Quién es, Rima? —preguntó desde el interior una voz femenina.

—Esa debe de ser Samar —se alegró Noura.

—¡Alabado sea *Allah*! ¡No me lo puedo creer! ¡Khaled! ¡Noura! ¡Qué agradable sorpresa! —Samar llegó corriendo para darles un abrazo—. ¡Un momento! ¿Quién es la pequeña?

—Siran Shadid —la presentó orgullosa Noura.

—No sabía que estabas embarazada. No me dijiste nada la última vez que nos vimos. Tienes que contarme un montón de cosas… —añadió sin dejar de mirar a la niña más que para pedir a la sirvienta que les llevara café y algo de comer al salón—. Ya sabéis que sufrimos un maldito bloqueo. Es imposible comprar nada decente.

—Estoy segura de que estará delicioso —la tranquilizó Noura.

—¿A qué se debe esta visita sorpresa?

—Ya sabes..., casi estamos en verano —respondió Noura sin darle importancia y Khaled suspiró aliviado.

—¡Pero si estamos en marzo!

—Bueno, está al caer —se rio Noura.

—Samar —cambió de tercio Khaled—, no querría parecer maleducado, pero ¿dónde está Wissam?

—Imagino que en la oficina. —Echó una mirada al fino reloj de oro que llevaba en la muñeca—. Me ha dicho que tenía una reunión importante esta mañana.

—Entonces tendré que darme prisa si quiero verlo antes de que empiece. Tengo que decirle algo. ¿Os importa si os dejo solas para que os pongáis al día?

—En absoluto. Siempre que os quedéis uno de los dos para contarme todos los cotilleos. —Samar sonrió y apretó el brazo de Noura.

—Disculpadme —se despidió Khaled besando en la mejilla a Samar, en los labios a Noura y en la frente a Siran.

—Dile a Wissam que ha de venir a comer para conocer a esta preciosa niña y que no aceptaré un no como respuesta. Los chicos están en casa de mi madre, estamos solos Wissam y yo.

«Pobre amigo mío. ¿Cómo consigue aguantar tanta energía? Seguro que Samar habla hasta en sueños», pensó Khaled cuando salía a la luminosa y cálida primavera de Beirut, aliviado al saber que su familia estaba a salvo.

A pesar de que la presencia de soldados le recordaba que estaban en guerra, seguía siendo la misma ciudad de siempre. Automóviles y coches tirados por caballos compartían las calles, las nuevas tiendas de estilo europeo con escaparates y los antiguos puestos del zoco competían por los clientes, los vendedores callejeros anunciaban sus frutas y verduras, y la gente continuaba con su vida. Las mujeres musulmanas, que vestían *abaya* y pañuelo a la cabeza, y las cristianas con vestido, sombrero y guantes se empujaban y regateaban al hacer la compra, con los hijos

24

detrás o agarrados de la mano. Los vendedores de *manush*, el pan libanés cubierto con hierbas y rociado con aceite de oliva, intentaban deshacerse de las últimas unidades y bajaban el precio cada vez que pregonaban su producto.

Se dirigió con paso resuelto hacia el oeste, hacia las oficinas de *Al-Minbar*, el periódico que había fundado Wissam al acabar la universidad.

Todo había comenzado con un panfleto que Wissam y unos amigos, incluido Khaled, escribían y repartían entre los estudiantes de la Universidad Americana de Beirut. Había sido la voz de una asociación secreta, fundada en el segundo año de carrera, que reclamaba reformas y cambios en los países árabes con Gobierno otomano, como el Líbano. Deseaban la unión de los árabes, basada en un idioma y cultura comunes, en vez de en la religión. Exigían que el Gobierno reconociera el árabe como lengua oficial, exigían libertad de prensa y boicoteaban el servicio militar obligatorio.

Tras licenciarse, Wissam reunió suficiente capital para convertir *Al-Minbar* en periódico. En cuanto su contenido empezó a atraer la atención de intelectuales, abogados y periodistas, el gobernador otomano de Siria y Líbano lo cerró y encarceló a Wissam. Aquella fue la primera de sus muchas estancias entre rejas.

Khaled decidió pasar por la Universidad Americana, en Bliss Street, y miró con cariño a su antigua alma máter. «¡Qué jóvenes éramos entonces! Wissam, Salah, Rafic y yo», se sonrió. Salah acabó siendo ingeniero, él abogado, Wissam periodista y Rafic poeta, y últimamente ¡clérigo! Nadie lo hubiera imaginado cuando perseguía a las chicas francesas en aquellas largas noches en la Corniche, con vino, narguiles y... ¿Colette? ¿O se llamaba Yvonne?

Se recordó rodeado por sus amigos en el césped del campus, mirando el Mediterráneo, tomando café, hablando de chicas y compartiendo sueños en aquellas idíli-

25

cas semanas entre el final de los exámenes y la ceremonia de entrega del título.

—Ha llegado el momento —anunció una mañana Wissam levantándose de repente con las manos en las solapas de la toga negra.

Khaled, Salah y Rafic se miraron expectantes.

—¿El momento de qué, Wissam? ¿De buscar otra chica? —bromeó Salah y todos se echaron a reír.

Wissam meneó la cabeza y empezó a pasearse de un lado a otro. Era el más agraciado de los cuatro y siempre le seguía una estela de jóvenes con ojos soñadores que se dispersaban como ovejas en una ladera en cuanto se reunían sus amigos. A esas admiradoras debía de seducirles aquella cara angelical enmarcada por la melena rubia que formaba un halo de rizos rebeldes y que en ocasiones se recogía con un lazo. A los hombres les parecía extraño que llevara coleta, pero a las mujeres les encantaba. Quizá también las sedujera con sus penetrantes ojos azules, que cambiaban a un turbulento turquesa cuando se exaltaba, y con la alegre sonrisa que dejaba ver sus dientes perfectos.

—Lo volveré a decir, *messieurs mes amis*. Ha llegado el momento —repitió Wissam.

—¿De qué, si no se trata de una mujer? —preguntó sonriendo Salah—. Yo tengo una cita esta noche con la preciosa Giselle.

Todo en Salah Masri era enorme: un cuerpo descomunal, la voz potente de un barítono, una risa intensa, grandes manos y pies de yeti. Había nacido en Beirut, pero su madre era egipcia y regresó a El Cairo con su familia poco después del fallecimiento de su marido hacía dos años. Salah, que estudiaba ingeniería en la Universidad Americana, había decidido quedarse. Ante el solemne anuncio de Wissam, aquella mañana movía el bigote con tanta picardía como sus ojos. A pesar de la barba tupida y la nariz aguileña, su expresión era dulce como la de un gatito tímido y presumido.

—Ponte menos colonia esta noche, Salah —le recomendó Rafic, tumbado mientras mordisqueaba un tallo de hierba—. Asegúrate de que se desmaya por la pasión y no por el perfume.

—Déjalo en paz —intervino Khaled con tono apaciguador.

—Tiene celos porque nunca sale con chicas —se burló Salah.

—No os preocupéis por mí —zanjó Rafic y buscó en su chaqueta la libreta negra en la que anotaba sus versos. Sacó la pluma que siempre llevaba en el bolsillo de la camisa y se puso boca abajo para escribir—. A las mujeres les gusta la poesía.

Rafic era bajito y, ya en aquellos años, estaba engordando. Las chicas que le seguían no eran las admiradoras de Wissam sino las que preferían ser seducidas con palabras y con el innegable encanto de su abundante y rizado pelo negro, en la cabeza y en la cara, en forma de bigote y barba, con unos ojos almendrados de color verde oscuro que siempre parecían ensimismados en alguna metáfora.

—¿Sois tan superficiales que solo sabéis hablar de mujeres? —se lamentó Wissam.

—*Tayeb* —accedió Khaled—. Escuchemos los profundos pensamientos que quieres compartir con nosotros. ¿Qué momento ha llegado?

Wissam se sentó y les lanzó una mirada muy seria. Los cuatro se conocieron en el Liceo Francés y eran amigos desde los diez años. No tenían secretos ni favoritismos entre ellos.

—Ha llegado el momento de cambiar el mundo.

—¡Wissam! —exclamó Salah exasperado—. Ese es un tema para nuestras reuniones de la asociación secreta. ¿También tenemos que comentarlas ahora?

—No me refiero a hoy, mañana o pasado mañana, payaso, sino a nuestras ideas, a cómo vamos a ponerlas en práctica —replicó Wissam.

Salah aceptó escucharle a regañadientes y Rafic suspiró. Khaled se sentó con las piernas cruzadas y Wissam escondió las suyas bajo la toga.

27

—Hay que aumentar la presión sobre los cambios que exigimos, tanto nosotros como el resto de asociaciones del Imperio. Necesitamos crear un partido nacionalista árabe que apoye la reforma.

—¿Como los Jóvenes Turcos? —preguntó Khaled.

—Sí. Necesitamos un Comité de Unión y Progreso como el suyo, un grupo que haga realidad nuestras reivindicaciones.

—Pero ¿acaso no ha dado el CUP más libertad e igualdad de derechos a los árabes en el Imperio tras derrocar al sultán y promulgar una nueva constitución? —preguntó Salah—. Es lo que prometieron, a cambio de nuestro apoyo, cuando restauraron el Parlamento hace dos años.

—Creo que fuimos demasiado ingenuos —replicó Wissam—. No van a darnos nada. De hecho, ya han empezado a desdecirse de sus promesas.

—Pero en el CUP había muchos árabes que ayudaron a los Jóvenes Turcos a hacerse con el poder. Colaboramos en el derrocamiento del sultán.

—Los Jóvenes Turcos han cambiado de idea. Van a mantenernos bajo su dominación.

—Pero no estamos pidiendo nada imposible —se quejó Khaled.

—Para ellos, quizá sí —argumentó Wissam—. Tuvieron éxito porque eran, en su mayoría, nacionalistas turcos. Se mostraron fuertes porque estaban unidos. Solo les preocupaba Turquía, a la que, por supuesto, pondrán por delante de todo, a expensas de los árabes y de cualquier otro pueblo.

—Pero si lo único que pedimos es tener representación en la nueva Constitución y libertad para los árabes —insistió Khaled.

—No lo conseguiremos —zanjó Wissam—. Lo que quieren es «turquificar» a los árabes. Creen que son superiores a nosotros, y si nos dan libertad, autonomía o sus mismos derechos, seremos iguales que ellos.

—Por eso planteas un cambio de estrategia —aventuró Rafic.

—Exacto. Nuestra fuerza proviene de nuestra unión contra la dictadura. Por eso tenemos que expresarnos todos a una, sirios, libaneses y egipcios. Los turcos quieren separarnos porque saben que, si nos unimos, los derrotaremos. Somos árabes, *messieurs*, no turcos —dijo con orgullo—. Lo que intentan hacer es imponernos su historia, su cultura, su idioma y sus tradiciones.

—No es necesario que dramatices, Wissam —le reprochó sonriendo Khaled.

—¿Estáis de acuerdo con mi aspiración de independencia y libertad para los árabes? —preguntó este mirándolos uno por uno.

Khaled, Salah y Rafic asintieron uno detrás de otro.

—¡Estupendo! Hagamos el juramento de que, pase lo que pase o adonde quiera que nos lleve la vida, siempre lucharemos por la unidad de los árabes y por nuestro derecho a vivir en libertad y a gobernarnos nosotros mismos —les pidió entusiasmado, llevándose una mano al corazón.

29

Años después seguían intentando hacer realidad ese sueño.

Khaled entró en la pequeña casa de un piso, en un extremo del campus de la Universidad Americana, donde en sus tiempos de estudiante se alojaban los profesores invitados. Cuando la universidad construyó un bloque más grande de apartamentos, no dudó en vendérsela a Wissam a un precio inferior al del mercado como sede de *Al-Minbar*.

Tras su paso por la cárcel, Wissam publicaba boletines informativos autorizados por el Gobierno y una revista mensual para amas de casa. Pero extraoficialmente seguía editando *Al-Minbar*, con ensayos y artículos que circulaban en secreto entre la élite y los intelectuales de Beirut y Damasco.

Khaled recorrió el pequeño pasillo que llevaba a la sala de redacción. Aunque solo había cinco periodistas en nómina, rebosaba actividad. En un extremo, el despacho de Wissam tenía las persianas medio bajadas. Se agachó un poco y vio a Wissam sentado en el desgastado sillón de cuero que utilizaba en la universidad. Llevaba el pelo corto y se había dejado una barba y bigote bien recortados y engominados, acordes con la moda del momento.

Golpeó suavemente la ventana. Wissam saltó del sillón en cuanto reconoció a su amigo y le abrió la puerta.

—¿Qué haces en Beirut? —preguntó al darle un abrazo—. No te esperaba hasta el verano.

—Antes de que se me olvide: Samar me ha dicho que tienes que venir a comer a casa.

—No me digas que también ha venido Noura...

—Las he dejado a solas, a las tres.

—¿Qué tres? —inquirió Wissam con mirada socarrona.

—Bueno... —dijo con una sonrisa tímida—. He sido... hemos sido padres.

—¡Enhorabuena! ¿Por qué no me dijiste que Noura estaba embarazada? Será un niño... ¿Cómo se llama?

—No, es una princesa y se llama Siran.

—Tenemos que celebrarlo. Siéntate, tengo una cita importante...

—¿Cuánto vas a tardar?

—El Alto Comisionado Británico en Egipto está aquí —le informó Wissam en voz baja.

—¿Qué? —Khaled casi saltó de la silla.

—Acaba de llegar esta mañana, pero es secreto. Creo que ha venido para entrevistarse con el embajador francés.

—¿Qué crees que está pasando?

—No lo sé exactamente, pero los británicos están apostando fuerte. Han lanzado una ofensiva desde el canal de Suez hacia el interior del Sinaí y los otomanos no consiguen defender sus líneas.

—Pero se nos multiplican los problemas.

—Desde que los turcos nos quitaron la poca independencia que teníamos y pusieron en el poder a Ahmed Djemal.

Khaled evocó el historial de ese ministro de Marina convertido ahora en comandante en jefe de las fuerzas turcas en Siria y Líbano.

—Llegó arrasando desde Damasco hasta imponer este Gobierno militar. Su idea más descabellada fue impedir el año pasado que las fuerzas británicas recibieran provisiones mientras protegían el canal de Suez —resumió.

—Estos han contraatacado con un bloqueo con el que intentan matar de hambre a los turcos. Un cuarto de la población ha muerto por la falta de alimentos y las epidemias, sobre todo los maronitas del Monte Líbano. A nosotros nos han confiscado la comida y han talado los bosques para conseguir combustible para sus malditos trenes.

—De eso conozco algo. ¿Crees que la situación irá a peor?

—Los otomanos solo se preocupan de ellos mismos. En el Monte Líbano, en el valle de la Bekaa, ya se han producido sublevaciones. No hace mucho Beirut se levantó en armas y volverá a hacerlo. Djemal está ahogando la ciudad; detienen a la gente sin motivo y la envían a la cárcel por nada. Todo el mundo tiene miedo.

—¡Dios nos asista! —exclamó Khaled.

—¿Por qué has venido realmente? —le preguntó Wissam tras apoyar los codos en el escritorio para acercarse más a su amigo—. ¿Va todo bien en Esmirna?

Khaled se sentó en el borde de la silla.

—Wissam, nadie puede saber que estoy aquí.

—¿No saben que has venido? Eres uno de los principales abogados del ferrocarril de Hejaz. ¿Cómo vas a desaparecer de las oficinas del Chemin de Fer? Esmirna debe de estar llena de policías buscándote. —Wissam se echó hacia atrás con cara preocupada.

—Me asusté. Tenía que poner a salvo a Noura. Pensé que en Beirut estaríamos seguros.

—¿Por qué no te fuiste a París o a Londres? Ya habrán avisado a Djemal.

—Todo fue muy rápido. El ministro envió a uno de sus esbirros, Imad Hamid, para que interrogara a Salah sobre los repentinos retrasos en Siria. Aquella noche cené con Salah, estaba convencido de que sospechaban algo, iba a irse antes de que lo detuvieran y me aconsejó que hiciera lo mismo. Al día siguiente no vino a la oficina. Hubo un montón de reuniones a puerta cerrada y me asusté. Decidí que Noura y yo debíamos desaparecer.

—¿Por qué no pediste unos días de vacaciones?

—Nos quitaron la documentación. Ni siquiera saqué el dinero del banco. Jamás nos habrían permitido salir de Esmirna.

—¿Y cómo llegasteis hasta aquí sin documentación?

—Compré una falsa.

—¡Santo cielo! ¿Pueden relacionarte con lo que estaba haciendo Salah?

—No lo sé, pero no quise correr el riesgo. Sobre todo, con Noura embarazada. No quería ponerla en peligro por los errores que cometí cuando era soltero.

—¿Eso es lo que piensas ahora, que el nacionalismo árabe es un error? Tú sí que lo has cometido, viniendo aquí.

—Ya no sé lo que creo. ¡Este es nuestro hogar! —murmuró furioso.

—Por eso empezarán por aquí a buscarte. ¿Así que crees que la intolerante política islamista de los turcos es mejor que una ideología nacionalista secular basada en nuestra cultura, historia e idioma?

Khaled guardó silencio a pesar de que le hervía la sangre.

—Khaled, Khaled… —Wissam se levantó, rodeó el escritorio y puso un brazo sobre los hombros de su amigo—. Cuando formé Al-Fatah hace cinco años en París…

—¡La Organización de Jóvenes Árabes! —se burló soltándose de su abrazo—. ¡No me hagas reír! Solamente éramos jóvenes y árabes, nada más; un puñado de supuestos intelectuales precoces del Levante que nos reuníamos en París y que después de muchas botellas de vino decidimos elevar el nivel del pueblo árabe al de países europeos modernos como Francia.

—No fueron solamente unas botellas de vino... Queríamos reformas y modernización —lo corrigió—. No hacíamos esas reivindicaciones para librárnos de ellas al día siguiente junto con la resaca.

—¿Y qué hizo Al-Fatah? ¡Nada!

—Empezamos abogando por una mayor autonomía de los turcos y presionamos a los funcionarios y al Parlamento.

—¿Y qué se consiguió con ello?

—Organizamos el Congreso Árabe en París...

—¡Menudo éxito! —lo interrumpió con tono cínico.

—Puedes pensar lo que quieras, pero fue un gran triunfo. Llegamos a un acuerdo sobre las reformas que queríamos, las pusimos por escrito y empezamos a apremiar a los turcos.

—¡Por todos los santos! No tergiverses la historia. No nos pusimos de acuerdo en nada. Ese es el gran problema de los árabes. Cada grupo tiene sus propias prioridades. Cualquier intento de reconquistar nuestra grandeza se diluye, es la vieja historia. Acabó hace cinco siglos con la expulsión de los moros en España. Deja de atribuir nuevas glorias a los antiguos laureles. Los turcos nos machacaron, ¿te acuerdas? Disolvieron Al-Fatah.

—Pero no consiguieron que desapareciéramos —le rebatió Wissam—. Pasamos a la clandestinidad. Tuvimos que cambiar de táctica.

—Sí, y como siempre, fue un desastre.

—¿Por qué dices eso? Hace un año entablamos contacto con el jerife de La Meca para que se alzara contra los turcos y empiezan a cosecharse los frutos.

—¿Qué frutos? El jerife no nos prestó atención y no pareció nada convencido de que tuviéramos éxito sin la ayuda de los franceses o los ingleses.

—Sí, pero conseguimos elaborar un plan que le satisfizo.

—¿Te refieres a la locura del Protocolo de Damasco, en el que asegurábamos que apoyaríamos al jerife si hacía llegar nuestras exigencias de independencia a los británicos?

33

—No nos quedó otro remedio, Khaled.

—Y ahora intentáis que británicos y franceses nos ayuden a librarnos de los turcos. Lo único que estáis haciendo es cambiar un amo por otro.

—Eso no es cierto. Los británicos y los franceses han asegurado inequívocamente que si luchamos contra los otomanos reconocerán la independencia árabe.

—Y les has creído, igual que a los Jóvenes Turcos.

—Esta vez está por escrito —respondió Wissam en voz baja y Khaled soltó una risita.

—¿Qué está por escrito?

—Las promesas de los británicos. He visto algunas de las cartas que envió el Alto Comisionado Británico al jerife de La Meca. Y los franceses también nos han prometido apoyo, munición y soberanía. Tengo cartas del embajador Pierre Chevrot.

—Lo siento, Wissam, pero no puedo creerlo —insistió Khaled—. Dicen lo que queremos oír porque saben que estamos buscando una salida desde que los turcos nos jodieron. Pero al final pondrán por encima sus intereses, no los nuestros.

—Colaboramos con ellos para conseguir un fin. Quieren derrotar a los turcos tanto como nosotros.

—Entonces explícame qué he estado haciendo y por qué.

—Todo lo que Salah y tú habéis hecho nos ha ayudado inmensamente en las negociaciones con franceses y británicos.

—Sí, ¡poniendo en peligro nuestras vidas y las de nuestros seres queridos! —gritó—. He sido fiel a tus sueños durante una década, pero ya no creo en ellos. Hice los trabajos de espionaje que me encargaste porque era mi forma de castigar a los turcos, para vengarme de que esos cabrones mataran a mi padre; de que lo enjuiciaran por protestar contra la corrupción del sultán Vizier, de que le tendieran una trampa y le incriminaran por aceptar sobornos, y de que le torturaran por no doblegarse ante la Sublime Puerta.

—Lo recuerdo a la perfección, Khaled. Por eso tenemos que acabar lo que hemos empezado.

—Lo asesinó un pelotón de fusilamiento y dejaron que muriera en un campo inmundo. Creí que hacerte el trabajo sucio me fortalecería, pero no es así. Mi padre nunca creyó en el nacionalismo árabe. Siempre me decía que era tonto por escucharte, que los árabes nunca dejarían de ser un mosaico político imposible de cohesionar.

—Ha llegado el momento de demostrar que estaba equivocado. Tu padre estaría orgulloso de que te enfrentaras a los turcos.

—¿Eso crees que estoy haciendo? Solo miento y hago cosas a escondidas. Me arrastro sobre el estómago como una serpiente. Eso no es pelearse con ellos, Wissam, es engañarlos. Lo que hizo mi padre sí que fue enfrentarse y murió por ello.

—Llámalo como quieras, pero es un medio para lograr un fin.

—Arriesgué la vida porque me lo pediste. Creí en tu palabrería un tiempo, pero la guerra se la llevó por delante.

—Sé que ha sido muy duro…

—¡Duro! —gritó expresando toda la frustración, desasosiego y miedo que había sentido en los últimos meses—. ¡No estuviste allí, Wissam! ¡No tienes ni idea de lo que ha sido mi vida!

—Khaled, tenías acceso a todo lo relacionado con el ferrocarril de Hejaz. Estabas al tanto de las negociaciones con los alemanes, de los acuerdos que firmaban los turcos con ellos, de los planes de construcción, las rutas…, todo.

—Sí, guardado bajo llave por el gobernador. Su secretario sacaba los documentos por la mañana y volvía a guardarlos por la noche. No podía hacer nada durante el día porque no nos quitaban el ojo de encima. Cada vez que tenía que consultar algún documento uno de los secretarios del gobernador estaba a mi lado. Solo podía actuar por la noche.

—Sé que has corrido muchos riesgos y no puedes ser imparcial, aunque creas que sí lo eres.

—No puedes imaginarte la cantidad de posibilidades que había de que me descubrieran. Para conseguir las llaves del despacho y del armario del gobernador y hacer una copia, tuve que dejar una ventana abierta y entrar por la noche, burlando la vigilancia de los guardias del palacio. Y desde hace dos años, cuando los turcos entraron en la guerra y declararon su *yihad* contra los aliados, también había soldados alemanes.

—Lo sé, Khaled. Podían haberte disparado sin previo aviso.

—Aquellas noches entraba en el edificio arrastrándome por un túnel que había descubierto Salah en unos antiguos planos y que conducía a la chimenea de los aposentos del gobernador. Para llegar a su despacho, tenía que deslizarme por el suelo de su habitación mientras dormía.

Wissam le escuchaba sin decir palabra.

—Me sentaba allí y leía los documentos con la luz que entraba por las ventanas, demasiado asustado como para encender una vela. Tomaba notas de los puntos claves y volvía a colocarlo todo como estaba, rezando por no equivocarme. Después tenía que volver al túnel. ¿Tienes idea de lo rápido que me latía el corazón? A veces estaba seguro de que el gobernador podía oírlo mientras dormía.

—Sí, puedo imaginarlo… —reconoció Wissam avergonzado.

—Una noche tropecé con la pata de una mesa y el jarrón que había encima empezó a tambalearse. Me quedé petrificado, sin saber qué haría cuando se estrellara en el suelo. El gobernador se sentó en la cama y buscó sus zapatillas. Cuando se dirigió al cuarto de baño conseguí meterme detrás de un armario. Justo cuando pasaba al lado, el jarrón cayó y se hizo añicos. Aprovechando la confusión logré abrir la puerta secreta del túnel y salir antes de que encendiera las luces.

—Khaled, no sé qué decir.

—Soy abogado, Wissam, no un agente secreto. A lo

mejor a ti te gusta jugar a los espías, a mí no. Me encanta mi trabajo, amo a mi esposa y ahora tengo una hija, y he de mantenerlas a salvo.

—La información que nos proporcionaste, sobre todo la relativa al movimiento de tropas en tren de Damasco a la península Arábiga, fue decisiva ante los británicos. Fue la prueba de nuestro compromiso con la causa. Consiguieron consolidar sus ataques gracias a tu trabajo. Has sido una de las figuras clave en esta operación. Gracias a ti, Lawrence y sus guerrilleros pudieron tender emboscadas a muchos trenes otomanos. Por no hablar de tu valor...

—¿Tienes idea de lo que hizo Salah por ti?

—Claro. Nos comunicó los puntos más débiles del ferrocarril. Gracias a vosotros dos hemos impedido que los otomanos controlen el Levante y la península Arábiga. Y no fue por mí, sino por la causa.

Khaled resopló y meneó la cabeza con desdén.

—No solo te dijo dónde era más débil la línea del ferrocarril de Hejaz, ¡fue el que la debilitó! Con sus propias manos quitó tornillos y aflojó pernos delante de los guardias y soldados...

—Sé todo lo que habéis hecho los dos. Mientras yo estaba a salvo detrás de mi escritorio, vosotros corríais todos los riesgos.

—Enviarte la información tampoco fue fácil. Nunca sabíamos si llegaban las palomas. Salah confiaba más en ellas que yo. Tuve que convencer a Noura para poner el palomar al fondo del jardín, escondido detrás de la buganvilla. Me aterraba que su presencia nos delatara.

Los dos hombres guardaron silencio un rato.

—Odio a los turcos, Wissam. Los odio por lo que le hicieron a mi padre, por faltar a la palabra que nos dieron, por prometernos más independencia si apoyábamos la revolución de los Jóvenes Turcos en 1908, pero no confío en tu sueño de un solo pueblo. —Se oyó una tenue llamada en la puerta.

—Disculpa, no deberían molestarme pero... ¿Qué pasa? —preguntó al joven que se asomó.

—Siento molestarle, señor, pero tenemos un problema con el impresor.

—*Ya Allah!* Ahora vuelvo —le dijo a Khaled antes de salir—. ¿Qué pasa ahora con el impresor? —preguntó al redactor—. Esta mañana le he explicado cómo quería la maquetación.

—La verdad es que hay un hombre esperándolo.

En la entrada estaba aparcado un Cadillac y el conductor, vestido con uniforme gris y gorra a juego, esperaba con los brazos cruzados delante de la ventanilla del pasajero e impedía distinguir al ocupante. Cuando Wissam apareció en la intensa luz del sol, se enderezó y saludó.

—¿*Monsieur* Jabari? Me han ordenado que lo recoja para llevarlo a una reunión con mi jefe —explicó mientras le entregaba un sobre—. Su reunión era hoy a las doce, pero ha habido un cambio.

Wissam abrió el sobre y sacó una nota escrita a mano: «La reunión empezará a las once. Disculpe si le causa alguna molestia». Llevaba la firma de Antoine Chiquet. Wissam se preguntó si sería una trampa. Había espías de Ahmed Djemal por todas partes.

—¿Le importa esperar un momento? He de ir a por la chaqueta.

Wissam corrió a la oficina y cogió una prenda del perchero que había a la entrada.

—Ve al despacho y dile a Khaled que volveré en un par de horas, que me espere aquí o en casa —pidió al redactor, que esperaba al lado de la puerta con intención de escuchar la conversación.

—Sí, señor. ¿Y qué hago si viene alguien preguntando por usted? ¿Dónde digo que está? —inquirió con la esperanza de que le diera algún detalle de su paradero.

—No espero a nadie, pero si viene alguien, toma nota, dile que estoy en una reunión y que me pondré en contacto con él en cuanto vuelva.

—Muy bien, señor —se despidió molesto.

El conductor mantenía abierta la puerta del Cadillac

para que entrara. Cuando Wissam se sentó en el cavernoso asiento trasero oyó una discreta tos.

—Buenos días, monsieur Jabari —dijo una voz antes de que la cara a la que pertenecía apareciera entre las sombras—. Es un hombre muy confiado.

—*Bonjour*, monsieur Chevrot. A veces hay que hacer caso a la intuición —replicó mientras se recostaba en el lujoso asiento de terciopelo oscuro.

—Esta vez estaba en lo cierto —admitió, apoyado en un bastón con empuñadura de marfil, el embajador francés en Beirut.

39

Capítulo 3

Pierre Chevrot era un hombre mayor. Lucía unos espesos bigotes blancos que le caían como los colmillos de una morsa. Detrás de unas pequeñas gafas doradas acechaba a Wissam con sus vivos ojos azules. A pesar del calor, vestía de traje completo con un chaleco gris.

—Esto es poco convencional —comentó Wissam.

—Sí —admitió el embajador—. Gaston —llamó al conductor golpeando en el cristal que separaba el asiento trasero del delantero—, ¿puede llevarnos hacia las playas de Yunieh?

—Por supuesto, excelencia.

—No tengas prisa, tómate tu tiempo. Ahora, señor Jabari, ¿le apetece un poco de coñac? —le ofreció sacando una petaca.

Wissam asintió y los dos hombres bebieron lentamente de sus copas mientras el coche circulaba por la Corniche hacia el norte.

—El Alto Comisionado Británico se encuentra en Beirut —anunció Pierre Chevrot mirando al Mediterráneo por la ventanilla.

—Mi querido embajador, en mi país no pasan muchas cosas sin que me entere.

—Queremos ultimar el alcance de nuestro compromiso con la causa árabe.

—Estamos listos.

—Los árabes estarán bajo el mando de Faisal, Alí y Abdalá, los hijos del jerife de La Meca. Los británicos se encargarán de pertrecharlos y entrenarlos. Thomas Lawrence será el enlace entre los árabes y los británicos, y el mariscal de campo Edmund Allenby estará a cargo de toda la operación.

—Thomas Lawrence, el hombre al que llaman Lawrence de Arabia —musitó Wissam.

—Sí, ha conseguido importantes victorias con sus tácticas de guerrilla. Sin duda, gracias a la información que nos proporcionaste.

—Queríamos demostrar la seriedad de nuestras intenciones.

—Mi Gobierno también aportará armas y municiones a las fuerzas árabes para que se rebelen contra los turcos. Está todo anotado aquí. —Le entregó un sobre de color crema sellado con lacre rojo—. He firmado la carta en nombre del Gobierno francés. Prometemos nuestro apoyo a los pueblos árabes y su futura soberanía si los aliados ganan esta guerra.

—Gracias, significa mucho para nosotros.

—He enviado una carta similar a sus compañeros en Damasco.

—Perfecto. ¿Se quedará en Beirut? —preguntó mientras guardaba la carta en el bolsillo de la chaqueta.

—Esa es mi intención, por supuesto —contestó evitando mirarlo a los ojos—. *Monsieur*, sugeriría celebrarlo con una taza de espeso café árabe, pero no creo que sea aconsejable que nos vean juntos, así que brindaremos con coñac —sugirió sonriendo y levantó su vaso.

—Completamente de acuerdo —se rio Wissam.

—Gaston, llévenos de vuelta a la redacción —pidió Chevrot golpeando en el cristal que separaba los asientos—. ¿Cómo está su encantadora esposa, madame Jabari?

—Muy bien, gracias.

—Es una pena que estemos en' esta situación —comentó el embajador apoyándose en el bastón—. Lo que daría por poder tomar una copa de champán juntos.

—Tomaremos varias para celebrar nuestras respectivas

victorias. Tiene nuestra palabra de que haremos todo lo que podamos para apoyar a los aliados.

—Y usted la nuestra.

—*Au revoir, votre excellence.*

—*Adieu,* monsieur—dijo en voz baja Pierre Chevrot cuando Wissam ya no podía oírle—. Lléveme a mi próxima cita, Gaston —pidió dando un golpecito con el bastón.

Wissam abrió la puerta y se dirigió derecho a su despacho.

—¡Khaled, vamos a celebrarlo! —exclamó abrazando a su amigo, que se sorprendió tanto que respondió con poco entusiasmo al abrazo—. ¡Lo tenemos!

—¿Qué tenemos?

—Nuestra carta de libertad —le informó entusiasmado. Sacó el sobre del bolsillo, lo besó y se lo entregó con una amplia sonrisa en los labios.

Khaled lo abrió y leyó el contenido en silencio.

—¿Qué te parece?

Su amigo se encogió de hombros sin decir palabra.

—¡Venga! ¡Es fantástico! Tenemos otras cartas de los franceses en las que dicen estar estudiando nuestra solicitud de apoyo, pero esta dice claramente que nos ayudarán y reconocerán un estado árabe.

—Me alegro por ti.

—Ya veremos si mantienen su palabra —comentó Khaled con escepticismo.

—Ten fe. Vamos a comer. Nos sentiremos mejor después de haber tomado algo. ¿Por qué no comemos por aquí y avisamos a Samar que cenaremos con champán?

—Me parece bien.

—Aunque tengo muchas ganas de conocer a tu hija, tenemos que ponernos al día. Issam, me voy a comer —informó al joven redactor que había llamado a la puerta.

—¿Volverá?

—Seguramente no. ¿Dónde están los demás?

43

—Han ido a comer también.

—No te olvides de hacerlo tú.

—Iré cuando vuelva alguien.

—¿Puedes avisar a madame Jabari de que monsieur Shadid y yo no iremos a comer y que nos veremos luego?

—Sí, señor, enviaré a un mensajero.

En cuanto se fueron, Issam abrió su escritorio y sacó un tintero y una hoja de papel. Lanzó una mirada furtiva a su alrededor y empezó a escribir. Unos minutos más tarde, cuando volvió a cerrar el cajón, se abrió la puerta y entraron el resto de jóvenes periodistas.

—Hasta luego —se despidió de ellos cogiendo la chaqueta.

Una vez fuera sacó tabaco de una lata y cargó su pipa. La encendió, dio una profunda calada y dejó escapar lentamente el humo, que creó una cortina a través de la que comprobó si alguien le observaba.

Se tocó en el bolsillo superior de la chaqueta para asegurarse de que llevaba el papel y se encaminó hacia la Rue Hamra con paso decidido, mirando hacia atrás de vez en cuando para asegurarse de que nadie le seguía. Se detuvo en un puesto callejero, compró unas almendras saladas y fue comiéndoselas de camino. Al ver a lo lejos los minaretes de la mezquita Al Omari consultó su reloj de bolsillo. Eran casi las dos.

Aceleró el paso, pero llegó quince minutos tarde. Se quitó los zapatos e hizo las pertinentes abluciones en el pozo del patio antes de entrar en el fresco interior de la mezquita. Las oraciones de la tarde habían finalizado, pero aún quedaban algunos hombres sentados en las alfombras que cubrían el suelo de piedra arenisca.

Junto al *mihrab*, la hornacina semicircular en el muro oriental que señala la dirección de La Meca, había un hombre con un rosario musulmán en la mano, cuyos labios se movían en silencio cada vez que los dedos se detenían en una cuenta. Vestía una larga túnica blanca y un pañuelo del mismo color que le cubría la cabeza y ocultaba su cara. Solo se le veían los ojos.

—*Sabah aljair* —lo saludó Issam antes de sentarse a su espalda.

—*Günaydin* —respondió sin darse la vuelta—. ¿Qué me cuentas?

—El señor Jabari ha estado casi toda la mañana en su oficina con un hombre que ha dicho que era amigo suyo. A mediodía ha venido un coche y lo ha recogido. Ha vuelto una hora más tarde. Después se ha ido con su amigo, ha dicho que a comer.

—¿Quién iba en el coche? —preguntó el hombre sin dejar de pasar las cuentas.

—No lo he visto.

—¿Qué tipo de coche era?

—Grande, negro. El conductor parecía francés.

—¿Cómo se llama su amigo?

—Khaled, creo que Shadid, de apellido. No lo había visto nunca.

—Bien, bien, bien. Así que ha vuelto. Me preguntaba cuánto tardaría en hacerlo. Hoy te has ganado tus monedas de oro.

—¿Has escrito el informe con la tinta especial que te di?

Issam sacó el sobre que llevaba en el bolsillo superior de la chaqueta y lo dejó en el suelo junto al hombre.

—Sí, ahí lo tiene. Y con las palabras en clave.

El hombre buscó bajo su túnica, sacó una bolsita de terciopelo y la tiró por encima del hombro.

—Gracias, Djemal Pasha. Le estoy muy agradecido.

Mientras tanto, no muy lejos, en Mar Mitr, en el barrio oriental beirutí de Ashrafieh, Pierre Chevrot se sentó en un confesionario de la iglesia de Santa Catalina. Se apoyó en el bastón, frunció los labios y se atusó el bigote mientras esperaba.

—¿Dónde estará el inglés? —murmuró mientras sacaba el reloj de bolsillo del chaleco—. Se supone que son puntuales.

Suspiró y miró a través de las cortinas del habitáculo.

Le gustaba aquella iglesia. A diferencia de otras de Beirut que habían sido templos paganos o mezquitas antes de convertirse en campo de batalla durante las Cruzadas, esa se había construido durante el siglo XIX.

—Perdóneme, padre, porque he pecado —dijo una voz a través de la ventanilla—. ¡Dios mío! ¡Hace un montón de años desde que me confesé por última vez!

—No se preocupe —lo tranquilizó el embajador haciendo la señal de la cruz—. Le absuelvo de todos sus pecados. En el nombre del Padre, del Hijo y del Espíritu Santo.

—Buenas tardes, abuelo —saludó Henry MacMahon, el Alto Comisionado Británico, a través de la celosía.

Chevrot entrevió su inconfundible cabello entre rubio y pelirrojo, del mismo color que el bigote y las cejas, y el brillo de unos ojos azules que había heredado de su madre, una mujer de Fife, en las tierras altas del noroeste de Escocia. Sobre su traje vestía una capa árabe, en la que siempre escondía una daga.

—Perdona por el retraso, Pierre. He intentado pasar lo más inadvertido posible.

—Sí, corren tiempos poco seguros en Beirut. ¿Qué tal estás?

—Bien, dadas las circunstancias —contestó el Alto Comisionado Británico dejando escapar el aire de los pulmones.

—Nuestro amigo Ahmed Djemal está en pie de guerra.

—Lleva así desde que nos atacó el año pasado en el canal de Suez.

—Has corrido un gran riesgo al venir.

—Lo sé, pero creo que es más seguro tener un encuentro cara a cara que ponerlo por escrito y que caiga en las manos equivocadas. Tengo entendido que nuestros gobiernos han llegado a un acuerdo en secreto.

—Sí, Mark Sykes y François Picot están dando los últimos retoques a lo que el Ministerio de Asuntos Exteriores ha bautizado como el «Acuerdo de Asia Menor». No me han podido dar todavía una copia para enseñártela.

—Así que si ganamos la guerra, las provincias árabes

del Imperio otomano se dividirán en zonas de influencia británica y francesa.

—Perdona por ser un aguafiestas, Pierre, pero ¿no nos coloca ese acuerdo en un aprieto?

—¿A qué te refieres?

—Bueno, en tu correspondencia con el jerife de La Meca declaras en nombre del Gobierno de su Majestad que si los árabes se sublevan contra los otomanos aliados con los británicos, Gran Bretaña reconocerá la independencia árabe y nombrará soberano al jerife de La Meca. Lo mismo que he hecho yo en nombre de mi Gobierno.

—Solo son cartas, Pierre, no pasará de ahí.

—Pero hemos dado nuestra palabra...

—Sí, pero no hemos firmado ningún acuerdo formal con los árabes.

—Mira, Pierre, si dejamos esta zona en sus manos no sabrán qué hacer con ella. Continuarán peleándose entre ellos para mantener sus feudos. Necesitan nuestra tutela.

—Ten un poco de fe, Henry. Esto es la cuna de la civilización, de donde provienen los fenicios, y donde nació la cultura y el saber árabes.

—Supongo...

—Tú deberías mostrar más respeto que nadie. Después de todo trabajas en El Cairo. Todavía estábamos gruñendo cuando los egipcios construyeron las pirámides.

—Sé que amas a esta tierra más que yo, que solo obedezco órdenes. Pero me hace tan poca gracia como a ti. Algunos de esos hombres son amigos míos y he disfrutado de su hospitalidad tanto como tú.

—Y confían en nosotros.

—¡Venga ya, Pierre! ¡Estamos en guerra y lo saben! Somos políticos, diplomáticos.

—Sí, Henry, pero no traidores.

—Me preocupa lo que suceda en esta tierra. Por eso creo que el acuerdo es bueno. Cuando se vayan los otomanos, nos necesitarán.

—¿De verdad lo crees? —preguntó Pierre frunciendo los labios.

—Sí, y te recuerdo que trabajo para el Gobierno de su Majestad y que debo mi lealtad al Ministerio de Asuntos Exteriores y a las órdenes de mis superiores en Whitehall. No solo hice un juramento de lealtad, sino que pagan mi sueldo. No es para tomárselo a broma.

—Imagino que nada nos impedirá gobernar a través de un jefe o varios.

—Es un gran error, Henry.

—Tenemos que destruir toda la correspondencia que hemos mantenido entre nosotros y con los nacionalistas. —Henry McMahon se atusó el bigote—. Solo hay que conservar las cartas en las que nos solicitan ayuda.

—Pero eso es traición.

—Si queremos que se respete el Acuerdo de Asia Menor, tendremos que hacerlo. Los nacionalistas nos dejarán dividir las tierras árabes y encargarnos de ellas como forma de conseguir la autonomía. Luego no tendrán elección. No podrán echarnos.

—Estamos prometiendo algo que no vamos a cumplir. Conservar las cartas con los nacionalistas significa que quieres entregárselas a Djemal. Los estamos enviando a una muerte segura.

—La traición es una consecuencia natural de la guerra, *mon cher ami*. ¿Ya has olvidado que el propio Djemal se puso en contacto con nosotros a finales de 1915 para negociar?

—¿Qué ha pasado con la integridad de la palabra de un caballero? ¿Te das cuenta de que hemos instigado, patrocinado y financiado esta rebelión árabe?

—La necesitamos, Pierre. Tenemos que distraer a los turcos para que concentren sus recursos en el Oriente Próximo. Ambos somos débiles en el frente occidental. Si los otomanos llegan a las trincheras en Francia, jamás venceremos.

—Es una forma muy sucia de actuar.

—Sykes y Picot se han olvidado de un punto muy importante. Los derechos que este plan otorga a Francia no tienen en cuenta el Reglamento Orgánico, que prohíbe toda intervención en los asuntos de las comunidades maronita, ortodoxa y drusa del Líbano y Siria.

—¿Y?

—Pues que el Acuerdo de Asia Menor promete entregar Siria y el Líbano a Francia. *Oh, là là,* Henry. Tengo la sensación de que todo va a salir mal.

—Todo a su tiempo, amigo mío —lo tranquilizó Henry—. También he venido para advertirte de que es hora de irse. El Arab Bureau de El Cairo ha dispuesto que te recoja un barco británico para llevarte a La Rochelle en cuanto estés listo.

—Me gustaría irme hoy.

—Y harás muy bien. Djemal parece conocer tu paradero. He oído hablar de una posible redada en tu residencia esta noche.

—Es lo que imaginaba. Solo he de ocuparme de unos pocos asuntos. Bueno, mi querido Henry, ¿volveremos a vernos?

—Con suerte lo haremos en Maxim's, en la rue Royale de París —comentó entre risas.

—Sí, casi puedo saborear el *filet mignon.*

—Y yo el Château Latour.

—Entonces no debería decir *adieu, mon ami.*

—Seguramente *au revoir* es más apropiado. Debo irme. Si Djemal Pasha me encuentra aquí me mandará fusilar en el acto. Todavía tenemos bloqueada Beirut.

—Buena suerte, Henry. Vaya con Dios —lo despidió Pierre haciendo la señal de la cruz.

—Gracias, padre —se rio el británico antes de salir del confesionario.

Pierre Chevrot continuó sentado durante unos minutos, sumido en sus pensamientos. Tenía el corazón desgarrado. Amaba aquel país. Desde joven se había sentido fascinado por su exotismo y su cultura. Era muy diferente de sus grises cielos de Normandía. Aquí brillaba el sol, el Mediterráneo centelleaba, las palmeras se cimbreaban cargadas de dátiles, las mujeres llevaban vestidos en tonos rojos, azules y amarillos. Así que cuando se le presentó la oportunidad de ir a Beirut, no la dejó escapar, para gran disgusto de la señora Chevrot, que decidió permanecer en París, poco dispuesta a vivir entre la «gente del desierto», como los llamaba. Pierre había subido a un barco en Marsella solo, con una gran sonrisa.

Siempre había pensado que la diplomacia era la mejor forma de servir a su país y que era un medio con el que llegar a un término justo tras cada negociación. Se sentía fatal. Esos hombres confiaban en él. Wissam Jabari le parecía un joven con un brillante futuro, tenía una esposa encantadora y tres hijos. Su idealismo le confería el mismo entusiasmo que Pierre había sentido en su juventud. Y también Rafic Tabbara, el amigo clérigo de Wissam en Damasco, era un tipo afable y jovial.

Oyó que se abría una puerta. Miró por la celosía y vio a un sacerdote que había salido por un lateral del altar y se apresuraba por el pasillo hacia la entrada.

—Señora Jabari —saludó el clérigo.

—Padre Youssef —dijo una voz femenina.

—Me alegro de verla, pero ¿qué hace aquí entre semana? —preguntó el sacerdote cuando la mujer se arrodilló para besarle la mano.

—Quiero organizar un bautizo —dijo Samar—. Padre, esta es mi buena amiga Noura Shadid.

—Madame...

—Noura y su marido acaban de llegar a Beirut. Esta es su hija, Siran, que nació en el barco en el que vinieron. Necesita que la bauticen. Además, así tendremos una excusa para organizar un cóctel.

—¡Por supuesto! —exclamó el sacerdote—. ¡Qué niña tan guapa!

—Noura y yo hemos pensado que este sería el lugar adecuado y quiero que sea usted quien la bautice. Después de todo, esta es mi iglesia y lo conozco de toda la vida, aunque insista en llamarme madame Jabari.

—Es una mujer casada, querida Samar. En cuanto a lo

del bautismo, estaré encantado. ¿Consultamos mi calendario?

—Quizá incluso este domingo —apuntó Samar—. Cuanto antes, mejor.

—Por aquí, por favor, *mesdames*. ¿Puedo ofrecerles un café? —Las condujo hacia la puerta cercana al altar, que comunicaba con su oficina, y entró detrás de ellas—. Un momento, vuelvo enseguida. Me he dejado el rosario en el altar.

El padre Youssef sorprendió a Pierre Chevrot abandonando el confesionario.

—¿Puedo ayudarle en algo?

—*Ah! Mon père!* —Pierre hizo una ligera inclinación mientras pensaba qué podía decir en la casa de Dios que no fuera una mentira.

—¿Has venido para confesarte, *mon fils*?

El embajador francés se aclaró la garganta.

—Sí, he venido con esa intención, pero he cambiado de idea. Lo siento, padre, pero tengo tantos pecados que tardaríamos todo el día y no quiero entretenerle.

—Me complace que te preocupe mi tiempo, hijo mío, pero si necesitas ayuda...

—No, muchas gracias. —Pierre empezó a andar hacia atrás por el pasillo mientras el sacerdote se le acercaba—. Ya concertaré una cita. Volveré cuando tenga sangre en mis manos.

—¡Hijo mío!

—*Adieu, mon père.*

—Dios te bendiga.

El padre Youseff lo despidió haciendo la señal de la cruz y Pierre bajó a toda prisa las escaleras en dirección al coche negro que le esperaba en un callejón cercano.

51

Capítulo 4

$\mathcal{A}$hmed Djemal Pasha, gobernador otomano de Siria y el Líbano, desenrrolló la alfombra para dirigirla hacia La Meca y metió el rosario musulmán en el bolsillo de su larga túnica blanca antes de levantar las manos y rezar una plegaria. Se puso de pie, enrolló con cuidado la estera de seda y se la puso bajo el brazo.

—Querido imán —saludó el gobernador apartándose el pañuelo blanco y dejando ver el casquete del mismo color que llevaba en la cabeza.

—¿Qué tal todo, Djemal Pasha?

—Ya sabe…, vivimos tiempos extraños.

—Los hermanos pelean contra los hermanos.

—Antes no importaba que el califa fuera turco o árabe. Como representante del Profeta en la Tierra, todos los musulmanes lo reverenciaban. Ahora las tribus importan más que la religión, más que Dios. Y lo que es peor, piden ayuda a los infieles para independizarse del califato de Constantinopla. Roban nuestros secretos y se los comunican a nuestros enemigos para que nos destruyan. Por eso fracasamos en Suez, no una, sino dos veces —clamó Djemal encolerizado.

—Es una pena, hermano —admitió el imán tras chasquear la lengua—. Por suerte, los hombres que acuden a esta mezquita siguen siéndole fieles.

—El grupo que no se arrodilla ante el califato es muy reducido, personas influyentes e intelectuales que creen que la cultura y la lengua son más importantes. No se dan cuenta de que nunca estarán unidos de verdad, que sus intereses son demasiado distintos. Necesitan una mano firme como la mía. Intentan incitar una rebelión..., que acabará en un baño de sangre.

—*Ya Allah!* —exclamó el imán pasando los dedos por el rosario.

—Quiero aplastarla antes incluso de que se produzca. Cortar la cabeza de la serpiente antes de que haga otro movimiento.

Pierre Chevrot subió los peldaños de la entrada de su residencia en el elegante barrio de Zuqaq al-Blat, la zona residencial de Beirut en la que vivían los embajadores junto a la élite adinerada. Su mansión, estilo segundo imperio, se había construido en 1890 por encargo del Ministerio de Asuntos Exteriores francés.

—*Bonjour*, Olivier —saludó a su mayordomo y le entregó el bastón y el pañuelo.

—¿Desea comer algo el señor?

—No, tengo mucho que hacer, *merci*.

Olivier se retiró con discreción. Pierre fue hacia la parte posterior de la casa y se encerró en su despacho. Las paredes estaban forradas con una lujosa seda verde y en el techo se veían frescos de antiguas batallas griegas. Frente a la chimenea, una biblioteca bien surtida, con una escalera corrediza de caoba. Los altos ventanales daban a un patio, que a su vez conducía al jardín, y ahora estaban cubiertos por unas pesadas cortinas verdes y doradas de brocado con dibujos de Cachemira. El escritorio de caoba se alzaba majestuoso junto a la ventana que le permitía ver las flores cuando estaba trabajando.

Aquella noche estaría en un barco camino de Francia. Se había sentido tan a gusto en ese destino...

Olivier llamó suavemente a la puerta y entró con una botella de vino y una copa en una bandeja de plata, que dejó en una mesita junto al escritorio.

—¿Desea algo más, señor?

—¿Te importaría encender la chimenea? Tengo un poco de frío.

El mayordomo pensó que la petición era extraña en una cálida noche primaveral, pero se puso a encenderla sin más comentarios.

Cuando Olivier salió, Pierre se sirvió un poco de vino y vació la copa. Inspiró hondo y buscó la llave del armario que había detrás del escritorio. Sacó varias carpetas y las fue arrojando al fuego una por una.

Esperó hasta que el último papel se convirtió en una ceniza gris blanquecina. Abrió la caja fuerte para asegurarse de que no quedaba nada dentro. Cogió un par de documentos y los metió en un maletín. Cerró los ojos con fuerza para intentar borrar de su mente las consecuencias de aquello. Llamó a Olivier con la campanilla y pidió que una de las criadas limpiara las cenizas. El gran reloj de la repisa de la chimenea marcaba casi las siete y media. Tenía tiempo suficiente. Cogió el maletín y se dirigió a la entrada, donde le esperaba Gaston.

—Al puerto, por favor —indicó al conductor—. Nos vamos a casa.

Aquella noche, poco después de las diez, el sonido de cascos al galope por las adoquinadas calles de Zuqaq al-Blat alteraron su habitual sosiego. Los vecinos que seguían sentados a la mesa después de cenar y disfrutaban del café y un coñac interrumpieron sus conversaciones. Muchos se levantaron para intentar ver algo por la ventana. A pesar del caos de Beirut, Zuqaq al-Blat mantenía a raya el habitual ruido de los barrios pobres. El pequeño batallón se detuvo ante las puertas de hierro forjado de la residencia del embajador francés y los caballos resoplaron y cabecearon al sentir las riendas. El capitán desmontó y el portero se apresuró hacia él desde el interior del recinto.

—Venimos en nombre de Ahmed Djemal Pasha, gobernador de Siria. ¡Abre las puertas!

—No me han informado de su llegada.

—Abre ahora mismo o te pego un tiro —lo amenazó el capitán apuntándole a la cabeza—. Buscamos al embajador.

—Hoy no me tocaba cuidarlo a mí —respondió con descaro—. ¿Qué os pasa? ¿Creéis que estáis por encima de la ley?

—¡Contén la lengua! —le previno un soldado.

Cuando los jinetes irrumpieron en el camino que llevaba a la mansión, el portero volvió a entrar en su garita rezongando: «¡Cabrones! ¡Les escupo en la cara! ¡En especial en la de ese turco, el Carnicero! ¡Maldito sea!».

—¡Abrid en nombre de Ahmed Djemal Pasha! —exigió el capitán golpeando la enorme puerta de caoba.

En el interior no se oyó movimiento alguno. Estaba a punto de disparar a la cerradura cuando la puerta se abrió y apareció Olivier.

—¿Dónde está el embajador?

—No lo sé, monsieur *le capitaine* —contestó angustiado—. Llevo una hora esperando a que venga a cenar, pero todavía no ha regresado.

—¿De dónde?

—Ha salido y he imaginado que tenía una reunión. Lo estamos esperando.

—¡No me mientas! —lo amenazó cogiéndole por el cuello—. ¡Registrad la casa! El embajador ha de estar aquí. Todos los rincones de la ciudad están vigilados.

Los soldados se dispersaron y desenvainaron las espadas. Olivier se horrorizó cuando uno de ellos tiró un jarrón en el rellano del primer piso y aquella valiosa antigüedad se hizo añicos contra el suelo.

—¿Dónde ha estado durante el día? —le interrogó el capitán.

—Señor, no estoy al tanto de las ocupaciones de su excelencia.

—¿Quién lo está? —gritó el capitán encarado con el anciano mayordomo.

—Imagino que su secretario.

—¿Y dónde encuentro al secretario?

—Trabaja en la embajada, en la rue de Damas.

—¡No te hagas el listo! ¡Sé dónde está la embajada! Llévame al despacho del embajador.

—Por aquí, *mon capitaine*. Si tiene la amabilidad de seguirme...

—¿Te estás riendo de mí?

—Por supuesto que no, señor. —Olivier hizo una inclinación y echó a andar.

Los soldados pusieron patas arriba todas las habitaciones de la residencia de Pierre Chevrot, destrozaron muebles, porcelanas y cristales, rasgaron con las espadas las cortinas y tapices y arrancaron sin cuidado los cuadros para buscar cajas fuertes u otros escondrijos secretos.

—Debe de estar en Beirut —informó un joven soldado al capitán—. Tiene la ropa aquí, camisas, cuchilla de afeitar..., todo.

—Cuando vuelva esta noche le daré el mayor susto de su vida. ¡Mirad! ¡Coñac francés! —Cogió la botella y tomó un trago.

—Incluso ha dejado la correspondencia —indicó el joven soldado abriendo el armario junto al escritorio.

—¡Cogedla! Tenemos que llevar algo al bajá que justifique este registro.

El joven soldado sacó el armario para cargarlo en el carro que habían llevado.

El capitán pasó la vista por la oficina. «¡Maldito francés! ¡Seguro que guardas algo más que un montón de papeles!», pensó mientras tomaba otro trago apoyado con prepotencia en el escritorio.

—¿Me permite ofrecerle algo de beber, *mon capitaine*? —preguntó Olivier, que no paraba de ir de una habitación a otra.

—¿Dónde está la caja fuerte?

—Detrás de ese cuadro.

El capitán lo tiró al suelo.

—No tendrás la llave —preguntó riéndose.

—Lo siento, pero no.

—¡Maldito imbécil! —murmuró mientras disparaba a la cerradura—. ¡Soldado, ponga la caja fuerte en el carro también!

A la mañana siguiente el capitán Omer Erdogan esperaba impaciente en la puerta de la oficina de Ahmed Djemal. Vestía un uniforme recién almidonado. Se había duchado y afeitado, recortado la barba y engominado el bigote. En el suelo, en una caja de madera estaban las carpetas que había sacado la noche anterior del despacho de Pierre Chevrot. Era lo único que podía tener algún interés para el bajá. No se había atrevido a tocarlas, aún conservaban el sello oficial y prefería concederle ese privilegio a su bajá. Había abierto la caja fuerte, pero estaba vacía.

—Capitán —lo saludó el secretario tras abrir la puerta.

Erdogan se cuadró, hizo el saludo militar y cogió la caja.

—Buenos días, capitán —saludó Ahmed Djemal sin levantar la vista de sus papeles.

El militar dejó la caja en una mesita, entrechocó los tacones y lo saludó con marcialidad. Ahmed Djemal dejó la pluma, levantó la mirada y cruzó los dedos sobre la mesa.

—Y bien, ¿dónde está monsieur Chevrot?

—Cuando llegamos ya no estaba en su residencia, señor. Estuvimos allí hasta pasada la medianoche y no regresó.

—¿Dónde se habrá metido nuestro embajador francés? —masculló recostándose en la silla y acariciándose la barba y el bigote—. ¿Sigue en Beirut el Alto Comisionado Británico? Él lo sabrá.

—Creo que se fue ayer.

—*Haraam!* Me habría encantado traerlos para mantener una pequeña charla con ellos.

—No creo que esté muy lejos. ¿Quiere que lo busque?

—No, deja que se vaya. Ya tengo suficientes problemas con los británicos como para tener que justificar la detención del Alto Comisionado en Beirut. —Djemal se levantó, se acercó a la ventana y miró hacia la plaza—. ¿Sabe si se reunió con Chevrot?

—Lo hizo, señor, pero no sabemos dónde.

—¡Idiotas! ¿Cómo lograron despistarlos?

—Señor...

Djemal levantó la mano sin dejar de darle la espalda al joven capitán.

—Ahórreme sus pobres excusas. ¿Quién los seguía?

—Nasir Saif, señor.

—Despídalo. No quiero ineptos entre mis hombres.

—Sí, señor.

Nasir era uno de sus mejores hombres, pero sabía que no debía discutir con su superior.

—Entérese de cuántos barcos británicos zarparon anoche. Y de cuáles hacían escala en Marsella o La Rochelle. ¿Qué había en la residencia de Chevrot? —Se dio la vuelta para acercarse al escritorio.

—Encontramos correspondencia sellada en un armario. ¿Me permite?

Erdogan abrió la caja y depositó cuidadosamente las cartas en el escritorio de nogal.

Djemal se sentó y cogió unas gafas de montura metálica. Rompió el sello y empezó a leer. Tras unos minutos, dejó las gruesas hojas de papel color vainilla y se quitó las gafas.

—Capitán Erdogan...

Este se armó de valor, convencido de que iba a reprenderle por no haber encontrado nada de valor. Afianzó los pies como si esperara la ola que iba a anegarlo.

—¡Mis felicitaciones! Ha encontrado exactamente lo que estaba buscando.

El capitán guardó silencio y levantó la vista por encima de la cabeza de Djemal para no mirarlo a los ojos.

—Esto, mi querido Erdogan, es una prueba concluyente de traición. Esos miserables grupúsculos árabes y esas asociaciones de intelectuales con sus reclamaciones de independencia son culpables de traición.

—Sí, señor.

59

—Estas cartas aseguran que se sublevarán contra nosotros con ayuda de los franceses. ¡Cerdos ingratos! ¡Así es como nos pagan el haber cuidado de ellos durante quinientos años!

—Sí, señor.

—¡Prepare a sus hombres, capitán! ¡Vamos a aplastar a esos cabrones!

—Solicito permiso para retirarme, señor.

—Puede hacerlo, soldado.

—Señor, ¿puedo mantener a Nasir en el equipo? Es que...

Djemal levantó la vista y enarcó las cejas.

—Sí, señor. Lo destituiré inmediatamente.

Capítulo 5

—¿*T*omamos un coche para volver? —preguntó Samar cuando salieron de la iglesia después de organizar el bautizo para el primer domingo de mayo.

—Sí, estoy un poco cansada —contestó Noura colocando a la niña de un hombro al otro.

—¿Quieres que la lleve yo?

—¿Te importa? No me gustaría que te manchara ese vestido tan bonito.

—No digas tonterías. Dame a esa preciosidad. ¡Mira, ahí va un coche!

Tras indicarle la dirección al conductor, las dos mujeres se acomodaron en la parte de atrás.

—No puedo creer que nuestros maridos nos hayan dejado solas para comer —comentó Samar mientras Siran le agarraba con fuerza un dedo—. No sé a quién se parece más, si a ti o a Khaled.

—Yo tampoco, pero me gusta creer que se parece a mí. Me alegro tanto de haber vuelto. Aquí no estoy tan nerviosa, no siento que vaya a pasar algo en cualquier momento. Sé que es una tontería, pero me siento segura.

—¿Estabas bien en Esmirna?

—No —contestó rápidamente—. Bueno, lo estuve, pero este último año ha sido muy duro. Khaled estaba muy distante.

—Puede que fuera el trabajo. No creo que tuviera nada que ver contigo. Wissam también se ha mostrado muy lejano. No te preocupes, querida... Son hombres, yo ya he dejado de intentar comprenderlos. ¿Qué hacemos para cenar, *habibti*?

—¿Vas a cocinar?

—¡No, por Dios! Ya sabes que no sé. Pensaba encargarle el menú a Rima, es buena cocinera.

—A mí no me importaría hacerlo.

—No seas tonta. Deja que cocine Rima y así podremos abrir una botella de vino y tomar algo de *mezze* mientras esperamos a los hombres.

—Me parece un plan perfecto.

—Nos encanta que hayáis vuelto. Os quedaréis todo el verano. Tenemos que ir a Douma. Mi madre está allí, es un oasis lejos del bullicio de la ciudad. El aire es más puro, las montañas... Un paraíso. Tú ponte en mis manos. Te volveré a introducir en sociedad antes de que te des cuenta.

Noura se recostó y sonrió mientras Samar seguía hablando. Notó que la tensión de los últimos meses iba desapareciendo. Iba a ser un verano estupendo. Estaba segura.

62

Samar y Noura disfrutaban en el salón de unas copas de vino, un plato de olivas, queso *halloumi* frito y pan de pita servidos en una mesita baja, y Siran dormía en una cuna. Cuando Wissam llegó a la puerta, oyó la voz de Samar seguida de unas alegres risas.

—¿Qué os hace tanta gracia? —preguntó asomando la cabeza.

—¡Wissam! —exclamó Noura levantándose para darle un abrazo y un beso en cada mejilla.

—¡Mira lo bien que estás! —la elogió haciéndola girar sobre sí misma.

—¿Dónde está Khaled? —preguntó Noura.

—¡Aquí estoy! —Khaled apareció por la puerta y dio un beso a Samar antes de besar a su mujer y ver qué tal estaba su hija.

—¿Cuándo me vais a presentar al nuevo miembro de la familia Shadid? —preguntó Wissam dándole una palmada en el hombro a Khaled—. Ya era hora —añadió guiñándole un ojo a Noura—. Todos nos preguntábamos cuándo ibas a cumplir.

—¡Wissam! —lo reprendió Samar horrorizada—. No todo el mundo es como tú.

—Bueno, a quien madruga... —replicó sonriendo y todos se echaron a reír.

—Estamos tomando vino, pero he puesto una botella de champán a enfriar. La guardaba para una ocasión especial y, sin duda, esta lo es —anunció Samar.

—Totalmente de acuerdo. Buenos amigos, una recién nacida, no se puede pedir más.

—Le diré a Rima que traiga más *mezze*.

—¿Qué habéis estado haciendo todo el día, aparte de cotillear? —preguntó Wissam antes de tomar un sorbo de la copa de Samar.

—Hemos ido a ver al padre Youssef, hemos organizado el bautizo, la fiesta para después del bautizo... —comentó Noura.

Cenaron cordero asado y arroz. Todos estaban muy contentos y Wissam contó diversas anécdotas de cuando Khaled y él estaban en la universidad, y Samar y Noura recordaron cómo se habían comportado sus maridos el día de la boda. Cuando el reloj de la repisa de la chimenea dio la una, seguían en la mesa.

—¿Cuánto tiempo os quedaréis, Khaled? —preguntó Samar—. Noura va a pasar conmigo todo el verano. ¿Cuándo tienes que volver a trabajar?

Khaled, que estaba a punto de coger un trozo de pastel *hadef*, miró a Noura. Por suerte, Samar estaba a su lado y no se fijó en su expresión.

—Da igual. Os quedaréis aquí —añadió rápidamente al caer en la cuenta de que Khaled no pensaba volver a Esmirna.

—No podemos, Samar —intervino Noura para disimular el silencio de su marido.

—Ni una palabra más. Está decidido, ya lo he hablado con Wissam.

—¿Cuándo? —preguntó Noura en broma.

—Nos comunicamos por telepatía.

—Creo que será mejor que alquilemos una casita pequeña —insistió Khaled—. No podemos quedarnos como invitados mucho tiempo. Además, tenemos una hija. Ya habéis sido bastante generosos.

—Como nunca vinisteis a Esmirna, no hemos podido compensar vuestra hospitalidad —añadió Noura.

—¡Ni hablar! —exclamó Samar poniéndose de pie.

—Bueno, ya veremos —accedió Khaled para tranquilizarla—. Abusaremos de vuestra hospitalidad al menos un par de semanas.

—Sí, ya veremos —repitió Samar guiñándole un ojo a Noura.

Tras dejar en el aire la cuestión, se levantaron.

—Obviamente Noura no sabe por qué os habéis ido de Esmirna —comentó Wissam a Khaled mientras las mujeres iban delante de ellos.

64   —¿Cómo iba a explicárselo sin contárselo todo? Tendré que encontrar alguna versión de la verdad.

—Lo entiendo. Pero, mientras tanto, ¿por qué no trabajas conmigo? Ahora que los franceses y británicos han prometido que nos ayudarán, necesitaré ayuda para coordinarnos con Rafic en Damasco. Y, por supuesto, tendremos que intentar contactar con Salah de alguna manera.

—No quiero intervenir más, Wissam, sino abandonarlo todo.

—Me temo que es un poco tarde para eso, amigo mío. Con esto —dijo tocando el sobre que guardaba en el bolsillo de la chaqueta—, organizaremos nuestra propia rebelión. Y esta vez tendremos éxito.

Khaled bajó la vista. La desagradable sensación que había tenido durante todo el día había regresado con mayor intensidad.

Pocos días después, Khaled y Noura fueron a ver una casita en alquiler cerca de la torre del reloj de Hamidiyyeh. Con la fachada de piedra, tenía unos escalones que terminaban en una reluciente puerta roja, y contraventanas del mismo color. En las ventanas había jardineras con geranios rojos y blancos. Parecía muy alegre, y el matrimonio sonrió antes de subir cogidos de la mano. Tocaron el llamador de latón y la amable dueña, una viuda que se iba a vivir al valle de la Bekaa, salió a recibirles.

—Es perfecta para una pareja joven.

—Y una niña —añadió Noura.

—Cabrían aunque tuvieran otra. ¿Dónde vivían antes?

—Acabamos de llegar de Esmirna.

—¿Y en qué trabajaba, señor?

—Soy abogado.

—Excelente, excelente.

Acordaron un precio un poco más elevado del que Khaled había calculado, pero Noura le apretó el brazo y apoyó la cabeza en su hombro, y no se atrevió a desilusionarla.

—Trato hecho —aceptó Khaled estrechándole la mano a la viuda.

—Imagino que les enviarán los muebles desde Esmirna —comentó la dueña.

—Tardarán un tiempo en llegar —mintió Khaled.

—Los míos ya están en Taibeh, si no, se los dejaría.

—Muy amable por su parte, pero tenemos amigos que nos los prestarán.

—¿Y su familia?

—Noura tiene una tía abuela en El Cairo.

—Eso no está muy cerca. Bueno, mientras tengan quien les ayude... Ha sido un placer, señor Shadid —se despidió tendiéndole la mano—. ¿Cuándo quiere que le dé las llaves?

—¿Qué le parece el 1 de mayo?

—Eso es dentro de dos semanas.

—Así tendremos tiempo para buscar un colchón y algunas sillas —comentó en broma Noura.

Mientras volvían hacia Hamra, Noura empezó a dar saltitos de alegría.

—¡Me encanta! Voy a decírselo a Samar. A lo mejor

65

vengo con ella luego. Seguro que me da ideas para decorarla.

—Sí, y con suerte, a lo mejor te deja algunos muebles.

—Sí, eso también. No te preocupes, dejaré la casa tan bonita como pueda. Será perfecta para nuestra nueva vida.

Khaled se contagió de su alegría, aun siendo consciente de que todavía no le había dicho por qué estaban en Beirut ni cuánto tiempo permanecerían allí. Recorrieron el resto del camino en silencio, inmersos en sus pensamientos.

—Nos vemos luego —se despidió Noura cuando llegaron a casa de Wissam y Samar.

—Sí, claro. —Khaled le apretó la mano. Le habría gustado darle un beso, pero estaban en medio de la calle y podían verlos.

Sonrió y se encaminó hacia la oficina de Wissam. Al final de la manzana, antes de girar en la calle principal que atravesaba Hamra, se dio la vuelta. Noura seguía donde la había dejado. Le sonrió, le despidió con la mano y le envió un beso. Khaled respondió al saludo y dobló la esquina.

Se metió las manos en los bolsillos y recorrió la Rue Hamra. Poco antes de llegar a la calle que llevaba a la oficina de Wissam vio un café y decidió entrar a tomar un té en el fresco interior. Le recibió el olor a pan recién horneado y estudió con anhelo los pasteles del mostrador, pero resolvió no tomar ninguno.

Se sobresaltó cuando oyó un alboroto fuera. Unos caballos pasaron al galope y dejaron tras ellos una estela de polvo. La gente se apartó y algunos vendedores de frutas movieron sus puestos. Otros no fueron lo suficientemente rápidos y la calle se llenó de mangos, ciruelas y dátiles aplastados.

—¿Qué pasa? —preguntó Khaled a un camarero.

—Son soldados otomanos —masculló entre dientes el joven—. Siempre están causando problemas.

Khaled asintió, pidió una taza de té y un narguile. «¡Ah!», pensó mientras oía las burbujas. «La vida no está tan mal: nueva casa, una hija recién nacida... Conseguiré trabajo y si no, nos iremos a Damasco, incluso a El Cairo.»

Sacó el reloj del bolsillo. Llevaba allí más de una hora sumido en sus pensamientos. Era casi la hora de comer y estaba deseando ver a Rafic, que llegaba en tren. No se habían visto desde la boda. Pagó y salió apresuradamente en dirección a la oficina de Wissam silbando una canción.

Cuando llegó, vio la verja rota. La puerta del edificio estaba abierta. Se dirigió hacia ella, pero no oyó ningún ruido en el interior, ni de máquinas de escribir, ni voces, ni sillas moviéndose, nada. Entró en la sala de redacción y se sobrecogió ante el espectáculo: los escritorios estaban volcados, el suelo lleno de papeles y manchado con tinta, había varias sillas rotas… Recorrió a toda velocidad los pasos que le separaban del despacho de su amigo. También estaba patas arriba. El sillón que conservaba desde los tiempos de la universidad estaba volcado. Se agachó para levantarlo y al tocar el respaldo notó algo húmedo. Sus manos estaban llenas de sangre. Volvió a la sala de redacción y por un momento no supo qué hacer. Primero pensó en un robo, pero era extraño que no hubiera nadie. Se limpió la sangre con un pañuelo. Entonces se acordó de los soldados otomanos y el corazón empezó a latirle a toda velocidad. Si habían sido ellos, significaba que lo habían encontrado. «¡Dios mío, Noura!», pensó y salió corriendo hacia la casa de Wissam y Samar.

El edificio tenía el mismo aspecto que cuando había dejado a su mujer allí hacía casi dos horas. Subió los escalones de dos en dos y aporreó la puerta.

Cuando le abrieron, fue a toda prisa hacia el salón, donde encontró a Noura y Samar sentadas en el sofá y a un oficial otomano apoyado en la repisa de la chimenea.

—Buenos días, monsieur Shadid —lo saludó.

—Si le ha hecho daño a mi mujer o a la de mi amigo… —le amenazó arremetiendo contra él.

Dos soldados lo contuvieron. Noura se llevó una mano a la boca y los ojos se le llenaron de lágrimas.

—Como puede apreciar, las dos están bien —replicó el

capitán antes de encender un cigarrillo con indiferencia—. ¿Me permite, madame?

—¿Qué quiere? —gritó Khaled con las manos sujetas a la espalda por los soldados.

—Hemos venido a buscarle. Nos ha decepcionado mucho no encontrarle en la redacción con su amigo, pero, al menos, nos hemos llevado a monsieur Jabari.

—¿Qué le han hecho a mi marido? —preguntó Samar después de soltar un grito—. ¿Por qué lo retienen? Si le tocan un solo pelo juro que los encontraré a todos y cada uno de ustedes y los mataré personalmente.

El capitán soltó una risilla.

—En cualquier caso, el señor Jabari no nos ha sido de gran ayuda para averiguar dónde se encontraba usted. Por desgracia, la situación se nos ha ido ligeramente de las manos, pero está bien. Solo un poco conmocionado.

Samar se levantó como un resorte, pero Noura la contuvo y la rodeó con los brazos cuando rompió a llorar.

—Nos hemos puesto cómodos. La encantadora criada nos ha preparado un café excelente y los pastelillos son deliciosos —añadió con una sonrisa sarcástica mientras cogía un *baklawa* de pistacho y se lo llevaba a la boca.

—¿Qué demonios quiere? —rugió Khaled.

—Vaya, vaya, señor Shadid —comentó dando una vuelta a su alrededor—. No se haga el inocente. Sabe muy bien lo que ha hecho. Por desgracia, no fue nada bueno y pagará por ello.

—Pero ¿qué ha hecho? —preguntó Noura desde el sofá.

—Creerse *boy scouts* jugando a ser políticos y espías, pretendiendo estar en guerra. Pero no tienen ni idea de lo que es una guerra, ¿verdad? ¿Sabe cómo es, señor Shadid? ¿Ha visto alguna vez morir a un hombre?

—Khaled, ¿qué está pasando? —intervino Noura en voz baja.

—Su marido, querida madame Shadid —dijo el capitán sin volverse hacia ella y sin dejar de mirar a Khaled—, está acusado de alta traición contra el Gobierno de la Sublime

Puerta. Espió y robó información confidencial que provocó la muerte de muchos soldados otomanos.

—Khaled, por favor, dime que no es verdad. —Se levantó y fue hacia él. El capitán la sujetó antes de que pudiera golpear a Khaled—. Dímelo, por favor... —suplicó con lágrimas de rabia, miedo e incredulidad.

—¡Llévenselo! —ordenó el capitán.

—¡Por favor! ¡Deje que abrace a mi esposa! —rogó Khaled.

—¡Khaled! —gritó Noura intentando correr tras él, pero el capitán la detuvo—. ¡Suélteme! ¡Es mi marido!

Pero el capitán la contuvo hasta que Khaled desapareció. Noura y Samar siguieron al capitán cuando se dirigió hacia la puerta. Los soldados habían subido a Khaled a un carro. Estaba sentado, con la cara contra la reja de hierro, aferrado a ella con todas sus fuerzas.

—¡Khaled! —gritó Noura corriendo escaleras abajo.

—¡Noura! —chilló Khaled cuando el capitán montó a caballo—. Lo siento mucho.

—No te preocupes, lo solucionaremos. Sea lo que sea, no importa. Todo saldrá bien —le aseguró su mujer agarrada con las dos manos al carro.

—Lo siento mucho —repitió con lágrimas en los ojos—. Noura, te quiero.

El soldado que conducía el carro chasqueó la lengua y los caballos echaron a andar. Noura se desplomó, Samar se arrodilló a su lado y se abrazaron con fuerza.

—¡Malnacido! —gritó Samar al capitán con el puño en alto—. Le encontraremos y le mataremos. ¿Cómo se llama?

—Erdogan, capitán Omer Erdogan —respondió desde la montura.

—Samar... —logró susurrar Noura con la boca seca—. No le he dicho que le quiero —sollozó en medio de un nuevo vendaval de lágrimas—. Lo he intentado, pero tenía un nudo en la garganta.

—Lo sabe, amiga mía —la tranquilizó acunándole la cabeza—. Lo sabe.

69

Y

El 6 de mayo de 1916, Khaled Shadid, Wissam Jabari y otras ocho personas fueron ahorcadas en la plaza Burj de Beirut por alta traición. Su amigo Rafic Tabbara nunca llegó a la ciudad. Fue arrestado cuando subía al tren y ahorcado junto con otras seis personas en la plaza Marjeh de Damasco ese mismo día. La orden de ejecución de los diecisiete hombres fue firmada por Ahmed Djemal Pasha, conocido como *Al Yazzar*, el Carnicero.

Noura nunca llegó a vivir en la casita de piedra de Hamidiyyeh de la que se había enamorado. Tras la muerte de Khaled, el poco dinero que tenían en el banco en Esmirna fue confiscado, al igual que la casa y todo lo que contenía. Aparte de la ropa, los anillos de compromiso y de boda, y la pequeña cruz de rubíes que llevaba al cuello, no tenía nada.

La casa de Samar también fue confiscada, al igual que la oficina y todos los bienes de Wissam. A pesar de poder quedarse en Beirut, prefirió ir a casa de su madre en Douma.

—Después de todo lo que ha pasado, no puedo quedarme aquí —le confesó a Noura.

—Será un buen lugar para criar a tus hijos. Allí todavía reina la inocencia. Es un pueblo de verdad —la consoló su amiga.

—¿Por qué no vienes conmigo?

—No puedo. He de seguir mi vida y organizar la de Siran.

—Pero podríamos superarlo juntas.

—Eres muy amable, Samar, pero hemos de seguir adelante. Tú tienes hijos a los que criar y yo tengo a Siran.

—Pueden crecer juntos.

—Hemos de seguir cada cual nuestro camino. Lo que pasó nos mantendrá unidas siempre, nos volverá más fuertes, aunque solo sea por nuestros hijos.

—¿Adónde vas a ir? Ya sabes que tenemos que abandonar esta casa el viernes, solo faltan dos días.

—No lo sé todavía.

Samar se miró las manos, en las que cayó una lágrima.

—¿Por qué, Noura? ¿Cómo ha podido suceder algo así?

Noura la rodeó con los brazos y le susurró al oído para tranquilizarla.

—Lo que pasó, pasado está, Samar, no podemos volver atrás. Hemos de ser fuertes.

—No puedo, Noura. No puedo… olvidarlo. Le echo tanto de menos… No quiero vivir sin él.

—*Ya Allah*, Samar. —Le acarició el pelo para calmarla.

Pero no agotaba sus amargos sollozos, así que la tumbó en el sofá y llenó dos vasos de agua. Samar bebió agradecida y se volvió a recostar. A los pocos minutos estaba dormida, con la cabeza en el halda de su amiga. El reloj de la repisa de la chimenea dio las dos, las tres y las cuatro. Noura tenía los ojos abiertos y miraba al techo.

«Dios mío, ayúdame. Si no a mí, hazlo por la pequeña Siran», rezó apretando la cruz que llevaba al cuello. Se devanó los sesos en busca de soluciones, pero no se le ocurrió nada. Cuando el sol estaba a punto de salir, se le cerraron los ojos y se sumió en un profundo sueño.

71

Capítulo 6

*N*oura dejó a Siran con Samar y fue hacia el puerto de Beirut, al este de la bahía de San Jorge donde se cree que este mató al dragón. Iba a una casa de empeños en la que Rima, la criada, le había dicho que podría vender los anillos y el colgante.

Se repetía sin cesar las mismas preguntas en los últimos días. Por la noche la atormentaban horribles imágenes de Khaled sacando los brazos entre los barrotes del carro. No podía imaginar qué habría sentido al notar la soga al cuello y en el momento en el que el verdugo accionó la palanca y le dejó caer. «Poco a poco. Vete decidiendo todo poco a poco», pensó mientras recorría aquellas sórdidas calles. Llegó a una plaza pequeña con una fuente en medio. Se hizo visera con la mano y miró a su alrededor, con el bolso bien sujeto. Sacó el trozo de papel en el que había apuntado la dirección. Rima le había dicho que la tienda estaba frente a la fuente, pero allí no había más que una polvorienta plaza de la que salían varias calles. Olía el aire salado del puerto y las gaviotas chillaban por encima de su cabeza.

—¿Noura? —oyó que la llamaba alguien.

Conocía esa voz masculina. Se dio la vuelta lentamente.

Al ver al capitán Musa Nusair se le abrieron los ojos de par en par y le afloró una enorme sonrisa. El capitán ya acortaba la distancia con los brazos abiertos. Noura lo abrazó con todas sus fuerzas, empezó a llorar y escondió la cabeza en sus anchos hombros como una niña que se siente a salvo y protegida. Nusair cerró los ojos para evitar las lágrimas y apretó los dientes para contener la emoción.

—Me alegro mucho de verte, capitán —consiguió decir Noura intentando volver a sonreír.

—No tanto como yo. Respecto a lo que pasó... No sé qué decir —confesó con labios temblorosos.

—Sé lo que siente tu corazón.

—No sabía cómo ponerme en contacto contigo. Ven, vamos a tomar un té —sugirió pasándole un brazo por los hombros.

Se sentaron en un pequeño café junto a la ventana desde la que se abarcaba el ajetreo del puerto. Hacía una mañana tan luminosa y cálida que a Noura le parecía irreal.

—No sé por qué volvimos. Deberíamos habernos quedado en Esmirna.

—Quizá Khaled no podía seguir allí y pensó que debía correr el riesgo de venir.

—Nunca me dijo por qué huimos.

—A lo mejor quiso evitar ponerte en peligro.

—Pero era su mujer. Se supone que los matrimonios comparten sus vidas y no se guardan secretos.

—Creo que os estaba protegiendo a ti y a la niña, que lo hizo por el bien de su familia. Era un hombre serio, responsable.

—Quizá si me lo hubiera dicho, habría podido ayudarle, salvarlo...

—No podías hacer nada. Todos elegimos nuestro camino.

—Ahora se ha ido y ¿qué me ha dejado? Siran y yo no tenemos nada, los turcos se lo llevaron todo.

—Ya pensaremos en algo. *Chai, min fadlek* —pidió cuando se acercó el camarero—. ¿Qué hacías en esta parte de Beirut? —preguntó después de que les sirvieran dos humeantes tazas de té acompañadas de un plato de *mamul*.

—Intentaba vender esto —confesó abriendo la bolsita en la que llevaba los anillos y la cruz.

—No creo que te den mucho, al menos en una casa de empeños.

—¿Por qué?

—Porque olerán tu desesperación, la verán en tu cara. Son unos ladrones.

—Es todo lo que tengo, capitán. Mañana vienen a echarnos de casa. He de irme de Beirut. Es mi ciudad natal, pero no puedo quedarme. No quiero que Siran se eduque en una ciudad gobernada con tanta crueldad.

—¿Y tu familia?

—Solo tengo una tía abuela en El Cairo. Es mayor, pero podremos estar con ella un tiempo, al menos hasta que encuentre trabajo.

—¡Trabajo! —repitió el capitán escandalizado—. No consigo imaginarte trabajando. ¿Qué quieres hacer?

—Todavía no lo sé.

—Mañana zarpo para Alejandría. Me gustaría mucho llevarte conmigo.

—Pero no tengo dinero. No puedo abusar de tu generosidad.

—Considéralo un préstamo.

La cara de Noura se iluminó. Abrió el bolso y sacó la bolsita.

—¿Por qué no aceptas esto a cambio?

—Guárdalo, dáselas a Siran. Las valorará más que yo o que cualquier casa de empeños.

—No puedo, capitán.

—No te estoy ofreciendo un crucero de placer por el Mediterráneo en un fastuoso yate. Ya conoces mi carguero.

Noura permaneció en silencio unos minutos jugueteando con las cuerdas de la bolsita de seda. Finalmente levantó la vista.

—¿Todavía se llama *El árbol de la vida*?

—¿Por qué?

—Porque la última vez me trajo suerte. Siran nació sana. Quizá en esta ocasión me ayude a encontrar una nueva vida para ella y para mí.

—Por supuesto que lo hará.

—¿Podrás ofrecerme tu camarote otra vez?

—¿Crees que te iba a alojar en una litera? —replicó Musa sonriendo y apretándole la mano—. Además, tengo muchas ganas de ver a mi ahijada.

—Es la segunda vez que me salvas la vida. No me gusta tener deudas. ¿Cómo voy saldar esta?

—Khaled me pagó por el primer pasaje y este, ya te lo he dicho, es un préstamo.

Aquella noche Noura hizo la maleta marrón que había llevado desde Esmirna. Samar se tumbó de espaldas en la cama y miró al techo con la cabeza entre las manos.

—Me gusta esta casa. He vivido en ella desde que me casé. ¿Has avisado a tu tía abuela?

—Le he enviado un telegrama.

—Me encantaría que vinieras a Douma.

—Por favor, Samar. Ya lo hemos hablado. Sabes que no puedo.

—¿Por qué no?

—¿Qué voy a hacer allí?

—No sé —contestó encogiéndose de hombros y acariciando la cabeza de Siran—. Lo mismo que vayas a hacer en El Cairo.

—Douma es un pueblo, nos vamos a una gran ciudad. Tendré más oportunidades allí.

—No necesitarías trabajar.

—No puedo vivir a costa de tu madre.

—Tienes demasiado orgullo. Podrías venir un tiempo y, cuando te sintieras mejor, seguir tu camino. No sería un acto de caridad.

—No es orgullo, Samar, ni caridad —replicó sentándose en la cama—. Eres una mujer muy generosa, pero tengo que aprender a valerme por mí misma. Y cuanto antes lo haga, mejor. Si vamos juntas a Douma, nunca superaré el pasado.

—Pero no volveré a verte —se quejó con lágrimas en los ojos.

—Eres la madrina de Siran. ¿Cómo no vamos a volver a vernos?

Samar se encogió de hombros enfurruñada y Noura cerró la maleta.

—¿No vas a meter nada más? Está vacía.

—Es todo lo que tengo.

—¿Por qué no te llevas alguno de mis vestidos?

—Te lo agradezco mucho, pero no creo que me queden bien. Además, son demasiado bonitos como para aceptarlos.

—Sabes coser. Puedes arreglarlos como quieras. Me harás muy feliz si los aceptas. Sé que no consentirás que te dé dinero, así que llévate alguno. No es que me vaya a quedar desnuda.

—Sí, ya he visto los baúles que ha preparado Rima.

—Coge a Siran y vamos a mi cuarto.

Por la mañana Noura se embarcó en *El árbol de la vida* con una maleta llena a reventar. La jornada pasó sin contratiempos y al día siguiente, cuando estaban cerca del puerto de Alejandría, subió a cubierta con su traje azul cobalto y Siran en los brazos.

—Mira, esa va a ser nuestra nueva casa.

La niña gorjeó y sonrió.

—¿Qué opina mi ahijada de este país? —preguntó el capitán Nusair cogiéndola.

—Todavía tenemos que llegar a El Cairo.

—No creo que tengas ningún problema —aseguró con voz calmada balanceando en el aire a la niña.

—¿Me ocultas algo? —preguntó apuntándole en broma con el dedo.

—¿Quién, yo? Nada, madame. Nada de nada. —Musa Nusair se echó a reír y sus blancos dientes relucieron al sol haciendo juego con la gorra que llevaba ladeada y su jersey de algodón.

—Solo tengo los documentos de identidad falsos que compró Khaled en Esmirna y ni siquiera incluyen a Siran.

—No tendrás problemas para entrar en Alejandría —repitió el fornido capitán cantándoselo a la niña—. No se preocupe, madame Shadid, está todo previsto.

Noura observó a los marineros encargados de colocar la pasarela por la que descendería al muelle del puerto de Alejandría. En circunstancias normales, habría estado encantada de volver a pisar tierra firme, como hacía un par de meses al llegar a Beirut. Nunca le había gustado navegar, pero en ese momento el mar le pareció un buen refugio. Preocupada por lo que le deparara el futuro, sintió que temblaba al agarrarse a las cuerdas para bajar. El corazón le latía con fuerza y le costaba respirar. Nusair iba detrás de ella con Siran en los brazos y un marinero con la maltrecha maleta marrón.

—Bueno, ya estoy aquí. Gracias otra vez, capitán Nusair —dijo al llegar a tierra.

Este hablaba sonriente a Siran, que parecía absolutamente fascinada con su nariz.

—Tienes una hija encantadora, con unos ojos preciosos y expresivos. Toma —dijo entregándosela, antes de hacerse visera con una mano y empezar a mirar en todas direcciones—. ¿Dónde se ha metido?

Noura miró a su alrededor y se preguntó a quién buscaba, pero Siran empezó a llorar y tuvo que prestarle toda su atención.

Musa Nusair se dirigió a un hombre mucho más alto y fornido que él, vestido con una larga túnica blanca de algodón con finas rayas de color rojo oscuro y azafrán ceñida a la cintura, y con un pañuelo de algodón marrón enrollado a modo de turbante, que impedía verle los ojos.

—*Sabah aljair, madame* —la saludó una voz ronca y grave por debajo de la tela—. ¿No me reconoces? Mi querida señora… —El hombre se inclinó y apartó el pañuelo para que le viera los ojos. Eran marrones y risueños. De pronto guiñó uno y le dio un beso en la mejilla.

Noura dio un paso atrás, sorprendida por la excesiva

familiaridad. Intentó reconocerlo, pero él estaba de espaldas al sol y solo distinguía su silueta. Se acomodó a Siran en una cadera y se hizo visera con una mano para poder apreciar sus facciones. El capitán se hizo cargo de la niña y el gigante cogió a Noura por la cintura, la levantó y le dio varias vueltas como si fuera tan ligera como su hija.

—¡Bájeme! —ordenó intentando golpearlo—. ¡Bájeme ahora mismo! ¡Cómo se atreve!

El hombre obedeció. Cuando Noura recuperó el equilibrio, le dio una bofetada. La sonrisa del capitán Nusair se borró. El gigante parecía sorprendido. Lentamente levantó una mano que parecía más bien una garra de oso y se tocó la mejilla por encima de la tela.

—Por suerte la llevaba tapada, porque ha sido una señora bofetada. No sabía que tuvieras tanto genio.

—¿Quién se ha creído que es?

Musa Nusair notó que la gente empezaba a mirarlos.

—Ven conmigo —pidió a Noura cogiéndola por el brazo para volver al barco.

—¿Qué haces?

—No digas ni una palabra —le advirtió mientras subían a buen paso la pasarela hacia la cubierta.

Cuando estuvieron a salvo en su camarote, el hombre se quitó el turbante y a Noura se le abrieran los ojos desmesuradamente.

—*Ya Allah!* ¡Salah! ¡Dios mío, estás vivo! —exclamó arrojándose en sus brazos.

No podía creerlo. Rememoró el día en que Khaled se lo había presentado. «Salah, esta es la mujer con la que voy a casarme», había dicho y ella lo había mirado extrañada porque en ese momento ni siquiera estaban prometidos. «Noura, este es mi buen amigo Salah. Nos conocemos desde que teníamos diez años.» Recordó haber sonreído tímidamente, todavía sonrojada por el comentario anterior. «No te dejes intimidar por su apariencia de oso, en realidad es un gatito que se pone mucha colonia.»

Se acordó de aquella noche con Salah, de la instantánea conexión que había sentido con el amigo de su futuro marido. Salah la había hecho reír toda la noche y había insistido en enseñarle cómo bailaba. «Pienso hacerlo en la boda. Jamás había visto así a Khaled», le confesó cuando Khaled se levantó para ir a por más bebidas. «Ha tenido novias, pero tú eres diferente. Os casaréis pronto, créeme.»

Desde entonces habían cenado juntos en varias ocasiones, a veces con Wissam y Samar, y hasta con Rafic, cuando iba a la ciudad desde Damasco. Salah fue uno de los tres padrinos en su boda y, poco después, cuando a Khaled le ofrecieron trabajar como abogado del Chemin de Fer Impérial en Esmirna, Salah recibió una oferta para ser uno de los ingenieros en la misma oficina.

Nada más mudarse a Esmirna, Noura le había ayudado a arreglar la casa, que no quedaba muy lejos de donde vivían Khaled y ella, y pasaba a menudo para llevarle fruta o algún pastel que hubiera horneado. De vez en cuando, Salah iba a verlos y le pedía que le cosiera un botón o algún roto en unos pantalones. Khaled estaba encantado con la amistad que habían fraguado su mujer y su mejor amigo.

Ahora Noura estaba tan contenta de verlo que no dejó de abrazarle y el amable gigante tuvo que soltarle las manos y depositarla con cuidado en el suelo.

—¿Por qué no me lo has dicho? —preguntó dándole un golpecito en el pecho.

—Creía que me reconocerías o que recordarías mi voz. Ya sé que hace un año que no nos vemos. Ni siquiera creo que estuvieras embarazada entonces.

—Quizá sí lo estaba —confesó con timidez.

—Bueno, estabas muy guapa en aquella fiesta de cumpleaños que organizaste para Khaled.

Noura bajó la vista y contuvo las lágrimas que se agolparon en sus ojos al evocar las imágenes de aquella idílica velada en su jardín de Selyuk. Recordó que aquella mañana el médico había confirmado sus sospechas de que estaba embarazada; lo entusiasmada y contenta que se puso y la forma en que iba a decírselo a Khaled; cómo esperó hasta que se fueron todos los invitados para contárselo mientras tomaban un trozo de tarta con una copa de champán. Se emocionó de nuevo al evocar la sorpresa inicial de su cara, que pronto se transformó en una resplandeciente sonrisa que le iluminó el rostro. Khaled la rodeó con los brazos, la abrazó, la besó y le dijo lo feliz que era, lo feliz que le hacía sentirse y que casarse con ella era lo mejor que había hecho en su vida. Le dijo que la amaba. Ella había sonreído y le había besado, y aquella noche le demostró cuánto le quería. «*Ya Allah!*, Khaled. ¿Adónde te has ido?»

—Ánimo —la confortó Salah dándole un abrazo.

—¿Cómo iba a reconocerte? Has crecido —bromeó.

—¿De verdad? —preguntó mirándose el abultado estómago.

—Y en el muelle había tanto ruido que no reconocí tu voz.

—Por eso te levanté. Creí que me verías los ojos y por eso te los guiñé.

—Lo siento, Salah. Todo era muy confuso.

—Sí, lo sé. Quiero que sepas cuánto lo siento. Sé que las palabras no son suficientes.

—Entonces no digas nada. Todavía no, no estoy preparada.

—Tenemos que movernos —intervino el capitán Nusair—. Nos han concedido muy poco tiempo en este muelle. He de descargar y zarpar.

—Por supuesto —accedió Salah volviéndose a colocar el pañuelo marrón—. Noura, tenemos que ir a la estación y subir al tren en dirección a El Cairo. Mi madre ha preparado un banquete. ¡Maldito turbante! Pero, bueno, más vale prevenir que curar. Aunque estemos en un protectorado británico, estoy seguro de que Djemal tiene espías aquí y de que me están buscando.

—Es difícil que un hombre como tú pase inadvertido —comentó Noura.

—No salgo mucho. Hoy lo he hecho por ti y por Musa.

—Gracias, Salah. Perdona por haberte dado una bofetada.

—No te preocupes. Venga, vamos a casa. Nusair, mi madre te espera para comer.

—¿En El Cairo? No sé si podré ir.

—Yo que tú no la ofendería.

—Tengo que salir hacia Suez esta noche.

—Ha preparado *mulladarah* —añadió para tentarlo.

—¡Santo cielo! —exclamó entregando Siran a su madre—. Ojalá pudiera ir. Dile que espero que prepare lo mismo la próxima vez que venga.

—De acuerdo —convino Salah sonriendo y se dirigió a Noura—. Mi madre está deseando verte. Después, si quieres, te llevaré a casa de tu tía abuela.

Al verlos bajar por la pasarela, Nusair tuvo un *déjà vu*. «Espero que no vuelva a pasar lo mismo», pensó mientras los seguía con la vista.

Capítulo 7

*S*aydeh, la madre de Salah, vivía en un apartamento en Zuqaq al-Hamra, un callejón adoquinado cercano a la mezquita Al-Hussein, en el bazar Jan al-Jalili del barrio musulmán de El Cairo.

Estaba en el primer piso de un edificio de tres, cerca de una de las puertas originales del bazar. En la planta baja, un anticuario vendía arañas de luces y joyas bereberes. Cuando Salah había llegado a El Cairo escapando de Esmirna, Saydeh le había dejado que ocupara el segundo piso. El tercero, más pequeño, lo tenía lleno de cajas de madera y muebles antiguos cubiertos con sábanas. Encima había un ático que daba a la azotea, también repleto de cajas y baúles antiguos.

—*Ahlan wa sahlan!* —exclamó Saydeh con los brazos abiertos hacia Noura—. ¡Bienvenida, *habibti*, bienvenida! ¡Qué guapa estás! ¡Y qué bendita criatura! —añadió al ver a Siran.

Noura sonrió ante el cálido recibimiento de Saydeh Masri. A primera vista no parecía muy atractiva, con un amplio trasero que se movía sugerentemente cuando andaba y la cara redonda, acentuada por la forma en que se anudaba el *hiyab*, que le cubría por completo el pelo y resaltaba la papada. Sus ojos marrones claros despedían reflejos ámbar según les daba el sol y su único maquillaje era un poco de kohl. Vestía una larga *abaya* negra, pero el *hiyab* rosa oscuro favorecía su tez aceitunada. Tenía una belleza interior y su risa, calidez y generosidad hacían olvidar al instante las carencias de sus atributos físicos.

—Ven, vamos arriba. Debes de estar cansada por el viaje. Tengo agua de rosas fría. —Y la invitó con un gesto a cruzar una puerta de dos hojas de madera.

Un oscuro pasillo conducía a un luminoso cuarto de estar amueblado con un diván, taburetes y coloridos cojines de seda. El sol se colaba por las ventanas que daban a una estrecha callejuela.

—¡Mmm! Algo huele de maravilla —comentó Noura.

—Sí, el caldero de la bruja está cerca —intervino Salah guiñándole un ojo.

Saydeh puso cara de circunstancias ante el comentario de su hijo.

—¿Quieres lavarte antes? Ese es mi dormitorio y al lado está el baño. Déjame a la niña. ¿Cómo se llama?

—Siran.

—Siran —repitió acunándola.

En el baño vio un pequeño lavabo con una mesa al lado y un cubo de madera con agua. Había también una jarra, un platillo con jabón verde y toallas de lino en un colgador. La mesa estaba junto a un pequeño tabique que llegaba hasta la cintura y protegía un espacio embaldosado para bañarse. Inclinó un espejo de tocador de nogal para verse mejor y, sin querer, las lágrimas se agolparon en sus ojos. Se agarró al lavabo con las dos manos para frenar los sollozos, pero se le escapó uno. Agarró rápidamente una toalla y se la llevó a la boca. No quería que la oyeran. «¿Por qué estoy tan sola?», se preguntó contemplando la cara de sufrimiento que se reflejaba en el espejo. Recorrió el cuarto de baño enfurecida, jadeante y con la toalla de lino en la cara. Se sentó en un taburete de madera y dejó que le corrieran las lágrimas, con los hombros hundidos por el peso de sus emociones. Poco a poco la marea de tristeza y la cólera que había sentido se fueron retirando y empezó a sosegarse.

—¿Estás bien, Noura? —oyó que preguntaba Saydeh.

—Sí —consiguió responder con una voz cercana a la normal.

—*Tayeb*, no tengas prisa —dijo antes de empezar a cantar una canción infantil.

Aquellas palabras volvieron a inundar de lágrimas los ojos de Noura, pero consiguió detenerlas. Se lavó rápidamente la cara y se frotó los ojos para que no se notara tanto que los tenía rojos e hinchados.

Cuando salió, Saydeh le dirigió una mirada de complicidad. Le agradeció que no comentara nada delante de Salah, que tenía a Siran en el regazo y hacía muecas para entretenerla. La niña parecía muy pequeña a su lado.

—Ven, siéntate y toma algo frío —la invitó Saydeh señalando un cojín a su lado en el sofá.

Junto a ella, una bandeja con una jarra de cristal llena de agua de rosas, con pétalos y mucho hielo, y tres vasos alrededor. En la mesita baja, otra bandeja con *mezze* de todo tipo: *hummus*, *babaganush* decorado con granos de granada, un *tabulé*, pastelillos triangulares de espinacas, pasteles redondos de queso y *falafel* pequeños.

—*Ya Allah!* —exclamó Noura—. Tiene pinta de estar estupendo.

—Voy a por el pan. Lo tengo caliente en la cocina.

—Deje que vaya yo —se ofreció Noura, que no quería que la anciana se apurara por ella.

—Yo no discutiría con ella —le recomendó Salah—. Vas a ser una niña preciosa —dijo mirando de nuevo a Siran.

—¿Dónde vive tu tía? —preguntó Saydeh al volver.

—En el Viejo Cairo, cerca de la iglesia de San Sergio.

—Eso está muy lejos de aquí. ¿Es la hermana de tu madre?

—La verdad es que es la hermana de mi abuela.

—Debe de ser muy mayor.

—Lo es —aseguró Noura tomando un sorbo del agua de rosas: estaba deliciosa, dulce y fría, tal como le gustaba.

—¿Cuándo fue la última vez que la viste? —preguntó Saydeh mientras Salah se ocupaba de la niña y tomaba algún *mezze*.

—Hace tiempo. Al menos diez años.

—¡Salah! —le recriminó la viuda a su hijo, que estaba cogiendo otro pastelillo de espinacas—. Si comes todo eso, no tendrás hambre a la hora de comer. Es incorregible. Le encanta comer, desde que era niño.

Este, con una expresión infantil, dejó el *mezze* en el plato y su madre se esforzó por que la conversación fuera agradable y distendida.

—Hace años que no voy al Viejo Cairo —le confesó a Noura cogiendo el *mezze* que había dejado Salah—. Salgo pocas veces de Jan al-Jalili. Mi vida está en este zoco. Hay un mercado de fruta y verdura, todo lo que necesito lo encuentro en estas calles y mis amigas viven cerca del bazar. Solemos ir a un café todas las mañanas después de hacer los recados.

—*Immi!* No es un café, es una extensión de este cuarto de estar —intervino Salah.

—No le hagas caso. Se llama Rania's Café y puede entrar todo el mundo.

—Pero nadie lo hace, solo tú y tus amigas. Y si es un café, ¿por qué no tiene letrero?

—Sí que lo tiene, pero está roto. Y como todas sabemos dónde está, no tiene sentido arreglarlo.

—Bueno, no es como El Fishawy —bromeó Salah.

—Esa es tu guarida, hijo mío. No es un lugar adecuado para mujeres. Noura, quizá te apetezca venir un día al Rania's. —Y se levantó para dar los últimos toques a la comida.

—Por supuesto, estaré encantada. En cuanto me instale.

—Mi madre es la reina de la hospitalidad. Es más propietaria de ese café que la propia Rania.

—Ya imagino —concluyó Noura riéndose.

Se volvió y miró la calle a través de la ventana, inconsciente de la mirada encandilada de Salah. Había algo en la forma en que la luz de la tarde se posaba en sus ojos y resaltaba sus rizos, la sombra en su nuca…

—Ahora entiendo por qué te gusta esto. Me parece fascinante. Pero ¿cómo te orientas? Es un laberinto.

—Sí, es fácil perderse.

—Seguro que tu madre conoce el zoco como la palma de su mano.

—Noura... —pronunció Salah con voz vacilante—. ¿Por qué no te quedas conmi..., con nosotros?

—La comida está lista —anunció Saydeh antes de que Noura tuviera tiempo de reaccionar—. *Yallah!*, antes de que se enfríe.

Ya en el comedor, Noura no sabía dónde mirar, ni cómo interpretar la pregunta de Salah. Su amigo parecía confuso.

—Noura —dijo Salah cuando Saydeh fue a por más pan para untar en la salsa del guiso de pollo—. No sé qué me ha pasado... *Be'tizir* —se disculpó—. No sé en qué estaba pensando...

Parecía tan genuinamente horrorizado que Noura se echó a reír.

—¿A qué vienen esas risas? —preguntó Saydeh, que había entrado con una cesta de pan de pita caliente, y no percibió cómo Noura y Salah intercambiaban una mirada de complicidad—. Contadme el chiste.

—No era un chiste, *immi*. Le estaba tomando el pelo a Noura por lo mucho que come.

—Me temo que debería ser al revés.

Tras una taza de café blanco para ayudar a la digestión, Noura decidió que había llegado el momento de ir a casa de su tía en el Viejo Cairo copto. Quería llegar a una hora adecuada de la tarde, pues no conocía sus horarios.

—*Habibti* —dijo Saydeh con lágrimas en los ojos cuando la abrazó para despedirse—. Mantenme informada. Si necesitas algo, solo tienes que pedirlo.

—*Shukran* —agradeció Noura—. La comida estaba buenísima.

—No he comentado nada sobre lo que pasó en Beirut porque prefería que disfrutaras este rato, pero quiero que sepas que lo siento mucho, *habibti*. Si quieres hablar o necesitas un hombro...

—*Immi!* —exclamó Salah al percatarse de que a Noura

le cambiaba la expresión de la cara—. Si queremos llegar a Abu Serga a las seis, es mejor que nos pongamos en marcha.

—Espero que la acompañes y no la envíes sola en un coche.

—Por supuesto —aseguró su hijo cogiendo la maleta.

—Recuerda que esta es tu casa —se despidió Saydeh cuando Noura salió con Siran en los brazos, acompañada por Salah.

Avanzaron por las laberínticas callejuelas hacia la mezquita Al-Hussein y la calle principal situada detrás de la plaza, donde buscaron un coche de caballos.

—Haz caso a mi madre: recuerda que tienes una casa en Jan al-Jalili. Te recibirá encantada —le recordó Salah cuando la ayudó a subir. «Y yo también», se dijo a sí mismo.

88 Salah acababa de salir de las oraciones del viernes en la mezquita Al-Hussein. Pasó por delante de la fachada de madera de El Fishawy Café y decidió entrar a tomar algo y fumar un narguile. Se sentó en una tambaleante silla de madera junto a su mesa preferida, en un rincón del restaurante, y esperó a que se acercara uno de los camareros. Podía ver el ajetreo de las callejuelas, oír los roncos gritos de los vendedores y disfrutar de la alegría del zoco.

Como cada viernes, el café estaba lleno. Los camareros iban y venían a las mesas con bandejas con zumos de naranja, mango y granada, tomaban pedidos, los gritaban y sus voces se elevaban por encima del murmullo de los clientes, el ruido de las cucharillas y los vasos, y el suave borboteo de los narguiles.

Le fascinaba aquel café y se preguntó si su madre disfrutaría tanto en Rania's. Por supuesto, El Fishawy parecía el cuartel general de los servicios secretos: se intercambiaba información y se hacían tratos de diversos tipos.

—*Sabah aljair*, hermano. ¿Lo habitual?

—*Min fadlek* —contestó Salah.

—¡Un narguile especial y un zumo de granada!

—¿Hay algo interesante en los periódicos hoy? —inquirió al camarero, que era hijo del dueño, mientras este ponía el narguile en el suelo. Era la contraseña para enterarse de si alguien había preguntado por él.

—No —contestó meneando la cabeza sin mirarle, al tiempo que ponía una brasa en la cazoleta.

—Seguro que el artículo de la tercera página te parece interesante —aseguró Salah colocando discretamente una bolsita de seda en el periódico.

—*Tayeb*, hermano. Gracias y Dios te bendiga —dijo llevándose una mano al corazón y haciendo una reverencia.

—Y a ti también.

Salah empezó a fumar y el humo gris purificado por el agua de la pipa formó una nube frente a su cara. Observó las relucientes brasas de la cazoleta que quemaban el trozo de tabaco puro que había debajo. Tenía un sabor acre y aromático. Sujetó la boquilla con la mano, tomó un sorbo de zumo y cerró los ojos. Le gustaba la dulce, aunque ácida granada.

Dejó el vaso en la mesa, se recostó en la silla y miró el rojizo líquido que había en su interior. Pensó en cuánto tiempo tardaría en ser víctima de la venganza turca. Sabía que, a pesar de que los británicos administraban El Cairo, había espías otomanos en todas partes y que, si querían librarse de él, lo harían. Un poco de veneno en el té, una daga en una calle concurrida… Dada su altura le resultaba difícil disfrazarse y pasar inadvertido entre la multitud, pero de momento lo había conseguido.

Recordó a Khaled y Wissam. Cuando se enteró no pudo creerlo hasta que leyó sus nombres en los periódicos. En esa misma mesa. Su primera reacción fue de enfado, incluso quiso ir a Beirut para asesinar a Ahmed Djemal con sus propias manos. *Ya Allah!* Se preguntó una y otra vez cómo era posible que él se hubiera salvado y su madre lo consoló diciéndole que era porque había estado en el sitio adecuado en el momento oportuno. Se sintió responsable de sus muertes: su misión de sabotaje en el ferrocarril de Hejaz había contribuido al trágico destino de sus amigos.

Una voz en su interior seguía diciéndole que lo había hecho porque Wissam se lo había pedido. A pesar de estar rodeado de soldados otomanos y alemanes, se las había ingeniado para quitar los pernos. Si alguien se hubiera fijado en lo que estaba haciendo le habrían matado al instante, pero nadie le dijo nada. Quizá su altura y tamaño le habían ayudado. Debilitar la vía férrea en puntos estratégicos había provocado el descarrilamiento de trenes que transportaban soldados y pertrechos para el ejército otomano que luchaba contra los británicos en el Sinaí. También había servido para que Hussein, el jerife de La Meca, atacara los trenes con más facilidad y se apoderara de las armas y municiones para el ejército con el que había puesto en marcha la rebelión árabe.

En ese momento, con la ayuda militar de Francia y Gran Bretaña, Hussein había atacado la guarnición de La Meca. Los británicos habían enviado tropas egipcias para colaborar en la captura de la ciudad santa del islam. A su vez, uno de los hijos del jerife había lanzado una ofensiva contra Medina y Taif. Salah movió el vaso de zumo y le hizo un gesto al camarero para que lo rellenara. La independencia árabe era real y posible, y no el sueño de sus tiempos universitarios.

Su única duda era si había merecido la pena la muerte de sus amigos. Y el sacrificio de Noura, sin marido y sin padre para Siran.

Tomó otro sorbo de zumo. Estaba a punto de dar una calada al narguile cuando, de pronto, se levantó de un salto, derribó la mesa y se manchó con zumo de granada la túnica blanca y los pantalones que se había puesto para las oraciones del viernes. Salió corriendo del café, a empujones entre la gente y empezó a dar saltos para ver mejor. Llegó al final de la calle sin aliento. Miró a derecha e izquierda. Quizá se había equivocado y no era ella. Decepcionado, regresó a casa de su madre. Cuando estaba llegando a la puerta se acordó de que no había pagado el zumo y el narguile. «¡Maldita sea!», pensó, tendría que volver.

—¡Noura! —exclamó al verla sentada en la puerta.

—*Marhaba*, Salah —lo saludó sonriendo.

—Así que realmente eras tú —dijo entusiasmado—. ¿Va todo bien?

—La verdad es que he venido..., hemos venido a saludar.

—Claro, pasad. —Abrió la puerta rápidamente—. Mi madre debería estar en casa. *Immi!* —gritó desde el pie de las escaleras.

—¿Qué pasa? —preguntó Saydeh al salir, colocándose bien el pañuelo—. No hace falta que grites, todavía no estoy sorda.

—Mira quién ha venido.

—No veo a nadie —se justificó Saydeh encogiéndose de hombros.

Noura soltó una risita, el corpachón de Salah las ocultaba por completo.

—*Marhaba* —saludó asomando por un costado de su amigo.

—*Habibti!* ¡Has traído al angelito! —gritó Saydeh abriendo los brazos.

Noura le entregó a Siran a Salah y abrazó a la anciana.

—¿Qué quieres tomar? ¿Café, té...? Voy a preparar un poco de *manush*. No es tan bueno como el de Beirut, pero lo haré lo mejor que pueda.

—Por favor, *tante* Saydeh —Noura la llamaba tía aunque no fuera pariente, pues era la forma educada de dirigirse a las personas mayores—, no se moleste.

—No me molesta en absoluto. Deja a Siran con Salah.

Fueron juntas a la cocina encalada, equipada con una estufa de leña en un extremo, bajo un gran ventanal que daba al patio. Vio una pequeña fregadera con un cubo debajo y una estantería repleta de plantas de orégano, perejil y albahaca, y una gran mesa pegada a la pared con un banco a cada lado y un gran cuenco de madera lleno de fruta: ciruelas, higos, mangos y melocotones de aspecto delicioso.

—No prepare mucho, por favor —suplicó Noura al ver a Saydeh extender con el rodillo la masa para el *manush*.

—No te preocupes, con Salah cerca, no sobrará nada.

Al cabo de un rato, Saydeh puso el café en una bandeja, junto al plato de *manush* caliente, queso fresco, tomates, pepino y aceite de oliva.

—Ha preparado todo un banquete. —Noura se hizo cargo de la bandeja.

Salah apareció con un ramo de rosas en una mano y Siran en la otra.

—¿Para quién son? —preguntó Saydeh con sonrisa cómplice.

—He pensado que necesitábamos flores en casa, *immi*.

—Huelen muy bien. Tendrán que competir con tu colonia.

—¿Te gustan las rosas? —preguntó Salah a Noura, que había empezado a servir el café mientras Saydeh iba a buscar un jarrón.

—Sí... El día de la boda llevé rosas —le explicó sin levantar la vista.

—Me acuerdo.

Después de comer tomaron un segundo café.

—¿Te encuentras bien en el Viejo Cairo? —preguntó Saydeh.

—Bueno... —Noura dejó la taza y arrugó el entrecejo mientras pensaba qué responder—. Está bien, pero mi tía abuela es muy mayor. No creo que sepa quién soy.

Saydeh la miró con pena.

—Es una casa bonita y vive con Amira, la mujer que la cuida desde que murió su marido. Pero ahora que es tan mayor..., es un poco extraño.

—¿No tiene hijos?

Noura negó con la cabeza.

—No la había visto desde el entierro de mi abuela y, de repente, aquí estoy.

—Pero le dijiste que venías, ¿no?

—Sí, claro. Le envié un telegrama y me contestó diciéndome que estaba encantada.

—¿Quién envió el telegrama?

—Amira. He estado en contacto con ella todos estos años. Le envié tarjetas navideñas, la invitación de la boda y una carta cuando nació Siran. Sabía que mi tía abuela era muy mayor, pero no me había enterado de que había perdido la memoria, Amira no me lo contaba todo. Ya sé que es difícil escribir sobre esas cosas. No creo que pueda quedarme con ellas mucho tiempo.

Se quedaron en silencio un rato.

—Bueno, de momento, ¿qué te parece si nos vamos a Rania's? —propuso Saydeh.

—Puedes dejar a Siran conmigo —le ofreció Salah—. Voy a leer un rato y luego iré a correos a ver si hay alguna carta o telegrama, pero puedo llevarla conmigo.

—¿No te importa? —preguntó Noura y Salah meneó la cabeza.

—Es muy joven, pero me hará compañía.

—Entonces, vamos —le urgió Saydeh cogiéndola de la mano—. Te presentaré a mis amigas.

93

Rania Assaf estaba detrás de la barra lavando vasos y canturreando. «¿Dónde estará la gente?», pensó. Miró el reloj de la pared. Eran solo las diez, demasiado temprano. Se había olvidado de que había madrugado: para las seis ya había abierto los ojos y, a pesar de que normalmente conseguía volver a dormir un rato, hoy se había levantado.

Miró a su alrededor con las manos en las caderas. Era un local espacioso en el que cabía sin problema la antigua barra de caoba, con un gran espejo y estanterías para los vasos y las tazas detrás. Los platos y cubiertos estaban colocados debajo de la barra. Pero su orgullo especial era una hermosísima y funcional cafetera francesa de cobre *Belle époque*. Molía los granos, hacía café y calentaba la leche. La reina del mobiliario estaba colocada en el centro del local: una gran mesa de granja, con un banco a un lado y sillas en el otro. Sobre ella colgaba una antigua araña de hierro forjado que apenas se encendía porque el café cerraba tras las oraciones de la puesta de sol, pero era preciosa. El café tenía una cocina en la parte de atrás que reflejaba el mismo aire de abandono que el local público, con grietas en el enlucido y el encalado desconchado. En el mismo estado que cuando lo heredó su marido, en aquel edificio propiedad de su tío.

Fue su marido Adel quien tuvo la idea de convertir la planta baja en un café, donde su tío había regentado una tienda de comestibles y especias y un salón de té. A Rania le preció fantástico. Organizarlo y regentarlo había representado una nueva aventura y les había permitido irse de casa de los padres para ocupar el apartamento de encima que, aunque pequeño, era suyo y le evitaba soportar a su suegra. Más tarde, Adel tuvo que incorporarse a filas y hacía un año que había muerto en un ataque de Ahmed Djemal contra los británicos en el canal de Suez. Y allí estaba Rania, cercana a la treintena y viuda. Los ojos se le inundaron de lágrimas. «Ahora no», se dijo, contuvo el lloro y la tristeza, y recobró la compostura.

«Bueno, necesitaría lucirlo y encalarlo, hay que deshollinar la chimenea del horno y con una nueva decoración y mobiliario sería más acogedor. Tampoco vendría mal tener nuevos clientes. Pero una cosa después de otra», pensó mientras inspeccionaba sus dominios. En ese momento no tenía suficiente dinero. «Quizá después del verano», concluyó antes de volver a la cocina para encender el horno.

Muchos hombres pensaban que era la más guapa de todas las mujeres cristianas de Al-Jalili. Alta y con una espesa melena negra cuyo balanceo acompañaba todos sus movimientos, casi siempre la llevaba recogida en una coleta o un descuidado moño. Los ojos, grandes y oscuros, siempre perfilados con kohl. Aquella mañana se había puesto un vestido de seda de manga larga color turquesa con lunares blancos y negros que contrastaba con su tez olivácea, y sobre él, un delantal de algodón blanco. Calzaba zapatos negros sin tacón y con medias. Estaba en la cocina extendiendo la masa del pan con el rodillo cuando oyó la campanilla de la puerta.

—*Ya Allah!* —gritó mientras se limpiaba las manos en el delantal antes de ir a ver quién llegaba tan pronto.

Encontró a un hombre desplomado sobre la barra. Tenía una herida en la cabeza, la ropa desgarrada y estaba sudoroso y ensangrentado, con el pelo apelmazado y los ojos rojos. Parecía que le habían disparado, apuñalado o ambas cosas.

—¿Qué le ha pasado?

—Ayúdeme, por favor —gimió el hombre—. Me están persiguiendo. Quieren matarme.

—¿Quién le persigue? ¿Quién es usted? —preguntó mientras intentaba ver dónde estaba herido.

—Dos hombres…

Rania lo miró con recelo, fue hasta la puerta y echó un vistazo al exterior. Dos hombres con traje de raya diplomática subían por el callejón. Era evidente que no vivían en Al-Jalili. Volvió a entrar y cerró la puerta con llave. Las ligeras cortinas de lino, viejas y raídas, dejaban ver el interior.

—¿Puede andar? —preguntó al hombre, que seguía derrumbado sobre la barra.

Él negó con la cabeza.

—Tendrá que hacerlo —le urgió y, al pasar sobre los hombros uno de sus brazos, el hombre soltó un profundo gemido—. Lo siento, pero no tenemos tiempo. Los hombres que le buscan llegarán en cualquier momento.

El hombre apoyó gran parte de su peso en Rania, que le ayudó a ir hasta la cocina tan rápido como pudieron. En la parte trasera había un sótano secreto que no utilizaba. De hecho, era imposible saber que existía porque no tenía puerta. El muro se abría empujando un ladrillo hacia dentro. Cuando se lo enseñó su marido, se quedó atónita: «Es como la cueva de Aladino», exclamó entonces al entrar. «¿Qué son todas esas botellas?»

El tío de su marido vendía licores en el mercado negro y utilizaba ese hueco para esconder el whisky, ginebra,

95

brandy, champán y vino que compraba a los contrabandistas. Adel nunca había sabido qué hacer con todas aquellas botellas, así que lo había conservado como bodega, con todo el licor que había heredado y del que nunca había hablado a nadie, aunque lo consumiera de vez en cuando para calmar los nervios.

—Entre y túmbese —le pidió antes de depositarlo con cuidado sobre el suelo de tierra.

Rania cerró la bodega y volvió al bar después de esconder el ensangrentado delantal en una cesta. Cogió uno limpio y se lo puso. Sacó un cubo con una fregona, mojó un trapo en el agua con jabón y limpió la sangre de la barra. Cuando estaba fregando el suelo, sonó un golpe en la puerta y vio a los dos hombres a través de las cortinas.

—¿Sí? —contestó al abrirles con la fregona en la mano—. El café está cerrado.

—No hemos venido a tomar café, señora —anunció uno de ellos intentando ver qué había detrás de ella.

—Señora —intervino el segundo hombre en voz baja pero enérgica mientras mantenía abierta la puerta con la mano—. Nos gustaría echar un vistazo al interior.

—Esto es un café. Si no han venido a comer o beber, no tienen nada que hacer aquí.

—Estamos buscando a alguien —le explicó uno de los hombres abriendo la puerta y apartando a Rania—. A un hombre —puntualizó entrando y encendiendo un cigarrillo.

—Como puede ver, no hay ninguno. Aún es temprano, estoy sola. Y ahora, si me permiten, tengo que acabar de limpiar antes de que lleguen los clientes. —Metió la fregona en el cubo y, en vez de escurrirla, la estampó en el suelo para salpicarles los pantalones.

—¿No ha visto a nadie esta mañana?

—No —respondió Rania manteniéndole la mirada.

—Bonita máquina —comentó mirando la cafetera.

—Gracias.

—Vámonos —indicó a su compañero—. No le vamos a sacar nada.

—Gracias por su tiempo, señora —se despidió tocándose el sombrero. Dio una última calada, dejó caer la colilla y la aplastó con el pie—. ¡Lo siento! —exclamó con sarcasmo.

—Cabrón —murmuró Rania cuando se fueron.

Acabó de fregar el suelo rápidamente y volvió a examinar la barra para asegurarse de que estaba limpia, sin dejar de preguntarse quién sería el herido que tenía escondido en la bodega y quiénes eran esos dos hombres.

Subió las escaleras que llevaban al apartamento, sacó un par de sábanas de un cajón, cogió un cojín de la cama y bajó corriendo. Apretó el ladrillo y el muro se abrió. El hombre estaba donde lo había dejado, hecho un ovillo. Se arrodilló a su lado y le levantó la cabeza para poner el cojín debajo.

—Le traigo un poco de agua.

—Gracias —balbució tras dar un largo trago y extender la mano para que le diera más.

—Tiene que ir a un médico para que le vea las heridas.

—No, nada de médicos.

—Pues al menos habrá que limpiarlas. Traeré algodón y alcohol. Después tiene que descansar. Y no salga de aquí. Los clientes empiezan a llegar a eso de las once y es mejor que no lo vean, se asustarían.

—¿La he asustado a usted? —oyó que decía cuando iba a salir.

Se detuvo, pero no se dio la vuelta, sino que siguió andando sin contestar y con el corazón acelerado.

Mientras estaba en la cocina sonó la campanilla de la puerta.

—*Marhaba*, Rania —la saludó alguien.

—*Marhaba* —contestó, se miró en un espejito que llevaba en el delantal y salió al café.

Era Fameth, una joven recién casada que vivía a dos puertas de ella. Su marido trabajaba en la construcción. Era encantadora, como una muñequita, con la piel clara y un lunar en el labio superior que aportaba cierta sensualidad a su inocente cara. Como era habitual, vestía una *abaya* negra y el *hiyab*.

97

—*Sabah aljair*, Fatmeh.

—*Sabah al nur*, Rania —contestó la joven, que llevaba una libreta en la mano, antes de sentarse a la mesa de granja.

—¿Qué te apetece tomar?

—¿Tienes zumo de naranja recién exprimido?

—Por supuesto. ¿Qué estás escribiendo?

—Un poema —contestó con timidez.

La campanilla volvió a sonar y entró una mujer oculta por metros y metros de tul y seda blancos que sujetaba entre sus rollizos brazos. Rania y Fatmeh se miraron y sonrieron.

—*Marhaba*, madame Yvonne —la saludó Rania mientras llenaba un vaso de zumo de naranja para Fatmeh—. Me alegro de verla. *Kifek alium?*

La recién llegada no respondió inmediatamente. Miró a través de la tela para ver adónde iba y la depositó con cuidado en la mesa de granja. No le gustaba sentarse en ningún otro sitio. Suspiró hondamente y dejó también la voluminosa bolsa que llevaba colgada al hombro. Encima puso el bolso pequeño en el que guardaba las llaves, el dinero, un espejito y el lápiz de labios.

—¿Qué tal está hoy, madame Yvonne? —volvió a preguntar Rania.

—*Mnih*, supongo —gruñó—. Al menos estoy viva y tengo salud, como dice mi marido.

Rania y Fatmeh estaban intrigadas por aquella tela, pero no se atrevieron a preguntar.

—¿Qué le apetece tomar, madame Yvonne?

—Algo que me calme los nervios —contestó mientras se sentaba en el banco e intentaba doblar la tela que tenía delante—. Café, del especial, y un narguile.

—Ponle un poco de hachís extra —susurró Fatmeh entre risitas.

Rania fue a la cocina a calentar el carbón y volvió a la barra para hacer un café, al que añadió una buena cantidad de brandy.

Madame Yvonne era todo un carácter. Y una clienta

diaria, pues vivía muy cerca. Había sobrepasado con creces los sesenta, baja y gruesa, con generoso pecho y papada. Se teñía el pelo en un tono rubio oscuro y lo cardaba para aparentar que tenía más del que le quedaba, aunque solo conseguía que la cabeza pareciera muy grande respecto al cuerpo. Toda ella parecía un dibujo animado. Le gustaban los vestidos largos de algodón y su color preferido era el amarillo, que no terminaba de favorecerla, por su piel tan clara.

—Te felicito, hoy está delicioso —alabó a Rania después de tomar un sorbo del café.

—Aquí tiene, a ver si también merece sus felicitaciones. —Rania colocó el narguile delante de ella y sonrió a Fatmeh.

Madame Yvonne dejó la taza sobre la mesa y dio una calada.

—No está mal, *habibti*, no está mal.

Rania le guiñó un ojo a Fatmeh y levantó un pulgar. La campanilla volvió a sonar de nuevo y entró un grupo de comerciantes del sur del callejón.

—*Marhaba*, Rania. *Kifek?* —saludaron alegremente.

—*Hamdellah* —contestó.

Cuando les estaba sirviendo el café se dio cuenta de que, con todo el jaleo, aquella mañana no había preparado pan.

La puerta volvió a abrirse y entró un grupo de comerciantes del norte del callejón. «¡Vaya!, hoy sí que han venido pronto», pensó. Normalmente los dos grupos se llevaban bien, aunque dependía de cómo les hubiera ido el negocio. Mantenían una gran rivalidad y, además, el grupo norteño era musulmán y el sureño cristiano. Cuando el ambiente se caldeaba, los musulmanes presumían de una farisaica superioridad porque el islam era la religión del Imperio otomano.

Rania fue hacia el grupo de recién llegados, que se había sentado en su mesa favorita, y esperó a que pidieran. Todos querían pan con el café y, por supuesto, tenía que ser justo el día que no tenía.

Volvió a la cocina, puso leña en el horno e hizo aire con

un periódico viejo para avivar las llamas. La campanilla volvió a sonar. «¡No, más gente no!», suplicó. Asomó la cabeza y vio a Saydeh entrando con una mujer joven. Se preguntó quién sería antes de ponerse a extender la masa de pan. De repente oyó un ruido a su espalda y se dio la vuelta.

—Por favor —pidió el hombre herido asomándose por detrás del muro con la jarra en la mano.

—¿Qué está haciendo? Vuelva adentro. Le daré más agua.

—¡Rania! —oyó una voz detrás de ella.

Se sobresaltó tanto que casi se le cae la jarra. Por suerte, el hombre la sujetó y evitó que se hiciera añicos.

—¿Qué tienes ahí? —preguntó Saydeh dando un paso hacia ella.

—Nada —contestó sonriendo al tiempo que cerraba el muro.

—No sabía que hubiera un agujero —comentó mirando por encima del hombro de Rania—. ¿Qué hay detrás? ¿Adónde lleva?

—¡*Tante* Saydeh! —exclamó antes de darle un abrazo para distraerla—. Es justamente la persona que necesito. Me alegro mucho de verla.

—Pero ¿qué hay…?

—*Tante* Saydeh. —Le pasó un brazo por los hombros y se la llevó hacia el centro de la cocina—. Esta mañana me he quedado dormida y he olvidado hacer el *manush*. ¿Le importaría ayudarme? ¿Ha visto quién ha venido?

—Sí, esos fanáticos. —La anciana chasqueó la lengua y meneó la cabeza.

—No tengo nada que darles para comer.

—¡Oh, no! —exclamó Saydeh llevándose una mano a la boca—. Menudo lío. ¿Qué quieres que haga?

—¿Puede hacer el pan mientras preparo el aceite, las olivas y el pepino?

—No te olvides del queso. ¿Quieres que fría un poco de *halloumi*?

—*Tante* Saydeh, no hay que malacostumbrarlos.

—Pero trabajan mucho y algunos todavía están creciendo...

—No son como Salah y ninguno es su hijo, ni siquiera familiar lejano. Así que solo pan, por favor.

—Pensaba que a lo mejor les apetecía algo diferente.

—Los mimará demasiado, *tante* Saydeh, y después tendré que lidiar con ellos. Haga el pan o se pondrán nerviosos. Además, tendremos que servirles a la vez para que no crean que muestro favoritismos. Voy a ponerles los cafés.

Saydeh asintió. Estiró la masa, puso los panes redondos en el horno y cerró la puerta. Mientras esperaba a que se hornearan miró a su alrededor. «¿Qué habrá tras ese muro?», se preguntó. Fue hacia él, lo tocó con cautela y no se movió. Empujó uno de los ladrillos, pero no se hundió. Pegó la oreja, y no oyó nada. Estaba segura de que había visto a Rania meter la mano a través de él.

—¡*Tante* Saydeh! El pan, por favor. Ya se han tomado dos tazas de café.

—Eso es bueno para el negocio, ¿no?

—Todo ese café con el estómago vacío los va a poner de muy mal humor.

—¡Oh! Lo siento —exclamó volviendo hacia el horno. Abrió la puerta, sacó los mullidos y redondos panes, y los roció con aceite de oliva y especias.

Mientras tanto, Noura se dedicó a familiarizarse con el lugar. Saydeh le había presentado de pasada a madame Yvonne y Fatmeh, pero después se había ido a la cocina. Estaba sentada con las manos en el regazo y jugueteaba con el volante de la manga de su vestido de algodón. Era uno de los que le había regalado Samar. Se preguntó cómo estaría. No había recibido ninguna carta, pero, estando en guerra, no era de extrañar. Quizá debería haber ido a Douma con ella. «No sé si acerté viniendo aquí. ¿Qué voy a hacer? No puedo quedarme en el Viejo Cairo para siempre. No quiero vivir de la caridad. Tengo que encontrar trabajo, alquilar una casa. He de ganarme la vida y cuidar de Siran. Amira ha mencionado que busque algo como lo que hace ella, pero las familias no suelen contratar niñeras o amas de llaves que cuiden niños. A lo mejor podría dar clases. Pero ¿qué haré con Siran cuando vaya a trabajar?», pensó.

Salió de sus cábalas, vio que Fatmeh la estaba mirando y sonrió. La joven le devolvió la sonrisa y se ruborizó. Le pareció muy dulce y habría querido hablar con ella, pero estaba junto a madame Yvonne y creyó que sería de mala educación cambiar de asiento.

—¿Qué tal en Beirut? —preguntó *madame* Yvonne sin mirarla mientras intentaba enhebrar una aguja—. *Haraam!* —exclamó exasperada al no conseguirlo. Se puso unas gafas de montura metálica y consultó la revista que tenía abierta en la mesa—. ¿Por qué armarán tanto escándalo? —preguntó en voz alta lanzando una mirada envenenada a la mesa de al lado, cuyos ocupantes acababan de estallar en carcajadas.

—¡Eh, madame Yvonne! ¿Ya no le gustan nuestros chistes? —preguntó uno de los comerciantes.

—No, majadero, no me gustan. Ni se os ocurra hablarme hoy —les prohibió levantando la mano sin volverse.

Los hombres se rieron de nuevo y siguieron con su conversación.

—¿No se dan cuenta de que estoy intentando concentrarme?

«Esto es un café», estuvo a punto de decir Noura, pero se contuvo. Fatmeh la miró y se encogió de hombros.

—Salah nos dijo que eras de Beirut. ¿Te gusta El Cairo?

—Solo llevo unas semanas aquí.

—¿Ya la quieres echar de la ciudad, Yvonne? —preguntó Saydeh abrazando a Noura, y Fatmeh contuvo una risita.

—¡Te he visto! —la acusó Yvonne, y Fatmeh se horrorizó—. Tengo ojos en la nuca. Lo veo todo. No se me escapa nada.

Saydeh puso cara de circunstancias.

—¿Por qué intentas enhebrar esa aguja? ¿Qué estás haciendo?

—Es un nuevo proyecto —explicó orgullosa.

—*Ahlan wa sahlan* —saludó Rania sonriendo mientras se acercaba a la mesa—. Tú debes de ser Noura, ¿verdad?

—*Tsharrafna* —respondió Noura levantándose.

—Bienvenida a este café.

—Es muy bonito y animado.

—Sí, hoy está más concurrido. Normalmente solo veo a las mujeres de esta mesa y a algún comerciante que viene a tomar café, pero hoy ha sido un día muy raro. Desde muy temprano.

Saydeh se percató del último comentario y la miró con recelo.

—¿Qué quieres tomar? ¿Café? ¿Y usted, *tante* Saydeh?

—Yo tomaré otro café —pidió madame Yvonne.

—Ahora vengo —aseguró Rania.

—¿Y qué proyecto es ese? —preguntó Saydeh volviéndose hacia Yvonne.

—Tengo que ir a una boda.

—¿Sí? ¿A la de quién? Es la primera vez que se lo oigo comentar.

—No tengo por qué contártelo todo —replicó Yvonne.

—Normalmente lo hace —aseguró Saydeh con tono ligeramente sarcástico.

—Eso no es cierto.

—*Tayeb, tayeb*. ¿Es ese el vestido para la boda? ¿Y lo estás cosiendo tú?

—¿Por qué preguntas? ¿Crees que no sé hacerlo?

—*Jalas, bikaffi, mesdames* —las interrumpió Rania dejando una bandeja en la mesa—. Ahí tiene el café, madame Yvonne. Y el vuestro, Noura y *tante* Saydeh. Toma, Fatmeh, un poco más de zumo de naranja, aunque no lo hayas pedido.

—¿Qué clase de vestido está haciendo, madame Yvonne? —preguntó Noura.

103

—Este —contestó enseñándole la revista.

—Tiene muchos detalles.

—Pues claro, es francés.

—Me parece precioso.

—Deja que lo vea —pidió Saydeh mirando por encima del hombro de Noura, al igual que Rania y Fatmeh.

—Sí que es bonito —admitió Rania, y Fatmeh asintió.

—¿Crees que serás capaz de hacerlo? —preguntó Saydeh.

—Por supuesto, ya veréis.

—Madame Yvonne, ¿le importa que vea cómo ha cortado el canesú? —preguntó Noura examinando el patrón.

—¿Por qué?

—Porque este canesú está cortado al bies.

—No hace falta que te rompas la cabecita. ¿Qué sabes tú de costura? —replicó Yvonne enfrascándose de nuevo en la tela.

—Arreglé este vestido. Era de una buena amiga que…

—Me parece muy bien, pero arreglar no es lo mismo que coser un vestido.

—¿Dónde estará Takla? —preguntó Saydeh.

—No lo sé. Hoy no la he visto —contestó Rania.

—Qué raro, siempre viene la primera.

En ese momento se abrió la puerta y entró una mujer nerviosa y desaliñada, pero que parecía interesante. Llevaba un vestido verde largo con un chal de algodón blanco en los hombros y el pelo, oscuro y muy rizado, con un mechón blanco que resaltaba en la melena recogida en la nuca con un pasador. Algunos rizos le colgaban delante de la cara. Traía las mejillas húmedas y sus oscuros ojos, rojos e hinchados.

—*Hamdellah assalame*. Ahí la tienes —comentó en tono sarcástico madame Yvonne.

Takla parecía asustada y preocupada.

—¿Qué te pasa? —preguntó Saydeh poniéndose de pie rápidamente.

Takla se echó a llorar y Saydeh la abrazó y la condujo hacia la mesa.

—Es Nassim —gimió—. Mi hijo ha desaparecido.

—Cálmate —pidió Saydeh haciéndola sentar—. Tráele algo de beber, Rania.

Esta fue a la barra y echó agua fría con zumo de lima en un vaso. Dudó si añadir un poco de ginebra y acabó decidiendo que un chorrito no le haría daño y la calmaría.

—Tómatelo y dinos qué ha sucedido.

—No lo sé —contestó entre hipos—. Esta mañana he ido a la cocina a preparar el desayuno. A las nueve lo he llamado, pero no ha contestado.

—Seguramente estará con alguna chica. Deja que se divierta, que aprenda algo sobre las mujeres —sentenció Yvonne.

—¿Qué te parecería si estuviera con tu hija? —le reprochó Takla.

—*Jalas, haida ktir,* Yvonne. ¿No ves que está apurada? —recriminó Saydeh.

—Ya volverá. Se está comportando como un niño —insistió Yvonne.

—Si su padre estuviera vivo… A mí ya no me hace caso —se quejó Takla.

—Estoy segura de que está bien. No pensemos en lo peor —aconsejó Saydeh.

—Tengo miedo de que le haya pasado algo horrible. Ni siquiera ha dormido en su cama. Hay británicos por todas partes, y los franceses y los turcos siguen aquí. ¿Quién sabe quién le habrá hecho daño a mi niño?

—Nadie le ha tocado ni un pelo, excepto alguna mujer —insistió Yvonne mirándolas una por una.

Fatmeh lloraba con Takla, Rania parecía preocupada, Saydeh enfadada y Noura desconcertada.

105

Capítulo 8

Salah inspiró con fuerza en la puerta de casa y sonrió al elevar la cabeza hacia el cálido sol egipcio. Salió por el callejón con paso animado y Siran en sus brazos hacia la oficina de correos, saludando a los vendedores al pasar.

—*Sabah aljair* —le deseó a Amir el verdulero y le hizo un gesto con la mano.

—Mira qué tomates tengo hoy.

—Se lo diré a mi madre. Tengo un poco de prisa.

—Te haré mejor precio que a madame Saydeh.

—Sé que le vendes más barato a ella —comentó Salah entre risas.

—He de hacerlo —aceptó Amir.

—*Akid* —se despidió Salah.

—¡Salah! —le llamó Magdi, el frutero, unos puestos más abajo, pero él lo saludó y estaba dispuesto a pasar de largo—. Las naranjas de Jaffa que querías para tu madre acaban de llegar esta mañana.

Se paró con una expresión seria. Lawrence estaba en El Cairo. Hacía meses que no veía al galés. La última vez había sido poco después de volver de Esmirna. En la reunión que habían mantenido en la mezquita, Al-Hussein le había proporcionado información crucial sobre los puntos débiles de la línea férrea de Hejaz entre Damasco y Medina. Él mismo había desestabilizado las conexiones y desalineado las vías al norte de Medina.

Poco después Lawrence había vuelto a Arabia para reunirse con el jerife de La Meca, sus hijos y su guerrilla, o sus «irregulares», como los llamaba cariñosamente, un grupo integrado por soldados árabes y británicos. Poco después, en El Cairo se supo que habían asaltado los trenes de suministros otomanos y que sus tropas en Hejaz sufrían continuos ataques por parte de las guerrillas del desierto.

Si Lawrence había vuelto era para reunirse con el mando militar británico y el Alto Comisionado. «Deben estar planeando un gran ataque. Estupendo. Ya iba siendo hora», pensó.

Recogió el trozo de pañuelo que le caía por la espalda y se lo enrolló alrededor de la cara, que cubrió por completo, excepto los ojos. Miró a Siran, cuyas facciones parecían muy serias. Se inclinó hacia ella y se apartó el pañuelo.

—Soy yo, *habibti*, no te preocupes —la tranquilizó.

—¡Hermano Salah! —lo saludó Magdi antes de estrecharle la mano y besarle tres veces—. ¿Tomamos un té?

A pesar de no apetecerle, tuvo que aceptar las normas de hospitalidad del zoco tras mirar a su alrededor por si alguien los estaba observando.

—Trae *tnin chai* —ordenó el frutero a su hijo—. ¿Quién es esta ricura?

—Es la hija de una buena amiga. —Salah dejó a Siran sobre una esterilla de caña del puesto.

—¿Dónde está el padre?

—Mi amiga es viuda.

—¿Eres muy amigo de ella? Ya veo. ¿Y nada más? —«Payaso», pensó Salah.

—Así que solo sois amigos… —Magdi frunció el entrecejo y se rascó la cabeza. Abrió la boca para hacer otra pregunta, pero no fue capaz de formularla—. Hoy tengo unos higos muy buenos.

—*Shukran*. —Salah sabía que estaba desconcertado, pero no quiso sacarlo de su confusión. Muy pronto toda la calle estaría hablando de su «amiga». «Estupendo, que elucubren lo que quieran. Les dará algo que hablar en el café de Rania. Dios me asista la próxima vez que vaya a recoger a *immi*.» Se metió un higo en la boca y sonrió—. Están muy buenos, pero prefiero los verdes.

—Los recibiré dentro de pocas semanas. Todavía no están maduros, pero mira estos dátiles medjool, son de Bagdad. ¿Qué más tengo por aquí? Ah, aquí está el té —anunció cogiendo los dos vasos de la mano de su hijo.

«Por fin», pensó Salah, que empezaba a impacientarse porque deseaba que le diera la información de una vez.

—Las naranjas han venido de Jaffa a través del desierto del Sinaí. Las ha traído un inglés. Le gustaría entregártelas personalmente.

—Lo veré esta tarde en la mezquita, durante la *maghrib* —anunció Salah antes de acabarse el té.

—Se lo comunicaré.

—Me llevo medio kilo de higos y otro medio de dátiles —anunció tras levantarse y coger a Siran—. Te felicito, Magdi, están deliciosos.

—¿De verdad? —preguntó un comprador.

—Se lo aseguro. Magdi es el mejor frutero y el más honrado de Al-Jalili.

El comprador empezó a mirar los montones de fruta y otros paseantes se le unieron.

—¡Salah! —lo llamó levantando la cabeza por encima del corrillo de compradores—. ¿Qué pasa con los higos y los dátiles? ¿No te los llevas?

—Los recogeré luego. Tengo que ir a correos antes de que cierre. *Maa salama.*

—*Tayeb, habibi. Maa salama* —se despidió Magdi antes de prestar atención a sus clientes—. ¿Quién es el primero?

—Yo —dijeron todos a la vez.

—*Tayeb, tayeb.* Uno detrás de otro.

Salah recogió varias cartas y un par de telegramas, los metió en el bolsillo y volvió hacia El Fishawy.

Mientras esperaba al camarero sacó la correspondencia y la dejó sobre la mesa. Miró los telegramas, uno era de Esmirna y el otro de Suez. Volvió a guardar las cartas en el bolsillo y abrió el telegrama de Esmirna: «Operación comprometida. Se acercan. Guarda las espaldas. RF».

Dobló el papel y volvió a guardarlo. Se llevó las manos a los ojos e inspiró con fuerza. «Dios mío, ayúdanos», rezó.

—*Jair?* —preguntó el camarero que le trajo el zumo de granada y el narguile.

—Sí, gracias —respondió retirando las manos de los ojos.

—Vivimos tiempos peligrosos —pontificó el camarero al dejar el vaso en la mesa—. Todos tenemos que guardarnos las espaldas. Nunca se sabe quién está vigilando.

Salah concentró su atención en el vaso que tenía delante. No sabía bien qué había querido decir, pero no se atrevió a preguntar. Se sintió ligeramente paranoico. ¿Había leído el telegrama? ¿O había distinguido quién lo había enviado?

Abrió el telegrama de Suez. Era de Lawrence. Le decía que iba a El Cairo y que quería concertar una cita en la mezquita. Miró la fecha. Lo había enviado hacía dos días. No era de extrañar que hubiera recurrido a Magdi para avisarle. «Será mejor que venga a correos todos los días. Es mejor que Magdi no se entere de estas reuniones», pensó. Se acabó el zumo y pidió la cuenta.

—Hoy tiene mucha prisa. Normalmente suele acabarse el narguile —comentó el camarero al dejar el platillo con el recibo y recibir de inmediato las monedas—. *Allah ma'aak.*

—Y que esté también contigo.

Una vez en casa empezó a ir de un lado a otro. Rabih Fartah, las iniciales RF del telegrama, era uno de los arquitectos de su equipo. No entendía si con «operación comprometida» quería decir que los turcos sospechaban de él, o que habían descubierto lo que había hecho Rabih y los iban a acorralar. Se retorció las manos. Seguro que sabían que formaba parte del círculo de espías de Esmirna junto con Khaled. Él se había librado de la horca porque había regresado a El Cairo, pero los otomanos estaban por todas partes. Podían esperarle en cualquier esquina. Y cuando lo atraparan, sería su fin. Lo llevarían a Constantinopla, lo juzgarían por alta traición y lo condenarían a la horca o a ser fusilado.

Por eso había vuelto a Jan al-Jalili, para desaparecer en sus laberínticas profundidades y organizar una red de mensajeros que vigilaban y le avisaban de cualquier peligro.

Nassim Alamuddin era el líder de esa red, en gran parte constituida por los hijos de los comerciantes. Intentó acordarse de la última vez que lo había visto.

—¡Salah! —oyó que lo llamaba su madre desde las escaleras—. ¿Estás en casa?

—Sí, *immi*. ¿Qué pasa? —preguntó con un suspiro antes de verla llegar jadeante, con una mano sobre el corazón.

La puerta se abrió y entró Noura llevando del brazo a Takla.

—*Tante* Takla, Noura —saludó extrañado de ver a la amiga de su madre.

—Siéntate, Takla —pidió Saydeh ayudándola a acomodarse en el sofá—. ¿Puedes traer un poco de agua, Noura?

—¿Qué pasa, *tante* Takla? —preguntó Salah sentándose a su lado.

Esta se echó a llorar y Salah le lanzó una mirada inquisitiva a su madre, ahora él con el corazón acelerado.

—Es Nassim —le aclaró abrazando a su amiga.

—Se ha ido… —gimió Takla.

—Esta mañana, cuando se ha despertado ha visto que no estaba. Ni siquiera había dormido en su cama.

—¿Y no tiene idea de dónde puede estar? —inquirió Salah preocupado.

Takla negó con la cabeza.

—Estoy segura de que está bien. Es un chico muy bueno —la tranquilizó Saydeh y Takla apoyó la cabeza en su hombro—. ¿Qué opinas, Salah? ¿Sabes adónde ha podido ir?

Los pensamientos de Salah se habían desbocado. Nassim no podía haber desaparecido sin más. «Es demasiado formal, muy responsable. Si no lo encuentra es porque lo han capturado los turcos. Empezarán a hacerle preguntas... y lo torturarán», pensó estremeciéndose. Sabía lo despiadados que eran cuando querían información. *Ya Allah!*

—Salah —su madre interrumpió sus pensamientos—, ¿puedes hacer algo?

No supo qué responder. Se sentía responsable de Nassim, él lo había metido en ese lío. Si lo habían capturado los turcos no disponía de mucho tiempo. Miró el reloj de la pared. Las tiendas estaban a punto de cerrar, pero disponía de unos minutos. Si se daba prisa, aún encontraría a Magdi. Su hijo mayor, Hisham, era buen amigo de Nassim y formaba parte del círculo de jóvenes que patrullaban el zoco. No lo había visto al pasar por el puesto de frutas. Su hermano pequeño estaba ayudando a Magdi. Se levantó y cogió su pañuelo.

—¿Adónde vas? —preguntó Saydeh—. Casi es hora de comer.

—Ahora vuelvo, *immi*. Voy a ver a Magdi.

—¿Al frutero? ¿Ahora? —se extrañó.

—Sí, he comprado unos higos y unos dátiles y he olvidado pasar a recogerlos.

—Ya irás por la tarde.

—No —dijo con tal contundencia que desconcertó más a su madre e incluso Takla dejó de llorar—. Con Magdi nunca se sabe, a lo mejor se los vende a otro.

—Pero aunque lo haga, tiene más.

—Y hay más fruteros, aparte de Magdi —intervino Takla.

—Tengo que irme —repitió Salah. Antes de salir le dio un beso en la frente a su madre.

Bajó a todo correr el callejón y se granjeó muchos gritos y puños levantados.

—*'Afwan* —repitió una y otra vez—. *Ntebih!* —gritó a un panadero con el que casi chocó.

—Ten cuidado tú, zopenco. Casi me haces perder el jornal de un día.

Llegó al puesto de Magdi cuando estaba cubriendo la

fruta con paños húmedos para protegerla del calor de la tarde.

—¡Magdi, espera! —gritó desde la esquina.

El frutero se volvió y vio que Salah iba corriendo hacia él.

—¿Has vuelto a por la fruta? —preguntó incrédulo—. ¿Creías que me iba a quedar sin higos?

—¿Dónde está tu hijo? —le dijo en un susurro.

—¿Cuál, hermano? Tengo cinco.

—Hisham.

—Imagino que en casa, es la hora de comer.

—¿Por qué no estaba contigo esta mañana?

—Tengo cinco hijos, Salah. Vienen por turnos, excepto los dos que están en el ejército.

—Tengo que encontrar a Hisham —le pidió acercándole tanto la cara que sus narices casi se tocaron.

—*Tayeb, tayeb*. Cálmate.

Salah se echó hacia atrás y se colocó bien la *galabiyya* y el pañuelo.

—Es muy importante, Magdi. Necesito hablar con él.

—*Shu? Jair?* ¿Qué pasa? —Magdi se arregló el pañuelo.

—Es Nassim —contestó en un susurro—. Ha desaparecido.

—Ven —le pidió Magdi señalando hacia la parte trasera del puesto.

Miró a su alrededor para asegurarse de que la calle estaba vacía y cerró las contraventanas de caña. Fue hasta la pared y buscó bajo un ladrillo hasta encontrar una palanca que accionó. Salah no conocía la existencia de aquel pasadizo. Magdi entró y cogió una linterna de aceite. La encendió y le indicó a Salah que lo siguiera. Recorrieron un oscuro pasillo y llegaron a lo que parecía un callejón sin salida. Magdi buscó otra palanca y, al accionarla, la puerta que se abrió levantó una polvareda. Tras ella había una habitación secreta con dos ventanas pequeñas y estrechas por las que se veía la calle que discurría por encima. Estaba vacía a excepción de un colchón de paja y una mesa pequeña con una linterna y una taza de agua.

113

—Estamos debajo de mi casa. Espera aquí. Voy a buscar a Hisham. No quiero que su madre se entere de nada.

Salah asintió. Al poco, Magdi volvió con su hijo.

—*Marhaba*, Salah —lo saludó Hisham.

—¿Dónde está Nassim?

—Anoche fuimos al Queen of the Nile —contó el joven de dieciocho años.

—¿Al local nocturno?

—Actuaba Dalida, la bailarina del vientre.

—Ya verás cuando se entere tu madre. —Magdi le dio una bofetada en la nuca, y Hisham hizo una mueca y se pasó la mano por la cabeza—. Aunque me han dicho que es muy buena…

—¡Basta! —gruñó Salah—. Sigue, Hisham.

—Había dos hombres que no parecían de aquí. Nassim me dijo que creía que eran turcos. Intentamos acercarnos, pero no pudimos. El local estaba demasiado lleno. Cuando Dalida acabó, él dijo que quería seguirlos, que tenía un presentimiento. Me ofrecí a acompañarlo, pero no quiso.

Salah asintió para que continuara.

—A pesar de todo, insistí y salí del club con él. Les oí hablar en turco, de ti y de alguien más, pero no conseguí entender el nombre. Echaron a andar hacia la puerta meridional del zoco y Nassim fue detrás de ellos. Yo los seguí de lejos y no sé qué pasó. De repente desaparecieron. Sentí una mano en la boca y que me retorcían el brazo. Creo que uno de ellos me golpeó en la cabeza. Cuando abrí los ojos, seguía en la calle.

Hisham bajó la vista. Salah supo que corría peligro. Los turcos habían ido a buscarlo y le pisaban los talones.

—¿Qué vas a hacer, Salah? —preguntó Hisham.

—Hemos de tener mucho cuidado.

—¿Y Nassim? —preguntó el chico con lágrimas en los ojos.

—Lo encontraremos. Ahora tengo que irme o mi madre empezará a buscarme. Prefiero enfrentarme a los turcos que a ella. ¿Cómo vuelvo a casa? —preguntó volviéndose hacia Magdi.

—Si sales por la puerta trasera de mi casa puedes ir por las callejuelas que llevan a la parte de atrás del café de Rania. Debajo de su cocina hay un túnel que conduce directamente a la tienda de arañas de luz de la casa de tu madre. Seguro que todavía puede utilizarse.

—Gracias a *Allah* este zoco está lleno de pasadizos.

115

Capítulo 9

A las dos, cuando salió el último cliente, Rania cerró la puerta. Dio la vuelta al cartel en el que ponía «Cerrado hasta las 16.30» y miró a través de las cortinas para ver si había algún extranjero merodeando, pero la calle estaba vacía.

«¿Qué es esto?», se preguntó al ver un cuaderno de color negro en el suelo. Lo recogió y lo abrió. «Es de Fatmeh», concluyó al pasar las páginas. «Son poemas de amor. Es tan encantadora, callada y modesta. Me alegro mucho de que esté enamorada de su marido.» Sonrió y lo metió en el bolsillo del delantal antes de volver a sus quehaceres.

Había tenido una mañana muy ajetreada con los dos grupos rivales de comerciantes, las mujeres de todos los días y el hombre que seguía en la bodega. «Ya es hora de que se vaya», pensó secándose las manos en el delantal. «Es el momento perfecto. No hay nadie en la calle», decidió mientras iba a la cocina. «¿En qué lío estará metido? Estoy loca por haberle escondido. Debería haberle echado cuando se fueron los dos matones.» Apretó el ladrillo y la pared se abrió.

—*Ma tuejezni* —se excusó antes de entrar.

Al no obtener respuesta, asomó la cabeza. El hombre estaba en el suelo, cubierto por las sábanas, dormido. Había apoyado la cabeza en el hombro y mostraba una expresión relajada. Seguía sudando y la sangre le cubría la cara. Limpio seguramente sería un hombre atractivo. Tenía el pelo oscuro y ondulado, barba y bigote. La camisa estaba desgarrada y dejaba ver unos hombros anchos y unos brazos bien torneados. Su piel era morena. La camiseta de canalé blanca que llevaba debajo de la camisa estaba manchada de suciedad y sangre, al igual que sus pantalones caqui. Calzaba zapatos negros muy usados. Se arrodilló a su lado. No había tocado el algodón ni el alcohol, pero la jarra estaba vacía. La levantó para ir a por más agua.

Entonces abrió los ojos. Rania se sobresaltó, se echó hacia atrás y casi se cayó. El hombre estiró la mano para agarrarla, pero Rania recuperó el equilibrio y se sentó en los talones. Él se puso la mano debajo de la cabeza y se observaron en silencio. La miró intensamente y se fijó en la forma en que caía su pelo como una oscura cascada, dejando algunos mechones rebeldes sobre la frente y en cómo descansaba las manos en el regazo.

Rania bajó la vista, incapaz de mantener aquella mirada elogiosa. Notó que se ruborizaba.

118

—Le traeré más agua —ofreció poniéndose rápidamente de pie. Cuando salió oyó que gemía y al volver lo encontró con la espalda apoyada en la pared—. ¿Tiene hambre?

—Hace días que no como.

—Le prepararé algo. En el café no hay nadie, así que puede salir. ¿Conseguirá mantenerse en pie?

Intentó levantarse con cuidado, pero le fallaron las fuerzas. Miró a Rania y le sonrió, incómodo por tener que pedirle ayuda.

—Venga, apóyese en mí. —Se agachó, le puso un brazo en la cintura y él le colocó el brazo derecho, el menos magullado, sobre los hombros. Rania se levantó lentamente. La cara del hombre se contrajo por el dolor—. Lo siento.

La tranquilizó moviendo la cabeza. Tuvo una extraña sensación al ayudarle a caminar. Estaba, literalmente, en brazos de un extraño, aunque estuviera herido. Hacía tiempo que no sentía unos fuertes brazos masculinos en torno a ella. Aquel hombre olía a sudor, a sangre y a guerra. Respiró por la boca mientras entraron en la cocina, donde lo sentó a la mesa. En cuanto lo soltó, se derrumbó, soltó un grito y se llevó la mano a un costado.

—¿Prefiere estar tumbado?

—No, no. Deme un momento.

—Seguramente tiene una costilla rota.

—O varias —apostilló intentando sonreír.

Se dispuso a prepararle una comida sencilla, sin perderlo de vista. Le sirvió un vaso de zumo de lima.

—Bébase esto, el azúcar le dará fuerzas. —Calentó rápidamente un guiso de pollo que había cocinado la noche anterior, preparó una ensalada y un poco de pan recién salido del horno.

—Sea lo que sea, huele de maravilla.

Rania permaneció en silencio y se limitó a ponerle la comida delante.

—Gracias, *madame* —pronunció con educación. Cortó un trozo de pan y se lo llevó a la boca. Cerró los ojos y lo saboreó como si nunca lo hubiera probado.

—*Sahtain* —le deseó Rania sonriendo.

Enseguida había devorado hasta la última migaja y Rania volvió a servirle de todo. Mientras él comía, fregó los platos sucios de la mañana y le echó alguna mirada de soslayo. No parecía un matón, sino un hombre educado y atento.

—¿Por qué no deja que friegue yo? —se ofreció.

—Casi no puede tenerse en pie.

—Puedo sentarme en el suelo y hacerlo en un cubo.

—No diga tonterías. Acábese la comida.

—Está muy buena.

Rania le daba la espalda. Dejó de enjabonar uno de los vasos y sonrió.

—Es una cocinera excelente.

Vio que el plato del hombre estaba vacío y lo puso en el agua con jabón. El resto se secaba en el escurridor. Le preparó un platillo con pasteles y fue a hacerse un café.

Cuando volvió habían desaparecido todos los pasteles y soltó una risita involuntaria.

—Lo siento, tenía mucha hambre y estaban deliciosos.

—Coma más —le ofreció poniendo más *baklawa* y *mamul* en el plato.

—*Shukran* —agradeció cuando Rania se sentó a tomar su café en silencio.

—Muchas gracias por todo —dijo el hombre al cabo de un rato—. Estoy seguro de que querrá saber qué ha pasado. Al menos le debo una explicación.

Rania lo miró y el corazón le empezó a latir con fuerza. El hombre tenía los ojos marrones, alegres y centelleantes.

—¿De dónde es? —preguntó con timidez.

—De Beirut —contestó el hombre sin saber por qué se sentía tan cohibido.

—¿Cómo se llama?

—Rabih.

—¿Qué hace en El Cairo?

—Esto..., estaba en Hejaz —contestó con vacilación.

—¿En Arabia Occidental? Hejaz es un sitio muy grande. ¿Qué hacía allí?

—Estuve... —empezó a decir, pero se calló. Quería contárselo todo, pero sabía que no podía— ... haciendo algunos trabajos.

—¿Qué tipo de trabajo?

—Soy arquitecto.

—*Wallah!* —exclamó Rania impresionada—. ¿Y qué construye? Imagino que no serán casas..., en medio del desierto.

Rabih no contestó inmediatamente.

—A menos que estuviera trabajando en el ferrocarril de Hejaz. He leído en el periódico que los árabes han empezado a atacar a los turcos en Hejaz. ¿Es cerca de donde estaba?

—No, están luchando en el sur, cerca de La Meca y Medina. —Rabih tragó saliva—. Yo trabajaba más al norte.

—Los hombres que han venido esta mañana hablaban en turco. ¿Por qué le perseguían?

—Seguramente querían hablar conmigo —aventuró Rabih mostrando cierta reserva.

—¿Realmente cree que solo querían eso?

Rabih asintió. «Es mejor que no lo sepa», se repitió a sí mismo.

—¿Me toma por tonta? —protestó Rania—. Aparece medio muerto, apaleado, sangrando, se desploma en la barra, al poco vienen esos hombres buscándolo, ¿y quiere que crea que solo querían hablar con usted?

Rabih guardó silencio.

—Pues si no va a darme ninguna explicación, váyase. ¡Ahora! —ordenó poniéndose de pie y señalando la puerta—. No tengo por qué complicarme la vida escondiendo a criminales. Ya tengo bastantes problemas.

—No soy un criminal —se defendió Rabih en voz baja.

—Entonces, ¿cómo es que ha acabado así? Está gravemente herido, pero no quiere que lo vea un médico.

Rabih no dejó de observarla. Se le ensanchaban las aletas de la nariz, le brillaban los ojos, parecía tan apasionada, tan viva…, tan ardiente.

—¿Cómo se llama? —preguntó con voz queda.

—¿Qué? —replicó incrédula.

—No me ha dicho su nombre.

—Rania —se presentó tras inspirar y sentirse más calmada.

—Es un nombre muy bonito. Mire…

Oyeron un sordo golpe en la puerta trasera. A Rania le dio un vuelco el corazón y Rabih la miró preocupado.

—¡Rápido! ¿Puede volver a la bodega solo? *Min?* —preguntó mientras iba a abrir.

Rabih se tambaleó al ponerse en pie y cayó al suelo.

—Rania —oyó que decía una apagada voz masculina—. ¿Estás ahí, Rania?

—¡Dese prisa! —lo apremió al tiempo que le ayudaba a levantarse. Rabih se arrastró tan rápido como pudo hasta su escondite.

—¡Ya voy! *Min?* —volvió a preguntar tras cerciorarse de que Rabih estaba dentro de la bodega.

—¡Soy yo, Salah! ¡Abre!

Rania se atusó rápidamente el pelo, se alisó el vestido y el delantal y abrió la puerta.

—*Marhaba*, Salah —saludó sonriendo—. Tu madre se ha ido a comer hace un rato.

—No estoy buscando a mi madre. Tengo que ir a casa. Es una larga historia, ya te la contaré algún día. Ahora necesito irme.

—Por supuesto. —Rania buscó las llaves en el bolsillo del delantal—. Te abro la puerta delantera.

—No —pidió agarrándola por el brazo.

Rania miró la mano que la retenía y después levantó la vista.

—Lo siento, estoy metido en un lío. No puedo ir por la calle. Magdi me ha dicho que hay un túnel bajo esta cocina.

—¿Un túnel? Que yo sepa, no hay ninguno.

—Ha de haberlo. Magdi conoce los túneles de este zoco como la palma de su mano. A lo mejor la entrada está en el café.

—No hay ningún túnel aquí.

Salah empezó a mirar por toda la cocina. Inspeccionó el suelo y se agachó para estudiar mejor las baldosas. Fue hasta las paredes en las que Rania guardaba las especias y tocó algunos ladrillos. Finalmente palpó la pared tras la que se escondía Rabih.

—¿Qué estás haciendo? —preguntó poniéndose delante de él.

Salah la apartó con cuidado.

—Tiene que haber una entrada —argumentó sin dejar de tocar la pared—. ¿Qué hay detrás?

—Nada.

—Rania... —empezó a decir Salah arqueando las cejas.

—Nada, de verdad. Es una antigua bodega.

—Ahí debe de estar el túnel. ¿Cómo se entra?

Rania miró la pared y después volvió la vista a Salah con expresión turbada. Conocía a Salah, su madre iba al café todos los días, pero ignoraba cómo reaccionaría al ver a un hombre herido. Se retorció las manos. De pronto la pared se abrió y Salah se echó hacia atrás.

—*Allah!* —exclamó cuando unas manos apartaron la pared y apareció Rabih.

—*Ahlan*, jefe. Me alegro de verte.

—¿Qué demonios...? —exclamó Salah con los ojos muy abiertos.

—He reconocido la voz, y la colonia —explicó Rabih.

Salah se acercó a él y le dio un abrazo. Rania no salía de su asombro. Rabih esbozó una sonrisa de dolor.

—Ten cuidado, Salah; está herido —le advirtió Rania.

Los dos hombres se volvieron hacia ella con los brazos todavía enlazados. Salah sonreía y Rabih lo intentaba.

—*Yih!* —exclamó Rania—. *Shu haida?* ¿Os conocéis?

—Es un amigo —explicó Salah.

—Es mi jefe —aclaró Rabih.

—¿Qué? ¿Ya no soy tu amigo? —bromeó Salah.

Rabih sonrió con timidez y bajó la mirada.

—Jefe y amigo —aceptó antes de que Salah le diera otro abrazo.

—Me alegro de que estés vivo, hermano —se congratuló Salah dándole un ligero puñetazo en el brazo.

—Y yo de que lo estés tú —gimió Rabih llevándose una mano al costado.

—No entiendo nada de lo que está pasando —se quejó Rania meneando la cabeza.

—Rania. —Salah le pasó un brazo sobre los hombros para tranquilizarla, pero ella continuó moviendo la cabeza.

—Es demasiado para mí. Rabih aparece esta mañana sangrando y herido. Después vienen dos hombres preguntando por él y ahora llegas tú y te pones a buscar un túnel. Y resulta que os conocéis.

—¡Espera! —la interrumpió Salah—. ¿A qué te refieres con dos hombres?

—Eran turcos y buscaban a Rabih.

—Espías de Ahmed Djemal —musitó Salah.

Rabih soltó un grito de dolor y se desplomó sujetándose el costado izquierdo. Salah corrió a su lado.

—Deja que lo vea. Rania, ponle la cabeza en tu regazo.

Esta obedeció, se sentó sobre los talones y colocó suavemente la cabeza de Rabih sobre sus muslos. Él la miró

123

agradecido y ella le acarició la frente para intentar calmar el dolor. Salah desgarró la camisa de Rabih. Tenía una cuchillada en el costado izquierdo, en la que se había formado una costra de sangre, y moraduras por todo el cuerpo. Salah tocó una de ellas y Rabih gritó de dolor.

—Aquí también tiene una herida abierta —le avisó Rania señalando el lado derecho de la cabeza.

—Ha perdido mucha sangre —aseguró Salah sin dejar de mirar cómo subía y bajaba el pecho de su amigo—. Tiene otra herida ahí —señaló un desgarro en los pantalones—. *Ya Allah!* ¡Es de bala! No sé cómo sigue vivo.

—Tenemos que conseguir ayuda —le apremió Rania.

—¿Cómo va a explicar esas heridas sin llamar la atención de las autoridades? Necesitamos un médico británico. El problema es cómo llevarlo hasta el cuartel. Seguro que los turcos nos están vigilando.

—Pero si fuera no hay nadie…

—No los ves, pero te aseguro que nos están vigilando.

—*Ya Allah!* ¿Qué vamos a hacer? Si no le atienden rápidamente, no sobrevivirá.

Salah asintió y se rascó la barbilla. Rania miró la cara contraída por el dolor de Rabih.

—Todo saldrá bien —le susurró con ternura.

—Al menos deberíamos limpiarlo —concluyó Salah—. Tenemos que acostarlo en una cama, no podemos dejarlo en el suelo.

—Llévalo arriba. Hay un dormitorio vacío al lado del mío.

—Vamos, hermano —pidió Salah. Lo levantó con cuidado y le puso un brazo en la cintura—. *'Afwan,* sé que tienes un par de costillas rotas, hermano.

Rabih gimió al sentir un intenso dolor y, al mismo tiempo, oyeron que llamaban a la puerta del café.

—¿Y ahora qué? ¿No ven que está cerrado? —protestó Rania.

—Ocúpate tú —sugirió Salah mientras empezaba a subir las escaleras con Rabih.

Rania miró a través de la cortina de lino con rayas

multicolores que cubría el cristal de la puerta. Era Fatmeh.

—*Marhaba*, Rania.

—*Ahlan habibti. Jair?*

—Sí, sí.

—¿Necesitas algo?

—¿Has encontrado mi cuaderno?

—Sí, lo he visto en el suelo cuando estaba limpiando después de comer. ¿Dónde lo he puesto? —se preguntó a sí misma mientras se dirigía hacia el café.

—¿Puedo entrar? —preguntó la suave voz de Fatmeh.

—*Akid* —se disculpó volviéndose hacia la joven, que seguía fuera.

—Hace mucho calor —comentó al sentir la frescura del interior.

—Sí, claro, perdona. La *abaya* no ayuda nada. He recogido el cuaderno hace un rato. ¿Dónde lo habré puesto?

—Rania… —dijo Fatmeh con voz dubitativa—, ¿lo has abierto?

—Sí, porque no sabía de quién era.

—¿Y has leído algo?

—Bueno…, solo un poco. Tienes mucho talento.

—Gracias, pero te agradecería mucho que no se lo contaras a nadie.

—¿El qué?

—Lo de los poemas.

—¿Por qué? Son muy bonitos. No tienes por qué avergonzarte.

—Es que el tema que tratan…

—Son poemas de amor y acabas de casarte. Es natural que quieras hablar de lo que sientes.

—El amor del que hablo es el que imagino, no el que conozco —explicó Fatmeh con los ojos humedecidos.

Rania parecía desconcertada. Un golpe violento seguido de un grito ahogado resonaron en el café. Rania miró al techo, Fatmeh la imitó pero no dijo nada. Momentos después se oyó un gemido y pasos en el piso superior. «¡Salah!», maldijo Rania en silencio.

—¿Pasa algo? —preguntó Fatmeh con delicadeza.

125

—*Yih!* No, no pasa nada.

—¿Puedo ayudarte? Mi padre es médico y yo estudié enfermería.

—¿De verdad? Fatmeh, nos has salvado la vida. ¡Salah! —llamó desde el pie de las escaleras.

—¿Salah? —Fatmeh no salía de su asombro—. ¿Salah Masri? ¿Qué hace ahí arriba?

—¡Es Fatmeh! ¡Baja!

Salah apareció con una mano en la frente.

—¿Qué te ha pasado?

—Me he dado en el marco de la puerta.

—Seguro que no es nada, tienes la cabeza muy dura.

—Buenas tardes, Fatmeh —saludó apartando la mano de la frente y la joven le correspondió con una tímida sonrisa.

—Fatmeh es enfermera.

—Bueno, no exactamente. Estudié para enfermera, pero después me casé... y mi marido... Bueno, no quiso que siguiera.

—Más que de sobra —aseguró Salah—. Mira, Fatmeh, un amigo mío está herido. Necesita que lo vea un médico, pero no puede moverse. ¿Puedes ayudarle, por favor?

—No..., no... —tartamudeó Fatmeh echándose hacia atrás—. No sé. ¿Está muy malherido? No acabé los estudios.

—Aun así, sabes más que yo. —Salah la agarró por el brazo y la llevó hacia las escaleras—. ¿Puedes acompañarla, Rania? Lo siento mucho, pero tengo que irme. Dentro de poco debo estar en las oraciones de la puesta de sol y a mi madre no le ha gustado nada que desapareciera. Fatmeh, muchas gracias. Ya te lo explicaré todo.

—¿Y qué hacemos con el golpe que tienes encima del ojo? Se está poniendo morado.

—No me moriré. Haz todo lo que puedas por Rabih —pidió antes de entrar en la bodega y meterse en el túnel del que le había hablado Magdi.

Y

—¿Dónde está Salah Masri? —preguntó el capitán Omer Erdogan mirando fijamente la cara amoratada y golpeada del adolescente Nassim Alamuddin.

Estaba sentado en una silla en una habitación desnuda y la cabeza le colgaba a un lado. La única iluminación provenía de una lámpara de aceite colgada en el techo.

—¡Despiértelo, sargento Celik! —ordenó al otro hombre que había con ellos.

El sargento cogió la taza que había en un cubo con agua y le lanzó su contenido a la cara del joven, pero Nassim no se movió.

—Échesela toda —ordenó el capitán.

El sargento vació el cubo y lo empapó por completo. Nassim empezó a toser y escupir. Abrió lentamente un ojo, el otro estaba demasiado amoratado e hinchado. Tenía las manos atadas a la silla y los pies sujetos con una cuerda. Miró aturdido a los dos hombres.

—Y bien, señor Alamuddin —dijo el capitán con una fusta en la mano mientras iba de un lado a otro—. ¿Dónde está Salah Masri?

—¿Quién? —murmuró Nassim.

—¡Salah Masri! —repitió acercando la cara a Nassim.

—No lo sé.

—Pero lo conoce.

—No.

—Seguro que lo conoce, señor Alamuddin —insistió el capitán—. Vive en el zoco Al-Jalili, ¿verdad? Así que seguramente lo habrá visto.

Nassim negó con la cabeza.

—¡No me mientas! Te han visto dos veces hablando con él. Ahora, o me dices dónde está o lo pagarás con tu vida.

La cabeza de Nassim volvió a colgar a un lado.

—No creo que podamos sacarle ninguna información, señor —comentó el sargento.

—Ahmed Djemal quiere que le informemos de los resultados y no le gusta que le hagan esperar. Masri es el único del grupo de Beirut que no conseguimos atrapar.

Dado lo fácil que es reconocerlo, me sorprende que no le hayamos encontrado. Es como si todo el mundo en ese maldito bazar trabajara para él.

El sargento asintió y salió de la habitación después del capitán.

—Tiene mucha suerte —gruñó el capitán golpeando con la fusta en la pared—. El que haya regresado a El Cairo ha complicado que consigamos localizarlo. Además está escondido en Al-Jalili, que es imposible de registrar.

—¿Sigue trabajando para los británicos y los franceses? —preguntó el sargento Celik.

—Seguramente.

—Deben de estar protegiéndolo.

—Los británicos no protegen a nadie. Son un puñado de cabrones egoístas que se creen superiores al resto del mundo. Mira lo que hicieron en la India. Con el pretexto de establecer un vínculo económico disfrazado de acuerdo comercial, ahora gobiernan el país y su monarca es también el rey de la India. Es lo mismo que han intentado hacer aquí en Egipto. No debimos consentir ser un estado vasallo. Teníamos que haberlo mantenido en el Imperio.

—Ahora eso es historia —se lamentó el sargento.

—Por desgracia, lo es. Por eso la situación en El Cairo es tan delicada. Hay demasiada gente compitiendo por tomar posiciones, los británicos, los franceses, nosotros, los alemanes, los rusos…

—Sí, pero siempre ha estado bajo dominio británico, y por fin han impuesto el protectorado.

—Sí, desde que creen que controlan el canal de Suez, como imaginan que controlan el mundo.

—¿Por qué sabe que el chico conoce a Masri?

—Me ha informado uno de mis hombres. Lo han visto hablando con alguien que encajaba con su descripción.

—¿Era Masri?

—No está seguro. Ha desaparecido antes de que pudiera cerciorarse.

—¿Y qué hacemos con Rabih Farhat?

—Si Masri se entera de que Farhat está en El Cairo, irá a verlo. Solo tenemos que vigilar a Farhat.

—Pero también lo hemos perdido.

—No, está en la misma zona. En ese café. La mujer debe de estar protegiéndolo. Seguramente es una antigua amante.

—¿Cómo lo sabe?

—He sentido su presencia allí. Debemos estudiar bien cómo lo hacemos, pero ese café es el punto clave.

—Sí, señor. ¿Tenemos un plan?

—Todavía no, pero lo tendremos. Ahmed Djemal es muy impaciente.

Salah volvió a casa siguiendo el túnel que discurría por debajo de las viviendas del callejón. En todo el camino no dejó de preguntarse por qué estaría unida su casa con el café de Rania, mientras avanzaba lentamente con una vela en la mano, sorteando charcos, barro y las ratas que se alejaban chillando. «¡Odio las ratas!», pensó y arrugó la nariz al verlas desaparecer en los agujeros. De repente el túnel llegó a su fin. Miró hacia arriba y vio que el techo estaba a pocos centímetros. «Debo de estar debajo de la tienda de arañas de luz, pero ¿cómo entro? ¡Maldita sea!»

Vio una pequeña y herrumbrosa argolla metálica incrustada en el techo. Tiró de ella y notó que algo cedía. Hizo un poco más de fuerza y creyó que el techo iba a desplomarse. Con un último tirón, se abrió una trampilla. Por suerte, había un taburete de madera al alcance de la mano y consiguió asirlo. Se subió en él y alcanzó el suelo. Se levantó, se quitó el polvo y cerró la trampilla. Suspiró aliviado y miró a su alrededor. Como era la hora de comer, no había nadie, si no, habría tenido que dar muchas explicaciones. Se preguntó si los dueños conocerían la existencia de la trampilla y fue a la parte trasera, donde había una escalera que conducía al piso de su madre. Pero sabía que esa puerta estaba cerrada. Cuando alquiló la planta baja, su madre colocó una barra de hierro. No le quedaba más remedio que llamar.

Se agachó en el último peldaño, esperó hasta que oyó que pasaba alguien y llamó suavemente. Los pasos se detuvieron y alguien se acercó a la puerta. Salah volvió a llamar.

—Min? —preguntó la voz de Noura y él suspiró aliviado.

—Noura, soy yo, Salah.

—¿Qué haces ahí? No puedo abrirte, hay un candado muy grande.

—Mi madre tiene la llave, pero no sé dónde la guarda.

—Tu madre ha ido a acompañar a *tante* Takla a su casa.

—¿Puedes buscar en la cocina o en su cuarto?

—Espera. Hay una llave colgando en la pared. A lo mejor es esa.

Salah rezó una oración en silencio cuando oyó que se abría el candado y Noura le abría la puerta.

—¿Qué está pasando? Le has dicho a tu madre que ibas a comprar fruta…

—Bueno, la verdad es que sí que he ido a ver al frutero…

—Pero eso ha sido hace horas. *Ya Allah!* Sigues implicado, ¿verdad? ¿Cómo has podido hacerlo? —preguntó notando que se ruborizaba—. Después de lo que les pasó a Khaled, Wissam y Rafic, ¿sigues ayudando a esos malditos forasteros?

—Intenta entenderlo…

—¡Canalla! ¡Asesinaron a tus amigos! Traicionaron a Khaled, Wissam y Rafic ¡y por eso los ahorcaron!

—Lo sé, Noura.

—¿Por qué se marchó el embajador francés y dejó solamente la correspondencia entre Wissam y él? ¿Por qué? Destruyó lo demás, o se lo llevó, pero dejó esas cartas…. Y sigues colaborando.

—Mis amigos habrían querido que continuara la lucha.

—Tu lucha, lo que perseguíais todos no es más que un sueño —replicó con vehemencia—. ¿Crees que van a permitir que los árabes se gobiernen ellos mismos? Ni por asomo. Los occidentales nos mienten para que les ayudemos y, al final, lo utilizarán en su favor porque son tan arrogantes que creen que son superiores a nosotros y que somos unos ignorantes. Nunca entenderán esta parte del mundo.

—Pero la rebelión ya ha comenzado, Noura. Los ejércitos árabes luchan junto a los británicos y los franceses en todo el Hejaz para librarnos de los turcos. Están cumpliendo lo que prometieron.

—¡Eres tan traidor como los franceses! —casi le escupió—. No te duele su muerte, nunca lo ha hecho y has continuado conspirando con sus asesinos.

—Murieron por la causa. Son mártires.

—¡Ahórrate esas pobres explicaciones! No necesito mártires. Solo quiero que vuelva mi marido.

Él no supo qué decir para calmarla.

—Teníamos planes, Salah. Una nueva vida, nuestra casa, deseábamos otro hijo, quizá dos. Queríamos envejecer juntos. ¿Y ahora qué tengo? Soy una mujer sola con una hija viviendo de la caridad de mi tía abuela.

—Me tienes a mí —aseguró con cariño—. Y a mi madre. Esta es tu casa, puedes venir cuando quieras.

—¡No me trates con condescendencia!

—No sabía que tuvieras un temperamento tan exaltado.

—Estoy enfadada. No me gusta la vida que llevo.

—Pero tienes a Siran. Hemos de pensar en ella. Mira, tengo que ir a las oraciones de la puesta de sol. ¿Por qué no te quedas y hablamos más tarde?

—Le he prometido a tu madre que esperaría hasta que volviera, pero después tengo que irme al Viejo Cairo. Si he de vivir de la caridad, al menos que sea de la de mi familia —concluyó con amargura.

Salah le cogió una mano y se la besó. No sabía qué decir, pero esperó que el gesto tuviera algún significado para ella. Noura sonrió con desánimo con las manos fuertemente unidas delante de ella.

—Los finales son inevitables, Noura —intentó consolarla con poca convicción—. Un final puede ser el fin de un año, de un verano, de una guerra o la muerte de alguien que hemos amado. Siempre nos hacen sentir tristes, pero seguimos adelante. Y la gente que hemos perdido por el camino son las voces que estarán siempre en nuestras mentes. *Allah ma'ik* —se despidió dándole un beso en la frente—. Te ofrezco mis brazos abiertos.

Noura deseó arrojarse en su pecho y echarse a llorar. Quiso pedirle perdón. Él no tenía la culpa. Su cólera empezaba a amainar y el remordimiento la reemplazaba rápidamente, pero se limitó a verlo salir por la puerta.

—¡Salah! —gritó en el hueco de la escalera al cabo de un momento—. ¡Salah! —gritó más alto mientras bajaba las escaleras corriendo hasta llegar a la puerta.

La abrió y miró a ambos lados de la calle, pero estaba desierta. Había desaparecido.

132   Salah fue andando en zigzag por los callejones y llegó al Midan Al-Hussein cuando se oía la *adhan* en el minarete. Cruzó rápidamente la calle y fue hacia la mezquita. Se quitó los zapatos en la entrada, los dejó en un banco e hizo sus abluciones antes de entrar. Se detuvo un momento en la capilla de Hussein, que contenía un enorme ataúd de plata repujada sobre una losa de mármol blanco y rezó una rápida oración por sus amigos que, para él eran mártires como Hussein. Entró en la grandiosa sala de oración y, a pesar de haber estado allí infinidad de veces, volvieron a sobrecogerle los centenares de columnas de mármol gris claro, los techos abovedados, las gruesas y lujosas alfombras, y las lámparas colgantes y arañas de cristal que aportaban su comedida elegancia.

Lanzó una subrepticia mirada a su alrededor en busca de los turcos y del inglés. Pero nadie desentonaba. Todo el mundo parecía igual, con sus largas túnicas, los gorros de oración y los pañuelos blancos. Se colocaron en posición mirando hacia el mihrab, una espectacular hornacina hecha de mármol blanco, azul, gris y negro, con los dibujos geométricos tradicionales en la pared de la Quibla, orientada hacia la *Ka'aba* en La Meca. El imán ocupó su sitio. «*Allaho Akbar*», dio comienzo a la oración de la puesta de sol.

Al acabar dijo «*Amin*» y se pasó las manos por la cara. «*Amin*», contestó la congregación en un susurro amplificado por la acústica. La gente empezó a levantarse del suelo y muchos enrollaron sus tapetes de oración.

—*Allaho Akbar* —dijo alguien a su espalda.

Salah no le hizo caso y, sentado sobre sus talones, miró a derecha e izquierda.

—*Assalamu aleikum wa rahmatullah* —rezó para poner fin a sus oraciones´y aguzó el oído.

—Sí, Dios es el más grande. *Mohammadun rasul Allah.*

Salah sonrió. Era el británico. Hablaba muy bien árabe, aunque con acento. Se dirigió hacia la fuente, donde había dejado las sandalias, sin decir palabra.

—Espero que a su madre le hayan gustado las naranjas de Jaffa —dijo el otro mientras Salah se calzaba.

—Sí, muchas gracias. Son sus favoritas.

—Me han dicho que los jardines del patio de la mezquita son muy frescos en esta época del año.

—Seguro que lo son.

—¿Te apetece dar un paseo?

—Estaré encantado.

Los dos hombres se miraron y asintieron. Se reunirían en el jardín del patio interior. Salah llegó el primero y se sentó en un banco de mármol bajo la fresca arcada que rodeaba los arriates de rosas. Olió su perfume. Era un lugar hermoso y tranquilo en el que solo se oían algunas abejas y el rumor de la fuente.

—Buenas tardes, Salah. —El británico apareció por detrás de una de las columnas de mármol rosa egipcio.

—Me alegro de verte, Lawrence.

—¿Cuándo fue la última vez que estuvimos juntos, viejo amigo? —dijo antes de darle un abrazo y tres besos en las mejillas.

Lawrence no era muy alto, medía un metro sesenta y

133

siete, y le llegaba a Salah al pecho, pero sí un hombre apuesto, con penetrantes ojos azules, tez blanca bronceada por muchas horas de sol, cejas espesas, nariz larga y carnosa, y labios finos. A pesar de su apego a las costumbres árabes, se afeitaba. Su enjuta y nervuda complexión también contrastaba con la de Salah. Vestía un *zaub* blanco sobre el uniforme militar y un pañuelo blanco cubría su corto pelo castaño claro.

—¿En Damasco el año pasado? —aventuró Salah rascándose la cabeza.

—No, creo que fue en Zarqa, cerca de Amán —le recordó Lawrence.

—¡Ah, sí! Después fuimos a Damasco y comimos en un fabuloso restaurante del casco antiguo. ¿Cómo encontraste un sitio así?

—Creo que me habló de él Hussein, el jerife de La Meca, y después estuve allí con él y sus hijos.

—Ese tipo de sitios solo los conocen los lugareños.

—Tienes buen aspecto.

—Gracias, cocina mi madre… —aclaró pasándose la mano por el abultado estómago—. Y me sienta bien estar en mi hogar. A ti también parece sentarte bien Arabia.

—Sí, me encanta. A veces pienso que en otra vida nací aquí.

—Seguramente así fue.

—Amo esta tierra —aseguró con vehemencia cuando empezaron a pasear por los rosales—, su historia, su cultura, su idioma…

—Por no hablar de la comida…

—También.

—¿Cuándo viniste por primera vez a Egipto?

Salah lo conoció cuando fue a Esmirna y después le perdió la pista hasta que reapareció convertido en el oficial británico que había comenzado una guerra de guerrillas contra las tropas otomanas y liderado los ataques a los trenes de suministro y líneas de telégrafo en Hejaz, en la costa occidental de la península Arábiga.

—Egipto no fue el primer país árabe que conocí —explicó al tiempo que se inclinaba para oler una rosa roja—. Hace ocho años todavía estaba en Oxford y uno de mis profesores organizó un viaje a Siria. Ese país me fascinó. En aquel viaje hice casi dos mil kilómetros para estudiar los castillos de los cruzados y los lugares más remotos. Cuando volví a Inglaterra, decidí ser arqueólogo.

»Después de licenciarme volví a Siria y estuve unos años trabajando en un yacimiento en Carquemís, en el norte, y en otros lugares de Mesopotamia. Hace tres me reclutaron los británicos. Necesitaban explorar la región y un arqueólogo era la tapadera perfecta. Pocos meses antes de que comenzara la guerra me pidieron que hiciera un reconocimiento en el desierto del Néguev.

—¿Por qué?

—Porque es la región que tendrá que cruzar el ejército otomano si quiere atacar Egipto. La Fundación para la Exploración de Palestina financió una expedición en la que se nos encargó encontrar el bíblico desierto de Zin a mi amigo Leonard Woolley y a mí.

—¿Existe realmente esa fundación? —preguntó Salah entre risitas.

—Sí, sufragada por el ejército británico. —Los dos se echaron a reír—. Informamos sobre nuestros descubrimientos arqueológicos, pero también al Ministerio de la Guerra en Whitehall, y actualizamos los mapas, en los que señalamos los manantiales.

—Pero ¿no trabajaste un tiempo para los alemanes? Porque creo recordar que nos presentó el coronel Hans Dietrich...

—No, eso no es cierto, el ministro del Interior otomano me conocía, al igual que los asesores alemanes, por toda la labor que había llevado a cabo en el Levante. Gracias a esos viajes, localicé las líneas férreas de los otomanos y esa información fue de vital importancia para el Ministerio de Asuntos Exteriores británico.

»Después, cuando estalló la guerra me destinaron al Arab Bureau del cuartel general británico en El Cairo, que estaba integrado en el Departamento de Inteligencia, so-

135

bre todo por mis conocimientos del Levante y porque hablo árabe.

—¿Y qué hacías allí?

—Interrogaba a los prisioneros turcos. —Lawrence se apresuró a explicarse cuando Salah frunció el entrecejo—. No fue nada agradable. Intenté hacerlo de forma civilizada, pero las tácticas de mis compañeros eran realmente brutales.

—Lo imagino.

—¿Trabajaste con Henry McMahon?

—De hecho, gracias a él me enteré de la rebelión árabe que estaban planeando Hussein y sus hijos. Le dije que quería ser el enlace británico con el ejército árabe.

—Ya veo…

—Me proporcionaron dinero, armas y buenos soldados, y pusimos en marcha una guerra de guerrillas.

—¿Qué tal están los hijos de Hussein?

—Bueno, gracias a ti, Faisal y Abdalá están ganando terreno en Hejaz con apoyo británico. Hemos atacado las vías férreas y los turcos han tenido que destinar tropas para protegerlas y repararlas. Pobres…, lo están pasando muy mal —comentó con ironía.

—¿Crees que saldrá bien?

—¿El qué?

—Que los aliados ganen la guerra y concedan la independencia a los árabes.

—Pues claro, amigo mío. ¿Por qué no iba a ser así?

—No lo sé… Corren rumores de que los británicos y los franceses han alentado esta insurgencia en beneficio propio.

—No te entiendo.

—Evidentemente es la mejor opción para vosotros. A los turcos les costará mucho más esfuerzo y recursos contener la rebelión que lo que van a pagar los británicos por auspiciarla.

—No digas tonterías, Salah. Por supuesto que queremos que los árabes sean libres y se gobiernen. Es lo que hemos prometido, ¿no?

—Sí, pero los poderosos siempre dicen lo que quieren oír los débiles.

—Salah... —insistió Lawrence—. Mira a tu alrededor, esta tierra, la historia de esta zona, la cultura y todos los avances en astronomía, en ciencia y en medicina que propiciaron los árabes hace cientos de años, cuando los británicos aún estábamos en la Edad Media. Nos llevabais mucha delantera.

—Sí, pero eso fue hace siglos.

—Si se les da la oportunidad, volverán a ser poderosos de nuevo.

—Crees realmente en nuestra causa, ¿verdad? ¿Crees en el nacionalismo árabe, en nuestra libertad?

—Mira, sé que lo que les sucedió a Khaled, Wissam y Rafic ha minado tu confianza. No sé cómo pudo ocurrir. Has de creerme. —Le tomó de un brazo cuando Salah lo miró con ojos llorosos—. Si hubiera podido hacer algo por salvarlos, lo habría hecho.

—Lo sé.

—Mis palabras no aliviarán tu dolor y sé lo duro que debe de ser para ti. Al fin y al cabo, eran tus amigos.

—Desde niños.

—Lo único que podemos hacer es recordarlos, bendecirlos, honrar su recuerdo y lo que hicieron, y seguir nuestras vidas.

—Nunca olvidaré lo que les pasó —aseguró Salah bajando la vista e inspirando para contener sus emociones.

—No, no lo harás, pero el tiempo lo cura todo. Y cuando el dolor por su muerte se atenúe, tendrás unos maravillosos recuerdos de lo que compartiste con ellos.

Salah dejó escapar el aire de sus pulmones y se limpió la lágrima que le colgaba en el rabillo del ojo.

—¿En qué puedo ayudarte?

—He preparado un plan para que mis irregulares ataquen Aqaba —le informó en un susurro.

—¿Aqaba? Pero si es un pueblo muy pequeño. ¿Por qué?

—Porque estamos estancados y alguien ha de tomar la iniciativa.

137

—No lo entiendo.

—Como sabes, el ataque a Medina fue un desastre y no conseguimos ponernos de acuerdo en qué medidas tomar. Los turcos han enviado varias divisiones para evitar que los recursos y pertrechos británicos le lleguen a Faisal. De momento, lo único que hemos hecho es atacar el ferrocarril de Hejaz, pero no está sirviendo de mucho.

—Pero ¿por qué Aqaba?

—En primer lugar, porque si los turcos se reorganizan, pueden fortalecerse en Aqaba y eso amenazaría a las fuerzas británicas que operan en el norte de Palestina. En segundo, porque quizá lo utilicen como base para los submarinos alemanes en el mar Rojo. Y en tercer lugar, porque los británicos podrán utilizar ese puerto para abastecer a las fuerzas de Faisal y que siga avanzando hacia el norte.

—Jamás habría pensado que Aqaba fuera tan importante.

138

—Querido amigo, ¿te olvidas de que los otomanos lo utilizaron el año pasado para atacar Suez?

—Suena muy lógico, Lawrence, pero ¿por qué no envían los británicos su Fuerza Expedicionaria Egipcia?

—Porque el general Archibald Murray, que está al mando, cree que el desierto de Al-Nefud es infranqueable y el principal obstáculo para lanzar un ataque, y probablemente tenga razón.

—¿Y qué quieres hacer?

—Voy a intentar tomar Aqaba engañando a los turcos para que crean que los árabes se dirigen hacia Damasco o Alepo.

—Estás loco.

—Merece la pena intentarlo.

—¿Has contado con el calor del desierto?

—Me acompañan tribus curtidas en el desierto. Están acostumbradas —aseguró con convicción cuando Salah meneó la cabeza con incredulidad—. Necesito información sobre el ferrocarril de Hejaz al sur de Amán, entre Ma'an y Al-Mudawwarah.

—Estás de suerte. Uno de mis compañeros acaba de llegar a El Cairo. Te proporcionaremos toda esa información.

—Gracias, amigo.

—Tengo que pedirte un favor, Lawrence. Nassim Alamuddin ha desaparecido. Tiene dieciocho años y ha sido mis ojos y mis oídos en el bazar. Sé que lo han capturado los turcos. He de encontrarlo antes de que lo maten. Me están buscando y han atrapado a ese joven por mi culpa. Tengo que ayudarle, incluso, si es necesario, me entregaré.

—Si te encuentran, te colgarán.

—Lo sé, pero no podría vivir si matan a Nassim.

—Deja que pregunte por ahí. Si está en El Cairo, lo encontraremos. Los servicios de inteligencia británicos son mejores que los turcos.

—¿Sí? —bromeó Salah sonriendo.

—Sí, nos vestimos mejor.

—Vamos, te invito a un narguile.

—¿Y qué tal algo frío? No fumo.

—Entonces, ¿un whisky con hielo?

—Un zumo de lima con soda estará bien.

—No me digas que tampoco bebes. —Los dos hombres se levantaron y se dirigieron hacia la entrada de la mezquita—. ¿Qué clase de británico eres? Solo falta que me digas que eres vegetariano.

—¿Cómo lo has sabido?

—Era una broma.

—No, no lo es. Soy vegetariano.

—¡Por Dios!

—Una vez en Francia, la mujer que me estaba sirviendo el desayuno me dijo que si no comía carne moriría antes de tiempo.

—Y tenía razón. Venga, vamos a tomar un zumo de naranja.

—Si no te importa, prefiero uno de lima.

—¡Británicos! No os entenderé nunca.

139

Capítulo 10

—Ven, está aquí —le indicó Rania a Fatmeh cuando subieron las escaleras y abrió la puerta de la habitación.

Fatmeh vio a Rabih tumbado sobre una cama pequeña. Los brazos le colgaban a los lados y había vuelto la cabeza de forma que se le veía la herida. Tenía los ojos cerrados y respiraba con dificultad. La camisa desgarrada y la camiseta sucia y rota dejaban al descubierto el pecho, brillante de sangre y sudor. Rania no estaba segura de si estaba dormido.

—Tráeme agua caliente, hirviendo —pidió Fatmeh con calma—. Y todas las toallas que puedas. Y alcohol para friegas.

Cogió un taburete y lo colocó junto a Rabih. Le tocó la frente, pero Rabih no se movió. Le quemaba la piel. Rania volvió con varias toallas y una botella.

—El agua está calentándose. ¿Qué tal está?

—Tiene mucha fiebre. ¿Cómo se llama?

—Rabih.

—¿Es amigo de Salah? ¿Qué le ha pasado?

—No tengo ni idea.

—Necesito algún tipo de antiséptico —pidió Fatmeh mientras estudiaba las heridas.

—¿No basta con el alcohol?

—Necesitaría ácido fénico o agua oxigenada, pero solo se pueden conseguir en un hospital o en la consulta de un médico.

Rabih movió ligeramente la cabeza, soltó un gemido y Fatmeh y Rania se volvieron hacia él.

—¡Limones! —exclamó de repente Fatmeh con la cara iluminada—. Miel y limones. Mi madre lo utilizaba como antiséptico natural.

—Traeré el agua —dijo Rania después de darle las toallas y el alcohol.

—¿Es todo lo que tienes? —preguntó Fatmeh mirando el frasco verde medio vacío.

—No tengo más.

—Trae una de esas botellas que tienes en la barra, la del líquido transparente.

—¿Te refieres a la ginebra? Es para beber.

—Pero tiene alcohol.

Rania pensaba que la tímida joven iba a horrorizarse, pero se había mostrado tranquila, había evaluado la situación con ojo experto y le pedía ginebra. Mientras ella bajaba corriendo las escaleras, Fatmeh volvió a poner la mano en la frente de Rabih, que empezaba a mostrarse inquieto.

—Rania —gimió volviendo la cabeza.

—No se mueva, por favor. Ha perdido mucha sangre. Voy a intentar cortar la hemorragia.

Rabih se quejó y giró la cabeza hacia el otro lado. Fatmeh deseó tener acceso al dispensario de su padre. Empapó una toalla con el alcohol que quedaba en la botella. Necesitaba agua caliente, pero tendría que apañarse con aquello hasta que volviera Rania. Miró a aquel hombre ensangrentado. Mostraba todo tipo de heridas de arma blanca y tenía una bala en la pierna, que habría que extraerle. «*Ya Allah!*», rezó mirando al techo. «Dame fuerzas, y valor a este hombre para que soporte el dolor.»

—Esto le va a escocer —le previno antes de empezar a limpiar suave y diestramente la sangre coagulada de la cabeza y, en efecto, Rabih soltó un grito que no consiguió disuadir a Fatmeh—. Lo sé. Tenga coraje, por favor.

Rania volvió al poco sujetando un cubo de agua hirviendo con las dos manos. Lo dejó junto a Fatmeh y derramó unas gotas en el suelo de piedra.

—Voy a buscar la ginebra y los limones, no he podido traerlo todo a la vez.

—Necesitaré más agua.

—Pondré más a calentar.

—Rania, hará falta lino o algodón para vendar las heridas.

—Quizá encuentre un poco de lino.

—¡Ya sé! —exclamó dejando un momento la toalla empapada en alcohol. Se levantó y empezó a desabrocharse la *abaya*.

—¿Qué haces?

—La utilizaremos para las vendas. Trae también unas tijeras.

—Pero *Fatmeh*, si vuelves a casa sin ella tu marido... Solo *Allah* sabe qué te hará.

—Es de un lino muy suave.

Debajo llevaba una sencilla túnica larga de color marrón. Rania la miró de arriba abajo. Jamás la había visto sin la *abaya* negra. No tenía mal tipo, con una altura media, curvilínea, pechos firmes, cintura estrecha y trasero redondeado.

—Por favor, Fatmeh, te vas a meter en un lío.

—De ser necesario, hasta utilizaría el *hiyab*.

—*Ya Allah!* —exclamó Rania llevándose una mano a la boca—. Eres musulmana y si sales a la calle así y sin el *hiyab*...

—Ya nos preocuparemos por eso en su momento. Ahora, trae las tijeras. Ha preguntado por ti.

Rania se detuvo en seco y su melena se balanceó con la inercia. No dijo nada, pero se dio cuenta de que Fatmeh sonreía.

—Ahora vuelvo —prometió con un tono de voz que Fatmeh supo que estaba dirigido a Rabih y no a ella.

Cuando Salah y Lawrence salieron de la mezquita empezaba a oscurecer. El sol se ocultaba ya en el horizonte. Lawrence miró a ambos lados de la calle que había en la

143

parte trasera de la mezquita y rápidamente cruzaron la plaza en dirección al bazar. Salah suspiró aliviado al encontrarse de nuevo en terreno seguro.

—No te relajes demasiado —le previno Lawrence.

—¡Oh, no! ¿Turcos?

—Así es —suspiró Lawrence llevándose la mano a la pistola que escondía en la cintura.

—¿Por qué tendrán que seguirnos precisamente hoy? Con lo que me apetecía un narguile...

—Yo no fumo —le recordó Lawrence mientras aceleraban el paso.

—Pero yo sí —jadeó Salah.

—¡Maldita sea! —exclamó Lawrence mirando por encima de su hombro—. Si me reconocen, estás acabado. No es que lo tengas muy fácil ahora mismo, pero si me ven contigo, Ahmed Djemal te matará él mismo.

—¿Y si nos separamos? —sugirió Salah apresurándose por el callejón.

—Son dos y se están acercando. ¿Alguna idea? Este es tu terreno. No tengo ni idea de hacia dónde vamos.

—Odio tener que decírtelo, hermano, pero...

—...tú tampoco —acabó la frase Lawrence.

—¡A la derecha! —le ordenó de repente y torcieron por un estrecho callejón apenas visible. Salah echó a correr—. ¡Sígueme!

—Pero si no sabes adónde vas —bufó Lawrence detrás de él.

—No te preocupes. Lo conseguiremos.

—Eso es lo que me dijo una vez un conductor de camellos.

En la siguiente bocacalle torcieron a la izquierda.

—¿Están cerca? —preguntó Salah.

—Sí.

Salah se introdujo en otro callejón, cruzó otra calle y bajó por la siguiente. Al llegar al final se detuvo resollando.

—Tengo que parar un momento —pidió con la mano en el pecho.

Lawrence fue hasta la esquina y asomó la cabeza. La siguiente calle estaba vacía.

—Tenemos que seguir moviéndonos.

Salah lo siguió y de repente reconoció el lugar en el que estaban.

—Ven —le acució agarrándole la manga del *zaub*.

Zigzaguearon varias veces más por otros callejones y aparecieron frente al café de Rania. En la puerta seguía el cartel que rezaba «Cerrado». Rania no había abierto después de comer.

—Está cerrado, Salah.

—No, sé que está dentro. Sígueme.

Fueron a la parte posterior del edificio y, tras sortear otro laberinto de callejuelas, llegaron a una puerta y llamó con fuerza.

—¡Shh! No tan fuerte —pidió Lawrence.

Salah volvió a llamar y la cara de Rania apareció detrás de la cortina y meneó la cabeza indignada.

—¿Qué quieres ahora?

—Querida —dijo Salah al entrar—, muchas gracias.

—¿Otra vez? —le interrogó Rania con las manos en jarras—. ¿No puedes utilizar la puerta delantera como todo el mundo?

—Rania, este es mi amigo británico Lawrence, Thomas Edward Lawrence.

—*Masa aljair*, madame —la saludó Lawrence con educación y Rania asintió, aún indignada con Salah.

—Dile más cosas bonitas —pidió Salah dándole un codazo.

—*Tsharrafnah* —añadió el otro haciendo una reverencia.

—Igualmente —correspondió Rania antes de arrastrar a Salah a un rincón.

—¿Me permite cerrar la puerta, *madame*? —preguntó con delicadeza Lawrence—. Es que nos han venido siguiendo unos tipos muy desagradables.

—¿Qué demonios está pasando, Salah? —reprendió Rania a su amigo, que se encogió de hombros.

145

—Sí, muy fastidiosos, incluso *dacoits*, me atrevería a añadir —continuó Lawrence con un refinado tono de voz.

—Ya lo has oído. —Salah puso cara de inocente.

—¿Me tomas por tonta? Primero vienes y resulta que conoces a Rabih, al que han apuñalado y disparado. Y ahora llegas con un británico que dice que os han seguido... ¿Qué ha dicho, *dacoits*?

—Si me permite, *madame*. Los *dacoits* son ladrones birmanos o del sur de Asia, literalmente hablando, claro está, según el diccionario. Pero normalmente utilizo esa palabra para referirme a los malos.

—¡Rania! ¡Por favor! ¡Necesito ayuda! —En lo alto de las escaleras se oyó la voz de Fatmeh.

—No creas que te vas a librar de esta. —Rania amenazó con el dedo a Salah—. Ahora vuelvo.

—¡Uf! —exclamó Salah secándose el sudor de la frente.

—Una mujer encantadora. Muy guapa. ¡Santo cielo!, ¿te has fijado en sus ojos? Y tiene un local muy bonito. Muy típico, muy colorido. ¿Quién está arriba? —preguntó Lawrence al oír un quejido y antes de sentarse en un banco.

—Es Rabih, el compañero del que te he hablado.

—¿Cuándo ha venido?

—Cuando he llegado esta tarde ya estaba en la bodega de Rania. Hablando de la bodega, creo que voy a dejar de ser musulmán por un rato y me voy a tomar un whisky.

—¿Tiene whisky en la bodega? —preguntó Lawrence atónito.

—Bueno..., lo heredó del tío de su marido. Creo que era contrabandista. ¿Seguro que no quieres un trago? Es de malta.

—Supongo que no me vendrá mal.

—Solo es para calmar los nervios —bromeó Salah sirviendo dos vasos.

—¡Salah! Te necesitamos arriba, por favor —lo llamó Rania.

—Con permiso —se disculpó ante Lawrence.

—Por supuesto —dijo este sonriendo y levantando el vaso.

—Fatmeh va a intentar sacarle la bala a Rabih. Tendrás que sujetarlo —oyó Lawrence que le decía Rania a Salah.

Lawrence miró el vaso de whisky. «La guerra es terrible. Debería haber seguido dedicándome a la arqueología y la historia en vez de verme envuelto en asuntos de espías.» Un fuerte grito resonó por toda la casa, seguido de gruñidos. «Dios le ayude.» Se oyó otro grito. «Esto es insoportable», pensó acabándose el whisky de un trago, antes de coger el vaso de Salah. Debería de haberse acostumbrado. Fue hacia el café meneando la cabeza. Miró por una rendija entre las cortinas de la puerta y vio a los dos turcos que les habían estado siguiendo. Se agachó rápidamente y luego se irguió un poco para mirar.

—¿Adónde demonios se han ido? —preguntó uno de ellos.

—¿No es el mismo café en el que hemos preguntado por Farhat? —dijo el otro.

—Todos estos malditos cafés parecen iguales y las condenadas calles, las mismas.

—No se preocupe, señor. Los encontraremos.

—El gordo era Salah, estoy seguro. Pero ¿con quién estaba?

—No he conseguido distinguirlo, señor. Solo me he fijado en que no era muy alto.

—No los vamos a localizar. Está oscureciendo.

—¿Por qué no preguntamos?

—No creo que consigamos nada. Al parecer, todo el mundo le protege. Pero ¿por qué?

—Quizá les pague, señor.

—No digas tonterías. ¿Cómo va a pagar a todo el zoco?

Lawrence vio que los turcos se dirigían a la calle más cercana y miraban en las tiendas abiertas. Preguntaron a algunos vendedores, pero casi todos negaron con la cabeza y se encogieron de hombros. «¡Maldita sea! Nos están buscando.» No tardarían mucho en llamar a la puerta, a pesar del cartel. Vio que volvían sobre sus pasos y señalaban hacia el café. Volvió a agacharse pensando en que irían hacia allí, pero al ver que no llamaban, miró de nuevo y vio que iban en dirección a la mezquita Al-Hussein. De repente, se le ocurrió una idea. Accionó la manija de la puerta. Estaba cerrada con llave. No quería molestar a Salah o a Rania. Se fijó en las ventanas que daban a la calle. Eran un poco pequeñas, pero si contenía el aliento conseguiría pasar a través de una de ellas.

Una vez en la calle, echó a andar a paso vivo. Iba a seguir a los turcos. Estaba seguro de que le conducirían a su escondite, donde seguramente retenían a Nassim. Se cubrió la cara con el pañuelo, a excepción de los ojos, tapó con el manto el uniforme militar británico y se apresuró en pos de los turcos. Cuando los divisó a cincuenta metros, se metió en una tienda de telas.

—*Ahlan* —saludó el dueño al verle entrar—. ¿Puedo ayudarle?

—*Shu? Ana...* —murmuró Lawrence con una pierna fuera de la tienda y los ojos fijos en los turcos.

—¿Quiere un turbante? —sugirió señalando los exagerados tocados que estaban de moda—. ¿Un fez?

—La verdad es que no —dijo sin prestarle mucha atención.

—Vamos, hermano. ¿Y esta hermosa tela para su mujer?

—No estoy casado.

—Entonces para su madre. Estoy seguro de que le encantará.

—No, gracias —contestó sin dejar de vigilar a los turcos, que se habían parado y hablaban entre ellos.

—¿Para su hermana? —insistió extendiendo otra tela.

—Quizá en otra ocasión.

—Este turbante es perfecto para usted —aseguró intentando colocarle uno blanco en la cabeza, pero era demasiado pequeño. El comerciante se extrañó y trató de encajárselo.

—Tengo la cabeza más grande de lo que cree.

—Este es una talla mayor.

—Mire… La verdad es que no necesito nada.

—Entonces, ¿por qué ha entrado en mi tienda? —preguntó enfadado.

—Está bien, ¿cuánto cuesta? —Lawrence suspiró exasperado.

—Por ser usted, le haré un precio especial: una libra.

—¿Qué? Eso es un robo.

—Cincuenta piastras. —El comerciante bajó la cabeza con las manos unidas en actitud de súplica.

En el momento en el que los turcos echaron a andar, Lawrence se metió la mano en el bolsillo y le entregó una moneda.

—*Shukran*, hermano. *Shukran. Allah ma'aak! Assalamu aleikum!*

—Sí, sí —murmuró Lawrence poniéndose el turbante—. Que *Allah* esté también contigo —añadió antes de salir.

Cuando llegó a la plaza que había frente a la mezquita Al-Hussein se alegró de llevar el turbante, pues le permitía pasar inadvertido. Siguió a los turcos y tuvo cuidado de no perderlos en las calles cercanas a la Universidad Al-Azhar. Después, entraron en unos barracones. Lawrence grabó en su memoria la dirección. Por suerte, los arbustos y árboles le permitieron acercarse sin ser descubierto. Fue de puntillas hasta la parte de atrás y vio que en el sótano había luz. Se tiró al suelo y se arrastró hasta una estrecha ventana que estaba abierta.

—¡Levántate! —oyó que ordenaba una voz masculina en el interior—. ¡Sujétalo, Celik!

Lawrence oyó que alguien gemía, imaginó que sería Nassim, y el sonido inconfundible del seguro de una pistola.

—¿A qué viene esa lealtad? ¿Qué ha hecho por ti?

—Señor, quizá podríamos utilizarlo como señuelo para atraer a Masri —propuso el llamado Celik.

—Estoy seguro de que se encuentra en ese café, igual que Rabih, y que le están protegiendo.

—Entonces deberíamos ir allí.

—No podemos. Los británicos no deben enterarse de

nuestra presencia. Si la mujer llama a la policía, nos descubrirán. Se supone que ni siquiera deberíamos estar en Egipto.

—Pero, señor...

—Celik, ¿tengo que recordarte que somos turcos operando en un protectorado británico y que estamos en guerra con ellos? Nos meterían en la cárcel. Aún peor, al ser militares nos considerarían prisioneros de guerra. No, tenemos que ser más inteligentes.

Lawrence ya había oído suficiente. Se apartó con cuidado y volvió hasta la puerta. Una vez fuera se quitó el turbante y echó a correr hacia la calle principal, donde paró un carruaje taxi para que lo llevara al cuartel general del ejército británico, en la otra orilla del Nilo. Tenía que convencer a sus superiores para que invirtieran tiempo y recursos en rescatar a un joven de dieciocho años que había caído sin querer en las garras de los hombres de Ahmed Djemal.

Al cabo de unos días, Salah recibiría un telegrama en el que le informaban de que habían hallado a su cabra favorita, la desaparecida, y que se la devolverían pronto.

Rabih abrió lentamente un ojo. El otro lo tenía tapado por una venda. Miró el techo. El encalado estaba gris y el enlucido agrietado. Distinguió a Rania sentada en una silla junto a él con los brazos cruzados y la cabeza sobre el pecho. Parecía dormir. Movió la cabeza para verla mejor y sintió una intensa punzada. Soltó un gemido y tuvo que cerrar el ojo hasta que amainara el dolor. Cuando volvió a abrirlo, Rania ya no estaba en la habitación. Volvió a mirar el techo. Le dolía todo el cuerpo. Tenía frío, pero sudaba al mismo tiempo. Notó contracciones en un muslo. Parecía que el pecho le iba a estallar y que le habían golpeado la cabeza con un martillo. En un taburete había una jarra con agua y un vaso. Intentó incorporarse. Estiró el brazo, pero no consiguió agarrar la jarra. Agotado por el esfuerzo, se dejó caer y cerró el ojo.

Cuando volvió en sí, Rania estaba de nuevo sentada en la silla. Al ver que se había despertado, se acercó y se arrodilló junto a la cama. Rabih quiso volver la cara hacia ella, pero no pudo.

—No se mueva. ¿Quiere un poco de agua?

Llenó el vaso, le puso una mano con mucho cuidado en el hombro y atrajo la cabeza hacia su pecho para acercar el vaso a sus labios. Rabih notó que el corazón de Rania latía a toda velocidad y se alegró, pues el suyo también se había desbocado.

—Ahora tiene que descansar.

—¿Dónde está la enfermera? —preguntó con voz débil.

—¿Fatmeh? Volverá enseguida. Es hora de comer.

—¿Cuánto tiempo he estado dormido?

—Muchas horas, pero tiene que descansar más. *Allah yeshfik*.

Rabih la miró. Se había puesto otro vestido. Era de color rosa y naranja, con estampado de cachemira y volantes en el escote y las mangas. Encima de un hombro llevaba un chal blanco de croché que dejaba ver el cuello y el escote y resaltaba su curvilínea figura. Se fijó en la turgencia que creaban sus pechos, su estrecha cintura y la forma en que el vestido se ajustaba a sus caderas y producía un seductor frufrú cuando se movía.

—Está muy guapa —susurró.

—Gracias. —Rania jugueteó tímida con el borde del chal.

El herido esbozó una sonrisa. Cerró el ojo y su mente solo pudo pensar en ella, en el suave tacto de sus manos, en el perfume de su piel, su tupido pelo, sus ojos, su sonrisa…, antes de quedarse dormido.

Rania oyó que se abría la puerta trasera y se colocó bien el chal.

—¿Rania? —la llamó desde abajo Fatmeh con su dulce voz.

—*Marhaba habibti* —saludó ella mientras bajaba las escaleras.

151

—Qué guapa te has puesto.

—Gracias. Estoy seguro de que tú también lo estarías si te pusieras un vestido y algo de kohl.

—Algún día lo haré. Pero, de momento, he de llevar esto —comentó con tristeza tocándose la *abaya*—. He ido al dispensario de mi padre y he cogido algunas cosas —explicó mientras abría una bolsa y sacaba algodón, un frasco de alcohol para friegas, vendas y algo de instrumental.

—¿Para qué son esas agujas?

—Necesita puntos. Le he extraído la bala porque si no, habría perdido la pierna, pero ahora he de coser la herida. Y esto, *habibti*, es alcohol para friegas.

—Gracias a Dios. El otro día olía como los borrachos.

—Sí, no creo que vuelva a beber ginebra en mi vida.

—¿Qué quieres decir con volver? ¿La has probado?

—Un día probé el zumo de limón de madame Yvonne.

Rania se echó a reír y la abrazó.

—*Yallah*. Está dormido, hazlo ahora.

152
—También he traído un tranquilizante. Se lo daré para que no note los puntos. Tardará en recuperarse —susurró mientras se acercaban a la habitación—. Tendrás que cuidarlo, yo no puedo estar aquí todo el tiempo.

—Pero no soy enfermera como tú.

—No, pero eres amable, bondadosa y cariñosa. Eso es ser enfermera. Es muy guapo —añadió al ver que Rania se ruborizaba.

—Ni siquiera lo conozco.

—No, pero a veces no es necesario. Simplemente se sabe.

—*Tala'a maa'y* —admitió Rania.

—No estás loca en absoluto, *habibti*, solo enamorada. Y ya era hora.

Algunos días después, a la hora del desayuno, Saydeh estaba sentada con los codos sobre la mesa, la cara entre las manos, la frente arrugada, el entrecejo fruncido y los labios apretados. No había probado el café y miraba la mesa, perdida en sus pensamientos. Soltó un profundo suspiro.

Salah leía el periódico. Al pasar una página se fijó en la expresión de la cara de su madre. Tarde o temprano se lo contaría.

—A nadie le importa si estoy viva o muerta —anunció Saydeh teatralmente.

El periódico se movió ligeramente cuando Salah soltó una risita y se dio por vencido. Bajó el periódico y miró a su madre. Saydeh sorbió por la nariz, el labio inferior le temblaba.

—Venga, *immi*. ¿Qué te pasa?

—Nada.

—*Immi*, llevas así una hora, parece que se te hubiera muerto el perro.

—Y tú te has limitado a leer el periódico y desayunar.

—Pero porque el *manush* estaba riquísimo. —Sabía que elogiar su comida le cambiaría el humor. ¿Lo has preparado de otra forma?

—No. Cocinar depende de las manos, no de la receta. Hasta un mono podría seguir una. Hay que tener algo especial en las manos.

Salah asintió. Nunca había entendido qué quería decir, pero no iba a pedirle explicaciones ahora. Más calmada, Saydeh tomó un poco de café y se sirvió *manush*.

—Estoy muy preocupada por Rania. Creo que pasa algo en ese café. Últimamente tiene unos horarios muy extraños.

—El que abra solo por la mañana no quiere decir que tenga problemas.

—También es la forma en que se comporta. Está inquieta y nerviosa, y sube a todas horas al piso.

—Evidentemente, tendrá algo que hacer.

—Pero no nos lo ha contado.

—A lo mejor te lo explica pronto.

—Fatmeh y ella están siempre hablando en susurros. El otro día vi que Fatmeh le daba una bolsita y Rania subió rápidamente al piso con ella.

153

—¿Qué había en la bolsita? —preguntó sabiendo perfectamente que era la medicina para Rabih.

—Creo que esconde a alguien. Cuando paso por la tarde y el café está cerrado, la veo en la cocina, con alguien...

—*Immi!* ¿La estás espiando?

—Está pasando algo indecente. Creo que hay un hombre —confesó bajando la voz hasta convertirla en un susurro.

—¡Un hombre! —exclamó Salah fingiendo extrañeza—. ¿Qué clase de hombre?

—Es muy alto, más que tú. Parece extranjero.

Salah procuró no reírse.

—Y hay alguien más, pero no sé quién es. Es muy extraño. Incluso los comerciantes de la calle lo comentan.

—Estoy seguro de que Rania te lo contará pronto. Todo a su tiempo, *immi* —la tranquilizó apretándole la mano—. Paciencia.

—Y Takla sigue fuera de sí por Nassim. Ha sacado su *abaya* negra y ha empezado el luto.

La cara de Salah se ensombreció. Él también estaba preocupado por Nassim. Sabía que Lawrence conseguiría liberarlo y que Nassim regresaría con vida.

—Nassim volverá pronto a casa.

—Pero ¿adónde habrá ido?

—Los jóvenes hacen cosas extrañas, *immi*. Estoy seguro de que también las hice a su edad.

—¡Tú! A sus años eras un peligro. Volvías tarde, fumabas narguiles y vete tú a saber qué más. No quiero pensar lo que hacías cuando te dejé en la Universidad Americana de Beirut. —Dejó escapar un intenso suspiro y se llevó la mano a la frente y el corazón—. Me dan pena los padres de todas las chicas que perseguiste.

—Entonces, puedes imaginarte lo que está haciendo Nassim.

—Él no persigue a las chicas, sino que obedece a su madre y espera a que le encuentre una con la que casarse.

Saydeh miró a Salah. Le había costado muchas canas y

muchas noches sin dormir, pero era su hijo y siempre cuidaría de él. Los ojos se le llenaron de lágrimas al recordarlo cuando era joven, su niño. ¿Qué diría su padre si estuviera vivo? Se sentiría orgulloso. Era ingeniero, había triunfado y, en cuanto acabara la guerra, volvería a Esmirna para seguir trabajando en el Chemin de Fer Impérial. Aunque, de momento, se alegraba de tenerlo en casa.

—No sé si Noura vendrá esta semana —comentó Saydeh con malicia hacia el periódico que tenía enfrente.

—¿Ha comentado algo? —preguntó Salah fingiendo despreocupación, aunque sin darse cuenta del entusiasmo que reflejaba su voz.

—No creo que esté muy contenta en casa de su tía abuela.

—Así podré estar con Siran.

—¿Solo con Siran?

Salah miró a su madre y se le tiñeron las mejillas. Saydeh sonrió como un gato de Cheshire que acabara de lamer un plato de nata. No dijo nada y se levantó para recoger la mesa.

Capítulo 11

*R*abih abrió los ojos y sonrió.

—*Sabah aljair* —saludó Rania—. ¿Qué tal te encuentras?

—Mucho mejor —aseguró con ojos alegres volviendo la cabeza para mirarla directamente a la cara.

—Entonces te estás curando. ¿Quieres desayunar?

—¿No tienes que abrir el café?

—Sí, pero dentro de una hora.

Rabih la miró en silencio, absorto en la forma en que se retiraba un mechón de pelo rebelde de la cara. Rania inclinó la cabeza y aquel cuello de cisne que ansiaba acariciar, besar y del que aspirar su aroma pareció alargarse.

—Pero ya no abres por la tarde, ¿no? Es por mí, ¿verdad? Porque me estás cuidando.

—La que te está cuidando es Fatmeh.

—Ella es la enfermera, pero la que se ocupa de mí eres tú. No sé cómo podré corresponder tu amabilidad, pero lo haré.

—No tienes por qué.

—Sí. Después de todo, soy un extraño que apareció sin más.

—Primero, cúrate y ya hablaremos después. ¿Qué te apetece desayunar?

—*Tayeb*, tomaré un poco de pan.

Rania se levantó y Rabih le agarró la mano. Ella inspiró sorprendida y le lanzó una mirada nerviosa.

—¿Desayunarás conmigo?

—Quizá —dijo con una sonrisa y le soltó, antes de salir de la habitación balanceando la melena.

Rabih también sonrió.

—¿No le gusta el desayuno inglés, Lawrence? —dijo sir Edmund Allenby dejando sobre la mesa el cuchillo y el tenedor, y limpiándose los labios con una servilleta de lino—. Yo no puedo pasar sin el beicon, los huevos y las tostadas. ¿Arenques? —ofreció haciendo un gesto a uno de los criados con librea para que le acercara la bandeja.

—No, gracias —contestó intentando apartarse cuanto pudo de la bandeja, odiaba los arenques. Le recordaban al colegio y su olor le producía náuseas.

Lawrence había acudido a la residencia del nuevo comandante en jefe de la Fuerza Expedicionaria Egipcia en Zamalek, un acomodado y exclusivo barrio del centro de El Cairo, en el norte de la isla Al-Gazirah.

Estaban desayunando en el comedor victoriano de una villa del siglo XIX, en una mesa de caoba en la que cabían fácilmente veinte personas y sobre la que colgaba una enorme araña de cristal. Las cortinas de terciopelo azul oscuro, sujetas por un pesado cordoncillo con borlas doradas, dejaban ver las cristaleras de suelo a techo que daban al jardín trasero. La pared opuesta a la puerta se había forrado con paneles de madera oscura y tapizado con seda de color azul claro. Sobre la repisa de chimenea colgaba un retrato del anfitrión.

—¿Cómo es la vida en el desierto? —preguntó el mariscal Allenby con voz profunda y ronca—. Pareces un lugareño.

Lawrence lo miró. Allenby tenía la piel clara y ojos azules, y casi siempre llevaba la gorra militar porque se estaba quedando calvo. Era un hombre alto y de constitución fuerte, de conducta orgullosa y altiva, aunque endurecido por haber pasado casi toda su vida luchando al servicio del Imperio británico. Su uniforme estaba almidonado y planchado, con las medallas de la guerra de los Boer y de la India sobre el lado izquierdo del pecho. En las hombreras de la guerrera lucía el nombre abreviado del regimiento, bordado con letras de color bronce. Llevaba pantalones caquis, fruncidos por debajo de la rodilla por las polainas, y brillantes botines de cuero negro.

—Esto —replicó Lawrence señalando su manto de lino— es mucho más cómodo cuando se está bajo el sol del desierto.

—Sí, claro. ¿No come? ¿Qué le pasa, soldado?

—Con el debido respeto, señor. No soy soldado, sino arqueólogo.

—No diga tonterías, trabaja para el Arab Bureau, que está bajo mi mando, al igual que las tropas británicas destinadas aquí, así que, en realidad, trabaja para el ejército. Además, es nuestro enlace con Faisal, el hijo del jerife de La Meca. Si solo le interesaran los libros y las reliquias, no le habría enviado. Venga, coma —insistió mientras Lawrence continuaba jugueteando con los huevos revueltos.

—Es que me he acostumbrado a tomar solo un poco de pan por la mañana.

—Entonces, pruebe la tostada —replicó Allenby pero Lawrence lo miró como pidiendo disculpas—. ¿Está insinuando que quiere pan árabe? Tráele un poco —ordenó a uno de los criados.

— *Yibili ful iza fi ba'id bil matbaj* —pidió Lawrence.

—Por supuesto, señor. Ahora mismo —contestó sonriendo el criado.

—Acaba de alegrarle el día. Por desgracia, no hablo ni una palabra de árabe. ¿Qué le ha dicho?

—Le he pedido un poco de *ful muddamas*. Es una comida de campesinos hecha con habas. Es lo que se suele desayunar en Egipto y Sudán.

—Ya veo… Muy bien. —Puso el cuchillo y el tenedor juntos sobre el plato para indicar que había acabado—. Puede comer lo que quiera y vestir como quiera, pero no se olvide de que trabaja para mí. ¿Qué hace en El Cairo? Creía que le había dicho que no se apartara de Faisal.

—Lo hizo, señor.

—Entonces, ¿por qué está desayunando conmigo?

—Quiero lanzar un ataque sorpresa sobre Aqaba. —Lawrence inspiró con fuerza y observó la reacción de sir Edmund Allenby.

En ese momento apareció el criado con un cuenco y un poco de pan y esperó la aprobación de Lawrence. En la cocina se había armado un gran revuelo cuando había dicho que el invitado británico quería *ful muddamas*.

Lawrence cortó un trozo de pan caliente, lo untó en la salsa y se lo llevó a la boca. Estaba tan delicioso como siempre. El sabor de las especias conseguía hacerle sentir bien. Ofreció una amplia sonrisa al criado. El joven sonrió, hizo una reverencia llevándose una mano al corazón y se retiró.

Lawrence siguió comiendo y Allenby permaneció en silencio. Finalmente se incorporó y puso las manos en el pie de la copa de agua.

160   —¿Se ha vuelto loco? ¿Qué sentido le ve a atacar un pueblo pesquero que apenas tiene importancia para los otomanos?

—Señor, es un gran avance estratégico. Si los controlamos, protegeremos mejor Palestina; si nuestros barcos atracan allí, recibiremos antes los pertrechos, controlaremos el sur de la península Arábiga y podremos avanzar hacia el norte con Faisal.

—¿Será suficiente con sus irregulares y el ejército de Faisal?

—Aún he de convencer a algunas tribus de Hejaz para que se pongan de nuestro lado.

—¿Cuáles?

—La de Auda Abu Tayi, señor, es un factor clave en esta operación. Será un ataque sorpresa por tierra. A pesar de ser estratégicamente importante, está poco guarnecido por los turcos. —Lawrence sacó una pluma y una libreta y empezó a dibujar su plan—. Por supuesto, todo depende de los beduinos locales. Son los que mejor se desplazan y combaten en el desierto.

—Así que, si no necesita hombres, imagino que quiere monedas de oro para pagar a los que luchen con usted y Faisal.

—Sí, señor.

—No sé, Lawrence. —Allenby se quitó la gorra y se rascó la cabeza—. Ese desierto es muy duro. ¿Está de acuerdo Faisal?

—Sí, le he recalcado que Aqaba nos proporcionará el control de toda la península y Palestina, hasta Siria. A la vez continuaremos los ataques al ferrocarril de Hejaz para presionar a los turcos.

—¿Necesita algo más, aparte del oro?

—Camellos, si puede proporcionarnos alguno.

Allenby empezó a reírse a carcajadas, se puso las manos en los costados y sacó un pañuelo blanco para secarse las lágrimas.

—¡Santo cielo! Hacía tiempo que no me reía tanto. Muy bien, le daré el oro y los camellos. Espero que su plan salga bien o en el Ministerio de la Guerra me cortarán la cabeza.

—Lo entiendo, señor. Saldrá bien, le doy mi palabra.

—¿Alguna cosa más? He de ir al cuartel general.

—La verdad es que…

—¡Dios mío! ¡No me diga que quiere también unas cabras y unos corderos!

—Para que el ataque a Aqaba tenga éxito necesito información sobre los puntos débiles del ferrocarril de Hejaz entre Al-Mudawwarah y Ma'an. Solo puedo conseguir esa información a través de un hombre, Salah Marsi.

—Ese nombre me suena.

—Sí, señor, ha sido nuestro espía en Hejaz desde el comienzo de la guerra. Era uno de los ingenieros del Chemin de Fer Impérial.

—¡Ah, sí! Formaba parte del grupo que el carnicero de Djemal ahorcó en Beirut. Pero él escapó, ¿verdad?

—Sí, señor, y está en El Cairo. Por eso he venido. Necesito que me informe sobre todo lo que sepa.

—Sí, claro. ¿Qué quiere? ¿Más dinero?

—No, señor. He de hacer un trueque con él. No quiere que se le pague.

—Suéltelo ya, Lawrence, no dispongo de todo el día.

—Dos hombres de Djemal mantienen cautivo a su hijo —mintió—, un joven llamado Nassim.

—¡Hombres de Djemal en mi ciudad! —explotó Allenby—. Esto es un protectorado británico. ¿Cómo se atreven? ¿Cómo han conseguido entrar?

—No sé, pero aquí están. Han venido para capturar a Masri. Es el único que escapó de Djemal.

—Así que Masri quiere que liberemos a su hijo y lo protejamos. Y de paso, detener a los hombres de Djemal y meterlos en la cárcel por una temporada.

—Así es, señor —dijo con calma, a pesar de estar loco de contento.

De una tacada, había procurado protección a Salah, y Allenby arrestaría a los turcos. Si le hubiera dicho la verdad, quizá el mariscal no habría aceptado. A pesar de no evidenciarlo, tenía sus dudas sobre los motivos y la lógica de los británicos.

—Está bien, Lawrence —aceptó estrechándole la mano—. Venga más tarde al cuartel general y le proporcionaré el equipo que necesite para liberar a ese joven. ¿Está seguro de que ese Masri no le traicionará cuando haya recuperado a su hijo?

—Estoy seguro, señor. Y muchas gracias.

—Entonces, trato hecho.

Noura levantó la aldaba de latón y estaba a punto de soltarla cuando se abrió la puerta y apareció Salah.

—¡Qué sorpresa!

—*Marhaba*, Salah —saludó sonriendo.

Se miraron durante un momento y se les congeló la sonrisa. Ninguno de los dos supo qué decir.

—*Enti kifek?* —preguntó Noura.

—*Mnih.*

—¿Te molesto? —De repente ella se sintió cohibida.

—En absoluto. Pasa, por favor. *Immi* está arriba, le encantará verte. ¿Dónde tienes a Siran?

—La he dejado con Amira y mi tía abuela.

—Ahora vuelvo. Estaba a punto de ir a correos.

—Subiré a saludar a *tante* Saydeh. Me siento muy alejada de la civilización. En el Viejo Cairo no pasa nada. Al menos, que yo me entere.

—Bueno, por aquí hemos tenido de todo. Volveré enseguida —se despidió pasándole la mano por la mejilla.

Noura se ruborizó ante aquel gesto tan íntimo y Salah sonrió.

—¡Noura! —la llamó Saydeh desde lo alto de las escaleras—. ¡Qué alegría verte! Sube.

Salah le guiñó un ojo y compartieron ese instante de complicidad.

—Nos vemos dentro de nada —susurró antes de salir por la puerta.

—Ahora me lo vas a contar todo —le pidió Saydeh dándole un abrazo—. ¿Qué has estado haciendo? ¿Y qué tal la pequeña?

Rania subió las escaleras cargada con la bandeja del desayuno. Rabih se había incorporado y apoyado la espalda en la pared. Ella sonrió al notar que se le iluminaban los ojos ante los pasteles.

—A ver con qué puedo tentarte esta mañana.

Al no obtener respuesta levantó los ojos y vio que la estaba mirando con una expresión tan intensa que tuvo que apartar la mirada. No dijo nada más y al entregarle un plato le rozó los dedos. Se sentó en la silla de madera que había junto a la cama. Cogió la taza de café y la sostuvo con las dos manos para contener los temblores.

Lo miró de reojo. Seguía con la vista fija en ella. Intentó echar la silla hacia atrás para evitar sentirse arrastrada hacia él, pero fue inútil. Era como si hubiera un campo magnético que la atrajera.

Incapaz de mirarle a la cara, dirigió la vista a su pecho,

que le subía y bajaba al respirar. Se concentró en el pelo negro, pero con eso solo consiguió desear pasar sus dedos por él. Quería acariciarle la nuca, apoyar la cabeza en su hombro y sentir sus brazos alrededor. Anhelaba pasar los dedos por sus labios. Se levantó de la silla. Tenía que salir de aquella habitación. Su repentino movimiento deshizo la tensión.

—Lo siento... Tengo que abrir el café.

Cuando se dio la vuelta para irse, Rabih la agarró por la muñeca. Ella se detuvo y mantuvo la vista al frente. Él empezó a acariciarle la muñeca suavemente, pasando el pulgar por sus palpitantes venas. Giró la cabeza para mirar la mano e, indecisa, se volvió hacia él. Sus ojos subieron desde la mano, pasando por el brazo, hasta llegar al cuello y, finalmente, lo miró a los ojos. Rabih intentó enderezarse sin soltarle la mano e hizo una mueca de dolor. Rania se puso de rodillas para ahuecarle el cojín que le había puesto en la espalda. Él no le había soltado la muñeca ni ella quería que lo hiciera.

—Rania, mírame por favor —le pidió con ternura mientras le ponía el pulgar bajo la barbilla y le inclinaba la cabeza.

Ella levantó la mirada y vio que sus labios se acercaban. Cerró los ojos cuando los sintió sobre los suyos y Rabih los movió sensualmente antes de introducir la lengua en su boca. Le puso la mano libre en el cuello y la atrajo hacia él mientras le acariciaba la mejilla con el pulgar y le pasaba los dedos por el pelo, con las lenguas entrelazadas en un profundo beso. Rania levantó la mano, la colocó en su hombro, la dejó resbalar hasta la espalda y le acarició la piel desnuda. Después la subió, la puso detrás de su cabeza y la atrajo hacia ella.

De repente Rabih la apartó y ella se sintió desconcertada.

—Rania... —dijo con voz ronca—. Esto... —Sonrió con timidez y dirigió la vista hacia su entrepierna. Estaba manifiestamente abultada.

—Tengo que abrir el café. —Rania volvió la cabeza con timidez y se despidió.

—Entiendo —aceptó Rabih avergonzado.

Rania recogió la bandeja y salió de la habitación. Una vez en la cocina, la dejó sobre la mesa y soltó una risita. Empezó a dar vueltas y a bailar, y dejó escapar un grito de placer. «¡Dios mío! ¡Gracias!», exclamó antes de besar la cruz que llevaba al cuello.

Oyó que llamaban a la puerta. Se recogió rápidamente el pelo en un moño, se alisó el vestido y el delantal, y salió. Apartó la cortina y vio a *madame* Yvonne con un largo corte de tela y tul en los brazos.

—¡Madame Yvonne! ¡Viene muy pronto! —la saludó mientras abría la puerta y le daba la vuelta al cartel que quedó en la posición de «Abierto».

—No, tú eres la que llegas tarde —la acusó con el dedo índice desafiante.

—Madame Yvonne...

—Mira el reloj, tu reloj —recalcó con los brazos en jarras.

Rania se volvió y se dio cuenta de que tenía razón, eran las once y cuarto. Se oyó la campanilla de la puerta y entró Fatmeh.

—No puedo creer que me hayas hecho esperar fuera —se quejó la anciana—. ¿Qué estabas haciendo? He llamado varias veces.

Fatmeh arqueó las cejas en dirección a Rania y esta puso cara de circunstancias.

—Incluso he dado la vuelta al edificio, por si estabas en la cocina, pero no he visto nada. Fatmeh se sentó y abrió rápidamente su cuaderno.

—Estaba arriba. Lo siento, se me ha pasado la mañana volando —explicó Rania—. ¿Qué quiere tomar?

—¿Arriba? ¿Te has quedado dormida?

—Ahora traigo tu zumo, Fatmeh.

—De granada, por favor —pidió tímidamente la joven y soltó una risita.

—¿De qué te ríes? —le preguntó madame Yvonne—. No te haría tanta gracia si hubieras estado fuera con las manos llenas de bolsas.

165

Volvió a sonar la campanilla y entró Saydeh, seguida de Noura.

—*Sabah aljair* —las saludó a todas la madre de Salah.

—*Ahlan, tante* Saydeh —le dio la bienvenida Rania—. *Marhaba,* Noura.

—¿Qué pasa? —preguntó Saydeh acercándose a la mesa—. ¿Por qué estás tan enfadada, Yvonne?

—Rania no ha abierto a su hora. He estado quince minutos esperándola fuera. Iba muy cargada.

—¿Por qué has abierto tarde, Rania? Te lo pregunto porque, si no se lo dices, estaremos todo el día oyendo sus quejas. Ahora que lo pienso —añadió Saydeh frunciendo el entrecejo—, últimamente pareces muy distraída. *Shu? Jair?*

—Sí, estoy bien.

—Ya ni siquiera abre por la tarde y ahora tengo que prepararme el café y comprar *mamul* en la panadería —siguió con sus quejas Yvonne.

166

—¿Y por qué no lo hace en casa? —inquirió Rania.

—Porque es muy vaga —la acusó Saydeh.

—¡Eso no es verdad! —replicó Yvonne.

—Entonces, ¿por qué no haces *mamul*? —la recriminó Saydeh con las manos en las caderas.

—Señoras, señoras. —Rania se interpuso rápidamente entre las dos ancianas—. Nada de gritos, por favor. Bajen la voz.

—¿Qué? —vociferó Yvonne—. Ni que hubiera un niño pequeño durmiendo en el piso de arriba y no pudiéramos hacer ruido.

—No, ciertamente no hay ningún niño.

Fatmeh se atragantó y todas se volvieron hacia ella.

—Perdón, se me ha ido por el otro lado.

—Muy bien, ¿qué van a tomar? —Rania se fue detrás de la barra para enchufar la cafetera y sacó un frasquito—. Tómense dos cada una, les calmará los nervios.

—¿Esas pastillas para caballos? —se burló Yvonne poniéndose las gafas para ver mejor los comprimidos de color blanco.

—¿Zumo de lima, madame Yvonne?

—Sí, por favor. Dime, Rania —pidió quitándose las gafas—. ¿Funcionan de verdad estas pastillas?

—No tanto como mi zumo especial —objetó Rania guiñándole un ojo a Fatmeh antes de añadirle un chorrito de ginebra.

—Tienes muy buen aspecto, Noura —la halagó Rania saliendo de la barra con una bandeja—. ¿Café para las dos?

—Por favor —dijo Noura cogiendo un *mamul*.

—Llevas un vestido muy bonito.

—Eso mismo iba a decir —intervino Fatmeh—. Ojalá pudiera llevarlos yo.

—Gracias, lo he cosido yo. Aprendí a coser cuando vivíamos en Selyuk. Antes de que naciera Siran tenía mucho tiempo libre. También arreglo vestidos. Una amiga me dio algunos de los suyos antes de irme de Beirut y los he adaptado a mi medida.

—A lo mejor Yvonne podría aprovechar tu talento —sugirió Saydeh y la aludida le lanzó una mirada asesina por encima de las gafas.

—Qué sabrás tú…

—¡Si ni siquiera puedes enhebrar la aguja! Da la impresión de que estás haciendo una absoluta chapuza. Y más vale que te des prisa, o después te echarás a llorar porque no tienes nada que ponerte para la boda.

—¿Cuándo es la boda? —preguntó Rania.

—Pronto —contestó Yvonne.

—*Tante* Saydeh tiene razón —convino Rania—. ¿Por qué no deja que lo vea Noura?

Yvonne miró su labor y después levantó la vista hacia Noura.

—¿Has hecho vestidos para boda?

—No, para bodas exactamente no.

—¿Entonces qué te capacita para hacer este vestido?

—La verdad es que nada, madame Yvonne.

—*Ya haraam*, Yvonne! —exclamó Saydeh—. Deja que lo vea.

Yvonne dejó las tijeras a regañadientes y se incorporó.

Todas observaron mientras Noura estudiaba el vestido y comprobaba las piezas de tela en el patrón que estaba siguiendo madame Yvonne.

De nuevo sonó la campanilla y entró una mujer vestida de negro y con un chal de algodón del mismo color sobre la cabeza.

—¡Takla! —la saludó Saydeh.

—¡Pase, por favor, *tante* Takla! —exclamó Rania acercándose a ella. Le puso el brazo sobre los frágiles hombros y la condujo hasta la mesa.

Parecía haber envejecido diez años. Tenía unas profundas y oscuras bolsas bajo los ojos y se le habían hundido las mejillas. Incluso tenía el pelo más gris.

—Me alegro de que hayas venido —dijo Saydeh sentándose junto a ella—. Te sentará bien estar con nosotras. No puedes quedarte siempre en casa.

Takla sollozó y sacó un pañuelo. Rania fue a llenarle un vaso con agua. Fatmeh se sentó al otro lado y le apretó la mano. Takla apoyó la cabeza en el hombro de la joven y rompió a llorar.

—Gracias —dijo estirando la otra mano hacia Rania—. No sé qué haría sin vosotras. Incluso sin ti, Yvonne. O sin ti, Noura, aunque no te conozca.

—Beba un poco de agua, *tante* —sugirió Rania—, y deje que le prepare algo de comer. Estoy segura de que hace días que no toma una comida decente. ¿Un poco de *hummus*, berenjena y *falafel*?

Takla asintió agradecida.

—A mí también me apetece —intervino Yvonne.

—Y a mí —se unió Saydeh levantando una mano.

—¿Puedes ayudarme, Fatmeh? —pidió Rania lanzándole una elocuente mirada.

La joven se levantó y la siguió a la cocina. La campanilla volvió a sonar y entró un grupo de comerciantes.

—*Bonjourein* —saludó uno de ellos—. ¿Qué tal está todo el mundo hoy?

—*Mnneh, shukran* —respondió Saydeh por todas—. *Hamdellah.* ¿Estás bien tú?

—*Hamdellah, mnih ktir* —respondió antes de sentarse.

—Buenos días, madame Rania —saludó otro.

—Los cafés y el *manush* estarán listos en un minuto —dijo esta asomando la cabeza por la cortina que separaba la cocina del salón.

Mientras Saydeh consolaba a Takla, madame Yvonne se tomaba el zumo de lima con ginebra, Fatmeh y Rania soltaban risitas como colegialas y los comerciantes seguían hablando, Noura extendió la tela del vestido sobre la mesa. «*Ya Allah!* Esto es un desastre.» Le dio la vuelta creyendo que quizá lo estaba viendo por el lado equivocado. «¿Dónde está el escote? ¿Y la sisa? Este diseño no le va a favorecer. Necesita algo con más vuelo, no este corte al bies. Pero ¿cómo la convenzo de que la única forma de arreglarlo es comprar más tela y empezar de nuevo?»

—*Madame* Yvonne. ¿Puedo hacerle una sugerencia?

—¡Lo sabía! ¡No puedes arreglarlo! —exclamó dejando el vaso de golpe en la mesa.

—No es eso, *madame* Yvonne. Es que el patrón indica hacerlo al bies, pero ya ha cortado la tela. Para que quede así —dijo enseñándole el patrón—, tendrá que coser todas estas piezas de tela juntas. Eso puedo hacerlo, pero se verán las costuras y la falda no quedará tan lisa como muestra la imagen.

—¡Estúpida! ¡Esos trozos son para el canesú! —gritó Yvonne.

—Pero, madame Yvonne —continuó Noura con paciencia—, no son suficientes para el canesú.

—Se puede cubrir con el tul.

—Si hace eso, el vestido no se parecerá en nada al patrón.

—Así que no puedes hacer nada…

—Si quiere seguir este patrón, tendrá que comprar más tela.

—No puedo comprar más. ¿Sabes cuánto me ha costado? Es seda pura.

169

—Puedo hacerle un vestido con estas piezas de tela, no será como el patrón que ha elegido, pero le sentará bien y realzará más su figura.

—Seguramente le quedará mejor —terció Saydeh—. El diseño que ha elegido no es nada bonito.

—¿Y qué sabes tú de vestidos y cómo quedan si solo llevas esa horrorosa ropa de andar por casa?—Al menos yo no intento parecer veinte años más joven.

—¿Estás insinuando que yo lo hago?

—Mira el vestido que quieres ponerte. Es para una joven de dieciocho años que pese treinta kilos menos. Y el color de tu pelo es rubio, pero no es natural. ¿No has oído nunca lo de envejecer con dignidad?

—¡Bah! Mira quién habla de pelo...

—Yo también me lo tiño, pero es mucho más natural.

—Y cómo va a darse cuenta nadie con ese horrible pañuelo que llevas en la cabeza. Hasta podrías ser calva.

—¡Se acabó, Yvonne! —Saydeh dejó a Takla y fue hacia ella—. No sé cómo te aguanta tu marido. Solo te preocupas por ti misma. Lo único que está haciendo esta pobre chica es intentar ayudarte.

El grupo de comerciantes dejó de hablar y las miró.

—Apuesto por madame Saydeh —dijo uno poniendo un billete en la mesa.

—Yo por madame Yvonne —le desafió otro—. *Yallah*, madame Yvonne.

Ajenas a la discusión, Rania y Fatmeh seguían en la cocina.

—¿Y? —preguntó Fatmeh a Rania en cuanto cruzaron la cortina y la agarró por los brazos—. ¡Dime!

—Fatmeh... —Sonrió con las manos unidas antes de empezar a hacer cabriolas.

—Bueno, he de confesar que estás radiante.

—¿Se me nota mucho?

—Te brillan los ojos y tu sonrisa... ¿Qué ha pasado?

—Me..., me ha besado.

—Amiga mía. ¡Qué alegría! —exclamó Fatmeh abrazándola.

—¿Sabes? He sentido lo mismo que describes en tus poemas cuando alguien se enamora.

—Me alegro de haberlo imaginado bien.

—¿Qué quieres decir? —preguntó Rania confundida.

—Que me alegro de haberlo escrito como debe de ser.

—Imagino que te has basado en tu experiencia. De no ser así, sería imposible describirlo adecuadamente —argumentó mientras metía el pan en el horno.

Entonces oyeron los gritos en el café.

—¡Oh, no! ¡Ya están otra vez! Ven, tenemos que separarlas.

—Me quedo para vigilar el pan.

—Ahora vuelvo —prometió Rania apretándole los hombros y salió de la cocina—. Señoras, señoras.

Fatmeh sacó un pañuelo del bolsillo y se enjugó las lágrimas. Se sentía feliz por su amiga, pero al mismo tiempo no podía evitar tener celos de su suerte. «*Ya Allah!* ¿Por qué tiene que ser mi matrimonio tan desolador? No hay amor, no hay ternura. No siento nada por el hombre al que he de llamar marido. Ni siquiera me mira. Incluso es mecánico y frío cuando me hace el amor. Lo que daría por estar en la situación de Rania. ¿Qué se sentirá cuando una mirada o incluso el estar en la misma habitación consigue que el corazón se acelere? ¿Qué se siente al besar? ¿Y cuando te tocan? ¿Qué es ahogarse en la mirada de alguien? Soy una hipócrita. Escribo sobre cosas de las que no sé nada. ¿Cómo voy a ser una buena poeta?», se martirizó.

Abatida, sacó el pan del horno. Puso a calentar aceite para freír el *falafel* y estaba a punto de echarlo en una sartén cuando oyó un ruido que provenía del muro de ladrillos de la parte trasera. Fue hacia allí y pegó la oreja a la pared. En la bodega había alguien.

—Bueno, se ha restaurado la paz —anunció Rania tras atravesar la cortina—. ¿Qué haces, Fatmeh?

—Hay alguien ahí. ¿Dónde está Rabih? —susurró nerviosa.

—Arriba.

—¿Cómo se abre?

—Aprieta ese ladrillo, el que sobresale un poco —le indicó Rania y Fatmeh puso la mano encima—. ¡Espera! No sabemos quién puede ser.

—¡Rania! —llamó una voz amortiguada.

—Es una voz de hombre —precisó Fatmeh—. Y sabe tu nombre.

—¿Habrá bajado Rabih?

—¡Soy yo, Salah!

—Aprieta el ladrillo.

El muro se movió y Salah apareció sonriendo.

—¿Por qué no entras por la puerta como el resto de los clientes? —exclamó Rania indignada—. ¿Por qué me das estos sustos?

—Lo siento —se excusó inclinándose hacia ella con las manos unidas para pedirle perdón—. ¿Está mi madre? Es que no quiero que ni ella ni Noura se enteren de que estoy aquí. He venido a ver a Rabih.

—Ve directamente arriba. —Rania se hizo a un lado y levantó el brazo como si fuera un policía de tráfico.

—¿Quieres beber algo? —le preguntó Fatmeh.

—Gracias, *habibti*. Un zumo de granada —susurró a mitad de las escaleras—. Y pregúntale a Rania qué le da a Rabih —añadió guiñándole el ojo.

—Te he oído —dijo Rania entre risas.

—Súbele tú un zumo de naranja. Tal como me siento, si me acerco a Rabih a lo mejor le doy otro beso.

Fatmeh se echó a reír.

—Ahora vuelvo para ayudarte.

Salah llamó a la puerta entreabierta.

—*Marhaba sahebi. ¿Kifek enti,* amigo mío?

—*Hamdellah, tamem.*

Empujó la puerta y se apoyó en el marco. Lo llenaba totalmente.

—No te quedes ahí.

Tuvo que agacharse para entrar. Se inclinó sobre la cama y le dio un abrazo.

—Cuidado con las costillas.

—Me alegro de que tengas tan buen aspecto.

—No sé si es tan bueno —comentó mientras ponía una almohada en la pared y se apoyaba en ella—. Y aquí llega la mejor enfermera del mundo.

—¡Shh! No tan alto. El café está lleno de clientes. ¿Qué tal estás, Rabih? —le preguntó Fatmeh poniéndole la mano en la frente para ver si tenía fiebre.

—Hoy me siento el hombre más feliz del mundo.

Fatmeh sonrió. Estaba enamorado. Podía verlo en sus ojos.

—Así es como debes sentirte. A partir de hoy, te curarás enseguida.

—¿Y qué tiene hoy de especial? —preguntó Salah cándidamente.

—Es una corazonada.

—Las mujeres y sus corazonadas… —musitó Salah—. ¿De dónde las sacáis? ¿En qué os basáis? ¿Qué pruebas tienes de que se curará a partir de hoy?

—Se llama intuición femenina, hermano —le instruyó Rabih dándole una palmadita en la rodilla—. Y deberías confiar en ella. No sé cómo lo hacen, pero casi siempre aciertan.

—Cuando haya una mujer en tu vida, sabrás a lo que se refiere Rabih —vaticinó Fatmeh.

—Gracias a los dos, pero ya tengo a mi madre, que es más que suficiente. ¿Cómo iba a arreglármelas con dos?

—Tengo que bajar. Rania está muy ocupada hoy.

—¿Por qué? —preguntó Salah—. ¿Qué pasa hoy?

—Tu madre y madame Yvonne están discutiendo otra vez. Casi se pegan. Si os calláis, seguro que las oís.

—Mi madre no le pegaría a nadie. Es como un gato, solo arañaría a madame Yvonne.

—Sí, pero madame Yvonne no es como ella —aclaró Fatmeh antes de irse.

—Dime qué está pasando —pidió Rabih en cuanto se quedaron solos.

—Tenemos problemas, hermano —confesó Salah—.

Los hombres de Ahmed Djemal... Han capturado a Nassim, uno de los jóvenes que utilizo como cómplice en el zoco.

—¿Saben que estoy aquí?

—Imagino que sí. Bueno, digamos que creen que estuviste aquí, pero no saben a ciencia cierta dónde paras ahora. En cualquier caso, vigilan a Rania y seguramente sospechan que conoce tu paradero.

—*Ya Allah!* —exclamó llevándose una mano a la frente.

—Me preocupa que la secuestren para intentar dar con nosotros, como han hecho con Nassim.

—¿Está vivo?

—Sí, pero no sé por cuánto tiempo.

—¿Sabes dónde lo retienen?

—Yo no, pero el británico sí.

—¿Y a qué espera? ¿Por qué no libera a Nassim y detiene a los turcos? Están en un protectorado británico.

—Sé que Lawrence hace todo lo que puede.

—¿Thomas Edward Lawrence está en El Cairo?

—Sí.

—¿Qué tal van las cosas en Hejaz?

—Quiere atacar Aqaba. Necesita información. ¿Recuerdas los detalles de la línea férrea en Al-Mudawwarah?

—¡*Tante* Saydeh, por favor! ¡Ni una palabra más ninguna de las dos! —suplicó Rania—. Vamos a solucionar el tema del vestido ahora mismo. *Jalas!* Noura, ¿se puede arreglar?

—*Akid.* No será como el del patrón que ha elegido madame Yvonne, pero será bonito y le quedará bien.

—¿Y si quiere que sea como el del patrón?

—Entonces tendremos que comprar más tela y empezar de nuevo.

—¿Qué prefiere, madame Yvonne? ¿Por qué no deja que Noura le haga el vestido? Si se lo prueba y no le gusta, encontraremos otra solución.

—¿Y por qué no la metemos en un saco y la tiramos al Nilo? —susurró Saydeh y Rania le lanzó una mirada asesina.

Finalmente, madame Yvonne asintió a la propuesta de la dueña del café.

—Estupendo, le daré una oportunidad. La siguiente ronda la pago yo.

Los comerciantes la vitorearon y empezaron a discutir sobre quién había ganado la apuesta y se quedaba con el dinero que había en la mesa.

Cuando les estaba sirviendo los cafés gratis, Rania miró por la ventana. Se le heló la sangre. Al otro lado de la calle había dos hombres vestidos con traje de raya diplomática y sombreros negros de fieltro. Los dos fumaban y vigilaban el café y el piso de arriba. Eran los mismos que habían estado buscando a Rabih. «¡Dios mío! ¡Salah y Rabih están arriba!», y se besó la cruz que llevaba al cuello.

—Fatmeh —la llamó con naturalidad para ocultar el pánico y le indicó con la cabeza que fuera hacia la cocina—: Sube y dile a Salah que tiene que ocultarse con Rabih en la bodega.

De repente se oyó la campanilla.

—¡Corre!

Fatmeh se levantó la *abaya* y subió las escaleras a toda velocidad. Rania atravesó la cortina con ademán despreocupado, a pesar de que se le había desbocado el corazón y notaba un nudo en el estómago. Los dos hombres se habían sentado a una mesa junto a la ventana. Le gustaría echarlos, pero no quería atraer la atención hacia los dos matones.

—*Sabah aljair* —saludó con frialdad—. ¿Qué van a tomar?

—Nos dio tanta pena que estuviera cerrado la última vez que hemos decidido volver —explicó uno de ellos.

—Sí, este café parece ser muy popular entre los vecinos —comentó el otro.

—¿Qué quieren tomar?

—Dos cafés y dos narguiles.

Se retrasó todo lo que pudo en anotar el pedido para ganar tiempo y observarles mejor. Tenían aspecto y acento turco.

—¿Quieren comer algo? —preguntó al tiempo que miraba hacia la cocina con la esperanza de que Salah y Rabih estuvieran ya en la bodega.

—Yo tomaré *baklawa*.

Rania fue a la cafetera, preparó dos cafés y se demoró en elegir el *baklawa* y llevar la bandeja a la mesa.

—Enseguida vuelvo con los narguiles.

Mientras ponía agua y preparaba el tabaco, Yvonne se acercó a la cocina.

—Yo también fumaré un narguile.

—Muy bien. ¿Por qué no vuelve al café? —preguntó agarrándola por el brazo y haciéndole atravesar la cortina—. Le llevaré el suyo con los otros dos.

No quería que estuviera en la cocina por si Salah y Rabih todavía no habían entrado en la bodega. Fatmeh aún no había bajado. Pero Yvonne no iba a dejarse embaucar y se sentó en un taburete.

—¿Quién son esos hombres? No los había visto nunca.

—No —convino mientras preparaba tres bolas de tabaco.

—Van muy bien vestidos. A mí prepáramelo bien cargado de hachís.

Rania añadió un poco en el narguile, pero cuando madame Yvonne estaba distraída volvió a meterlo en el bote de terracota. Ya se había tomado dos zumos de lima con ginebra y fumar demasiado hachís no le sentaría bien.

De repente se abrió la cortina y entraron los dos hombres. Rania inspiró con fuerza.

—Nos ha extrañado que tardara tanto —comentó uno de ellos mientras el otro recorría la cocina mirándolo todo, cogiendo los botes de especias, tocando las cacerolas de cobre y pasando los dedos por un cuenco con fruta.

—¿Qué está haciendo? —preguntó Yvonne sorprendida.

—¿Les importa volver al café? —pidió Rania con voz

entrecortada—. No permito que los clientes entren en la cocina. Enseguida salgo con los narguiles.

—Ella es una clienta, ¿no? —replicó uno de los hombres.

—Madame Yvonne es una amiga.

—Sí. Además, ¿a qué vienen esas prisas? —inquirió la anciana poniéndose delante del hombre que estaba más cerca de Rania—. Preparar un narguile lleva su tiempo. Hay que calentar el carbón, poner el tabaco, cambiar el agua. Ahora, vuelvan a su mesa. *Shu, shu* —los echó como si estuviera espantando a un gato.

—Conocemos el ritual del narguile, abuela —comentó uno de ellos con tono desagradable e Yvonne se enderezó y sacó hacia afuera su generoso pecho.

—¿Qué acaba de decir? ¡Cómo se atreve a llamarme abuela! ¿Quién se ha creído que es? —preguntó dándole golpecitos en el pecho.

—¿Qué está pasando? —intervino Saydeh, que acababa de entrar—. *Ya Allah!* ¿Qué hace toda esta gente en la cocina?

Rania sabía que la situación se estaba descontrolando.

—¿Qué hay ahí? —preguntó el otro hombre al ver las escaleras detrás del arco.

—Eso es privado —dijo Rania poniéndose delante de él.

—Vamos, capitán, debe de estar ahí.

Arriba se oyeron ruido de pasos y muebles que se movían.

—Subamos, señor. Le he oído.

Apartó a Rania y fue hacia las escaleras seguido por el capitán.

—¡No puede entrar ahí! ¡Es mi casa! —gritó Rania saliendo en pos de ellos.

Yvonne y Saydeh oyeron un grito y vieron a los hombres rodar por las escaleras.

—¡Fuera de aquí! —gritó Fatmeh con una escoba en la mano—. ¿Cómo se atreven a entrar en mi habitación cuando estoy descansando? Esperen a que diga a la policía que me estaban acosando.

Las dos mujeres mayores miraron hacia arriba con curiosidad mientras los hombres se levantaban. Fatmeh se había quitado la *abaya* y el *hiyab*, y llevaba solamente una especie de túnica, con el pelo suelto.

—No me encontraba bien y me he tumbado. Estos dos hombres han abierto la puerta de una patada y me han visto así, *tante* Saydeh. ¡Prácticamente desnuda! ¿Se imagina lo que les hará mi marido si se entera?

—¡Cabrones! —los insultó Saydeh—. Échame la escoba.

Rania apareció detrás de Fatmeh, bajó las escaleras y le entregó la escoba.

—¡Fuera! —ordenó Yvonne golpeando a los hombres con ella—. ¡Cobardes! ¡Váyanse inmediatamente! ¿Cómo se atreven a molestar a unas mujeres? No les hemos hecho nada.

Saydeh cogió un cubo de agua y se lo arrojó.

—¡Tomad esa, sinvergüenzas! ¡Eso os enfriará! Ahora, ¡fuera los dos! Aquí no hay nada de lo que estén buscando. No vuelvan o llamaremos a la policía.

Los hombres la miraron sin saber qué decir.

—¡Fuera! —les ordenó Yvonne barriéndoles hacia la puerta mientras daban saltitos para evitar la escoba.

Con un último escobazo, consiguieron echarlos por la puerta. En la mesa de los comerciantes se oyeron vítores. Las dos mujeres se miraron y se echaron a reír.

—¡Buen trabajo, Yvonne! —la elogió Saydeh ofreciéndole la mano.

—Lo del agua ha estado muy bien —la encomió Yvonne estrechándosela.

—¿Quiénes eran? —preguntó Saydeh mientras volvían a su mesa agarradas del brazo.

—Sabe Dios —contestó la otra—. Pobrecita Fatmeh, qué susto ha debido de llevarse. Pero ¿por qué estaba descansando en el piso de arriba sin la *abaya* ni el *yihab*? *Shu?*

—Debe de estar embarazada —aventuró Saydeh con una enorme sonrisa.

—¿Eso crees?

—Prácticamente está recién casada. Y si no está embarazada, ya me dirás qué podía estar haciendo en la cama de Rania sin *abaya* ni *yihab*.

—Sí, claro, eso debe de ser...

Mientras, Rania estaba ayudando a vestirse a Fatmeh y se reían como locas.

—¡Eres increíble! ¿Te has fijado en la cara que ponían cuando los has perseguido con la escoba? —comentó Rania y Fatmeh continuó riéndose mientras se recogía el pelo.

—Es lo único que he podido encontrar.

—¿Cuándo los has llevado al sótano?

—Creo que estabas en el café. Ha sido idea de Salah que yo me quedara en el piso de arriba.

—¿Estará bien Rabih en la bodega?

—Ha soportado cosas peores. Además, casi es hora de comer, después lo podrás tener para ti sola. Disfrútalo, Rania. Mereces ser feliz.

—Gracias, *habibti*. —Ya más tranquila, se ruborizó—. No sé qué habría hecho sin ti.

Capítulo 12

*R*ania miró a derecha e izquierda para asegurarse de que nadie vigilaba el café desde fuera, cerró la puerta y le dio la vuelta al cartel para que pusiera «Cerrado». Luego empujó el ladrillo que abría la pared de la bodega.

—Creía que te habías olvidado de mí —oyó que decía Rabih incluso antes de entrar.

—¿Cómo has sabido que era yo? ¿Dónde está Salah? —preguntó mientras encendía un farol.

—Se ha ido a su casa por el túnel. Ha dicho que quería llegar antes que su madre.

—Hoy nos hemos salvado por los pelos —comentó Rania sentándose a su lado—. ¿Quiénes eran esos hombres?

—Bueno, si Salah está en lo cierto, son el capitán Omer Erdogan y el sargento Mehmet Celik, dos de los hombres de Ahmed Djemal.

—¿Y quién es ese?

—El gobernador de Siria.

—Sí, claro. Lo siento —se disculpó por no haber reconocido el nombre—. Vivo en la pequeña burbuja de Al-Jalili y solo me preocupo por este café, la gente que lo frecuenta y sus vidas. Aquí nadie habla de política o de la guerra.

—Hasta que he llegado yo.

—¿Qué quieren esos turcos de ti y de Salah?

—Salah era uno de los libaneses integrados en el grupo que redactó el Protocolo de Damasco, que propició que los árabes solicitaran ayuda a los británicos y franceses para conseguir la independencia. Salah era ingeniero en el ferrocarril de Hejaz y yo arquitecto. Cuando estalló la guerra saboteamos la línea férrea para que las tropas turcas fueran más vulnerables.

—Así que trabajabais para los británicos y los franceses contra los otomanos... ¿Erais espías o agentes secretos?

—Las dos cosas. Empezamos como espías y acabamos como agentes secretos.

—¿Y qué pasó?

—Ahmed Djemal descubrió la existencia de ese grupo y de que habían mantenido contacto con los franceses y los ejecutó. El marido de Noura, la mujer que viene al café con la madre de Salah, fue uno de los ahorcados.

—*Allah!* —exclamó Rania besando la cruz—. No lo sabía. Ha venido muy pocas veces. O sea que por eso está en El Cairo...

Permanecieron en silencio un rato, perdidos en sus pensamientos.

—Rania, tengo un poco de hambre.

—¡Pues claro! —Le dio la mano para ayudarlo a levantarse—. He dejado la comida lista en una bandeja.

Rabih se incorporó intentando no apoyar mucho peso en ella. Además, no confiaba en sí mismo si estaban tan cerca. Subieron las escaleras despacio y entraron en la habitación. Su aroma le embriagaba tanto que tuvo que contenerse para no besarla.

—A Salah lo conocí en la universidad. Iba un curso más avanzado que yo, pero nos hicimos amigos. Yo nunca estuve realmente en el grupo de Wissam, Khaled y Rafic, pero Salah y yo estábamos muy unidos y aún lo estuvimos más cuando empezamos a trabajar en la misma oficina.

—Salah me cae muy bien —confesó Rania mientras servía la comida—. Es como un hermano mayor. Y tan grande que me hace sentir segura.

Él no le quitó la vista de encima mientras hablaba. Tenía las piernas recatadamente cruzadas, miraba al suelo y daba vueltas al café. La intensa luz del sol, filtrada por las cortinas de lino, conseguía que su pelo brillara aún más y hacía que su piel pareciera cremosa y suave.

—Voy a bajar los platos y las tazas, y dejar que duermas.

—Rania... —suspiró.

Se sentó en la cama junto a él. Rabih le agarró la mano y la llevó a su cara antes de besarle la palma. Rania le acarició la mejilla y él hundió la cara en su mano y cerró los ojos. La atrajo hacia él con suavidad y le besó tiernamente el cuello y los hombros. Rania se arqueó contra él, sus senos se aplastaron contra su pecho, lo rodeó con los brazos y recorrió su espalda con los dedos. Rabih se separó de ella un instante, sin soltarla.

—¡Qué hermosa eres! —murmuró mientras le apartaba un mechón de pelo de la cara. Le pasó los dedos por la frente y por la cara, y cuando llegó a la barbilla, bajó el dedo índice hasta cerca del escote, sin dejar de mirarla a los ojos.

Ella se estremeció. Estaba encendida. Le apretó el dedo y lo mantuvo contra ella con los ojos clavados en los suyos. Se le aceleró la respiración y el pecho le subía y le bajaba impulsado por el deseo que sentía, al tiempo que sus ojos reflejaban el anhelo de estar con él.

—Rabih —pronunció con voz ronca.

—Ven —le pidió atrayéndola hacia él para acariciar su espalda e inspirar su perfume mientras Rania entrelazaba los brazos alrededor de su cuello.

Él tomó su cara entre las manos y Rania dejó caer los brazos. Puso sus labios lentamente sobre los de ella y Rania le devolvió el beso. Quería abrir la boca y dejar que le introdujera la lengua, pero no lo hizo, sino que se echó hacia atrás. Rabih la miró a los ojos y entendió. Le acarició la cara y le pasó el pulgar por los labios. Rania se separó de él y se levantó. Se había dado cuenta de que todavía no estaba preparada.

—Rania... —susurró Rabih al verla levantar la bandeja y salir con las caderas cimbreándose sensualmente a cada paso.

Se dio la vuelta, lo miró y enarcó una ceja con descaro. Rabih sonrió azorado y se tapó con un cojín.

Salah iba de un lado a otro en el piso de su madre.

—¿Qué te pasa, hijo? —gritó Saydeh—. Ya me estás mareando.

—¿Dónde estás, *immi*?

—En la cocina, pelando guisantes para la comida.

—Entonces, ¿cómo sabes lo que estoy haciendo?

—Soy tu madre.

—*Immi*, voy a salir, luego vuelvo.

—*Tayeb, habibi.* Ten cuidado.

«¡Ten cuidado! ¡Ten cuidado!», gruñó. «Es lo único que hago estos días. Voy de túnel en túnel. Me escondo detrás de palmeras y en bodegas. ¡Qué demonios! Yo no he empezado esta guerra. Ayudé a los británicos en sus ataques a Hejaz, así que ahora es su turno. Tendrían que protegerme de los malditos turcos. ¿Dónde se han metido ahora que los necesito? Cuando querían que les hiciera algo, acudían a mí como abejas a la miel. Lawrence ha desaparecido. Me pidió información sobre Aqaba y se ha ido. ¿Quién sabe qué le habrá pasado a Nassim?» Una voz en su interior le preguntaba si Lawrence habría conseguido esa información por otra vía. «Y si ese es el caso, espero que no haya decidido dejarme colgado al igual que a Nassim. No, Lawrence no es así. Es un hombre de palabra.» «Sí, pero es británico», recalcó el demonio instalado en su hombro izquierdo. «No creo que lo haga», replicó el ángel del hombro derecho. «Nunca se sabe», concluyó el demonio.

Meneó la cabeza para librarse de esos pensamientos y se cubrió la cabeza con el pañuelo para ocultar la cara mientras elegía las callejuelas menos transitadas, desconocidas incluso para muchos de los habitantes de Al-Jalili. Por suerte, Magdi las conocía bien, al igual que los túneles subterráneos del zoco y le había hecho un mapa, con una ruta distinta cada día.

Entró en El Fishawy con peor humor que con el que había salido de casa, fue a la parte más retirada, se sentó en un rincón oscuro, pidió un narguile y se escondió detrás del periódico.

—Hola, Salah, granuja.

La voz le resultó familiar. Bajó el periódico y miró por encima de él.

—¡Nusair! —gritó poniéndose en pie para dar un abrazo al capitán yemení—. ¿Qué demonios haces aquí?

—Estoy de paso. —Sonrió y dejó ver unos blancos dientes que contrastaban con su piel azabache bajo la habitual gorra de capitán.

—Siéntate —ofreció Salah acercándole una silla—. Qué agradable sorpresa verte. Me has alegrado el día. ¿Cómo sabías que estaba aquí?

—He pasado a saludar a tu madre —contestó antes de pedir un zumo de mango a un camarero—, y me ha dicho que a esta hora solías estar aquí. Me ha invitado a comer. Le he dicho que tenía que volver al barco, pero no ha admitido un no por respuesta. Cuéntame qué has estado haciendo. Espera, antes de que empieces. Fumaré un narguile también.

El café estaba lleno y no se dieron cuenta de que les vigilaban. Unas mesas más allá, detrás de una planta, había un hombre de aspecto siniestro, vestido con una *galabiyya* de algodón a rayas rojas y negras. Tenía la piel oscura, llevaba un parche en el ojo derecho y el izquierdo se lo había perfilado con kohl. El pelo negro y ondulado le llegaba hasta los hombros y lucía una barba tan recortada que más bien parecía que no se hubiera afeitado, y un fino y cuidado bigote. Llevaba anillos de plata en casi todos los dedos y un brazalete negro en la muñeca izquierda, en la que también se veía el tatuaje de una serpiente. Bajo la nuez, en otro tatuaje, se leía la palabra «*Allah*» en letras árabes. De su cinturón de piel marrón colgaba una funda que alojaba una daga persa con mango de marfil. En su regazo se sentaba un mico con un fez rojo y chaqueta del mismo color, al que daba frutos secos de vez en cuando.

185

—Y eso es todo lo que he estado haciendo —concluyó Salah su relato.

—Es curioso que Lawrence vaya a Aqaba, yo también me dirijo hacia allí.

—¿Para qué?

—No te enfades conmigo. Llevo un cargamento para la guarnición turca.

—¡Musa! ¿Y tu lealtad?

—Sabes que estoy contigo, hermano, pero he de alimentar a mi mujer y a mis siete hijos en Yemen. Acepto todo el trabajo que me ofrecen. Me da igual que me paguen los ingleses, los turcos o los franceses. Si es dinero limpio y puedo hacer el trabajo con honradez, no me lo pienso.

—¿Y no te importa lo que transportes?

—Estamos en guerra, hermano. Tengo un barco y soy su capitán. No tomo partido. Mi barco se vende al mejor postor.

—Estoy harto de esta maldita guerra, Nusair.

—Tienes suerte de estar vivo, amigo mío.

—Sí, pero ¿sabes lo que me cuesta? Mírame, no es que pase inadvertido exactamente. Soy bastante más alto que la mayoría de la gente que pulula por este zoco, incluso se fijan en mí en la mezquita durante las oraciones...

—Si no te han capturado ya, es que esos turcos son realmente idiotas —comentó Musa entre risas.

—El otro día casi lo consiguen. De no ser por Rania y Fatmeh, Rabih y yo estaríamos colgando de un árbol.

—Salvados por las mujeres, me encanta. Hablando de mujeres, ¿qué tal está Noura?

—No lo sé, es otra de las que me vuelve loco, como mi madre.

—Está algo perdida. Dale tiempo, se le pasará —razonó Musa sabiamente.

—Tengo claustrofobia. No puedo dedicarme a mis asuntos ni mostrarme en público. Estoy cansado de esconderme, de mirar a mi espalda... Espero que al final todo haya merecido la pena. Que consigamos lo que queremos..., que mis amigos no hayan muerto en vano.

—Me da la impresión de que solo estás un poco reprimido.

—Quién sabe...

—¿Hace cuánto tiempo que no estás con una mujer? —preguntó recostándose en la silla, cruzando sus largas piernas y entrecerrando los ojos.

—¿Qué tiene eso que ver con lo que estamos hablando?

—En primer lugar, alivia un montón de presiones, amigo mío...

—¡Cierra el pico! —exclamó dándole un golpe en el brazo.

—Venga, Salah —bromeó Musa—. Seguro que conoces a alguien. Me has ofrecido muchas mujeres a cambio de los favores que te he hecho.

—Vámonos o llegaremos tarde a comer y mi madre se pondrá hecha una furia.

Salah y Musa Nusair salieron de El Fishawy y se encaminaron hacia el sur, en dirección a la casa de Salah en Zuqaq al-Hamra.

El hombre de la *galabiyya* roja y negra se levantó, dejó unas monedas en la mesa y fue detrás de ellos con el mono en el hombro. Se quitó el parche, sonrió a su mascota y echó a andar. Cuando miró a su alrededor, Salah y Musa habían desaparecido. Frunció los labios y levantó la cabeza hacia el mono, que le indicó la calle de la derecha. Entró en ella en el momento en el que los otros torcían a la izquierda en la siguiente calle. El hombre aceleró el paso. El mono volvió a indicarle que habían ido hacia la derecha. Cuando llegó al final, habían vuelto a desaparecer. Miró al mono, que también parecía perplejo. Pero de repente, el animal soltó un gritito al vislumbrar a Salah en el extremo de un callejón. Su dueño echó a correr en esa dirección. Se llevó la mano a la daga. Estaba a punto de alcanzar a Salah, pero ¿dónde estaba el hombre que le acompañaba?

Alguien apareció detrás de él y le agarró por el cuello. El mono dio un chillido y se escabulló de un salto. El hombre se agachó y lanzó a su atacante por encima del hombro. Era el negro que estaba con Salah. El hombre se secó la saliva con la manga de la túnica. Silbó y el mono volvió corriendo y se acomodó en su hombro. Desenvainó la daga.

—¿Dónde está Marsi? —preguntó a Musa, que se puso de pie lentamente.

—No hay mucha gente que haya conseguido hacerme algo así, hermano —comentó al notar sangre en la boca que se limpió con un pañuelo—. Se ha ido.

—No quiero pelearme contigo. Estoy buscando a Masri.

—¿Para qué? —Musa miró a su alrededor. Sabía que Salah estaba cerca, lo notaba.

El mono soltó un chillido y el hombre de la *galabiyya* se giró justo en el momento en el que Salah se abalanzaba sobre él. Asustado, el mono volvió a escapar. Su dueño debía enfrentarse solo a dos contendientes. Salah intentó ponerle un brazo detrás de la espalda mientras Musa le atacaba de frente, pero el hombre estaba entrenado. Le dio una patada a Salah en la espinilla y, a pesar de su altura y peso, consiguió ponerlo delante de él, con lo que Musa chocó contra su cabeza y los dos cayeron al suelo. El hombre silbó y el mono volvió corriendo. Sacó un higo del bolsillo y se lo dio, antes de envainar la daga.

—Salah Marsi —dijo el hombre ofreciéndole la mano para que se levantara—. Me llamo Charles, Charles Hackett —se presentó con un acento perfecto—. Saludos y recuerdos de parte del teniente Lawrence.

—¿Por qué no ha enviado un telegrama o una postal? —preguntó Musa desde el suelo, mientras su amigo, confuso y aturdido, había aceptado la mano del británico.

—Lo siento —se disculpó el hombre ofreciéndole también a él la mano.

—Si esta es la forma que tiene Lawrence de saludar, no quiero imaginar lo que hará si le caes mal —reflexionó en voz alta Musa mientras se la estrechaba y limpiaba su gorra.

—¿Por qué me seguía? —le increpó Salah.

—La verdad es que no le seguía, señor —replicó Hackett—. ¿No se lo ha dicho el teniente? Me ha asignado a usted, señor.

—¿Asignado?

—Sí, señor, para protegerle.

—¿Qué?

—Bueno, seré más bien su sombra, señor. No me verá, pero no le perderé de vista. Si tiene algún problema, intervendré.

A Salah se le pusieron los ojos como platos.

—¿Y por la noche?

—También estaré cerca.

—¿Y dónde dormirá?

—Estamos entrenados para desaparecer. No interferiré en su vida, pero velaré por que no le suceda nada.

—Ya lo ves, amigo —intervino Musa dándole un cariñoso golpe en el brazo—. Tanto quejarte de que Lawrence te había abandonado y resulta que te ha enviado a su guardaespaldas. Y, por su aspecto, parece un asesino avezado.

—¿Es inglés?

—Mi padre es inglés, oficial del ejército británico, y mi madre libanesa, nacida en Beirut, señor. Estudié en Londres.

Salah asintió y Musa se llevó la mano a la barbilla, ambos impresionados por las aptitudes de aquel joven.

—¿Para quién trabaja? —se interesó el capitán yemení.

—Pertenezco a las fuerzas especiales, un grupo muy exclusivo dentro del ejército británico. Estamos preparados para combatir y llevar a cabo misiones arriesgadas y poco convencionales, señor.

—¿Lawrence sigue aquí? —quiso saber Salah.

—Creo que sí, señor. Estoy seguro de que se pondrá en contacto con usted.

189

—Muchas gracias —se despidió Salah con un apretón de manos.

Los dos amigos continuaron su camino.

—Impresionante ese joven. ¿Dónde se habrá metido ahora? —preguntó Musa al comprobar que la calle estaba vacía.

—No sé qué pensar de todo esto, pero me siento como el rey de Inglaterra.

—¡Hermano! —saludó Magdi al ver a Salah—. Vuelvo a tener naranjas de Jaffa.

Salah se aproximó. Saber que Hackett estaba cerca le había infundido una renovada confianza a la hora de desplazarse. Se apartó el pañuelo de la cara.

—¿Qué tal son las naranjas?

—Están deliciosas y jugosas. ¿Te apetece un té?

—Sí, por favor. ¿Cuándo las podré recoger?

—Después de la oración de la puesta de sol, en la tumba de Hussein. ¿Alguna noticia de Nassim?

—Todavía nada.

—Quizá te enteres de algo esta tarde.

Se acabaron el té que había traído uno de los hijos del frutero, hablaron sobre cuestiones mundanas y se pusieron al día sobre sus familias.

—Recuerdos a madame Saydeh. Estos higos son para ella. —Se los ofreció tras envolverlos en papel de periódico.

—*Shukran*, Magdi.

—*Maa salama*, hermano. *Allah ma'aak*.

—*Assalamu aleikum* —saludó una voz.

Salah estaba de pie con los ojos cerrados y las manos unidas frente al ataúd de plata que se suponía que contenía la cabeza de Ibn al-Hussein, el nieto de Mahoma.

—Y la paz esté contigo, Lawrence —contestó Salah—. ¿Cómo has entrado? Este lugar está reservado a los musulmanes.

—Soy un hombre de recursos —contestó con voz suave y Salah asintió sonriendo—. ¿Qué tal con Hackett?

—No lo veo nunca.

—Estupendo, eso quiere decir que hace bien su trabajo. Si no lo ves tú, tampoco lo ven los turcos. Un grupo de hombres va a liberar a Nassim y a detener a los turcos por actividades subversivas.

—¿Cuándo?

—Esta noche. Lo siento, se ha retrasado más de lo que creía, pero he tenido que aportar las pruebas necesarias.

—Quiero ir contigo.

—No voy a participar directamente en la operación, aunque estaré allí.

—Te acompañaré.

—Nos vemos en Midan Al-Hussein dentro de dos horas.

—Por cierto, tengo la información que me pediste.

—Lo imaginaba —aseguró Lawrence dándole un cariñoso puñetazo en el brazo.

191

Cuando la noche empezó a aparecer en el cielo cairota, Salah atravesó el zoco para ir a la plaza que había frente a la mezquita. De vez en cuando miraba hacia atrás, pero no consiguió ver a Hackett. Estaba fascinado. Desde su encuentro en aquel callejón con Musa solo había vislumbrado la cola del mono en una ocasión, desapareciendo en una esquina, prueba de que Hackett y su mico estaban cerca. Cuando pasó frente a la tumba de Hussein, rezó por que Nassim siguiera vivo.

Al otro lado de la plaza, en dirección a la Universidad Al-Azhar, creyó ver una sombra. El cielo aún no era azul oscuro, pero las estrellas empezaban a titilar y la amarillenta luna llena asomaba en el horizonte.

—Vamos —le apremió Lawrence agarrándolo por el brazo—. El equipo ha salido hace unos minutos.

Caminaron en silencio hasta llegar al lugar en el que Nassim estaba prisionero. Esperaron junto a la puerta de la verja por si alguien conseguía evadir la red que los británicos estaban a punto de extender alrededor de la casa. Los integrantes del equipo entraron uno a uno, empuñando sus armas. Rodearon el edificio y se comunicaron solo con las manos. En el interior había luz en dos habitaciones. Minutos más tarde se oyeron gritos y un par de disparos.

—¿Dónde está el chico? —Salah oyó que decía alguien—. No lo voy a preguntar dos veces.

Se produjo un forcejeo y Salah y Lawrence se miraron con expectación. A Salah le pareció una eternidad, pero solo transcurrieron unos minutos hasta que un oficial del ejército británico apareció entre las sombras e hizo el saludo militar a Lawrence.

—Tenemos al chico y hemos detenido a los dos turcos, señor.

—¿Han encontrado algo que los incrimine?

—Sí, tenían cajas con explosivos. Con eso basta para meterlos en la cárcel, señor.

—Estupendo, eso los mantendrá entretenidos un tiempo. Gracias, cabo.

El militar saludó, giró sobre sus talones y volvió a entrar en la casa.

—¿Iban a poner bombas en El Cairo? —preguntó asombrado Salah.

—Bueno, les dejé un poco de munición por si pensaban hacerlo.

—No.

—¿Por qué me miras así? No he hecho nada malo.

—No, claro.

En ese momento el mono salió del jardín y echó a correr hacia la puerta. Salah sonrió, sabía quién había tendido la trampa a los turcos.

Erdogan y Celik salieron esposados y con un soldado a cada costado. Al pasar junto a Salah, le lanzaron una mirada asesina. Nassim salió el último y Salah le dio un abrazo. Estaba asustado, ensangrentado y débil, pero seguía vivo.

—Ven, hijo, vamos a casa.

Tras largos debates entre ellos, le dijeron a Takla que lo habían secuestrado unos espías turcos porque lo habían confundido con otra persona. Era lo más parecido a la verdad y no llegaba a ser una absoluta mentira.

Capítulo 13

Noura sacó con cuidado un vestido perfectamente doblado de una bolsa y lo dejó encima de la mesa del centro del café. Saydeh, Fatmeh, Takla y Rania contuvieron la respiración y lo miraron. Cuando ninguna de ellas dijo nada, Noura arrugó el entrecejo.

—Bueno, ¿qué os parece?

Fatmeh se quedó con la boca abierta y a Saydeh y Takla se les pusieron los ojos como platos.

—¿Lo has hecho tú? —preguntó Rania con incredulidad pasando los dedos por la sedosa falda—. Noura, es espectacular, y muy elegante. Y has puesto el tul por debajo.

—Gracias —dijo dejando escapar un suspiro de alivio—. Sí, creo que este diseño le quedará mejor a madame Yvonne.

—¡Lo sabía! ¡Sabía que podías hacerlo! —exclamó Saydeh dándole un abrazo.

—Va a estar mucho más guapa con él —aprobó Takla.

—Me he quedado sin habla. Ojalá pudiera ponerme un vestido así —añadió Fatmeh—. Pero no creo que mi marido me dejara.

—No lo entiendo. Podemos vestirnos así porque somos cristianas —intervino Takla señalando su ropa—, pero si sois musulmanas tenéis que cubriros.

Fatmeh miró a Saydeh, que también llevaba una larga túnica, en busca de ayuda.

—Así son las cosas, Takla —sentenció Saydeh—. El Corán dice que las mujeres han de vestir con recato.

—Y también que los hombres han de hacerlo —objetó Takla—. En tiempos del profeta se llevaban esos mantos y pañuelos en el desierto para protegerse de la arena. Los vestían hombres y mujeres para que, si se producía alguna escaramuza entre las tribus, fuera más difícil distinguir a las mujeres y hubiera menos posibilidades de que las raptaran. Pero ¿no fueron los turcos los que decidieron que sus mujeres debían llevar velo porque no querían que las vieran otros hombres?

—Seguramente —asintió Saydeh.

—Y cuando los turcos se convirtieron en califas, decretaron que todas las mujeres musulmanas llevaran velo.

La campanilla de la puerta sonó y entró Yvonne. Noura soltó un gritito ahogado, recogió el vestido y fue corriendo a la cocina.

—¿Por qué tenéis todas esas caras?

—Por nada, madame Yvonne, ¿qué caras tenemos? —la tranquilizó Rania—. Deje que le sirva un café.

Yvonne se sentó, dejó el bolso al lado y se dio cuenta de que Takla, Fatmeh y Saydeh no le quitaban la vista de encima.

—¿Por qué me miráis así? ¿Tengo algo en la cara? —preguntó mientras buscaba un espejito en el bolso.

—Madame Yvonne. —Noura se acercó a ella indecisa, con un paquete envuelto en papel en la mano—. Esto es para usted.

Los labios de Yvonne dibujaron una casi imperceptible sonrisa, que desapareció al instante. Abrió el paquete, se levantó y extendió el vestido que Fatmeh había envuelto para que disfrutara del placer de abrirlo.

Todas observaron cómo le daba la vuelta y lo miraba primero de un lado y después del otro.

—¿Y bien, madame Yvonne? —preguntó Noura retorciéndose las manos.

—Has puesto el tul debajo de la falda —comentó levantando la bastilla.

—Sí, madame Yvonne. Le da más volumen y vuelo a la falda, para que oculte los defectos.

—¿Qué defectos? ¿Estás sugiriendo que los tengo?

—¡Yvonne! —la interrumpió Saydeh chasqueando la lengua—. Todas los tenemos. Mira mi trasero...

—Tendré que probármelo.

—Por supuesto —accedió Noura—. Le haré los arreglos que sean necesarios.

—Deberías ser costurera —sugirió Rania trayendo los cafés—. En serio, lo harías muy bien.

—Nunca he trabajado como modista.

—¿Y eso qué más da? Yo nunca había cocinado y ahora tengo un café.

—¿Y qué hago? Tendría que abrir una tienda...

—No creo que haya una costurera en esta calle, ni cerca de aquí. Nosotras nos arreglamos la ropa, aunque no todo el mundo sepa coser —explicó Rania—. Puedes hacer arreglos, retoques o inventar nuevos diseños... No tiene por qué ser solo ropa, también se necesitan cortinas, manteles... Evidentemente tienes mucho talento.

Noura había utilizado la máquina de coser de su tía abuela para hacer el vestido de Yvonne.

—Sí, supongo que podré hacerlo en el Viejo Cairo.

—No, si trabajas para gente de aquí, tienes que vivir en este barrio. —Rania se levantó al oír la campanilla y ver que entraban algunos de los clientes habituales—. ¿Qué opina, *tante* Saydeh?

—Rania tiene razón, *habibti*. Tienes que venir aquí. En Al-Jalili tienes una habitación.

—*Tante* Saydeh. No quiero parecerle desagradecida. Usted y Salah ya han hecho demasiado por mí. No puedo aprovecharme de esa manera.

—No digas tonterías. Estaremos encantados de tenerte a ti y a la niña. Recuerda que el tercer piso está vacío. Se supone que Salah está en el segundo, aunque siempre está rondando por el mío.

Noura meditó la idea y se retorció las manos. Repasó las consecuencias del proyecto: tendría que irse del Viejo

Cairo, lo cual podría ofender a su tía abuela, a pesar de no estar totalmente en sus cabales, o quizá ni se daría cuenta de que se había ido; viviría en la misma casa que Salah y eso le parecía extraño, incluso Saydeh podría considerarlo impropio, aunque ella misma se lo había propuesto.

—Puedes instalar el taller en el ático —sugirió Saydeh sacándola de dudas—. De esa forma tendrías un espacio para vivir y otro para coser. Sí, siempre es mejor no vivir donde se trabaja, aunque sea a poca distancia.

—Pero *tante* Saydeh, es demasiado generosa. No podría...

—Si vas a sentirte tan mal, ¿por qué no le pagas un alquiler? —sugirió Yvonne, y Noura, desconcertada, se dio la vuelta—. Bueno, es lo más lógico, ¿no? Saydeh tiene el piso, tú lo necesitas; quiere que estés allí y te lo ofrece gratis, pero no lo aceptas porque te sentirías mal. Así que, en vez de estar en deuda con ella, le pagas un alquiler.

—Así no tendrías la sensación de ser un huésped permanente. La casa sería tuya también —intervino Takla.

—Lo es, incluso ahora, aunque no lo admita —aseguró Saydeh.

El cerebro de Noura no dejaba de dar vueltas. Sí, pagar un alquiler haría que se sintiera más independiente y mucho mejor consigo misma. No quería aceptar la caridad de nadie.

—Puedes pagarle con el dinero que ganes cosiendo. Pero no se lo des todo, quédate algo para ti y para la niña —le aconsejó Yvonne.

Noura asintió. De esa forma viviría y trabajaría en Al-Jalili como ellas. Tenía que admitirlo, era más feliz allí, todo era más alegre y espectacular. En el Viejo Cairo se sentía sola. Además, a Siran le vendría muy bien estar entre esas mujeres y Salah la quería mucho.

—¿Y bien? —preguntó Saydeh apoyando las manos en la mesa—. ¿Más cafés? ¿Zumos? ¿Narguiles? ¿Qué has decidido, Noura? A mí me encantaría que lo hicieras y estoy segura de que a Salah también.

Noura la miró con ojos ávidos e inseguros.

—¿Por qué dudas? ¿Por qué no dices que sí? —intervino Yvonne.

—Sí, Noura —insistió Rania—. Aprovecha la oportunidad. No creo que lo lamentes. Los cambios al principio asustan, pero siempre son para mejor. Creo que aquí serás muy feliz.

Noura miró a su alrededor. Todas esperaban impacientes a que dijera algo. Le gustaban esas mujeres. A pesar de las riñas y las discusiones, se apoyaban las unas a las otras.

—Sí, yo también creo que sería más feliz aquí.

—Entonces, ¿vendrás? —preguntó Saydeh esperanzada.

Noura se mordió el labio inferior y, antes de perder el valor y encontrar una excusa para cambiar de idea, asintió.

El día de Año Nuevo de 1917 salió del polvoriento patio de la casa de su tía abuela, donde la esperaba un carro tirado por un burro. Aparte de un par de palmeras, no había más vegetación en la arenosa zona que rodeaba la estrecha calle. Amira iba detrás y esperó con Siran en los brazos hasta que Noura puso la cuna en el carro. 199

Amira era muy alta para ser egipcia, parecía más bien africana, corpulenta y con mucho pecho, como una agresiva amazona, aunque tenía un carácter dulce y amable. Sobrepasaba la cincuentena, pero parecía diez años más joven. Su madre había sido parte de la dote que recibió Hanan Mubarak, la tía abuela de Noura, cuando se casó. Al poco de dar a luz a Amira, desapareció y la niña quedó a cargo de los Mubarak. Hanan decidió darle una oportunidad e insistió en enseñarle a leer y escribir.

Así se convirtió en una joven seria, responsable e inteligente, diametralmente distinta a su voluble madre. Cuando cumplió dieciocho años, pasó a ser la doncella de Hanan, a la que había dedicado su vida y su lealtad, convirtiéndose de alguna forma en la hija que Hanan nunca había tenido, algo que esta nunca reconoció debido a que procedían de clases sociales totalmente distintas. Y, a pesar de estar tan unida a Hanan, ayudarla a superar la muerte de su marido y atenderla desde la aparición de su alzhéimer, jamás había cruzado la línea; nunca pensó que era algo más que una criada y su gratitud hacia la anciana crecía con el paso de los años. Hanan dependía totalmente de ella, no solo para que la cuidara, sino que, al darse cuenta de que estaba enferma, delegó en ella la responsabilidad de administrar el poco dinero del que disponía.

Ahora le entregó a Siran con ojos llorosos.

—Cuídese, Noura. *Allah ma'ik* —le deseó enjugándoselos.

—Gracias por todo, Amira —se despidió con las lágrimas a punto de desbordarse.

—¿Lo lleva todo?

Noura echó un vistazo y asintió mirando la maleta marrón que llevaba con ella desde Beirut.

—Ha sido un placer tenerlas aquí. Siran ha llenado la casa de alegría. Tengo algo para usted. ¿Puede sacarlo, por favor? —pidió al conductor del carro, que esperaba pacientemente junto al burro.

Este sacó de inmediato una máquina de coser.

—¡Amira! ¡No sé qué decir!

—No diga nada —pidió poniéndole un dedo en los labios—. Simplemente acéptela.

—Gracias —dijo con una mirada que reflejaba auténtica sinceridad y gratitud.

—Estoy segura de que le irá muy bien, Noura —le auguró antes de darle un abrazo.

—Cuida de mi tía abuela. Y si le pasa algo, ya sabes dónde estoy.

—Lo haré, no se preocupe. Váyase antes de que cambie de opinión. Está haciendo lo debido —la animó empujándola cariñosamente hacia el carro—. ¿Qué iba a hacer aquí con dos ancianas? Empiece una nueva vida, a lo mejor incluso encuentra a un hombre.

—Todo a su hora. Dale las gracias a *jalto* Hanan de mi parte.

—Lo haré. Fue ella la que dijo que se llevara la máquina de coser.

—Creía que ni siquiera sabía quién soy, o que cosía.

—Puede que se le vaya la mente de vez en cuando, *habibti*, pero también tiene momentos de lucidez.

—*Yallah!* ¡Lléveme a Midan Al-Hussein! —gritó Noura al conductor.

Le lanzó un beso con la mano a Amira y se inclinó para sacar a Siran de la cuna y cogerla en brazos. Después se volvió y vio a su tía abuela en la puerta abovedada, apoyada en su bastón.

Le invadió una oleada de tristeza y notó un nudo en la garganta. Intentó tragar saliva, pero no lo consiguió. Le dolió no haber hecho el esfuerzo de conocer a su extraña pariente durante aquellos meses. Se sintió egoísta y culpable, como si se hubiera aprovechado de la generosidad y hospitalidad de aquella anciana sin darle nada a cambio.

Recordó haber oído que Hanan Mubarak había sido una joven muy hermosa, alegre, jovial y entusiasta, la viva imagen de la juventud y la vida. Su cálida sonrisa y aquella sincera y pícara mirada formaban parte del magnetismo que emanaba y que había atraído a su marido, un holgazán que había acudido a El Cairo para probar fortuna tras haber tenido que salir huyendo de Alejandría por estafador. La última viuda a la que había intentado embaucar lo había denunciado.

Recordó haber visto fotos de ella tocando el piano de media cola del salón, en las que destacaba por su hermosura: piel clara, esbelta, piernas largas, ojos verdes y angelicales rizos castaños alborotados alrededor de su cara. Se había casado con Hany Mubarak cuando tenía veinte años. Estaba perdidamente enamorada, pero a él solo le interesaba su dinero.

Su fortuna fue menguando y Hany se entregó a las drogas, el alcohol y otras mujeres. Murió en brazos de una prostituta, en un burdel de El Cairo. Hanan nunca volvió a hablar de él y poco a poco fue encerrándose en un caparazón, que con el tiempo devino en alzhéimer.

«*Maa salama, jalto*», susurró enviándole un beso con la mano y levantando el brazo de Siran para que también le dijera adiós. La anciana no se movió. Permaneció allí, con la mirada perdida, observando la carreta que se alejaba por la calle.

Noura miró adelante sabiendo que no volvería a verla. Si hubiera vuelto la cabeza, habría conservado la imagen de su tía abuela levantando el bastón para despedirla.

—¡Noura, *habibti*! —la saludó Saydeh en la puerta extendiendo los brazos para abrazarla.

—Me alegro de verla, *tante* Saydeh. —Noura le dio un beso.

—Venga, vamos arriba, en cuanto te instales tomaremos un café. He limpiado el tercer piso y el ático, y le pedí a Salah que moviera algunos muebles, pero tú decidirás dónde quieres ponerlos.

—Gracias, *tante*, le estoy muy agradecida.

—No digas tontadas, *habibti*.

El tercer piso era reducido, pero luminoso y ventilado. Contaba con una pequeña zona en la entrada, junto al rellano, que comunicaba con una habitación cuyas ventanas daban a la parte trasera de la casa y dos altas cristaleras con vistas a la calle. En la pared entre las ventanas vio un diván color hueso, una alfombra pequeña y una mesita baja con una jarra de cobre llena de rosas color crema. A los lados del diván, dos sillones sirios de madera tallada, pintados en color plata. Unas ligeras cortinas de algodón blancas mantenían a raya el resplandor, pero no la claridad de la luz. Al final de un estrecho pasillo, una puerta de madera daba a un pequeño dormitorio y, un poco más allá, un lavabo con el espacio justo para bañarse. Carecía de cocina, la única de la casa estaba en el piso de Saydeh. Los suelos de madera estaban limpios y no había rastro de polvo por ninguna parte.

—¡Qué bonito! —exclamó inclinándose para oler las rosas—. Gracias, *tante*.

—No se merecen. ¿Dónde estará ese hijo mío con tus maletas? ¡Salah! —llamó desde lo alto de las escaleras.

—Ahora subo, *immi*.

—¿Qué te parece, Siran? —preguntó Noura mientras recorría la habitación y se detenía en las cristaleras para mirar la calle—. ¿Qué opinas de nuestra nueva casa? —La niña apretó las encías y sonrió a su madre—. Sí, yo también creo que vamos a ser muy felices aquí.

—Ya he llegado —anunció Salah con la maleta en una mano y la máquina de coser en la otra—. Deja que sostenga a la niña. ¿Le damos una sorpresa a tu madre? —preguntó a Siran, ya en sus brazos—. Sígueme —le apremió a Noura mientras subía la escalera de caracol que conducía al ático.

Ella le obedeció. Una vez arriba, Salah hizo un gesto de invitación con la mano. Noura se quedó con la boca abierta al ver el ático. En un rincón habían colocado unos muebles antiguos tapados con sábanas, junto con varios baúles y cajas de madera, para despejar el espacio, enormemente iluminado gracias a los tragaluces del tejado a dos aguas, que conducía a una terraza.

Junto a la pared contigua a la terraza vio una mesa de madera sobre la que la máquina de coser Singer quedaría perfecta. Salah había colocado unas estanterías encima, al alcance de la mano, en los que podía poner bobinas de hilo, cajas de agujas, libretas, lápices, tiza y las cosas que más utilizase. Un poco más allá, otras dos estanterías más grandes servirían para colocar las piezas de tela. Junto a la mesa se recortaba un antiguo maniquí de sastre con un metro colgado al cuello y, en un rincón, una plancha de hierro fundido. En el centro, bajo una de las claraboyas, reinaba orgullosa una mesa cuadrada de madera para cortar la tela.

No podía creerlo. Era toda una sastrería. Miró a Salah sin poder articular palabra y con unos ojos tan grandes como los de un niño el día de Navidad.

—¿Te gusta?

—¿Que si me gusta? ¡Me encanta!

203

—Hay algo más. *Immi*, ¿quieres hacer los honores?

Saydeh se acercó a ella con un paquete envuelto en papel marrón atado con una cuerda.

—¿Es para mí? —preguntó mientras lo apretaba contra su pecho.

—Ábrelo.

Contenía una pequeña bolsa de seda con forma de sobre. Abrió la solapa y soltó un gritito ahogado. En el interior había dos tijeras nuevas de tamaños distintos, dos dedales, un bonito alfiletero de color morado y algunas agujas.

—No sé qué decir —confesó conteniendo las lágrimas.

—Ha sido idea de Salah, al igual que las rosas de abajo.

Miró a aquel hombre, alto y corpulento, y deseó rodearlo con sus brazos y colocar la cabeza sobre su hombro, tal como estaba haciendo Siran. De repente, las lágrimas que había estado conteniendo se desbordaron. Se dirigió hacia la pared y sacó rápidamente un pañuelo. No quería que la vieran llorar. Estaba abrumada, la amabilidad de Amira aquella mañana, la generosidad de Salah, la cálida bienvenida de Saydeh… Era demasiado. Empezó a temblar.

—Ven —le pidió Saydeh poniéndole las manos en los hombros para darle la vuelta y abrazarla—. No llores —la consoló, y le hizo un gesto a Salah para que se alejara mientras Noura colocaba la cabeza en su hombro.

Permanecieron abrazadas hasta que los sollozos cedieron y se convirtieron en hipo.

—Toma, suénate. —Saydeh le ofreció un pañuelo.

—Lo siento, *tante*. Me siento como una niña. Ahora tengo que trabajar y asegurarme de que gano lo suficiente para pagar el alquiler.

—No te preocupes por eso, *habibti*. Aunque no lo tengas, no te echaré a la calle. *Insha'Allah*, todo saldrá bien, hija mía. ¿Qué te parece tomar un café y algo dulce para que desaparezcan esas saladas lágrimas?

La mente de Rania vagaba muy lejos mientras secaba vasos con un trapo limpio detrás de la barra. Aquel día iba a abrir más tarde de lo habitual. Antes tenía que ir a un sitio al que nunca faltaba.

Echó un vistazo para asegurarse de que todo estaba en orden y fue al espejo para revisar qué aspecto tenía. Llevaba el pelo recogido en un moño y apartó un mechón rebelde para colocárselo detrás de la oreja. Sus ojos, intensamente perfilados con kohl, parecían dos brillantes lagos negros. Se pellizcó las mejillas para darse algo de color y se mordió los labios para que parecieran más sonrosados. Su largo cuello color aceituna era el perfecto telón de fondo para el sencillo vestido negro de crepé que llevaba. Sobre los hombros se había puesto un chal de algodón negro. Se llevó las manos a la cara, se levantó el mentón, se pasó los dedos por la mandíbula y los bajó por el cuello hasta llegar a la cruz que portaba al cuello.

A pesar de lo que tenía que hacer ese día, no conseguía dejar de pensar en Rabih. Lo imaginó tocándole la cara, mirándola y besándola. Inspiró con fuerza y cerró los ojos. Pero enseguida se sintió culpable y los abrió. «Dios mío, ayúdame», pidió. Era el aniversario de la muerte de su marido e iba al cementerio. Debería estar pensando en él, no en el hombre que estaba tumbado en el piso de arriba. «¿Estoy traicionando su memoria?», preguntó a la imagen reflejada. Pero no podía evitarlo. Estaba totalmente enamorada de Rabih y esperaba ansiosa sus sonrisas y sus miradas, incluso las furtivas. Revivió los recuerdos de sus besos, el tacto de sus manos en su piel, la forma en que se sentía cuando estaba en sus brazos, saber que era el lugar en el que quería estar… Cuando salió de su ensueño, vio a Rabih en la puerta de la cocina. Estaba apoyado en el marco con los brazos cruzados sobre el pecho. Ladeó la cabeza y sonrió. Avergonzada porque la hubiera visto perdida en sus fantasías, se sonrojó y bajó la vista.

—*Sabah aljair* —la saludó.

—Te has levantado temprano —comentó Rania yendo hacia la barra.

—Me siento mucho mejor —aseguró Rabih apoyándose en la barra junto a ella.

205

—Hoy por la mañana tengo que hacer algo —le informó antes de coger un ramillete de flores atadas con una cinta, un libro encuadernado en cuero y un rosario con una cruz grande y pesada—. Te he dejado café y pan en la cocina.

—Ya lo he visto, gracias —dijo estudiándola con la mirada y Noura se ruborizó.

—No tardaré mucho, un par de horas a lo sumo.

—Vas a ser la mujer más guapa de la iglesia.

—¿Iglesia? —preguntó extrañada.

—Te has vestido de negro, llevas un chal para la cabeza, un rosario y una Biblia. He imaginado que ibas a misa. Lo que no sé es para qué son las flores —añadió levantándole el mentón para que lo mirara—. A no ser que sean para el sacerdote que te confiesa.

Rania frunció el entrecejo y le apartó la mano con suavidad.

—Sé que te pasa algo, lo veo en tus ojos. Siempre estás hablando y sonriendo, y de repente hoy estás callada y triste.

—No voy a la iglesia, sino a la tumba de mi marido. Hoy es el aniversario de su muerte.

—Lo siento —se disculpó bajando las manos—. ¿Puedo hacer algo por ti?

—No, la vida es así. Tengo que irme.

—Te estaré esperando.

Noura asintió y fue hacia la puerta.

—No salgas. Si te ve algún cliente antes de la hora de comer, todo el barrio sabrá que hay un hombre aquí.

—De acuerdo —aceptó él volviendo a entrar en el café.

Rania sonrió con tristeza y, al llegar a la esquina, aceleró el paso. Al torcerla miró hacia atrás y por encima de las cortinas que cubrían media parte de las ventanas lo vio en medio del café. Rabih levantó la mano. Rania se apretó el chal y se apresuró en dirección a la mezquita Al-Hussein, donde se encontró con otras viudas que también iban al cementerio, a cinco kilómetros al sur.

Rabih volvió a la cocina, se sirvió café, puso un poco de pan en un plato y se sentó junto a la mesa pequeña. Miró a su alrededor, era un lugar muy agradable. Le recordó la de su madre en Douma, el pueblecito del valle de la Bekaa en el que se crió. En ella era donde se juntaban su madre, su abuela y sus tías para cocinar, hablar, cantar... Recordó la cara que ponía su padre cuando se reían y las voces que se oían, en especial los domingos, Navidades, Semana Santa y el Eid. Celebraban todas las fiestas porque su padre era cristiano y su madre musulmana chií. De niño, le encantaba estar en la cocina rodeado de mujeres. Le mimaban, le daban dulces y pasteles de los que preparaban y, para gran disgusto de su madre cuando después se quejaba de dolor de estómago, se los comía todos.

Su madre siempre había estado orgullosa de su cocina y cada dos años insistía en que su padre la encalara. Cuando murió, el encalado y renovación de la cocina pasó a ser su cometido.

A la de Rania no le iría nada mal una mano de pintura, pensó mientras partía otro trozo de pan.

De repente se oyó una suave llamada en la puerta de atrás. Nadie la utilizaba, excepto Salah, y a veces Fatmeh. Fue con cuidado hacia ella y pegó la oreja.

—Soy yo, Salah. Abre —pidió en un susurro.

Rabih suspiró aliviado.

—¡Me has asustado! —le riñó antes de darle un abrazo.

—¿Quién creías que era? Los turcos están en la cárcel.

—No es por los turcos. Es mucho peor. Si alguno de los clientes me ve, Rania no podrá explicar mi presencia.

—Puede decir que eres un primo. No, eso no funcionaría. Mi madre e Yvonne os descubrirían enseguida. Además, al veros juntos salta a la vista que no eres un familiar —comentó entre risitas.

—Venga, Salah.

—Es una mujer muy guapa. Y no solo eso, es inteligente, independiente y muy valiente.

—Tengo que pensar qué voy a hacer con mi vida.

—¿Por qué no vamos a fumar un narguile a El Fishawy? Eso siempre soluciona los problemas.

—Sí, pero por el hachís —replicó Rabih con cinismo.

—No seas tan escéptico.

—No lo soy, Salah. Siempre confío en que las cosas salgan bien, pero no me vendría nada mal un plan B.

Rania volvió al café con expresión seria y ánimo sombrío. Abrió la puerta y sonrió lánguidamente al oír la campanilla. Se alegró de que estuviera vacío. Le apetecía estar sola, aunque fuera unos pocos minutos antes de abrir. Aquel aniversario era muy duro. La visita al cementerio había avivado los recuerdos de la sensación de pérdida y tragedia que tanto había intentado eludir. Dejó el chal en una silla. Por descuidado que estuviera el local, era suyo. Le había proporcionado un techo, pero también confianza en ella misma y una forma de ganarse la vida. Eso tenía que agradecérselo a su marido.

Fue a la puerta y le dio la vuelta al cartel. Dejó el chal detrás de la barra y se puso un delantal sobre el vestido. Pensó en subir y ponerse otro, pero no quería ver a Rabih en ese momento.

«Me cambiaré luego, cuando esté más calmada», pensó mientras encendía la cafetera.

—Rania, ¿dónde has estado? Hemos venido antes. —Al oír la voz de Saydeh a su espalda se dio la vuelta—. ¡Ah! —exclamó esta llevándose una mano a la boca al ver el vestido negro—. Lo siento, *habibti*, me había olvidado de qué día era hoy.

—Gracias, *tante* Saydeh, pero no tiene obligación de acordarse.

—Estos días, con todo lo que está pasando, estoy un poco desorientada. Ahora Noura vive en el tercer piso y hay una niña en la casa, forman parte del barrio.

—*Ahlan wa sahlan*, Noura. Me alegro de que te hayas mudado.

—Hoy es un día triste para Rania. Es el día en que se enteró de que su marido había muerto —le explicó Saydeh a Noura en un aparte.

Se abrió la puerta y entró Fatmeh con su cuaderno, seguida de Takla.

—*Ahlan, ahlan* —las saludó la dueña intentando mostrar su lado alegre—. *Kifek enti?*

—*Hamdellah, ya,* Rania —dijo Takla abrazándola para darle a entender sin palabras que se acordaba del aniversario.

Fatmeh le dio un beso y le apretó la mano con fuerza. Se sentaron todas y Rania fue a tomar la comanda del grupo de comerciantes que había entrado.

—Tiene mucho valor —comentó Fatmeh y recibió una mirada de desaprobación de Takla.

—No es la única en esta mesa que tiene valor —la corrigió Saydeh.

—Lo siento. No era lo que quería decir —se disculpó Fatmeh.

—La guerra también se llevó a mi marido —confesó Takla con brillo acerado en los ojos—. Pero no puede compararse con la sensación de perder a un hijo. Durante las semanas que desapareció Nassim perdí las ganas de vivir.

—Pero ya ha vuelto a casa.

—Sí, pero podían haberlo matado, Saydeh. Y pensar que Nassim no existía, no volver a verlo reírse, hacer bromas..., era demasiado para mí.

—¿Qué tal está? —preguntó Saydeh, a la que Salah le había comentado que le estaba costando recuperarse.

Recordó que después de que Salah llevara a Nassim con Takla, ella le preguntó a su hijo:

—¿Qué le han hecho?

—Sería más apropiado decir qué no le han hecho. Cuando salió del sótano tenía la nariz rota, un ojo cerrado, moraduras por todas partes, un corte profundo en el otro ojo, otro en la cabeza y el labio partido. Le habían torturado y golpeado hasta que perdió el conocimiento. Soportó mucho para ser tan joven. No creo que yo hubiera demostrado tanto valor.

—*Ya Allah!* ¡Qué bestias!

—Las heridas cicatrizarán, el resto tardará tiempo.

—¿Ha hablado sobre lo que le hicieron?

—No.

En ese momento, Saydeh formuló la misma pregunta a Takla.

—No habla —contestó la madre con tristeza—. Pasa mucho tiempo en su habitación o con Hisham. No sé lo que hacen o de lo que hablan, porque no me lo cuenta. Estábamos muy unidos. Ya sabéis..., hablábamos de todo, me lo contaba todo..., *immi* esto, *immi* lo otro. Venía a la cocina, me abrazaba y ponía la cabeza sobre mi hombro para ver lo que estaba cocinando... Era como su mejor amiga —dijo con voz quebrada.

—Tienes que darle tiempo, *habibti* —recomendó Saydeh rodeándola con los brazos.

—Saydeh... —Takla se echó a llorar en su hombro—. Torturaron a mi hijo, a mi pobre Nassim.

—Sí, pero eso ya pasó. Ahora se recuperará.

—No me extrañaría que lo hubieran colgado bocabajo.

—Déjalo, Takla. Te estás poniendo nerviosa. Todo se arreglará.

—Pero ¿por qué no me dice nada?

Saydeh no supo qué contestar.

—Rania, por favor. ¿Nos pones uno de los zumos especiales que le preparas a Yvonne? Takla necesita uno.

—*Tante* Takla, ¿quiere venir a la cocina a lavarse la cara? Se sentirá mejor. Un poco de agua fría siempre viene bien —la animó Rania mientras le ayudaba a levantarse y la conducía a la cocina.

Saydeh comprobó que Fatmeh y Noura tenían lágrimas en los ojos.

—Es muy duro presenciar el dolor de una madre, ¿verdad? —comentó cuando Takla no podía oírla.

—¿Te alegras de haber venido a vivir aquí, Noura? —preguntó Fatmeh para cambiar de tema cuando todas se hubieron calmado.

—Mucho. Ahora a ver cómo pongo en marcha el negocio.

—Lo conseguirás —aseguró Saydeh.

—¿Y si...? —empezó a decir Fatmeh.

—¿Y si qué? —la interrumpió Saydeh.

—¿Y si...? —planteó de nuevo—. Bueno, no sé si funcionará, pero ¿qué te parece si lo anuncias en el periódico?

—¿Anunciarlo? —se extrañó Saydeh.

—¿No lees el periódico? —preguntó Takla chasqueando la lengua tras volver a sentarse en el banco. Tenía los ojos hinchados, pero había recobrado la calma.

—Claro que sí —replicó con desdén, aunque contenta de que Takla volviera a mostrar su habitual mordacidad.

—No, la gente del zoco no lo lee, todo se transmite de palabra. Siempre ha sido así —aseguró Takla.

—Entonces, eso es lo que haremos. Promover el boca a boca —propuso Saydeh entusiasmada.

—Se lo diré a mi vecino —apuntó Takla—. Sus hijos están en la fuerza expedicionaria. Pasarán un par de semanas aquí antes de volver al Sinaí. Seguro que necesitan arreglar algo en los uniformes.

—¡Uniformes! —exclamó Saydeh—. Buena idea. Se lo diré a todos los militares que conozco.

—Yo también —añadió Fatmeh.

—Con eso estarás ocupada un tiempo —la animó Takla.

Mientras seguían analizando la mejor forma de hacer publicidad del taller de Noura, sonó la campanilla. Yvonne entró vestida con una *abaya* negra y fue hacia la mesa del centro apretándosela contra el cuerpo.

—*Marhaba*, señoras —dijo alegremente a sus amigas—. ¿Qué tal estáis?

Ninguna supo muy bien cómo reaccionar ante la alegría de Yvonne vestida con una *abaya*.

—¿Qué te pasa hoy? —preguntó Takla con cautela.

—¿Qué quieres decir? —replicó rápidamente Yvonne.

—Me refiero a que estés de tan buen humor. ¿Por qué llevas una *abaya*? ¿Te has convertido?

—Muy graciosa —le reprochó Yvonne haciendo una mueca.

—A lo mejor ha tenido suerte y ayer hubo *hammimi* —sugirió Takla con sarcasmo.

—Debería darte vergüenza hablar así. Pareces una cría de dieciocho años. A ti tampoco es que te vaya muy bien en ese sentido.

—Eso es porque soy viuda.

—¡Señoras! —intervino Rania antes de que aquello se convirtiera en otra riña—. *Bikaffi!* Madame Yvonne, ahora le traigo el zumo —le ofreció mientras se abría paso con una bandeja llena de cafés y platillos con *baklawa*.

—¿Te has convertido al islam? —preguntó Saydeh mirándola de arriba abajo. Vas totalmente tapada.

—*Yih!* —exclamó Yvonne y su expresión de disgusto se convirtió en una sonrisa—. Lo he hecho para enseñaros esto —aclaró quitándosela y girando sobre sí misma.

Llevaba el vestido que le había hecho Noura. Fatmeh se quedó con la boca abierta. Takla y Saydeh la miraron impresionadas y Noura sonrió. Había acertado, le quedaba de maravilla. Era sencillo, se adaptaba a su figura y la realzaba. Incluso el color rosa oscuro era más vistoso de lo que había creído en un principio. De repente, se oyó un gran estruendo en la cocina y todas dejaron de hablar.

—¿Qué demonios? —protestó Rania saliendo inmediatamente de la barra.

Cuando entró, se quedó de piedra. Vio a Salah cargado con una larga escalera de madera y con bolsas de sal y cal en polvo en las manos. Rabih estaba a su lado con un saco a la espalda y una expresión culpable en el rostro. Una de las bolsas de cal se había caído al suelo y en la cocina flotaba una nube de polvo blanco.

—¿Se puede saber qué está pasando? —preguntó con los brazos en jarras pasando la vista de uno a otro.

—No te precipites, Rania —pidió Salah con una voz profunda que le investía de importancia y autoridad.

—¿Te importaría explicarte, Miguel Ángel? —rogó arqueando las cejas.

—Verás —dijo dejando la escalera y las bolsas—, Rabih y yo hemos decidido que la casa necesita un lavado de cara y hemos decidido ofrecernos o, mejor dicho, Rabih quiere enlucir y encalarla.

—¿Ah, sí?¿Y no creéis que habría sido mejor comentármelo antes?

—Ha sido idea mía. Era una forma de darte las gracias —confesó Rabih.

—Demasiadas cosas en el mismo día... —suspiró irritada.

—Me ha parecido oír la voz de mi hijo —dijo Saydeh al atravesar la cortina.

—*Marhaba immi* —la saludó Salah sonriendo.

—¿Qué estás haciendo? ¿Y quién es este?

—¡Ah! Es mi amigo Rabih Farhat, trabajamos juntos en el ferrocarril. Acaba de llegar a El Cairo.

La cortina volvió a abrirse y entró Noura.

—¿Te acuerdas de Rabih? —le dijo rápidamente Salah para que su madre dejara de hacer preguntas.

—Por supuesto. Aunque solo nos vimos un par de veces y de pasada...

—Eso es porque siempre estaba en Hejaz conmigo.

Fatmeh asomó la cabeza.

—Hola, Fatmeh. *Kifek?* —la saludó imprudentemente Rabih.

Salah se fijó en la cara de curiosidad que puso su madre, al tiempo que le daba un codazo.

—¿Cómo es que conoce a Fatmeh? —preguntó Saydeh con recelo.

—Rabih no conoce a Fatmeh, ¿verdad Rabih? —Salah lanzó a su amigo una mirada asesina.

—No, claro que no conozco a Fatmeh —balbució—. Le estaba deseando a Rania, esto..., a Noura... —continuó metiendo la pata.

—¿Conoce a Rania? —preguntó Saydeh enderezándose y sacando pecho—. Pensaba que acababa de llegar a El Cairo.

—Noura, *immi*. Ha dicho Noura —la corrigió Salah poniéndole un brazo alrededor para sacarla de la cocina—. Solo conoce a Noura, pero te ha parecido oír Fatmeh y después Rania. A lo mejor deberíamos llevarte al otorrino, *immi*, empiezas a preocuparme.

213

—No me pasa nada en los oídos —protestó Saydeh.

—Nos vemos, Rabih —se despidió Noura mientras salía de la cocina.

Fatmeh le guiñó el ojo a Rabih y este se encogió de hombros.

—Lo siento —se excusó.

—*Tayeb*, no te preocupes. Rania lo arreglará todo.

Cuando todo el mundo se fue antes de la hora de comer, Rania cerró la puerta, le dio la vuelta al cartel y, agotada, se sentó junto a la mesa del centro. Se tapó los ojos con las manos e inspiró profundamente. Estaba muy cansada.

—¿Rania? —oyó que la llamaba Rabih.

Puso las manos sobre la mesa. Él se fijó en que fruncía el entrecejo y dudó en acercarse. No parecía la misma Rania, afable y alegre.

—*Jair?*

—Solo estoy un poco agobiada.

Se limitó a sentarse frente a ella, se inclinó y le cogió las manos, pero Rania se soltó y se echó hacia atrás.

—Lo siento, hoy no puedo.

—Lo entiendo —aceptó y permanecieron un rato en silencio—. Espero que no te hayas enfadado por haber ensuciado la cocina. Ha sido un accidente, ya lo he limpiado.

—No, no es eso —lo tranquilizó con una tensa sonrisa.

—¿Te ha molestado que no te lo preguntáramos antes? Iba a hacerlo hoy. Quería darte una sorpresa por haberme cuidado todo este tiempo.

—Es muy amable por tu parte.

—No pareces muy contenta.

—Lo estoy —lo contradijo levantándose ligeramente molesta.

No sabía por qué estaba dolida: si porque Adel había sido la última persona que había encalado la casa, o por miedo a entregarse a alguien, a amar y perder de nuevo, o porque todo había ido muy rápido y necesitaba ralentizarlo. Fuera lo que fuese, no podía explicárselo.

—He estado pensando —dijo apretándose el chal sobre los hombros y cruzando los brazos como si fueran su armadura—. Ahora que estás mejor, quizá deberías encontrar otro sitio en el que vivir.

Rabih la miró sin que su rostro reflejara ningún tipo de expresión.

—*Ya'anni...*, no puedes seguir en esa habitación tan pequeña. —«Ni yo seguir durmiendo en la de al lado», quiso añadir, pero no lo hizo—. Tienes que decidir qué vas a hacer con tu vida, adónde vas a ir... —«Y si quieres que forme parte de ella», añadió solo para sí misma.

—Lo entiendo —aceptó bajando la vista.

—Rabih... —empezó a decir Rania arrepentida.

—Lo entiendo —repitió—. Después de lo que ha pasado con la madre de Salah, Noura y Fatmeh, tarde o temprano alguien averiguará que estoy viviendo aquí y eso no será bueno para tu reputación.

Rania se mordió el labio inferior. «*Ya haraam!* ¡Qué idiota soy! Estoy enamorada de este hombre y lo aparto de mi lado. ¿Qué estoy haciendo?», se reprendió.

—En cualquier caso, ¿pintarás la cocina? —preguntó en voz queda.

Rabih esbozó una de sus tímidas y juveniles sonrisas que conseguían que deseara abalanzarse sobre él.

—Por supuesto, si me dejas... No estaré aquí, pero no me iré muy lejos.

—No te entiendo. —Rania sonrió aliviada.

—Salah me ha ofrecido el segundo piso de la casa de su madre.

—¿Y adónde irá él?

—Al primero, con Saydeh.

—Pero también está Noura...

—Sí, vamos a estar algo apretados.

Rania asintió sin descruzar los brazos y con las lágrimas a punto de brotar. Entonces quiso pedirle que no se fuera, que estaba cansada, abrumada y malhumorada, que lo sentía y que deseaba que se quedase.

—No llores —le pidió secándole una lágrima con el

pulgar—. No me voy lejos, solo un par de casas más allá. Nos vendrá bien. Será como empezar de nuevo. Soy yo el que debería haber tomado esa decisión, siento no haberlo hecho. Debería haber sido más fuerte, en vez de dejarlo todo en tus manos. Siento mucho si te he causado alguna pena o molestia.

—No lo has hecho.

—Eres una mujer maravillosa. Eres guapa e inteligente, y mereces alguien mejor que yo.

—No digas tonterías.

—No, lo digo en serio. No te merezco. Pero deja que te demuestre lo que valgo y que conquiste tu amor.

Rania sonrió y se limpió una lágrima de la mejilla.

—Eres un buen hombre. Me alegro de que estés aquí. —Le apretó la mano.

—Y yo estoy orgulloso de haberte conocido. Todo saldrá bien.

Capítulo 14

*S*aydeh se despertó temprano y saltó de la cama. Se lavó y vistió, y fue a la cocina para organizar el desayuno. Cortó fruta y dejó preparada una colorida ensalada. Preparó la masa para el *manush* y puso la cafetera. Rabih sería el primero en aparecer y le gustaba tomar queso fresco, Noura bajaría después y ella prefería tomar pepino y tomate con aceite de oliva. Salah sería el último, pero a él le gustaba todo.

Mientras tanto, empezó a pensar qué haría para comer y miró en la despensa por si tenía que enviar a Rabih a comprar algo al verdulero antes de que se fuera a trabajar. «Qué suerte la de Rabih. En cuanto ha llegado a El Cairo, Salah le ha encontrado trabajo luciendo y pintando el café de Rania... Es perfecto para ella. ¿Por qué no se me ha ocurrido antes? Harán una buena pareja. Tengo que hablar con Yvonne y Takla para ver qué opinan. Y el negocio de Noura está empezando a funcionar», hizo balance, muy contenta. Todo iba bien en su nueva familia. Y solo faltaban unos días para el cumpleaños de Siran. «¡Dios mío!», pensó pasándose una mano por la mejilla. «¿Qué preparo?»

—Hola, Rabih. *Sabah aljair.* ¿Has dormido bien? —lo saludó al verlo entrar en la cocina.

—Sí, *tante* Saydeh, *shukran.* —Se estiró y bostezó—. Lo siento.

—No tienes por qué disculparte —le excusó poniéndole delante el cuenco con la ensalada de fruta—. Trabajas mucho. ¿Quieres pan? ¿Queso? También he preparado *ful muddammas*.

—En ese caso, tomaré un poco, *tante* Saydeh. Con tan buena comida estoy engordando.

—No digas tonterías —le reprendió en broma mientras le servía un cuenco con el guiso de habas y pan recién sacado del horno.

—¿No toma nada? —preguntó antes de empezar a comer—. ¡Qué bueno está, *tante* Saydeh!

—Come, come, que necesitas fuerzas para trabajar.

Rabih sonrió y ella empezó a dar vueltas a una idea en su cabeza: «¿Por qué esperar a hablar con Yvonne y Takla para intentar emparejar a Rabih y Rania?».

—¿Te gusta El Cairo, *ibni*? —Esperó a que asintiera y siguiera comiendo—. Has encontrado trabajo enseguida. Ya sé que seguramente no ganas gran cosa, pero te sentará bien. Un hombre tiene que trabajar. ¿Qué tal va la obra?

218 —Acabaré de enlucir el piso de arriba muy pronto. Después seguiré en la parte de abajo y trabajaré aunque haya clientes.

—Sí, ha vuelto a abrir por la tarde.

—Luego tengo que encalar.

—Así que estarás una buena temporada.

—Eso creo. Es mucho trabajo y estoy solo.

—Todavía llevas yeso en el pelo —le indicó acariciándoselo.

—Lo siento, *tante* Saydeh. No lo habré visto cuando me lo he lavado esta mañana.

—Será mejor que te vayas. Rania debe de estar esperándote.

—Sí, es muy puntual.

—Es una buena mujer. Todavía es joven, guapa y tiene un tipo que envidiarían las chicas de veinte años.

Rabih volvió a asentir sin ninguna reacción perceptible.

—Es una pena que enviudara tan joven. Pero tiene muchos años por delante. Necesita compartirlos con alguien. Me temo que está empezando a vivir con demasiada independencia.

—*Tante* Saydeh —la interrumpió Rabih—. Lo siento, pero tengo que irme o llegaré tarde.

—Sí, *ibni*. Por supuesto. Vete, ya te veré a la hora de comer o quizá en el café.

Rabih le dio un beso en cada mejilla y Saydeh lo mantuvo abrazado un segundo más de lo habitual. Tenía un brillo en los ojos que no había visto antes. «¡Ah!», pensó satisfecha al oírlo bajar las escaleras. «Le he tocado la fibra. Misión cumplida.»

—*Marhaba, tante* Saydeh —saludó Noura alegremente al entrar en la cocina con Siran en los brazos y la cuna, que dejó encima de una mesita de madera. Metió a la niña en ella y fue a darle un abrazo.

—Muchas gracias. Hoy tienes muy buen aspecto.

—Es porque estoy contenta. Me alegro mucho de estar aquí, de tener trabajo, de seguir adelante.

—Y yo me alegro por ti, *binti* —dijo Saydeh poniendo el café a calentar—. Ojalá Rania pudiera decir lo mismo.

—Creía que era feliz.

—Es fuerte, pero creo que no ha superado lo de Adel.

—No es fácil. Yo he pasado por lo mismo.

—Sí, pero tú lo has hecho mejor que ella. Quizá sea por Siran. A lo mejor te ha ayudado más de lo que crees.

—*Yimkin.*

—Espero que encuentre un buen hombre que le ayude a olvidarlo y a vivir de nuevo.

—*Insha'Allah.* Estoy segura de que lo encontrará. Solo necesita tiempo. *Tante* Saydeh, nunca me deja hacer nada en la cocina —protestó sonriendo.

—No, porque aquí lo que yo digo va a misa. Además, soy muy quisquillosa y me gusta hacer las cosas a mi manera, ya lo sabes. Lo primero vamos a darle la leche a Siran.

—Ya empieza a ponerse de pie —comentó mirando con

219

cariño a su hija—. ¡Cómo pasa el tiempo! Parece que fue ayer cuando nació.

—Hablando de nacer... ¿Qué vamos a hacer para su cumpleaños?

—Algo haremos. ¿Puedo dejársela un rato? Tengo que hacerle unos arreglos a madame Yvonne esta mañana y necesito estar concentrada.

—Pues claro, *binti* —aceptó cogiendo a la niña en brazos.

—Podría ser su abuela.

—Es como me siento —aseguró acunándola.

Noura se tomó de un trago el café, cogió un par de galletas *mamul* y se fue a trabajar.

—Ahora tengo que emparejar a tu madre con mi hijo —le confió Saydeh a Siran, que enseñó las encías al sonreír—. ¿Tú qué opinas? Vamos a estar muy ocupadas, *habibti*; tenemos que organizar dos emparejamientos.

—*Marhaba immi* —saludó Salah rascándose la cabeza adormilado, vestido con la túnica con la que había dormido.

—*Ahlan, ibni*. ¿Qué tal estás? —Su madre dejó a Siran en la cuna—. He preparado *ful*. A Rabih le ha gustado mucho.

—Tomaré un poco.

—Noura parecía muy contenta esta mañana. Me alegro de que haya venido a vivir aquí. Me gusta tenerla en casa.

—Sí —dijo Salah distraído mientras sonreía a Siran.

—Y también de que esté la niña. Es muy agradable vivir en una casa en la que hay una familia. ¡Salah!

—Sí, *immi* —se sobresaltó al oír el tono de su madre porque él había seguido jugando con la niña, ensimismado.

—¿Has oído algo de lo que he dicho?

—Lo siento... Perdona, Siran, ahora tengo que hablar con mi madre. —Y retiró el pulgar que tanto fascinaba a la niña.

—Dentro de poco es el cumpleaños de Siran.

—Vas a ser una niña grande —dijo volviendo la atención a Siran.

—Le he propuesto que hagamos algún tipo de celebración.

—Por supuesto. Cualquier excusa es buena para una fiesta de las tuyas, *immi*.

—Estupendo. Hablaré con las mujeres.

—¿Dónde está Rabih? —preguntó Salah mirando hacia el cuarto de estar.

—Se ha ido hace rato.

—¿Y Noura?

—Arriba, trabajando. Siempre está trabajando. Necesita un poco de distracción.

—¿De qué tipo? —preguntó inocentemente.

«*Ya Allah!* Si no fuera mi hijo le atizaría con el rodillo en la cabeza», pensó.

—¿Qué tal si le enseñamos El Cairo? No El Fishawy —sugirió Saydeh.

—Mmm, no es mala idea. A lo mejor a Rabih le apetece venir también.

«¡Dios mío!, qué oportunidad», se regocijó Saydeh.

—¿Qué te pasa, *immi*?

—¿Por qué?

—Porque has gruñido.

—No lo he hecho —negó indignada.

Saydeh se puso a fregar los platos. «Dame fuerzas, *Allah*», pidió en silencio.

Salah miró la espalda de su madre y sonrió. Sabía perfectamente lo que estaba intentando. «Todo a su tiempo, *immi*. Si tú supieras cuánto tiempo llevo prendado de Noura...»

221

—Tengo trabajo para ti, Noura —anunció Takla después de entrar en el café y sacar unos uniformes de una bolsa.

Noura se dio la vuelta, estaba haciendo un arreglo en la

manga del vestido que había diseñado para madame Yvonne.

—Cuidado, casi me pinchas con la aguja —protestó Yvonne.

—No te preocupes, con tanta grasa ni la habrías notado —comentó Takla con sarcasmo.

—Gracias, *tante* Takla —agradeció interponiéndose entre las dos mujeres antes de que se enzarzaran otra vez. Tomó los uniformes y los dejó en una silla—. En cuanto acabe con madame Yvonne, les echaré un vistazo.

—*Ahlan* Saydeh, *kifek enti?* —saludó Takla antes de sentarse.

—*Mnih, habibti. Shu ajbarik?*

—Esta mañana he visto a Hala cuando he ido a por los uniformes.

—¿Qué tal está? Hace tiempo que no la veo. ¿Estaba Magdi con ella?

—No, ya se había ido al puesto de frutas. Está preocupada. Hisham está pensando en seguir los pasos de sus dos hermanos mayores e ingresar en el ejército.

—¿Qué? Pero si solo tiene...

—Dieciocho años, la edad de mi hijo. Espero que a Nassim no se le meta en la cabeza la idea de alistarse en la Fuerza Expedicionaria Egipcia.

—No lo hará, ni Hisham tampoco. Solo está dándose importancia delante de sus hermanos.

—*Tayeb*, madame Yvonne —dijo Noura quitándose una aguja de los labios y clavándola en el alfiletero que llevaba en la muñeca—. Ya puede cambiarse.

—A ver, *tante* Takla. ¿Tengo que arreglarlos? —preguntó mirando los uniformes.

—Sí, es lo que me ha pedido Hala.

—Me los llevaré a casa y veré lo que hay que hacer.

—Una de las cosas que has de hacer es bordar los nombres en el interior.

—*Akid*.

—¿Cuándo los lavaron por última vez? —preguntó arrugando la nariz.

—Yo también he pensado lo mismo. Por eso los he traído en una bolsa.

—Hola, *tante* Takla —la saludó Rania cuando salió de la cocina con *sfuf* recién horneados—. No la he oído entrar.

—Rania, necesito cambiarme de ropa. ¿Puedo subir arriba? —pidió Yvonne.

—Sí, claro, pero Rabih está trabajando.

—¡Ah!, Rabih está arriba —comentó Takla para tomarle el pelo.

—*Tante* Takla, ya sabe que le he contratado para enlucir y encalar toda la casa.

—¿Sí? Qué casualidad —comentó sonriendo y mirando a Saydeh.

—Sois unas malpensadas —les reprendió Yvonne.

—Madame Yvonne, ¿por qué no va a mi habitación a cambiarse? —propuso Rania.

—*Shukran.*

Sonó la campanilla y entraron algunas caras desconocidas.

—Ustedes dos, compórtense —Rania reprendió a Takla y Saydeh—. Son clientes nuevos y no quiero que los asusten.

Takla y Saydeh se rieron como adolescentes.

—Por cierto, ¿dónde está Fatmeh? —preguntó Takla—. Es tan callada que a veces ni se nota su presencia, pero hace días que no la veo.

—Si no les importa, me voy a arreglar los uniformes.

—Es muy trabajadora —comentó Saydeh cuando salió Noura.

—Es muy agradable —la elogió Takla—. Al principio no me cayó muy bien, creía que era un poco ñoña, pero tiene coraje.

—Sí, su marido fue uno de los que ahorcaron el año pasado en Beirut.

De repente la puerta se abrió de golpe y Fatmeh entró resoplando y jadeando.

—¡Rania! ¿Dónde está Rania?

223

—En la cocina, creo —apuntó Takla.

Pasó a toda velocidad delante de ellas y desapareció detrás de la cortina.

—¿Qué le pasará? —se extrañó Takla ante semejante comportamiento y Saydeh arqueó las cejas desconcertada.

—¡Fatmeh! —exclamó Rania sorprendida al verla—. ¿Te pasa algo?

—Quiere matarme —aseguró respirando con dificultad.

—¿Quién? —preguntó agarrándola por los brazos.

—Walid…, mi marido. Ha encontrado el cuaderno con los poemas y cree que tengo un aventura —explicó echándose a llorar—. Le he dicho que los escribí pensando en él, pero no cree que pueda hablar del amor sin haberlo experimentado.

—Te acabas de casar, ¿no?

—Sí, pero el hombre sobre el que escribo los poemas no es mi marido —confesó dejándose caer en una silla—. Sospecha que no me inspiro en él. Sabe muy bien la forma en que me trata…

—¡Dios mío, Fatmeh! ¿Tienes una aventura?

—Ayúdame, por favor. Tengo mucho miedo. Seguro que me está buscando. Estaba tan enfadado que he tenido que irme de casa.

—¿Te ha hecho daño? —preguntó agachándose para mirarla a la cara.

—Ha intentado estrangularme —admitió quitándose el pañuelo.

Rania inspiró profundamente al ver las moraduras que tenía en el cuello.

—¿Dónde está? ¿Dónde está la puta con la que he tenido la desgracia de casarme? —se oyó que preguntaba en el café una encolerizada voz masculina.

—¡Rápido, Fatmeh! ¡Métete en la bodega! —le ordenó dándole un empujón.

—¡Tiene que estar aquí! ¿Dónde está la dueña?

—¿Me busca a mí? —Rania apartó la cortina para encararse con él.

—¿Dónde está mi mujer? —preguntó Walid con los

brazos cruzados sobre el pecho y la cara desencajada—. ¿Dónde la esconde?

«Dios no ha sido muy generoso con él», valoró Rania. Y era cierto, no había bendecido a Walid El Askar ni con un físico agradable ni con cerebro. No cabía duda de que le gustaba mandar y oírse a sí mismo. No era alto, sino más bien redondo, todo él. Sin la túnica seguramente parecería una bola ensartada en dos palos.

—No está aquí —mintió Rania enfrentándose a él.

—¡Venga, hermano! Un poco de respeto —pidió uno de los comerciantes.

—¡Calla la boca! ¡No me hables de respeto! —gritó Walid volviéndose hacia él—. ¿Dónde está la puta infiel?

—¡Deja de hablar así! ¡Hay mujeres presentes! —le ordenó el comerciante poniéndose de pie.

—¿Señoras? ¿A eso llamas señoras? —comentó con desdén y el resto de comerciantes se levantó.

—Es mejor que te vayas, hermano —le aconsejó uno de ellos.

—No me iré hasta que encuentre a mi mujer.

—No está aquí.

—Hace días que no vemos a madame Fatmeh.

—No te atrevas a pronunciar su nombre, cerdo —lo insultó abalanzándose sobre él.

—¿Qué me has llamado? —replicó el comerciante levantándose. Era el único que había permanecido sentado. Era casi tan alto como Salah y se acercó amenazadoramente a Walid—. Venga, repítelo, cobarde.

Walid fue el primero en atacar y le dio un puñetazo en la barbilla.

—*Ya Allah!* ¡Me van a destrozar el café! —gritó Rania—. *Tante* Takla, vaya a buscar a Salah.

Ella fue hasta el pie de las escaleras.

—¡Rabih! ¡Ven corriendo!

—¿Qué pasa? —preguntó mientras bajaba cojeando ligeramente.

—¡Hay una pelea! El marido de Fatmeh la está buscando. Ha empezado a insultar a todo el mundo.

225

—¡Basta! —gritó Rabih al entrar en el café, pero se vio inmerso en la melé y recibió un golpe en las costillas que lo derribó al suelo.

—*Allah!* —gritó Rania subiéndose a la mesa del centro—. ¡*Jalas*, animales!

Los clientes se quedaron quietos y se volvieron hacia ella.

—¿Qué os pasa? Si queréis mataros, hacedlo en la calle. Este es mi café, mi casa. Así que os comportáis como personas o no volveréis a entrar. ¡Y tú! —exclamó dirigiéndose hacia Walid—. Eres un hombre repugnante, tienes una lengua indecente y un carácter repulsivo. —Rania respiraba agitadamente impelida por la cólera y la adrenalina que corrían por sus venas—. ¡Vete ahora mismo y no vuelvas nunca más! Porque si lo haces, llamaré a la policía para que te detengan. ¡Fuera!

Walid levantó el mentón con actitud beligerante, le dirigió una mirada asesina, pero finalmente se fue.

226

—Y el resto, *jalas!* ¡Fuera!

—*Be'tizir*, madame Rania —se disculparon uno a uno mientras salían cabizbajos, incapaces de mirarla a los ojos.

Una vez que salieron todos, Rania se sentó en el banco con la cabeza entre las manos, temblando. Rabih se le acercó.

—*Ya Allah!* —exclamó ella mirándolo con preocupación y pasándole la mano por la cara sin importarle quién pudiera estar mirando—. ¿Estás bien? ¿Puedes ir a buscar a Fatmeh? Se ha escondido en la bodega.

—Sí, aunque uno de ellos me ha atizado un buen puñetazo. Siento no haber podido ayudarte.

—¿Qué ha pasado? —preguntó Salah al entrar seguido de Takla, fue directo hasta Rania, que suspiró aliviada al verlo, y la abrazó—. ¿Dónde está Fatmeh?

—En la bodega, Rabih ha ido a buscarla.

—¿Y dónde están Saydeh e Yvonne?

—No lo sé. Todo ha sido muy rápido. ¿Qué queréis tomar? —preguntó yendo hacia la barra. Al llegar soltó un grito. Saydeh e Yvonne estaban escondidas detrás—. ¡*Tante* Saydeh, *madame* Yvonne!

—No me extraña que Fatmeh nunca hable de su marido —comentó Saydeh.

—*Immi*, ¿estás bien? —preguntó Salah.

—*Mnih, ibni.* No te preocupes, no me ha pasado nada. ¡Bien hecho, Rania! —dijo volviéndose hacia ella antes de darle un beso—. Ahora tengo que ir a preparar la comida, pero mañana quiero que me cuentes todos los detalles. Madame Yvonne se despidió también.

—Salah —saludó Rabih cuando salió de la cocina con Fatmeh.

—*Shu*, hermano. ¿Estás bien?

—Parece que sí.

—¿Y tú? —le preguntó a Fatmeh, cuyos ojos se llenaron de lágrimas. Él entendió que estaba muy dolida y era mejor dejar que Rania la consolara—. Vamos, Rabih. Tenemos que ir a comer o mi madre no me lo perdonará.

—Lo siento mucho, Rania —se excusó Fatmeh con voz triste—. Mira cómo está el café. Te pagaré los daños…

—Por suerte, no han destrozado más que un par de sillas y una mesa.

—Pero Walid ha invadido nuestro refugio, lo ha mancillado.

—No te preocupes. Ahora cuéntame exactamente qué está pasando.

—No sé por dónde empezar —pretextó jugando con la manga de la *abaya*.

Mientras Fatmeh se armaba de valor, Rania sirvió dos vasos de zumo de lima.

—Por favor, no me juzgues ni pienses mal de mí.

—Eso lo hará Dios, no yo —replicó Rania poniendo una mano sobre la suya.

—Pero no quiero que pienses que soy una fulana.

—Sé que no lo eres.

—Estoy enamorada de un hombre que no es mi marido.

—Lo imaginaba. ¿Quién es?

—Es… —vaciló—, es extranjero.

—¿Qué? ¿Quién? —se extrañó con los ojos muy abiertos.

—Bueno, solo es medio extranjero —aclaró soltando una risita.

—¿Y dónde has conocido a un extranjero?

—Aquí, en el zoco. Había comprado algo de fruta a Magdi y justo frente ala casa de *tante* Saydeh me resbalé y la cesta salió volando. Me dio mucha vergüenza y miré a mi alrededor por si me había visto alguien. Cuando intenté poner bien la *abaya* para levantarme, alguien me ofreció una mano y la acepté.

—¿Se ha hecho daño, *madame*? Estos adoquines son muy resbaladizos…

Fatmeh negó con la cabeza y, cuando intentó mirarlo, no consiguió ver más allá de sus rodillas. Llevaba una *galabiyya* roja y negra y elegantes zapatos negros.

—Tome, madame —dijo entregándole la cesta—. He intentado recoger la fruta, pero me temo que ha perdido algunas ciruelas.

—Gracias —musitó sonrojada.

—¿Está segura de que no se ha hecho daño? —Esperó la confirmación de Fatmeh, que seguía con la vista baja—. Entonces me voy. —Se despidió haciendo una reverencia.

Fatmeh solo se atrevió a mirarlo cuando ya se había dado la vuelta. Era alto y ancho de hombros.

Un par de días más tarde fue al dispensario de su padre a buscar vendas y pomadas para Rabih. Cuando entró había un hombre en la sala de espera cuya cara le resultó conocida. Su padre estaba muy ocupado con una urgencia y le pidió ayuda hasta que llegara la enfermera. Ella se puso un delantal y fue a ver qué quería ese paciente.

—¿Puede darme unas aspirinas?

—Sí, claro. Pase por aquí. ¿Por qué las necesita?

—Me duele la cabeza.

Fatmeh asintió, escribió una etiqueta y la puso en un frasquito de cristal.

—Tómese dos cada seis horas y nunca más de cuatro diarias.

—Gracias, *madame*.

Se devanó los sesos intentando recordar dónde podía haberlo visto. Su voz también le sonaba sin ser capaz de ubicarla. Repasó de arriba abajo al paciente para confirmar que era muy guapo, alto, fornido, muy moreno, con profundos ojos marrones, pelo negro, barba recortada y bigote.

—¿Ha venido a este dispensario antes? —le preguntó al entregarle el frasquito.

—No —contestó de manera sucinta.

—*Tayeb*, si el dolor empeora, vuelva para que le dé algo más fuerte —le recomendó antes de salir de detrás del escritorio. Entonces se fijó en sus elegantes zapatos negros con cordones.

—Fue usted, ¿verdad? —aseguró con los ojos muy abiertos y el hombre sonrió—. El otro día me ayudó en la calle cuando me caí.

—Sí —contestó sin dejar de sonreír—. ¿Tuvo alguna repercusión la caída? —preguntó educadamente y Fatmeh negó con la cabeza.

A partir de ese encuentro, empezó a encontrárselo en todas partes. Fuera donde fuese, allí estaba. Si iba al puesto de Magdi, o al verdulero o a la tienda, se tropezaba con él.

—Un extranjero como cliente habitual del zoco no es habitual.

—Es medio británico medio libanés. Trabaja para el ejército británico.

—Fatmeh… ¿Ha pasado algo entre los dos? ¿Algo íntimo?

—Todavía no —suspiró con tristeza—. Sabe que estoy casada y siempre se comporta con mucha educación y cortesía.

—¿Cómo sabes que estás enamorada de él, y él de ti?

—Lo sé, Rania, simplemente lo sé. La mirada de sus ojos, la ternura, la amabilidad.

—¿Qué hacéis? ¿Dónde quedáis?

—Solo nos hemos visto un par de veces, en el dispensario de mi padre. Siempre sabe cuándo estoy allí, va para pedirme aspirinas y hablamos un rato. Estar con él hace que me sienta viva. El otro día me rozó con la mano y creí que me quemaba.

Rania asintió y le apretó la mano.

—Anhelo que me toque, pero me da miedo traicionar a mi marido. Al menos, puedo decir que no he tenido relaciones íntimas con ningún otro hombre. Me hace sentir mujer. Me hace sentir hermosa, ¿me entiendes?

—Más de lo que crees.

—¿Sabes?, cuando empezaste a hablarme de Rabih, de los sentimientos que tenías, de esa embriagadora sensación, de que una mirada suya te hacía subir al cielo, tuve envidia. Quería sentir lo mismo. Notar que me latía el corazón, que se me alteraba el pulso. Quería sentir esa calidez en mi cuerpo, saber que le importaba a alguien y que ese alguien se preocupaba por mí.

—Sé de lo que hablas.

—Sabía que lo entenderías.

—Pero la cuestión ahora es ¿qué vas a hacer?

—No lo sé —confesó Fatmeh con tristeza.

—Te quedarás aquí y ya pensaremos en algo. No puedes volver a tu casa, no te dejaré después de lo que ha pasado.

—Gracias, *habibti*, pero no puedo. ¿Dónde iba a dormir?

—En la habitación al lado de la mía.

—Pero ¿no es donde está Rabih?

—Hace días que no vienes por aquí. Se ha mudado a casa de *tante* Saydeh.

—¿Por qué? ¿Qué os ha pasado?

—Necesito tiempo. Todo iba demasiado rápido.

—¿Es lo que querías?

—Sí —contestó mordiéndose el labio—. Pero viene todos los días. Está dándole un lavado de cara a la casa. Por cierto, ¿qué hace un oficial del ejército británico por Al-Jalili?

—Dijo que era amigo de Salah.

—¿Otro? Ni que fuera el alcalde de Al-Jalili —bromeó—. Venga, vamos arriba para que puedas lavarte. A lo mejor te quitas esa horrible *abaya* y te pones algo más cómodo. Incluso es posible que te guste alguno de mis vestidos.

—Noura podría hacerme uno...

Rania la dejó descansando en el piso de arriba y bajó al café. Se preparó un plato de *mezze,* se sentó en la cocina y meditó sobre la situación de Fatmeh mientras comía.

«Está claro que no puede volver a casa. *Ya Allah!* No me extraña que no hablara nunca de su marido. Es un monstruo. ¿Cómo ha podido estar ni siquiera un día con él? Tendrá que quedarse aquí. No la puedo echar. Hemos de pensar qué va a hacer. ¿Podrá ayudarla ese soldado inglés del que habla? En cualquier caso, tenemos que echarle una mano. ¿Qué pensarán las mujeres?» Miró a su alrededor. Fatmeh había dicho que el café era un refugio y realmente lo era. Primero Rabih y ahora ella misma...

Al día siguiente se lo contó todo a Yvonne, Saydeh y Takla, aunque omitió al soldado británico. No había necesidad de exaltar los ánimos más de lo que estaban.

—Que levanten la mano las que estén a favor de que Fatmeh se quede —pidió y todas lo hicieron—. Muy bien. Está decidido. Haremos un fondo común para ayudarla.

—¿Se lo va a decir a su padre? —preguntó Saydeh—. Es médico de cabecera en esta zona...

—No creo que quiera ver a nadie de momento. Dejemos que lo decida ella. ¿Sellamos este acuerdo con otra bebida?

—Si insistes, yo fumaré un narguile pequeño —pidió Yvonne.

—Los narguiles pequeños no existen —replicó Takla chasqueando la lengua.

—Sí, señora. Solo hay que poner menos tabaco.

—¡Venga! ¡Fúmate uno normal! Después estás más soportable.

—*Masbut* —intervino Rania—. Un narguile y zumo para todas.

Unos golpecitos en una de las ventanas la obligaron a ir hacia allí extrañada. Fuera estaban los habituales comerciantes, parecían avergonzados.

—*Shu badkun?*

—Madame Rania, sentimos mucho lo que pasó el otro día —se excusó uno de ellos.

—Es una buena forma de empezar.

—Nos preguntábamos si cabría en su corazón volver a dejarnos entrar. Prometemos comportarnos —aseguró dándole vueltas al turbante entre las manos—. Aquel hombre dijo cosas horribles y solo intentamos defenderla a usted y al resto de damas.

Rania los miró con los brazos cruzados sobre el pecho, fingiendo estar enfadada.

—*Madame* Rania. —Se acercó otro, también con el turbante en las manos—. Usted prepara el mejor café y *manush*. No desayunamos en casa porque sabemos que podemos venir aquí.

—Sí, madame Rania. El *manush* es *be'jannin* —intervino un tercero.

Rania se echó a reír ante aquel piropo.

—Está bien, gamberros, entrad. Pero os lo advierto, nada de peleas en este café. Bastantes guerras hay ya en el mundo, no hace falta traerlas al zoco.

—Gracias, *madame* Rania. *Shukran, sitti* —agradecieron mientras entraban y se sentaban a una mesa junto a la ventana.

Rania entró la última. Se volvió para cerrar la puerta y creyó ver a un monito con chaqueta roja desapareciendo en la esquina. Extrañada, volvió a mirar y esa vez creyó ver el extremo de una *galabiyya* a rayas.

Noura estaba en su taller. Había colocado una de las túnicas militares en la mesa de sastre y la estaba examinando minuciosamente. Había cosido los rotos y repuesto

232

los botones perdidos, pero quería arreglar incluso los jirones más diminutos. De repente tuvo una idea. Lavaría y plancharía los uniformes antes de enviarlos. Sería todo un detalle. Podría hacerlo en la terraza y dejar que se secaran al sol. Llenó una palangana con agua y la sacó a la terraza. Volvió a entrar, cogió una barra de jabón, un cepillo y la tabla de lavar y salió fuera. Mientras dejaba a remojo los uniformes en agua con jabón, se aseguró de que la cuerda para tender soportaría el peso. Cuando empezó a frotarlos creyó oír que la llamaba alguien.

—¡Noura!

—¡Ya voy! —gritó desde el rellano del tercer piso—. Aquí estoy, *tante* Saydeh —dijo al entrar en el salón, donde había tres bolsas llenas de ropa.

—Son uniformes. Me los han entregado las madres del barrio cuyos hijos están de permiso —comentó con orgullo.

—¡*Tante* Saydeh! Con esto estaré ocupada durante semanas.

—Sí, pero solo tienes dos. Es lo que dura el permiso.

—Entonces será mejor que empiece ya.

—He apuntado el nombre en cada bolsa.

—*Mnih ktir.* Por cierto, *tante* Saydeh…

—Sí, querida, me ocuparé de Siran —dijo antes de que Noura acabara la frase.

El negocio empezaba a funcionar. Todos los días llegaban bolsas y bolsas de uniformes a la casa de Zuqaq al-Harma.

—Otra más —dijo Salah dejándola en el ático.

Noura estaba organizando las que llegaban, las que todavía no había arreglado y las que estaban listas para entregar.

—*Shukran*, Salah —agradeció apartándose un mechón de la cara. Paró un momento, inspiró con fuerza y miró a su alrededor con las manos en las caderas—. ¡Qué contenta estoy, Salah! Ya tengo el dinero del alquiler y eso que todavía no ha acabado el mes.

—Lo estás haciendo muy bien, Noura. Todo el mundo está encantado contigo.

233

—Gracias, tu opinión es muy importante para mí.

—Estoy muy orgulloso de ti. Hace un día muy bonito, con lo que seguramente tendremos una tarde muy agradable. Me gustaría enseñarte algunos de mis lugares favoritos de El Cairo.

—Espero que no sea El Fishawy —bromeó y Salah se echó a reír—. Me parece bien. ¿A qué hora quedamos?

—Bueno, no estaba seguro de que te apeteciera... A las seis.

—Estupendo. Ahora, si no te importa, tengo mucho que hacer. Prometiste que buscarías a un chico para que entregara los uniformes arreglados.

—Ya lo he encontrado. Se llama Said, es uno de los hijos de Magdi.

—¿No se habían ido al Sinaí? Hace poco les envié los uniformes.

—Said es el cuarto de los hijos de Magdi, tiene doce años y es muy responsable.

—*Shukran ya*, Salah —lo despidió lanzándole un beso con la mano.

Salah bajó al piso de su madre con una enorme sonrisa dibujada en los labios. Sí, iba a ser un día muy especial.

Rania estaba reorganizando las mesas en el café. Según Rabih y Salah, las que se habían roto durante la pelea solo servían como leña para la estufa. Por suerte, Saydeh le ayudó. Tenía algunas mesas y sillas en el ático de las que quería librarse para que Noura tuviera más espacio en su taller.

—Rania, ven un momento —la llamó Rabih desde la entrada de la cocina, con el pelo blanco por la cal y el chaleco y los pantalones manchados de yeso—. Tengo una sorpresa para ti.

—¿Qué es?

—Si te lo dijera, dejaría de ser una sorpresa. Cierra los ojos.

—¿Aquí? —Rania soltó una risita nerviosa—. Pero tengo que subir las escaleras...

—Apóyate en mí, no dejaré que te caigas.

Rania se sonrojó, cerró los ojos y puso una mano en la barandilla. Rabih le rodeó la cintura con un brazo, le agarró la otra mano y empezaron a subir.

—No los abras todavía, mantenlos cerrados —le iba rogando hasta que llegaron a su dormitorio—. *Tayeb*, ya puedes abrirlos.

Se quedó con la boca abierta y los ojos como platos. Parecía una habitación nueva, incluso había encerado los muebles y relucían. Olía a limpio y resplandecía.

—¡Rabih! ¡Es fantástica!

—¿Te gusta?

—¿Que si me gusta? Me encanta.

—Y este es el dormitorio de Fatmeh y el baño —anunció mientras se los enseñaba.

—¡Es increíble! Muchas gracias. Incluso el pasillo parece nuevo.

—Solo quiero que seas feliz. —Rabih comprobó que sus palabras la ruborizaban—. Bueno, continuaré con la cocina.

Capítulo 15

$\mathcal{M}$inutos antes de las seis, Noura se abrochó la camisa de seda color crema con volantes en el escote que había decidido combinar con una falda azul marino y una torera, uno de los conjuntos que le regaló Samar. Se miró en el espejo y asintió ante su reflejo: «No estoy mal. Creía que no me iba a quedar tan bien». Se aplicó crema en la cara, se peinó las cejas y decidió pintarse una raya de kohl en el párpado superior, cerca de las pestañas, en vez de perfilarlos de la manera tradicional. Tenía unas facciones finas y demasiado maquillaje le hundía los ojos en vez de resaltarlos. Se rizó las pestañas con kohl, se pellizcó las mejillas y se mordió los labios para que tuvieran más color. Como toque final, se perfumó detrás de las orejas con un poco de esencia de rosas.

Llevaba el pelo recogido y sujeto con un pasador. Se había puesto un pañuelo de seda azul marino y dejó que algunos rizos le cayeran sobre la cara. Prendió un broche en la torera, cogió un chal por si hacía frío y un bolso pequeño de color verde, y se calzó unos prácticos zapatos negros sin tacón, los únicos que tenía de vestir.

Al mismo tiempo, en el piso de abajo Salah estaba en la habitación de su madre delante de un armario abierto, estudiando sus túnicas y *galabiyyas*, airado por no ser capaz de elegir nada. Había tirado al suelo todas las prendas que no le iban. Tendría que apañarse con una de las túnicas que vestía a diario. Las de lino, más elegantes, ya no le entraban.

Miró el reloj de la pared y aún se alteró más. Eran casi las seis y todavía no se había recortado la barba y el bigote. Fue al cuarto de baño con una toalla. Se miró en el espejo y sacó la cuchilla y unas tijeras. Cuando acabó, se lavó la cara y los dientes, y se pasó los dedos por el pelo. Se puso un poco de crema para domar la barba y el bigote y un poco de gomina en el pelo para que los rizos no le cayeran en la cara. Finalmente se roció generosamente con agua de colonia.

Volvió a la habitación de su madre y se puso una túnica y una *galabiyya* azul marino a rayas blancas y con una capucha que no le hacía mucha gracia, pero era demasiado tarde para cambiarse. Eligió un turbante blanco. Se echó más colonia en el cuello y la ropa, se calzó unas sandalias de piel de cabra y echó a correr por el pasillo.

Cuando apareció en el rellano del primer piso, Noura ya lo estaba esperando en la puerta.

—Te he olido en cuanto has salido al pasillo.

—Siento haberme retrasado —se disculpó sin aliento. Los peldaños crujían bajo su peso—. He tenido una crisis de vestuario —confesó y Noura se echó a reír.

—¿Cómo puedes tener problemas con la ropa con una costurera un par de pisos encima de ti?

—Porque no me he parado a pensar en las complicaciones alimentarias que la han desencadenado.

—¿Tienes problemas con la comida? —preguntó Noura sin dejar de reírse cuando ya paseaban por Zuqaq al-Hamra en dirección a la mezquita Al-Hussein—. Pero si tu madre es una excelente cocinera…

—Y yo soy un excelente comedor.

—Ahora lo entiendo.

—Tendré que hablar con ella y ponerme a dieta. En cuestión de comida, no soy disciplinado ni tengo fuerza de voluntad.

—Ella tampoco —concluyó Noura entre risas.

Curiosearon las tiendas que habían abierto después de la oración de la tarde. Casi todas las personas con las que se cruzaban saludaban con la mano a Salah, algunos también conocían a Noura del café de Rania.

—Pareces el alcalde de Al-Jalili.

—Sí, y tú la primera dama.

—¿Adónde vamos?

—Paciencia, *habibti*. Es una virtud que casi siempre se ve recompensada —añadió guiñándole un ojo.

Noura lo miró por el rabillo del ojo. Notó que el corazón se le aceleraba y dudó de si él podría oírlo, pero Salah estaba muy ocupado saludando. Se relajó y dejó que la invadiera la alegría de estar disfrutando de ese momento.

En Midan Al-Hussein, Salah alquiló un carruaje para que los llevara a Zamalek.

—¿Dónde quieren que les deje? —preguntó el conductor arreando al caballo con el látigo.

—En el puente del jedive Ismail —le indicó Salah.

—¿Se refiere al puente Qasr al-Nil?

—Sí. Le han cambiado el nombre hace poco —le explicó a Noura.

—No he estado nunca en Zamalek —comentó ella entusiasmada mirando por la ventanilla y fijándose en los lugares por los que pasaban de camino al centro—. ¡Qué bonito! —exclamó cuando llegaron a Wust al-Balad—. Se parece a Beirut.

—El jedive Ismail encargó que edificaran esta zona hace poco tiempo. Quería modernizar El Cairo y, por primera vez en la historia de la ciudad, insistió en lo importante que era la planificación urbanística. Encargó a unos arquitectos franceses que diseñaran esta zona y por eso, las calles son anchas y espaciosas, y armonizan entre ellas. No tiene nada que ver con la laberíntica estructura del Viejo Cairo.

—Es muy elegante —dijo Noura al fijarse en los edificios *Belle époque* que bordeaban los amplios bulevares—. Estoy segura de que debe de ser muy caro vivir aquí. Prefiero Zuqaq al-Hamra. —Y apoyó la cabeza en el hombro de Salah, que la rodeó con el brazo.

Le sorprendió lo natural y normal que le resultaba ese gesto. No se sintió incómoda, sino que se apretó contra él. Salah era como un simpático y enorme oso de peluche, pensó mientras continuaban su recorrido y señalaban las casas en las que no les importaría vivir.

—¡Salah! ¡Mira, es el río! ¡El Nilo!

Salah sonrió, se comportaba como una niña pequeña.

—Así será Siran cuando crezca.

—¿A qué te refieres?

—A la hermosa e inocente expresión de tu cara. Siran tendrá la misma.

—Muy pronto, a juzgar por la velocidad a la que crece.

—Noura, estás muy guapa —la halagó apartándole un mechón de la cara—. Disculpa que no te lo haya dicho antes, estaba muy nervioso por haberte hecho esperar.

—Son treinta piastras —pidió el conductor cuando llegaron frente al puente.

Salah sacó el dinero del bolsillo y se lo entregó, antes de volverse para coger a Noura del brazo.

Caminaron hacia el puente que conecta El Cairo con la isla de Al-Gazirah, lleno de familias y parejas que disfrutaban de la fresca tarde primaveral y flanqueado por los dos leones de piedra del escultor francés Jacquemart. Hacia la mitad de su recorrido, se apoyaron en el pretil para contemplar el agua azul grisácea y su reflejo en la leve ondulación del inmenso río. Noura se fijó en la pensativa imagen de Salah mientras miraba la orilla de la isla de Al-Gazirah. La forma en que se había colocado el turbante, la amabilidad que se leía en su cara y la generosidad que se adivinaba en su corazón. La corriente del Nilo arrastraba un grupo de nenúfares. Se sentía tan a gusto con él… «Es como si pudiera contárselo todo, como si siempre pudiera contar con él. Me hace sentir segura, como si estando a su lado no pudiera pasarme nada malo, porque me protegerá… siempre.»

Noura volvió la mirada a su reflejo. «*Ya Allah!* ¿Qué estoy haciendo? ¿Qué clase de viuda soy? No hace ni un año que murió Khaled y estoy dejando que me seduzca otro hombre, y no uno cualquiera, sino su mejor amigo. ¿Estoy loca?»

Aquel pensamiento dio lugar a una conversación en su

mente con su esposo. «Es por tu culpa, Khaled. Si no me hubieras dejado, no habría pasado nada de esto. Seguiríamos viviendo en aquella bonita casa cerca de la torre del reloj de Hamidiyyeh y seguramente Siran estaría esperando una hermanita o hermanito. Y en vez de eso, aquí estoy, soy una costurera que arregla uniformes, paga un alquiler a Saydeh y se enamora de su hijo Salah.

»¿Cómo es posible olvidar a alguien tan rápido? Te amé. Te amé mucho y siempre te amaré. Honraré tu memoria y te recordaré. No te he olvidado ni lo haré. Le contaré a Siran que su padre fue un héroe que murió por sus ideales.

»Pero llorar y lamentar tu pérdida durante años no conseguirá que vuelvas. Me volverá más resentida y cínica y seré una madre horrible para Siran, no el puntal que necesitará en este mundo caótico y enloquecido en el que vivimos.

»Y creo que te gustaría que fuera feliz, ¿no? No puedo imaginar que quieras que esté triste. Por favor, Khaled, permíteme que te deje ir en paz, con decoro y con dignidad»

—¡Noura! —La voz de Salah interrumpió sus pensamientos—. Vamos o te lo perderás.

Estaba en medio del puente haciéndole gestos apremiantes. Ella echó a correr para alcanzarlo y sonrió al llegar a su lado, con la cara roja por el esfuerzo. Salah la abrazó y le acunó la cara cuando la apoyó en su hombro.

—Estaba allí pensando en cuánto me alegro de que me hayas traído —susurró antes de separarse de él.

—Todo el mundo merece un descanso, has estado trabajando mucho.

—Es porque quiero que el negocio funcione. Pero no hablemos de eso ahora, disfrutemos de la tarde. ¿Adónde vamos exactamente?

—Casi estamos —aseguró apretándole la mano.

Llegaron a Al-Gazirah y siguieron un sinuoso sendero bordeado de árboles y plantas que conducía a un área frondosa que, en tiempos del jedive, se conoció como el Jardin des Plantes.

—Aquí tienes el famoso palacio que acogió a los hués-

241

pedes del jedive invitados a la inauguración del canal de Suez.

Noura inspiró con fuerza ante aquella mansión de verano en forma de herradura. Era un lugar tan verde y tan fresco que parecía de otro mundo.

—Al otro lado de la isla están construyendo otro palacio, para el príncipe Amr Ibrahim. Y ese es el club deportivo de Al-Gazirah —añadió señalando un imponente edificio colonial con la cabeza—. Ahora cierra los ojos y deja que te guíe.

Noura obedeció y Salah la condujo a ciegas e hizo que se sentara. Noura palpó a su alrededor.

—*Tayeb habibti.* Ya puedes abrirlos.

Al hacerlo descubrió que estaba sentada en un banco de piedra en un jardín que bordeaba el agua. Era como un claro en el bosque. La vista del Nilo era espectacular: en la otra orilla se veía El Cairo y, en lo alto de una colina, la ciudadela que Saladino construyó en el siglo XII para proteger la ciudad de los cruzados europeos.

242

—Ahora mira esto. —Salah se levantó y Noura lo siguió.

Entre los árboles había una gruta natural alimentada por un manantial.

—¡Salah, hay un pez rojo!

—Sí, contiene una colección de peces africanos poco corrientes.

—¡Es precioso! —exclamó Noura entusiasmada.

—Este, *habibti*, es el sitio que más me gusta de El Cairo —confesó volviendo a sentarse en el banco.

—¿Y por qué no hay nadie más?

—Parece que soy el único que conoce este lugar. Siempre que vengo, estoy solo.

—Es como estar en el cielo, impresionante.

Permanecieron sentados en silencio escuchando el suave chapaleo del agua. De vez en cuando pasaba una falúa y el canto de un ave intensificaba la tranquilidad del lugar. A ratos, transportadas por la suave brisa que soplaba en el río, les llegaban las voces de los marineros.

Cuando el sol empezó a hundirse en el Nilo, el cielo adquirió una tonalidad azul cobalto en el este y morada y naranja en el oeste. Una bandada de pájaros sobrevoló sus cabezas y el canto de las cigarras invadió los arbustos conforme los sonidos de la noche se apoderaban del jardín.

El crepúsculo se impuso, el cielo empezó a llenarse de estrellas y el jardín, del embriagador aroma de los jazmines y las damas de noche.

—Creo que jamás en mi vida había estado tan feliz y contento.

—Y yo he de darte las gracias. Eres el hombre más honrado que conozco. De no haber sido por ti, no sé qué habría hecho. Me has dado mucho y no sé cómo podré pagarte.

—No tienes por qué hacerlo —aseguró Salah, pero Noura le puso un dedo en los labios.

—Deja que continúe. Fui a Al-Jalili porque sabía que estabas allí. —Los ojos se le llenaron de lágrimas y le temblaba el mentón. Se alegró de que fuera de noche y las sombras ocultaran su cara—. Imagino que sabes que siempre he sentido una conexión especial contigo. El día que Khaled nos presentó supe que seríamos amigos. Cuando nos trasladamos a Esmirna, fui muy feliz porque sabía que estabas allí. Te consideraba mi amigo, aunque realmente lo fueras de Khaled. Me dio mucha pena que empezaras a viajar tanto y que, al cabo de los dos primeros meses, apenas estuvieras en Esmirna. Te eché de menos. Deseaba hablar contigo, reírme a tu lado. Eché mucho de menos nuestra amistad. Cuando me quedé embarazada, fuiste la primera persona a la que quise decírselo, incluso antes que a Khaled.

Hizo una pausa y miró el río antes de volver la vista a sus manos.

—Cuando te encontré en El Cairo, mi corazón se llenó de alegría solo con verte. Ahora deseo todos los días ver tu cara, oír tu voz, saber que cuidas de Siran. Gracias a ti, a tu paciencia y a tu amabilidad, he podido continuar sin Khaled.

—Noura... —Salah la abrazó, le besó la frente y le aca-

243

rició el pelo—. ¿Sabes por qué estaba siempre viajando? ¿Sabes que me mantuve alejado a propósito?

—No —confesó moviendo la cabeza contra su pecho.

—Me alejé porque no soportaba estar cerca de ti y no poder abrazarte, decirte lo hermosa que eres y mirarte de la forma que quería. Sabía que era imposible. Eras la mujer de Khaled, mi mejor amigo, y jamás le habría traicionado. Pero cada vez que iba a cenar a vuestra casa era una tortura y, cuando venías a la mía y me ayudabas a decorarla o cocinabas, me angustiaba.

—No lo sabía, Salah. —Noura le besó las manos.

—Y yo no podía decírtelo, hasta ahora. No había planeado soltarte este discursito.

—Me alegro de que lo hayas hecho.

—Mira las estrellas —le pidió mientras la acunaba en sus brazos—. El cielo nocturno es mágico, ¿verdad? ¿Qué crees que hay allí?

—No sé, Dios, *Allah*, san Pedro, quién sabe…

—¿Crees que Khaled nos estará viendo?

—Seguramente.

—¿Eras feliz con él?

—Sí, lo fui. Era una felicidad distinta a la que siento ahora. Pero esta me parece más completa.

—¿Le echas de menos?

—Al principio, mucho. Y lo sigo haciendo, pero las oleadas de tristeza han amainado y ahora puedo acordarme de él sin venirme abajo.

—Khaled era uno de los hombres más inteligentes que he conocido. Era una persona seria y no tenía un grupo de chicas que lo persiguiera.

—¿Te refieres a que no era como Wissam? —Sonrió con tristeza.

—No, no era como él. Y no se tomaba el amor con frivolidad. No se enamoraba y desenamoraba como hacíamos entonces algunos de nosotros. Siempre decía que cuando encontrara a la mujer adecuada se casaría con ella y la querría siempre. —Percibió que los ojos de Noura se llenaban de lágrimas otra vez—. Y eso es lo que hizo, se enamoró de ti, se casó contigo y pensaba estar contigo para siempre. De hecho, recuerdo que, de repente, todo era Noura esto, Noura lo otro, pero la forma en que lo decía, era diferente, especial.

»Un día, al principio de conocerte, le pregunté por ti. "Creo que me gusta, Salah", me dijo con esa seriedad tan suya, y supe que se había enamorado. Siempre le costaba comprometerse con algo porque lo pensaba todo diez veces y lo estudiaba desde todos los ángulos posibles. No era espontáneo, pero una vez que se comprometía, lo hacía para siempre.

»Y era el hombre más fiel y leal que he conocido, con sus amigos, con su familia... Siempre se podía contar con él. —Se limpió una lágrima—. Por eso nunca pude mostrarte mis sentimientos. No podía traicionar a Khaled. Te habría dejado ir antes que traicionarle.

—Una parte de mí siempre lo amará —confesó Noura a la oscuridad.

—Lo sé.

245

Noura se inclinó hacia delante, puso las manos en las rodillas y cerró los ojos. «Salah me hace feliz, Khaled, tal como hiciste tú. Y si hay alguien a quien confiarías a Siran y a mí, sería a Salah. Lo sé.»

—¿Crees que estará enfadado porque su mejor amigo y su mujer estén juntos?

—No, creo que sonríe y que nos da su bendición.

—Estupendo, porque voy a hacer algo que he deseado durante mucho tiempo —anunció antes de darle un suave, dulce y cariñoso beso.

—Señor Masri, creo que ha sido un poco descarado —protestó Noura en broma cuando se separó de ella.

—Bueno, señora Shadid, lo he disfrutado mucho.

—Yo también, Salah.

—Te quiero, Noura —susurró en su frente—. Siempre lo he hecho y siempre lo haré. Solo deseo estar contigo.

—Y yo contigo.

Y

Solo faltaba una semana para el cumpleaños de Siran y Saydeh estaba hecha un manojo de nervios.

—¡Noura! —gritó desde el pie de las escaleras.

—¿Por qué gritas, *immi*? —preguntó Salah, que apareció detrás de ella y le dio un beso en la frente.

—¡Gracias a *Allah*! ¿Puedes subir y decirle a Noura que baje? Tenemos que hablar del cumpleaños de Siran.

—*Immi*, es su primer cumpleaños. ¿Crees que lo recordará? No es que vaya a cumplir dieciocho años.

—Qué sabrás tú, *ibni* —le reprochó dándole un golpecito en el pecho—. Hice lo mismo en el tuyo. Preparé una gran fiesta e invité a todo el mundo.

—*Immi*, siento importunarte, pero no recuerdo esa celebración. ¿Dónde está Siran?

—En el cuarto de estar.

—¿Por qué no le preguntamos qué quiere que preparemos? ¡Noura! —Ahora la llamó él y esperó a que bajara la escalera de caracol—. Tienes problemas. Mi madre quiere hablar contigo de la fiesta para Siran.

—Aquí estoy —dijo ella entre risas poniéndole los brazos en el cuello—. Pero si ya lo hemos comentado, no hay nada más que hablar. Tengo mucho trabajo.

—¿Qué te parece si hacemos un comunicado ese día?

—¿No deberíamos comentarlo con tu madre antes?

—Prefiero que sea una sorpresa, para ella y para todo el mundo.

—¿A qué tanta prisa?

—Me parece el momento adecuado. Así podré hacer esto más a menudo sin sentirme culpable —explicó antes de darle un tierno beso.

Noura se dirigió al salón.

—Lo siento, *tante* Saydeh, no la había oído. He de acabar varios uniformes hoy.

—Tenemos cosas más importantes de las que hablar —aseguró chasqueando la lengua—. Los uniformes me deprimen, me recuerdan la cantidad de jóvenes que están luchando junto a los británicos.

Cada vez que Noura arreglaba un uniforme, bordaba el

nombre del soldado en el bolsillo interior y a veces se preguntaba a quién pertenecían, si estarían casados, si volverían sanos y salvos. A menudo rezaba una oración mientras los planchaba, para desearles suerte.

—¿Cree que ganaremos?

—¿El qué? —preguntó Saydeh extrañada.

—La guerra.

—Quién sabe, *habibti*. Los hombres llevan peleando desde tiempos inmemoriales, por la religión, para conseguir riquezas, por el poder..., incluso por una mujer. ¿Y para qué han servido? Para nada. Dejemos que los hombres se ocupen de la guerra, y tú y yo de cuidar a nuestras familias y amigos, que son mucho más importantes.

—¿Qué le parece que hagamos la fiesta de Siran en el café de Rania? —propuso Noura cuando se sentó en el diván.

—Creía que íbamos a estar solo nosotros...

—Bueno, he pensado que estaría bien invitar a *madame* Yvonne, a *tante* Takla y, por supuesto, a Fatmeh y Rania. Quizá incluso a Magdi y sus hijos. Ya sabe, ampliar un poco el número de invitados.

—¿Por qué?

«*Haraam!*», pensó Noura. «Se huele lo que queremos hacer Salah y yo.»

—Bueno, es porque... —intentó encontrar una excusa—, ahora siento que soy parte de esta comunidad y me gustaría agradecer a todo el mundo que me haya recibido y tratado tan bien.

—¿Celebramos algo más, aparte del cumpleaños?

Noura fingió sorpresa y Saydeh soltó una risita.

Empezaron a decorar el café de Rania la noche anterior a la celebración. Saydeh convenció a su casero para que le prestara algunas lámparas árabes antiguas, Yvonne y Takla llevaron todo tipo de telas para utilizarlas como manteles y Fatmeh se encargó de las flores, Magdi de la fruta y Rabih de recoger todas las herramientas, trapos, escale-

247

ras y cubos que utilizaba para pintar. Salah se ocuparía de la música.

Saydeh empezó a cocinar tres días antes. Había convencido a Rania para que le dejara utilizar su cocina y engatusado a Yvonne y Takla para que fueran sus asistentas. Entre las tres prepararon varias bandejas de pasteles: tres tipos diferentes de *mamul* relleno de dátiles, pistachos o nueces, *baklawa* de pistacho y nueces, pastel *nammura* de miel y almendras, *bukaj*, pasteles triangulares con anacardos y pistachos, bizcochos con anacardos...

—¿No crees que va a ser demasiado? —preguntó Takla mientras se limpiaba el sudor y la harina de la frente.

—*Ya Allah!* —saludó Fatmeh al entrar con un ramo de flores.

—¡*Tante* Saydeh! —gritó Rania tras dejar una bandeja de tazas de café sucias—. ¿Tanta gente va a venir a la fiesta?

Takla e Yvonne cruzaron los brazos y se guiñaron un ojo.

—No se puede ofrecer una fiesta sin comida.

—En eso estamos de acuerdo —aceptó Rania—, y también en que un banquete es un banquete, pero con este se podría alimentar a todo el bazar.

—Y todavía no hemos preparado el *mezze* —añadió con malicia Yvonne.

—¿Y qué más? ¿Va a asar una cabra? —preguntó Rania.

—¿Cómo lo has sabido? —contestó Saydeh para su desesperación.

Rania meneó la cabeza y levantó las manos. De repente oyeron una risa y alguien que tosía.

—¿Quién se está ahogando? —preguntó Rania mientras buscaba al responsable y divisaba a Rabih en lo alto de una escalera, que se había tapado la boca con un trapo para no reírse—. *Yih!* Es Rabih, que está pintando.

—Es Rabih, que esto y lo otro... —la remedó Yvonne.

—Rabih... —repitió Takla fingiendo que se desmayaba.

—¡Oh! —se extasió Saydeh imitando un baile hawaiano.

—*Bas!* —exclamó Rania enfadada antes de mirar a Rabih.

—Ha sido muy divertido —dijo este moviendo los labios.

Rania sonrió y asintió.

Al día siguiente en el café de Rania se respiraba un aire festivo. Los faroles emitían un agradable resplandor y sus cristales coloreados reflejaban tonos rosas, verdes y rojos. Los coloridos manteles se habían almidonado y planchado, y había ramilletes de flores y velas en todas las mesas. La de granja del centro crujía bajo el peso de todas las bandejas que Saydeh había apilado encima y la barra estaba llena de bebidas.

La fiesta estaba en su apogeo. El cuarteto de músicos, que incluía violín, laúd, pandereta y bongós, interpretaba desde un rincón canciones populares. Habían acudido incluso los grupos de comerciantes enfrentados, que no solo se habían vestido para la ocasión sino que parecían haber hecho las paces para el cumpleaños de Siran. Magdi, el frutero, había acudido con su mujer, Hala, y sus dos hijos pequeños, Said y Abdalá, este todavía un bebé en brazos de su madre. Rania estaba muy guapa con un vestido rojo oscuro que le sentaba muy bien y realzaba el color de su pelo. Fatmeh vestía una *abaya*, pero había dejado que Rania le perfilara los ojos con kohl y su blanca piel parecía incluso más radiante. Takla había abandonado el negro por un vestido verde oliva y se había recogido el rizado y canoso pelo en un cuidado moño que conseguía que su cuello recordara al de un cisne. Yvonne llevaba el vestido de seda y satén de color rosa oscuro que le había hecho Noura.

—Es una fiesta de cumpleaños, Yvonne, no una boda —le recordó Takla cuando entró pavoneándose y echándose aire con un abanico rosa.

—Está muy elegante —la defendió Rania.

—A mí también me lo parece —intervino Fatmeh.

Yvonne les sonrió, le lanzó una altiva mirada a Takla y se sirvió un vaso de su zumo de lima «especial».

—¿Dónde están Siran y su madre?

—Si no las ves, evidentemente no están aquí —contestó Takla con sarcasmo.

—*Tante* Takla, hoy es un día muy alegre —le recordó Rania—. ¿Por qué no nos unimos a la fiesta?

—*Marhaba* a todo el mundo —saludó Saydeh al salir de la cocina. Llevaba una holgada túnica con estampados turquesa y verde y un *hiyab* a juego. Como todos los presentes pertenecían a la familia, había decidido no ponerse la *abaya*. «¿Quién va a fijarse en mí», le había comentado a Rania. «Ya no estoy en edad de que me piropeen.»

—Estás encantadora, Saydeh. Te sienta bien no ir de negro —observó Takla.

—La verdad es que hoy me siento una madre orgullosa de mi nueva familia.

Rabih se había acercado al grupo y admiró a Rania: la forma en que se le movía el pelo, el brillo de sus ojos, el temblor de sus dulces labios, la curva de sus pechos bajo el escote, su cintura, y hasta la punta de sus pies. Rania se derritió al notar su mirada, se sonrojó inmediatamente y el corazón le empezó a latir con fuerza.

La campanilla de la puerta deshizo el encanto y entró un hombre corpulento.

—¡Capitán Nusair! —gritó Saydeh corriendo hacia él para darle un abrazo y besarle en las mejillas.

—Estaba por el barrio. He pasado por su casa y Salah me ha dicho que viniera. Espero que no le importe que me haya colado en la fiesta.

—Nos habrías ofendido si no hubieras venido. ¿Está mi hijo de camino?

—Sí, estaba esperando a Noura y Siran, que todavía se estaban preparando.

—Mientras tanto, ¿qué te apetece comer y beber?

Entonces aparecieron Hisham y Nassim, este muy elegante con un traje gris, camisa blanca y corbata de rayas grises y burdeos, y el pelo negro y rizado sin peinar. Hacía poco que se afeitaba y la incipiente barba y bigote resaltaban sus facciones. Sus ojos color carbón brillaban y destacaban en su clara piel. Durante el cautiverio, los turcos le habían partido la nariz, pero aquello solo había intensificado su atractivo natural y se había convertido en el tema de conversación de muchas de las jovencitas del barrio.

En cambio, su amigo Hisham no era tan guapo. Tenía la piel oscura y llevaba unas gruesas gafas que ocultaban sus ambarinos ojos almendrados. Sin embargo, su sonrisa era tan amplia que enseñaba todos los dientes. También había empezado a afeitarse y su carencia de atractivo lo compensaba con encanto e ingenio. Aquella noche vestía pantalones negros, camisa blanca remangada y corbata negra y plateada, sin chaqueta.

—¡Por fin! —exclamó Takla al verlos—. Venid, dejad que os vea —ordenó para inspeccionar a su hijo—. ¡Mira cómo llevas el cuello! ¡Está todo arrugado! Y, la verdad, el nudo de la corbata...

—Venga, *immi* —protestó.

—Quédate quieto y deja que lo arregle.

—Está bien —aceptó con tono altanero.

Takla se sintió algo incómoda al darse cuenta de que Yvonne estaba detrás de ella y había presenciado su reacción.

—Tienes que dejarlo crecer, Takla. Sé que es hijo único, pero para conservarlos a veces hay que darles libertad.

—Vamos a comer algo —propuso Nassim, ya recompuesto, a Hisham—. ¿Por qué me tratará mi madre como si fuera un niño de cuatro años? —se quejó cuando llegaron a las mesas con el bufé.

—Supongo que porque se preocupa por ti.

—Preferiría que no lo hiciera. Me hace pasar mucha vergüenza, sobre todo delante de tanta gente.

—No le des tanta importancia, hermano. Si tenemos suerte, a lo mejor han invitado a las encantadoras hijas que el comerciante de telas de esta calle esconde tras el balcón con celosías de su casa. Son guapísimas —comentó Hisham con voz soñadora.

251

—¿Es en lo único que piensas? —le reprochó Nassim.

—¿Hay algo más? Creía que te gustaban las chicas.

—Sí que me gustan, pero hay un momento y un lugar para todo.

—Como la maravillosa bailarina rubia, ¿cómo se llamaba?, ¿Dalida? Le gustaste mucho —bromeó.

—En la vida hay cosas más importantes que los culos y las tetas —aseguró Nassim mientras se servía unos *mezze*.

—No —le contradijo Hisham levantando dos mangos de la cesta de fruta y llevándoselos a la cara—. Son blandos, cálidos, hermosos, flexibles, sensibles, curvilíneos...

Nassim le dio un golpecito en la nuca.

—¡Compórtate!

—¿Por qué? Esto es una fiesta.

—Sí, pero mira allí —le pidió señalando con la barbilla—. Es Musa Nusair, un amigo de Salah. Tiene un barco. Puede llevarnos a Hejaz, donde están las tropas árabes.

—Nassim, creía que habíamos acordado que lo hablaríamos con Salah.

—¿Y si dice que no? Tenemos que ir de cualquier forma. No me voy a quedar aquí viendo cómo otros hombres luchan por mí.

—Mi madre me matará si se entera. Siempre está llorando por mis hermanos.

—Quiero formar parte de la rebelión árabe —dijo Nassim con determinación—, poder decir que luché por nuestra libertad.

—Yo también, pero ¿no podemos hacer algo menos peligroso?

—Tú no estuviste en ese sótano con los turcos. Son mala gente, nos odian. No quiero vivir siendo su súbdito.

—Pero también son musulmanes.

—Sí y han utilizado la religión durante quinientos años para mantenernos atados, pero eso ya no funciona. Los árabes poseemos una cultura y una lengua que nos une y que será el símbolo de nuestra modernidad. La religión no puede continuar formando parte de nuestra vida política. Tenemos que inspirarnos en las naciones europeas sin convertirnos en una de ellas. Hemos de aprender de ellas, aprovecharnos de su experiencia y aplicarla aquí.

—Nassim, tienes que relajarte un poco y disfrutar de la vida.

Debido a la música, las conversaciones y la gente yendo de un lado a otro para servirse comida, nadie oyó la campanilla de la puerta. Pero los músicos empezaron a tocar los acordes de una popular canción de cumpleaños y todo el mundo se quedó callado. Salah estaba en la puerta con el brazo sobre Noura, que sujetaba a Siran. Eran la imagen de la familia perfecta.

—*Marhaba* a todo el mundo —saludó Salah con su profunda y grave voz.

Noura miró a todos los invitados y sonrió. Llevaba un sencillo vestido largo color hueso con dibujos de rosas rojas. Siran estrenaba un vestidito de algodón blanco con un ribete a cuadros blancos y rosas que le había hecho su madre, con zapatitos y calcetines blancos.

253

Salah entró el primero y recorrió el café abrazando, besando y estrechando la mano de todo el mundo. Noura se dirigió hacia su grupo de amigas, que le lanzaron miradas inquisitivas pero no dijeron nada.

—Parece una muñeca —dijo Fatmeh arrullando a Siran.

—No puedo creer que ya tenga un año —comentó Noura.

Tras unos minutos de cambio de impresiones sobre los acontecimientos diarios, Noura fue a la barra y se sirvió un vaso de zumo de granada.

—Hola, Noura —oyó que la saludaba una voz a su espalda y se dio la vuelta con los ojos cerrados.

—Dime que eres tú, capitán Nusair —pidió sonriendo mientras le palpaba a ciegas y notaba el grueso algodón de su habitual jersey.

—Lo soy, querida.

Noura abrió los ojos lentamente, temerosa de que alguien le estuviera gastando una broma. Pero en cuanto vio su ancha y negra cara y su brillante sonrisa blanca, se arrojó a sus brazos con los ojos llenos de lágrimas de alegría. Musa Nusair la levantó y la mantuvo apretada contra él.

—Pero ¿por qué no has avisado?

—Quería que fuera una sorpresa. Pareces muy feliz.

—Lo soy.

—Tomaste una buena decisión, El Cairo te sienta bien.

—Lo mejor ha sido venir a vivir a Al-Jalili.

—Sí, Salah me ha hablado de tu éxito como costurera.

—Bueno, todo es relativo. De momento, solo arreglo uniformes.

—Poco a poco, Noura. Mira todo lo que has conseguido en este último año y cómo has encajado lo que pasó, con qué dignidad soportaste la presión. Cualquier otra persona se habría venido abajo.

—Gracias.

—Eres una mujer valiente, muy valiente.

Los dos se volvieron al ver acercarse a Salah.

254

—¿Lo estás pasando bien, hermano? —preguntó este poniendo el brazo en el hombro del capitán.

—¿Cómo iba a pasarlo mal? Estoy en El Cairo con mis dos mejores amigos.

—¿Qué opinas, Musa? ¿Lo hacemos? —le preguntó Salah guiñándole un ojo.

—Creo que es un momento tan bueno como cualquier otro —aseguró yendo hacia el centro del café—. *Ahlan wa sahlan* a todo el mundo. Gracias por venir a la fiesta. Me llamo Musa Nusair y soy capitán de barco. —A continuación explicó a los presentes cómo conoció a Salah y a Noura y que había ayudado a nacer a Siran—. Por cierto, ¿dónde está mi ahijada?

—Aquí la tienes —dijo Salah entregándosela.

—Está creciendo y gracias a lo especial que es su madre, y con la ayuda de Salah y Saydeh, será una niña muy especial —auguró mirando a Siran, que se acurrucó en su brazo.

—*Ya Allah!* —gritó Saydeh llevándose una mano al pecho, con lágrimas en los ojos.

—Estamos aquí para celebrar el cumpleaños de esta niña tan especial, pero también por algo más... El compromiso de mi mejor amigo, Salah Masri, con Noura.

Todo el mundo aplaudió y vitoreó, y el cuarteto empezó a tocar la canción que normalmente se reservaba para las bodas. Los comerciantes rodearon a Salah, gritaron «*Mabruk*, hermano», le dieron palmadas en la espalda y le estrecharon la mano. Noura miró a su alrededor y vio a Rania acercándose a ella sonriendo con los brazos abiertos. Fatmeh se le unió.

—*Mabruk*, me alegro mucho por ti.

—¿Dónde está *tante* Saydeh? —preguntó Noura intentando localizarla entre la multitud.

Entonces vieron a Yvonne y Takla abanicando a Saydeh, que se había desmayado por la emoción.

—¿Qué ha pasado? —exclamó Noura corriendo hacia ella. Se arrodilló y le apretó la mano.

—Cuando el capitán ha anunciado vuestro compromiso, se ha caído de la silla —le informó Yvonne.

—Cariño, mi querida *habibti*. Me alegro mucho por los dos —dijo Saydeh con una gran sonrisa acariciándole la cabeza.

Así las encontró Salah cuando alguien le informó de que su madre no podía levantarse.

—*Immi*, ¿qué te pasa?

—Nada, *ibni* —lo tranquilizó pasándole la mano por la mejilla.

—Entonces, ¿por qué estás en el suelo llorando?

—Estoy disfrutando del momento.

—Vamos, *immi*. Te estás poniendo un poco teatrera.

Los tres se dirigieron al centro del café y se unieron a Musa Nusair mientras continuaban los vítores y las felicitaciones a Salah y Noura.

Rania lo observaba todo desde un rincón, contenta porque todo estuviera saliendo bien. Había tenido un presentimiento sobre ellos dos. «Qué bien le han salido las cosas a Noura. Nueva vida, nuevo marido, nueva familia...» De pronto notó que la estaban mirando. Echó un vistazo a su

255

alrededor y en el rincón más alejado del café sus ojos descubrieron los de Rabih.

—¿Cuándo es la boda? —preguntó Musa Nusair a Salah en El Fishawy unas semanas después.

—¿A qué viene tanta prisa? —replicó Salah asomando la cara desde detrás del periódico.

—No sé. Es lo que suele hacerse después de un compromiso.

—Depende de Noura —aclaró dejando el periódico—. ¿Por qué lo preguntas?

—Porque, como capitán de barco, puedo casaros y, además, me gustaría hacerlo.

—Sé que a Noura le encantará la idea, a mí también.

—Lo que pasa es que tengo que irme pronto. Llevo dos meses de permiso.

—Todos necesitamos tiempo libre, hermano. Relajarse sienta bien. Por cierto, ¿adónde vas?

—Tengo que entregar cierta mercancía en Aqaba a finales del mes de junio —susurró echándose hacia delante.

—La verdad es que estaba a punto de preguntarte si habías tenido algún encargo «interesante».

—Este es también importante.

—¿Lawrence?

—Ha estado muy ocupado.

—¿Ha llegado a Aqaba?

—Va de camino. Gracias a Rabih y a ti, ha atacado la vía férrea de Hejaz durante toda la primavera.

—¿Dónde está ahora?

—Según mis informadores salió de Wedj a primeros de mayo con Auda Abu Tayi y cuarenta hombres en una misión de reconocimiento de la zona de Aqaba. Debe de estar preparándose para atacar.

—¿Auda Abu Tayi, el beduino? ¿El jeque de la tribu howeitat? ¿No estaba a sueldo de los otomanos?

—Al parecer, Allenby le entregó 6.000 monedas de oro

a Lawrence para convencer a Auda de que luchara por la rebelión árabe.

—Quieres decir en el lado de los británicos.

—En el lado de Lawrence. Siempre ha dicho que si Auda se unía a él, el resto de tribus beduinas se pondrían de su parte, algo clave para tomar Aqaba o ganar cualquier batalla en el desierto. Además del mensaje político que envía al resto de beduinos, sus hombres tienen reputación de ser los mejores y más fieros guerreros del desierto, imbatibles en la lucha a lomos de camello. Por eso se alegra tanto de tenerlos a su lado. Aqaba caerá en manos de los que sepan combatir en el desierto. En cualquier caso, Auda ha jurado lealtad a la causa árabe y se ha convertido en un ferviente defensor del movimiento.

—Estoy seguro de que los turcos intentarán que vuelva a ponerse de su lado.

—Por eso voy a Aqaba. Alguien tiene que aprovisionar a esos chicos. Por cierto, ¿has tenido noticias de tu guardaespaldas?

257

—¿De Hackett? Creo que sigue en El Cairo. Su mono aparece por el zoco de vez en cuando, pero si Lawrence se dirige hacia Aqaba, irá con él. Están muy unidos y Lawrence confía en él.

—*Marhaba*, hermano Salah —saludó una voz a sus espaldas.

—¡Nassim! —exclamó Salah sorprendido—. Y Hisham. ¿Qué estáis haciendo aquí?

—Te estábamos buscando —explicó Nassim.

—Venid, sentaos con nosotros. Musa, estos son mis chicos, Nassim y Hisham. —Esperó a que se estrecharan las manos—. ¿Qué queréis tomar? Por supuesto, fumaréis un narguile, ya tenéis más de dieciocho años.

Musa arqueó una ceja en señal de desaprobación. El camarero sirvió las bebidas y colocó los narguiles delante de los jóvenes, y Salah se fijó en que a Nassim le temblaban las manos cuando dio la primera calada.

—¿Qué contáis? —preguntó Salah exhalando el humo de su pipa. Notó que Hisham se atragantó con la bebida y que Nassim evadía su mirada—. ¿Quiere alguien decirme qué está pasando?

—Hermano —dijo Musa poniéndole una mano en la rodilla con una risita—, está muy claro. Queréis ser soldados, ¿verdad? Entrar en la Fuerza Expedicionaria Egipcia.

—Queremos unirnos a Lawrence.

—¿Qué? —exclamó Salah escandalizado.

—¿Lo ves? —intervino Hisham dándole un codazo a Nassim—. Ya te dije que se enfadaría.

—¿Enfadarme? Estoy bastante más que enfadado. ¿Os habéis vuelto locos? ¡Tú, Hisham! ¿No te basta con tener dos hermanos en el ejército? ¿Qué pretendes hacerles a tus padres? ¡Y tú, Nassim! ¿No ha sufrido bastante tu madre? Todavía no se le habían secado las lágrimas que derramó por tu padre cuando te cogieron a ti.

»La guerra no tiene nada de glamurosa. La única vez que se está elegante es cuando se sale de casa con el uniforme nuevo y recién planchado. A partir de entonces todo va de mal en peor. La guerra es un asunto sucio, se vive en condiciones horrorosas. Se arriesga la vida todos los días y al abrir los ojos por la mañana nunca se sabe si se va a ver la puesta de sol.

»Los irregulares de Lawrence hacen guerra de guerrillas. Tienden emboscadas, sabotean y asaltan. No siguen las reglas habituales de la guerra. Se basan en la sorpresa y en su extraordinaria rapidez para atacar y retirarse.

—Eso es lo que quiero hacer, Salah —intervino Nassim, que por fin había reunido el valor suficiente como para expresarse.

—Y yo también —coreó Hisham.

—No podemos quedarnos en el zoco para siempre. No podemos esperar a que otra gente haga el trabajo que deberíamos hacer nosotros —argumentó Nassim—. Salah, fuiste tú el que me habló del nacionalismo árabe; el que me enseñó que hay que defender lo que uno cree, pelear para lograr los objetivos, que sin lucha no hay satisfacción. Queremos formar parte del cambio que se producirá.

Salah miró a Musa en busca de ayuda, pero este arqueó

las cejas. Luego se fijó en Nassim. «Solo es un niño. ¿Por qué somos tan idealistas a esa edad?»

—¿Tú piensas igual? —preguntó a Hisham.

—Queremos estar orgullosos, hermano Salah. Puedo quedarme de brazos cruzados mientras mis hermanos se comportan valerosamente, o unirme a ellos.

Salah descubrió cuánto confiaban en él los grandes ojos marrones de los dos muchachos y se le cayó el alma a los pies.

—Merecerá la pena, ¿verdad? Al final merecerá la pena, ¿no? —preguntó Nassim.

—¿Qué voy a decirles a tu madre y a tus padres?

—¿Así que nos ayudarás?

—Deja que lo piense.

Nassim se levantó para abrazarlo y Salah lo apretó contra él con un nudo en la garganta.

—Gracias, Salah —dijo también Hisham uniéndose al abrazo.

—Ya hablaremos —les prometió.

—¿Lo ves? Te dije que Salah cumpliría su palabra. Siempre lo hace —comentó Nassim dándole un golpecito a Hisham en el brazo mientras se retiraban.

—Son jóvenes, apenas han cumplido dieciocho años —intentó consolarle Musa a Salah cuando se quedaron solos—. Están llenos de adrenalina y tienen las hormonas desquiciadas. Si no les ayudas, encontrarán otra forma de unirse a Lawrence. Lo sabes. Tú habrías hecho lo mismo.

—Tendrían que ir a la universidad para formarse…

—Esta guerra ha trastocado nuestro ritmo normal de vida. Yo les ayudaría. Al menos, así no los perderás de vista.

—¿Cómo voy a vigilarlos en el desierto?

—Habla con tu amigo Hackett. Él sabrá cómo hacerlo.

259

Capítulo 16

*S*alah y Rabih estaban concentrados jugando al *backgammon* en la cocina de Saydeh cuando oyeron risitas femeninas, pasos quedos, susurros, más risitas y advertencias para que alguien se callara y tuviera cuidado. Salah miró a Rabih y este se encogió de hombros. Después miró a Siran, que estaba en su cuna, y tampoco parecía saber qué pasaba. Volvieron a ensimismarse en el juego y, de repente, Salah advirtió algo que se movía. Levantó la cabeza y vio a tres mujeres que avanzaban sin hacer ruido por el pasillo mirando hacia atrás por encima del hombro.

—*Massa aljair*, señoras —las saludó con voz grave y las tres se sobresaltaron.

—¡Salah! —exclamó Noura yendo hacia él y dándole un puñetazo en broma en el pecho—. ¿Quieres que nos muramos del susto?

—¿De qué os escondéis?

—De tu madre, nos haría demasiadas preguntas.

—Ven, Fatmeh.

—Está muy nerviosa —dijo la voz de Rania, que provocó que Rabih se levantara—. Noura, ayúdanos, por favor.

—*Marhaba*, Rania —la saludó Rabih.

—*Marhaba ya*, Rabih —respondió antes de desaparecer rápidamente.

—Están más contentas que unas pascuas —comentó Salah, que había aguzado el oído para intentar enterarse de lo que hablaban.

—Venga, sigamos con el juego.

—Te toca mover, Rabih. Ja, ja, te estoy dando una paliza.

En la entrada del salón apareció una mujer flanqueada por Rania y Noura. Rabih se quedó con la boca abierta y dejó caer la ficha, y Salah se puso tan nervioso que empujó sin querer el tablero y lo desparramó todo por el suelo.

—Alabado sea *Allah. Ahlan*, madame —saludó buscando su turbante y poniéndose en pie—. Pase, por favor. Disculpe el desorden. ¡Rabih! Ayúdame a recoger.

—Salah... —intentó avisarle Noura, pero no le prestó atención.

—Quizá... prefiera esperar en el cuarto de estar. Mi madre vendrá enseguida. No sé adónde ha ido...

—¡Salah! —repitió Noura en voz más alta y Salah la miró—. Mi querido novio, es Fatmeh.

—¿Es Fatmeh? —preguntó dando una vuelta en torno a ella para verla mejor, pero mirando con incredulidad a Noura, que siguió sonriendo, igual que Rania—. ¿Nuestra Fatmeh del café de Rania?

—Salah, no es un camello.

—Es que no sé qué decir. Me he quedado de piedra. ¿Tú qué opinas, Rabih?

—Soy Fatmeh —aseguró ella, encantada con su reacción.

Noura y Rania aplaudieron y se abrazaron, contentas por haber cumplido con su cometido.

Fatmeh estaba espectacular con un vestido largo, sencillo y elegante, de satén de seda color carmesí oscuro, holgado y recogido por encima de la cintura en pliegues griegos. La falda era ligeramente abultada y el canesú, con escote cuadrado y volantes de encaje alrededor. Las mangas largas, en forma de campana, con los mismos volantes en los puños. Noura había cortado un largo trozo de encaje carmesí para que lo utilizara como chal. Llevaba una pequeña bolsa de terciopelo como bolso y los zapatos negros de tacón bajo de Noura.

Tenía la cara radiante. Rania le había perfilado los ojos con kohl y peinado sus anchas y arqueadas cejas. Las había depilado un poco para darles una forma más bonita y rizado sus largas y espesas pestañas. Solo le había aplicado un poco de maquillaje incoloro para ocultar el brillo de la nariz, le había pellizcado las mejillas para darles color y le había puesto vaselina en los labios para que brillaran. Llevaba el pelo cepillado y reluciente. Rania le había hecho unos rizos y tirabuzones de estilo griego, que le caían sueltos desde la coronilla y le había colocado un pañuelo estrecho alrededor de la cabeza para sujetar el peinado.

—¿Puedo preguntar adónde vas? —inquirió Salah, aún impresionado.

—Va a salir —respondió Noura.

—Sí, y a una dama no se le pregunta adónde va, al igual que no se le pregunta la edad —intervino Rania.

—Estás preciosa, Fatmeh —la elogió Rabih, pero cuando levantó la vista sus ojos buscaron los de Rania.

—Si era una prueba, la has superado con matrícula de honor. Pero ¿qué pasará si te ve tu marido? Sigues siendo una mujer musulmana —puntualizó Salah.

263

—Tenemos un plan. Llevará una *abaya* y le pondremos un *hiyab* suelto para que no le estropee el peinado. La acompañaremos las dos y esperaremos.

—¿A qué? —preguntó Salah.

—¿No lo entiendes, Salah? —le recriminó Noura—. Tiene una cita.

—Con un hombre que no es su marido —añadió Rabih dándole un codazo.

—¡Ah, qué interesante! —exclamó al acordarse de que Fatmeh había abandonado a su marido y vivía con Rania—. ¿Quién es?

—Pareces una abuela —se burló Noura—. Tenemos que irnos antes de que llegue tu madre o no nos dejará salir.

—Quizá deberíamos escoltaros Rabih y yo —sugirió en serio Salah.

—No, no creo que sea necesario —rechazó Noura.

—Espera, quizá no sea mala idea. Vamos a la plaza que hay frente a la mezquita, pero es un espacio abierto y quién sabe... —sugirió Rania.

—De acuerdo, pero daos prisa —les apremió Noura.

El grupo recorrió las calles y callejones con Rabih al frente y Salah en la retaguardia.

—Parecemos un grupo de ladrones —comentó Fatmeh cuando se acercaban a Midan Al-Hussein.

Al llegar a la arcada que conducía a la plaza y la calle principal se detuvieron.

—¡Dios mío, ahí está! —exclamó Fatmeh apretando las manos de Noura y Rania.

Cerca de los escalones de la plaza distinguieron un carruaje cuyo conductor esperaba pacientemente. Junto a él, un hombre con las manos en los bolsillos vestía un traje oscuro de raya diplomática. Noura no consiguió ver sus rasgos, pero le resultaba muy familiar. Era alto, tenía el pelo castaño peinado hacia atrás y, cuando les dio la espalda, dejó ver una constitución musculosa y fornida.

—Deja que te echemos un último vistazo —pidió Noura mientras Rania le retiraba el pañuelo de la cabeza—. Quítate la *abaya* y recuerda, mañana por la mañana queremos todos los detalles.

Fatmeh las abrazó a las dos.

—*Shukran*, Salah —se despidió dándole un abrazo—. *Shukran*, Rabih.

—*Allah ma'ik* —respondió este con otro abrazo.

Fatmeh salió a la plaza y se dirigió a toda velocidad hacia el carruaje.

—Me siento como una madre orgullosa —comentó Noura mientras espiaban escondidos en la arcada.

—Y yo, como una tía orgullosa.

—¡Un momento! —exclamó Salah entrecerrando los ojos para ver mejor al hombre que esperaba con los brazos abiertos a Fatmeh—. ¡Lo conozco!

El hombre abrió la portezuela y le ofreció la mano a Fatmeh para que subiera.

—¿Quién es? —preguntó Rabih.

La pareja entró en el carruaje y se pusieron en marcha. Salah esbozó una amplia sonrisa.

—¿Adónde vamos? —preguntó con timidez Fatmeh.

—He pensado que te gustaría disfrutar de esta encantadora tarde primaveral dando un paseo —explicó Charlie Hackett.

—Sí, claro.

—Y quizá te apetezca tomar algo frío —sugirió con cautela—. Pero haremos lo que quieras —añadió rápidamente.

Sabía el esfuerzo que había hecho y el riesgo que corría al aceptar su invitación. Era una mujer casada y no estaba bien que los vieran juntos. Por eso, cuando había aceptado salir con él, se había atormentado sobre qué hacer y adónde ir. Le habría encantado llevarla a cenar al Club de Oficiales Británicos, pero no sabía si le gustaría y, dado lo tímida que era, seguramente se sentiría demasiado cohibida en un lugar tan concurrido. Tras meditarlo detenidamente, había decidido dar un paseo en un carruaje cubierto, que les proporcionaría intimidad, y luego un paseo por los jardines del Club Deportivo de Al-Gazirah, donde estaba seguro de que ni su marido ni nadie que conociera los vería. Le tenía reservada una sorpresa.

Fatmeh se había sentado en el borde del asiento, con las manos en la ventanilla, y contemplaba las amplias avenidas bordeadas de árboles y la arquitectura *Belle époque* de los edificios de Wust el Balad. Vio gente bien vestida paseando al atardecer, mirando escaparates, parándose para saludar a amigos y conocidos o entrando en cafés muy iluminados para calmar la sed. Las mujeres llevaban conjuntos occidentales, largos y elegantes vestidos con anchos y atrevidos sombreros con cintas y plumas que parecían obras de arte.

—Es muy distinto, ¿verdad? —comentó Charles con la mejilla casi en su hombro y el corazón de Fatmeh empezó a latir con fuerza.

265

—Sí que lo es. Nunca había visto nada parecido.

—Es una zona de El Cairo muy europeizada —explicó señalando hacia los edificios, que eran réplicas de los originales de París.

—¿Vive gente en esas casas? Son enormes —preguntó sacando la cabeza por la ventanilla para ver mejor.

—Sí, y los apartamentos también lo son. Algunos ocupan toda una planta.

—*Yih! Wallah!*

Charles se recostó y sonrió. Era tan maravillosamente inocente, tan diferente a sus anteriores novias inglesas, hijas de algunos de sus superiores, malcriadas, mimadas y exigentes. Quizá porque Fatmeh no conocía ese mundo. Le había contado que nunca se había alejado mucho del zoco y que sus conocimientos de enfermería se los debía a su padre. No era de extrañar que aquello le pareciera otro país.

Pero su inocencia no era lo único que le atraía, sino su forma de comportarse. Era delicada y amable, y estar cerca de ella le tranquilizaba, le llenaba de calma y conseguía que su vida fuera mucho menos cruda y caótica.

Era guapa, aunque no parecía darse cuenta, y los ojos que esa tarde brillaban con entusiasmo por las maravillas que descubrían eran cautivadores.

Se oyó una leve llamada en el techo del carruaje.

—¿Qué ha sido eso? —preguntó Fatmeh.

—No te preocupes, es el conductor que nos avisa de que hemos llegado.

—¿Adónde? ¿Habrá gente? —preguntó con miedo en los ojos.

—¿Confías en mí? —Esperó a que ella asintiera—. Entonces ven. Jamás dejaría que te ocurriera nada malo.

Le agarró la mano con timidez y puso un pie en el escalón del carruaje. De repente notó que algo le rozaba la pierna. Sorprendida, se inclinó. Soltó un gritito e intentó mantener el equilibrio, pero no pudo y cayó. Charles, que le sujetaba la mano izquierda, la recogió en sus brazos. Aturdida, Fatmeh le puso las manos en el cuello y se apretó contra él. Cuando abrió los párpados, que había cerrado instintivamente, lo primero que vio fueron unos ojos que la miraban con preocupación.

—¡Fatmeh! ¡Dios mío! ¿Estás bien?

—Creo que sí.

—¿Puedes andar? ¿Estás segura de que no te has roto nada?

—Estoy bien, de verdad. Podemos continuar.

Charles la soltó. Fatmeh dio un par de pasos. Al apoyar un pie notó un intenso dolor, pero no dijo nada para no arruinar el paseo.

—Muy bien. ¿Vamos? —preguntó él ofreciéndole el brazo, que aceptó gustosa, deseando que solo fuese un tirón muscular o una torcedura.

Cruzaron despacio el puente del jedive Ismail y Charles identificó todas las aves poco comunes que volaban cerca y las plantas exóticas que crecían en la ribera. Unos majestuosos magnolios habían formado una pérgola natural sobre el sendero de guijarros que serpenteaba hasta llegar a un seto que impedía que pudieran verlos desde el otro lado.

Fatmeh miró extrañada a Charles, que le dio una palmadita tranquilizadora en la mano y señaló hacia una pequeña y oxidada verja casi oculta por enredaderas. Fatmeh sonrió entusiasmada y Charles intentó abrirla, pero no pudo y dio unos pasos hacia atrás.

—Mira, Charles —le avisó Fatmeh, que había descubierto un candado en el pasador de la parte interior.

Él sacó una cartera de piel del bolsillo interior, de la que extrajo lo que a Fatmeh le pareció una aguja de croché. Metió los brazos entre los barrotes, sujetó el candado con una mano y con la otra movió la aguja en su interior hasta que escuchó un clic. Quitó el candado, deslizó el pasador y sus goznes sin engrasar chirriaron al empujar la verja.

—¡Oh! —se maravilló Fatmeh al atravesarla.

Al otro lado había un exuberante césped rodeado de árboles. Se extendía hacia un lago en el que desembocaba un

267

manantial suavemente ondulado que manaba de la tierra. A la derecha, en lo alto de una pequeña colina, había un templo egipcio de piedra blanca apenas visible, oculto en la espesura. Charles sonrió al ver la expresión de asombro de Fatmeh. Le ofreció el brazo y la atrajo hacia él.

—¡Mira! ¡Son preciosos! —dijo esta al ver dos pavos reales que salieron de entre el follaje para ir a beber al lago.

—Con un poco de suerte bailarán para nosotros.

—Me encantaría verlo.

—Eso son ibis rojos.

—Solo los había visto blancos y negros —comentó entusiasmada.

—Son caribeños. Debió de traerlos algún miembro del club.

—¿Dónde estamos, Charles?

—En los jardines del Club Deportivo Al-Gazirah. Este es el lago exótico. ¿Damos un paseo? Nunca se sabe qué se va a encontrar.

Alrededor del lago vieron flamencos apoyados sobre una pata, mezclados entre ibis y pavos reales, mientras que en los árboles graznaban loros de todas las formas y colores.

Bordearon el agua por un camino que conducía a través del bosque hasta el templo. Charles apretó la mano de Fatmeh. Le había reservado una sorpresa. Llegaron al claro en el que se alzaba el templo. Delante había un estanque y a ambos lados de la entrada dos esfinges y dos obeliscos decorados con jeroglíficos.

En un costado había una jaima a rayas rojas y blancas, que se mecía con la suave brisa.

—Por aquí, *madame*...

Fatmeh dio un paso y gimió al sentir un agudo dolor en el pie.

—Es el pie, ¿verdad? Sabía que te habías hecho algo.

—No pasa nada —aseguró casi con lágrimas de dolor—. Si me hubiera hecho algo, lo sabría, ¿no crees? Soy enfermera.

—Al menos, deja que lo mire.

—Solo es un tirón, estoy segura. Enséñame lo que hay dentro.

La jaima era un oasis de color. Estaba forrada de telas de seda y terciopelo de color rosa, naranja y rojo, con ribetes de borlas doradas. Unas antiguas lámparas árabes iluminaban tenuemente el interior y creaban sombras en la miríada de cojines de todo tipo y tamaño repartidos por el suelo, cubierto con una alfombra hecha a mano que reflejaba los colores del mobiliario. En el centro había una mesa baja llena de comida y en uno de los lados un cubo de hielo plateado del que sobresalía el cuello de una botella de vino, cubierto por una servilleta blanca.

—¡Es un lugar exquisito! Como sacado de las mil y una noches.

—Me alegro. —La ayudó a llegar a la mesa y le sujetó la mano para que se sentara en los cojines.

Mientras Charles se ocupaba de quitar el corcho a la botella, Fatmeh se subió el vestido por encima del tobillo y comprobó que no era un simple tirón. Tenía el tobillo tan hinchado que, si se quitaba el zapato, no podría volver a ponérselo. Tal como estaba sentada solo notaba punzadas, pero sentía dolor si lo movía. Cuando Charles se acomodó frente a ella se bajó el vestido.

—Un paseo por los jardines habría sido más que suficiente.

—Quería invitarte a cenar también.

—Gracias.

La miró y estudió aquella cara que resplandecía suavemente a la luz de las velas, prestando especial atención a los ojos, la boca, el pelo, el cuello…

—Fatmeh, nunca te he visto tan hermosa como en este momento —susurró.

El corazón de Fatmeh empezó a latir con fuerza. Sonrió y le apretó la mano con fuerza. Charles cerró los ojos y dejó que le inundara la suavidad de su tacto. Lentamente le levantó la mano, la llevó a sus labios y la besó.

—*Shukran* —agradeció ella con voz ronca. Sabía que si

seguía mirándolo de esa forma no conseguiría contenerse, así que se aclaró la garganta—. Bueno, ¿por qué no comemos algo?

Se miraron y supieron que ninguno de los dos tenía especial apetito. Fatmeh dejó escapar una risita para aliviar la tensión. Charles la imitó y de repente los dos se echaron a reír, se relajaron y en el bosque resonó el eco de sus carcajadas. Agotados y con lágrimas en los ojos, finalmente disfrutaron de la cena que les habían preparado en el club deportivo.

—Están deliciosos —dijo Fatmeh tras probar los *mezze*.

—Sé que eres musulmana —comentó Charles mientras se servía una copa de vino—, pero ¿quieres beber un poco? Es delicioso.

—Nunca lo he probado.

—Si te sientes violenta...

—No, no, sírveme. *Madame* Yvonne siempre toma un poco de ginebra con el zumo de lima y Dios todavía no ha descargado su ira contra ella. Pero claro, no es musulmana.

—Toma —le ofreció la copa tras poner un par de cubitos de hielo en el vino—. Lo enfriará y a la vez lo rebajará.

Fatmeh se llevó la copa a los labios y tomó un sorbo.

—Está muy bueno.

De pronto, fuera de la jaima se oyeron ruidos como de un altercado. Fatmeh se quedó quieta con el corazón en un puño y dejó el trozo de *babaganush* que estaba a punto de comer. Charles le puso un dedo en los labios.

—No te muevas —susurró.

Cuando estaba a punto de levantarse se oyó el grito de una mujer pidiendo auxilio. Fatmeh se quedó de piedra y se llevó una mano a la boca horrorizada.

—¡No! ¡No salgas! —pidió sujetándolo—. No sabemos quiénes son ni cuántos. Podrían matarte.

—Voy a echar un vistazo, enseguida vuelvo.

Más gritos desbarataron la placidez de la tarde.

—¿Y si es mi marido? ¿Y si nos ha seguido?

—Deja que vaya, *habibti* —suplicó soltando los dedos de su muñeca, antes de arrodillarse y besarle la frente.

Fatmeh estaba aterrorizada y convencida de que era su marido, o alguien que había enviado. Oyó sonido de pasos acercándose lentamente. «¡Dios mío! ¡Es Walid! Ha matado a Charles y ahora viene a por mí. *Ya Allah!* Que sea rápido, por favor, que no me haga sufrir.» En la puerta se oyeron unos sonidos guturales y se dibujó la sombra de un hombre. El corazón le latía con tanta fuerza que creyó que se le iba a salir del pecho. Respiraba con dificultad y su pecho subía y bajaba con cada aliento. Se sentó sobre los talones y se quitó los zapatos, a pesar de seguir sintiendo dolor en el pie. Alguien retiró despacio el faldón de tela que cubría la entrada y Fatmeh distinguió el estanque que había frente al templo.

Apareció la cara de Charles con un dedo en los labios para advertirle que no hablara. Le hizo un gesto para que fuera hacia él. Fatmeh fue cojeando sobre su pie descalzo y Charles señaló hacia el otro extremo del estanque. Dos pavos reales con las plumas de la cola desplegadas realizaban una especie de danza en la que se cruzaban: la hembra provocaba al macho acercándose y alejándose mientras movía sus espectaculares plumas turquesas y verdes, y el macho mantenía su espléndida cola desplegada para impresionarla.

Fatmeh se apretó contra Charles mientras los observaba y, de vez en cuando, lo miraba para expresar en silencio lo maravillada que estaba. Al cabo de unos minutos, las dos aves, con el plumaje desplegado, desaparecieron en el bosque.

—¿Entramos? —susurró Charles.

—¿Adónde han ido?—Querida, eso era una danza de apareamiento.

—*Yih!* —exclamó sonriendo azorada—. Ahora lo entiendo.

Charles la apretó contra su cuerpo y le puso los labios en la frente, con una mano en la cintura mientras le acariciaba el pelo con la otra. Podría haber estado así durante

271

horas, invadido por el sentimiento de querer protegerla entre sus brazos y mantenerla a salvo de todo mal para siempre.

—¡Ay! —Fatmeh dejó escapar un grito de dolor.

—Tienes que dejarme ver ese tobillo, por favor.

Se apoyó en el pie derecho mientras Charles buscaba un taburete para que se sentara. Charles se arrodilló y Fatmeh se levantó el vestido un poco.

—Lo sabía, sabía que tenías algo. ¿Por qué no me lo has dicho? Es un esguince o quizá incluso una fractura. No puedes apoyarlo.

—¿Y cómo voy a volver al carruaje?

—Tengo una idea.

—¿Por qué no cenamos antes? —suplicó; no estaba dispuesta a irse todavía, quería estar con él un poco más.

Dos horas más tarde el conductor del carruaje, que había estado dormitando en su asiento, se frotó los ojos. Un hombre cruzaba el puente llevando en brazos a una mujer. Saltó al suelo y corrió a ayudarle.

—¡Señor! ¡Señor! ¿Se ha hecho daño la señora? ¿Pido ayuda? ¿Quiere que vaya a buscar una ambulancia?

—Está bien. Solo es un esguince en el tobillo.

—¡*Allah* es grande! Me había asustado. Las orillas del Nilo pueden ser peligrosas. Los cocodrilos vuelven a subir desde Sudán.

Fatmeh empezó a reírse en el hombro de Charles mientras el conductor continuaba contando sus historias. Charles la metió con cuidado dentro del carruaje e hizo que se sentara en un costado para extender la pierna en el banco y mantener el pie elevado. Se sentó enfrente y dio un golpe en la pared para que el conductor emprendiera el camino de vuelta a Al-Jalili.

—¿Cómo voy a ir a casa de Rania? —preguntó Fatmeh cuando se aproximaban a Midan Al-Hussein—. ¿Y si Walid está vigilando?

—No te preocupes. —Fatmeh sonrió en la oscuridad del carruaje.

—Siempre se te ocurre algo —bromeó.

Se oyeron unos golpes en el techo del carruaje.

—Quédate aquí —pidió a Fatmeh antes de bajar—. Si se acerca alguien, salga corriendo —ordenó al conductor.

—Sí, señor. ¿Y dónde dejo a la señora?

—Llévela al cuartel británico y espere allí.

Fatmeh permaneció en la oscuridad del carruaje y revivió una y otra vez esa tarde. El roce de su mano, la sensación de sus labios en la frente, los brazos a su alrededor, apretándola. Se había sentido tan bien con la cabeza apoyada en el hueco de su hombro que quería guardarlo en un frasquito para abrirlo cuando lo necesitara y ponerse unas gotitas detrás de las orejas para reavivar ese momento de absoluta satisfacción.

Oyó el sonido de unos pasos que corrían, amplificados por la extensa plaza y el silencio de la noche. Se irguió y miró por la ventanilla. Era Charles, acompañado de Salah. Resultaba imposible no reconocerlo.

—Salah te llevará a casa —le explicó subiendo al carruaje mientras Salah esperaba fuera y vigilaba—. Espero que te parezca bien. Me habría encantado tenerte entre mis brazos un poco más, pero seguramente no es lo más acertado. Nos veremos pronto.

—Gracias por todo.

—De nada. Ha sido un placer y un honor.

La ayudó a levantarse y la sujetó cuando se balanceó. No se atrevió a mirarla. Sabía que si lo hacía la besaría y no quería asustarla. Hundió la cara en su pelo y aspiró su perfume con la esperanza de que permaneciera en él hasta la próxima vez que se vieran.

—Venga, hermano, date prisa —le apremió Salah—. No quiero tener que vérmelas con ningún gamberro, sobre todo si la llevo en brazos. Puede que Walid la haya estado espiando.

—¿Lista? —preguntó Charles.

—Charles... —Fatmeh intentó decirle algo, pero cambió de opinión—. Estoy lista.

Él la cogió en brazos y la pasó a los de Salah.

—La tengo. Ahora es mejor que nos vayamos.

273

—Gracias, hermano —se despidió Charles dándole una palmada en la espalda—. *Allah ma'aak.*

—De nada. Por cierto, tengo que hablar contigo de un asunto. Ven a verme a El Fishawy.

De repente una bola peluda apareció de la nada y saltó al hombro de Charles. Fatmeh soltó una risita al ver al mono chillar suavemente en la oscuridad y despedirla con la mano.

Cuando Fatmeh oyó la puerta trasera de la cocina eran las ocho de la mañana. Se preguntó si sería Rabih, pero normalmente no aparecía hasta las nueve y media. Se levantó con dificultad, agarró las muletas y atravesó la cocina cojeando. Apartó la cortina y le vio sacando las latas de pintura y las brochas de un armario.

—*Sabah aljair*, Rabih.

—*Marhaba ya*, Fatmeh ¿Qué haces despierta tan temprano? —Entonces se fijó en que Fatmeh cojeaba un poco y vio las muletas y el pie vendado—. *Ya Allah! Shu haida?*

—¿Recuerdas la noche en que Salah, Rania y Noura me acompañaron a Midan Al-Hussein? Me caí al salir del carruaje.

—Ven, no deberías estar de pie. Tienes que mantenerlo en alto.

—¿Qué haces aquí tan temprano?

—No podía dormir.

—Yo tampoco, porque me duele. Todo está muy tranquilo a esta hora de la mañana. Incluso los pájaros están callados. ¿Cuál es tu excusa?

—¿Cuánto tiempo tendrás que llevar las muletas? —preguntó para cambiar de tema.

—Unas seis semanas, según mi padre.

—¿Sabe que te has ido de casa?

—Tuve que decírselo. Se sorprendió de que Walid no me acompañara cuando me vendó el tobillo.

—¿Cómo se lo tomó?

—Mejor de lo que esperaba. Por supuesto, espera que vuelva con Walid dentro de un tiempo.

—¿Y qué vas a hacer?

—No sé, todo es muy confuso. Tengo mucho en qué pensar.

—Yo también —confesó y se quedaron un momento en silencio.

—¿Quieres un café? —le ofreció ella para cambiar de conversación.

—Me encantaría, pero Rania todavía no ha bajado.

—No vendrá hasta dentro de una hora, pero puedo preparártelo yo.

—Madame Fatmeh no hará nada. No me atrevo a tocar la cafetera de Rania, pero sé hacer café árabe de la forma tradicional.

—Estupendo. Ayúdame a ir a la cocina para sentarnos allí.

—Ven, apóyate en mí. Ya sabes que te considero una de mis hermanas.

—¿Cuántas tienes?

—Cuatro.

—¿Y eres el único varón?

—Sí, seguramente por eso me llevo tan bien con las mujeres. He pasado toda mi vida con ellas.

—¿Cómo se siente tu padre al tener solo un hijo?

—Le encantan sus hijas. Para él no pueden hacer nada malo. Sin embargo, a mí me trató con dureza. Siéntate aquí —dijo acercándole una silla y un taburete acolchado para que apoyara el pie.

—¿Cuánto crees que tardarás en acabar? —preguntó mientras calentaba café con agua y azúcar en la cocina.

—No mucho, una semana o diez días.

—Y entonces ¿qué harás?

—He estado pensando en volver a Beirut o Damasco —dijo mientras quitaba la espuma con una cuchara y añadía cardamomo.

—¿Por qué? Los turcos siguen allí, correrás peligro. Estoy segura de que todavía te buscan.

275

—Puedo entrar sin que se enteren. Musa puede esconderme en el próximo viaje que haga. Además, mis padres se están haciendo mayores y hace mucho que no veo a mis hermanas.

—¿Dónde viven?

—En un bonito pueblo de montaña llamado Douma, a unos cincuenta kilómetros al noreste de Beirut. También tengo un montón de sobrinas y sobrinos que no he visto. De hecho, acabo de ser tío abuelo.

—¿Qué? ¿A tu edad?

—Mi hermana mayor tuvo sus hijos cuando era muy joven y mi sobrino se casó el año pasado. No pude ir a la boda, Salah y yo estábamos en Hejaz. La mujer de mi sobrino acaba de tener un hijo.

—Pero ¿volverás aunque te vayas? —Ante su falta de respuesta, insistió—: Creía que te gustaba El Cairo... Es por Rania, ¿verdad? ¿Puedo ayudarte?

—No veo cómo —contestó con pena.

276 —Yo tampoco lo sé, pero, si se presenta la ocasión, a lo mejor puedo decir algo.

—No sé lo que ha pasado —confesó escondiendo la cara entre las manos—. Creía que habíamos empezado de nuevo cuando me mudé a casa de Salah, pero es como si no fuera capaz de decidirse. De repente me sonríe y al cabo de un segundo se comporta como si no existiera.

—Creo que está asustada.

—¿De qué?

—De ella misma y de lo que siente por ti. Está confusa. El mundo se le vino abajo no hace mucho y tuvo que recuperarse, sola. Sigue en ese extraño lugar entre las fases de la vida. Ya no está en la anterior y sigue luchando por llegar a la nueva, pero lo logrará —aseguró apretándole la mano para tranquilizarlo y Rabih se encogió de hombros—. Dale tiempo y volverá a ser la de siempre.

—Eso espero.

—Y ten paciencia. —Oyó que arriba crujía el suelo—. Rania se ha despertado. Bajará enseguida. No creo que sea buena idea que nos vea aquí cotilleando.

—No, supongo que no —dijo Rabih antes de acabarse el café.

—Rabih. —Fatmeh le agarró la muñeca cuando se levantó—. Quédate en El Cairo.

Él no contestó. Miró su muñeca y esperó a que Fatmeh le soltara. Antes de desaparecer detrás de la cortina, la miró brevemente.

Cuando Rania apareció unos minutos después, estaba enfrascado en el trabajo.

Salah se había acomodado en su mesa habitual de El Fishawy. Cuando iba a coger un dátil de un cuenco una pequeña y peluda criatura saltó encima de la mesa, le arrebató el dátil y salió a toda velocidad soltando grititos.

—¡Será caradura!

—Lo siento, Salah —se disculpó Charles Hackett, que había aparecido de improviso—. *George*, devuélvele el dátil a Salah.

—¿Le has puesto nombre a un mono?

—Lo merece —explicó mientras le daba unas nueces. *George* sonrió y enseñó los dientes antes de escabullirse—. Gracias por lo de la otra noche.

—Fue un placer. Ahora, además de cortejar a las mujeres bonitas de Al-Jalili, ¿qué más puedes decirme?

—Necesitamos más información sobre la vía férrea cercana a Ma'an.

—¿Cuál es el plan?

—Como sabes, Lawrence quiere despistar a los turcos y que piensen que se dirige a Damasco o Alepo en vez de a Aqaba. Tiene previsto dejar a Auda en la región de Wadi Sirhan, que pertenece a la tribu rualla, para que convenza al jeque de que apoye la causa árabe. Lawrence y quizá uno de nosotros nos dirigiremos hacia Siria para despistar a los otomanos.

—Entonces, ¿para qué quieres más información sobre las vías férreas?

—Queremos aumentar la presión. Ya sabes que hasta

ahora nos hemos limitado a volar secciones sin vigilancia... Vamos a dinamitar los trenes y no solo las vías. Está previsto provocar una serie de explosiones al mismo tiempo que se lanza el ataque por tierra sobre Aqaba.

—Rabih será de gran ayuda. ¿Dónde está Lawrence?

—Está con Auda, planeando el ataque, pero partirá hacia Siria en cuanto lleguemos.

—¿Cuándo salís?

—En un par de días. Somos un grupo muy numeroso.

—¿Lo sabe Fatmeh?

—Quise decírselo la otra noche, pero no lo hice.

—Charles, necesito tu ayuda. Tengo un par de voluntarios para los irregulares de Lawrence.

—¿Son de fiar?

—Son jóvenes e idealistas. ¿Te acuerdas de Nassim?

—¿El joven al que secuestraron los turcos?

—Él mismo, con su amigo Hisham, uno de los hijos del frutero.

—¿Cuántos años tienen?

—Acaban de cumplir dieciocho.

—Son muy jóvenes, pero tienen edad suficiente. ¿Tienen formación militar?

—No, pero saben pasar inadvertidos y aprenden rápido.

—Asegúrate de que están listos para partir en cuanto les avisemos.

—¿Cuándo piensas decírselo a Fatmeh?

—Voy a intentar ir al café esta noche.

—Charlie... —lo llamó cuando se iba—. Cuida de mis chicos.

—Sabes que lo haré.

—*Marhaba, marhaba* —resonó la voz de Salah cuando entró en el café. Se paró y miró a su alrededor—. ¿Dónde está todo el mundo?

El local estaba abierto, pero todavía no había llegado ninguno de los clientes habituales. Solo vio a Rabih subido en una escalera, acabando el encalado del techo.

—Hermano —lo saludó sonriendo desde lo alto.

—¿Tienes un momento?

—Supongo que no me vendrá mal hacer una pausa. ¿Qué haces aquí? ¿No sueles ir a estas horas a El Fishawy?

—Esta mañana me apetecía cambiar —bromeó—. La verdad es que he venido a hablar contigo. Ven, siéntate un momento. Lawrence necesita despistar a los otomanos. Tenemos que...

Rania salió de la cocina y los encontró en un rincón hablando en susurros.

—¿Qué haces aquí, Salah?

Sobresaltado, dio un respingo. Estaba tan absorto en la conversación que no la había oído acercarse.

—*Marhaba ya*, Rania.

—¿Quieres tomar algo?

—Gracias, pero no. Tengo que irme. He de hacer unas cuantas cosas por la mañana.

—¿Es Salah? —preguntó Fatmeh desde la cocina.

—Sí —confirmó Rania metiéndose detrás de la barra.

—Me alegro de verte —saludó Fatmeh avanzando con las muletas.

—¿Qué tal el pie? —preguntó después de darle un abrazo y ayudarla a sentarse.

—Cada día mejor.

—Esta mañana he visto a Charlie. Te envía recuerdos. —Notó que Fatmeh se ruborizaba—. Me voy, tengo una mañana muy liada.

—Lo que quieres es irte antes de que lleguen las mujeres —bromeó Fatmeh.

—Eso no es verdad, las quiero a todas. Rania, Fatmeh, *maa salama* —se despidió llevándose la mano al corazón.

—Voy contigo —dijo Rabih.

Cuando salieron, Rania se acercó a la ventana y miró a través de las cortinas.

—Están hablando.

—¿Y? —preguntó Fatmeh.

—¿Por qué no lo hacen dentro?

—Evidentemente porque no quieren que se les oiga.

—Ni siquiera nosotras... ¿Qué estará pasando? Rabih ha estado muy callado últimamente.

—Yo no me preocuparía mucho, es una persona reservada.

Rania tenía la sensación de que algo estaba sucediendo. «Y tiene que ver conmigo», pensó, pero no lo expresó en voz alta.

Cuando Takla entró en el café temblando de rabia, Yvonne y Saydeh estaban enfrascadas en una profunda conversación, Fatmeh escribiendo, los comerciantes habituales disfrutando de su pausa matinal y Rania detrás de la barra.

—¿Dónde está tu hijo? —vociferó a Saydeh con los ojos extraviados por la cólera.

El café se sumió en el silencio y todos se volvieron para mirarla.

—Cálmate, Takla —le pidió Yvonne agarrándole la muñeca, pero Takla se soltó.

—No sé dónde está Salah —respondió Saydeh con el entrecejo fruncido al verla tan alterada—. En casa o en El Fishawy...

—¡No está en ninguno de esos dos sitios!

—Entonces, no lo sé. ¿Qué pasa? ¿Puedo ayudarte?

—No, no puedes.

—Al menos dinos qué pasa —propuso Yvonne.

—Siéntese, *tante* Takla —la invitó Rania después de servirle un zumo de naranja—. Sea lo que sea, lo arreglaremos.

—No, esto no tiene solución —auguró Takla con la espalda encorvada y lágrimas en los ojos—. Nassim se va a la guerra..., por culpa de Salah. Le ha metido en la cabeza todas esas absurdas ideas y ahora va a abandonarme para...

Todos se quedaron en silencio, sin saber qué decir.

—Salen esta semana..., dentro de unos días. Se lo lleva Rabih, junto con Hisham.

—¿Se va con Rabih? —preguntó Rania con suavidad.

—¿Qué tiene que ver Rabih con todo esto? —Saydeh e

Yvonne se miraron desconcertadas—. Respira hondo y cuéntanos qué ha pasado —pidió Yvonne.

—¿Adónde los lleva? —intervino Rania.

—No lo sé, a algún sitio en Hejaz —contestó Takla entre sollozos.

—Hejaz...

—¿Por qué se comporta Salah así? ¿Qué le he hecho para merecer que se lleve a mi único hijo lejos de mí? ¿Quién se cree que es para inmiscuirse en mi vida y la de Nassim? —preguntó meneando la cabeza mientras las lágrimas le corrían por las mejillas—. Sabe que Nassim no tiene padre... Lo ha manipulado y engatusado. ¿No basta con que haya perdido a mi marido?

Rania fue a la cocina, seguramente Rabih estaría en el callejón mezclando yeso o cal. Acertó. Cruzó los brazos y lo observó un momento desde la puerta. Rabih se incorporó y estaba a punto de levantar un cubo cuando se dio cuenta de su presencia.

—¿Cuándo pensabas decírmelo?

Rabih inclinó la cabeza y se metió las manos en los bolsillos.

—¿El qué?

—Que te vas. Y que te vas a la guerra. ¿Cuándo pensabas decírmelo?

—Hoy —murmuró en voz baja—. Antes de irme por la tarde.

—¿Y creías que no iba a enterarme? Ese tipo de noticias se saben enseguida en el zoco. ¿Cuándo lo decidiste?

—Hace un par de horas, cuando ha venido Salah.

No sabía por qué estaba tan enfadada. Al fin y al cabo, era ella la que había decidido enfriar la relación.

—¿Cómo puedes irte así? —gritó—. Vas a dejar el café a medias.

—Está casi acabado. Lo terminaré antes de irme.

—¿Y has pensado en volver? —preguntó casi con despecho.

—No sé cuándo lo haré.

—Ya veo —comentó con lágrimas iracundas formándose en sus ojos—. ¡Muy bien! —Levantó la cabeza con orgullo.

—He de seguir con mi trabajo.

Se hizo a un lado para dejarle pasar. Cuando lo vio entrar en la cocina con los músculos de la espalda tensos por el peso del cubo quiso que se detuviera, que se diera la vuelta, la abrazara y le dijera que todo iba a salir bien. Pero no lo hizo, y las lágrimas que había estado conteniendo se agolparon para formar unos oscuros lagos de agua salada. Fue de un lado al otro con la esperanza de aliviar el peso que sentía en el corazón, pero solo consiguió que se hiciera más intenso y le cayera en la boca del estómago como una bala de cañón. Soltó un gemido y se mordió la mano para no dejar escapar los profundos sollozos que se agitaban en su interior. La maldita guerra iba a llevárselo. «¡Dios! ¿Por qué vuelve a pasarme lo mismo?», se autocompadeció.

282

Fatmeh se retorció las manos mientras esperaba en la cocina. Tenía delante el telegrama que Charles le había enviado aquella misma mañana. Lo leyó por centésima vez: «Tengo que verte. Importante. Esta noche en el café». Aquella noticia la había llenado de desasosiego y se imaginaba situaciones que le ponían los pelos de punta.

Oyó un golpecito en la ventana y cojeó con las muletas hasta la puerta.

—*Massa aljair* —la saludó Charles sonriendo.

—Buenas tardes —contestó con una sombra de preocupación en la cara—. Entra, por favor.

—¿Qué tal el pie?

—Va mejorando.

—Lo siento mucho.

—No fue culpa tuya, sino mía.

Estaba tenso. Había imaginado cómo sería hacer el amor con ella. En sus sueños hablaba con ella y Fatmeh le respondía, pero al tenerla delante, se sentía incómodo y culpable, como si hubiera adivinado sus fantasías.

—¿Dónde está Rania?

—Está consolando a la madre de un joven que ha decidido unirse a la rebelión árabe.

—¿Nassim o Hisham?

—Nassim. ¿Cómo es que lo conoces?

—Es uno de los chicos de Salah.

—Sí, ese mismo. ¿Qué quieres tomar? —preguntó volviéndose para ir al café.

—Deja que te ayude.

Charles le puso el brazo en la cintura y Fatmeh le colocó los suyos en el cuello. De repente, la tensión que sentía desapareció como por arte de magia. No era un sueño, la fragancia de su pelo, la cercanía de su cara, el contacto con su cuerpo se aunaron para conectarlo con ella, una prueba más de cuánto la necesitaba.

—Me alegro de verte —comentó ella tímidamente—. ¿Qué es tan urgente?

—Me envían... a Hejaz.

—¿A la guerra?

—Soy un soldado.

—¿Durante cuánto tiempo?

—No lo sé.

—Charles... —empezó a decir con los ojos llenos de lágrimas.

—Lo sé —la tranquilizó acariciándole la cara—. Créeme, no quiero ir, pero he de hacerlo. Volveré tan pronto como pueda. He preferido decírtelo en persona.

—Gracias.

Él le apretó la mano y acarició su suave palma con el pulgar. Fatmeh esperó con ansiedad. Notaba que Charles deseaba decirle muchas cosas, pero él tenía miedo de lo rápidamente que se habían fortalecido sus sentimientos y de asustarla si se lo confesaba.

—¿Quieres decirme algo?

—Espérame, por favor —pidió mirándola a los ojos y Fatmeh asintió con dulzura.

283

Capítulo 17

$\mathcal{A}$ pesar de que en el café reinaba el habitual bullicio mañanero, en torno a la mesa de granja reinaba un silencio inusual. Yvonne tomaba más zumo especial de lo habitual, Saydeh estaba extrañamente callada, Fatmeh parecía incluso más retraída en los pliegues de su *abaya*, Takla se mostraba seria y enfadada, y gruñía a cualquiera que se acercara, y Rania, a pesar de tener que atender a los clientes, parecía apagada.

—*Hamdellah*, madame Rania —saludó uno de los comerciantes—. El café tiene un aspecto maravilloso. Ese hombre ha hecho un buen trabajo.

—Sí, parece nuevo —añadió otro y todos vitorearon.

—Ahora da gusto entrar —comentó un tercero—. ¡Ay! —se quejó cuando recibió un codazo.

—No le haga caso, madame Rania —se excusó el primero que había hablado—. Vendríamos de cualquier manera.

Rania asintió para darle las gracias. Se había sentado junto al resto de las mujeres y jugueteaba con un extremo del delantal; cuando levantó la vista todas tenían los ojos clavados en ella.

—*Shu?* —preguntó irritada—. ¿Qué es lo que estáis mirando?

Saydeh e Yvonne intercambiaron miradas cómplices, Takla frunció el entrecejo y Fatmeh parecía a punto de echarse a llorar.

—¿Qué os pasa? No le he obligado a irse.

—Nadie ha dicho nada, Rania —replicó Yvonne.

—Le echo de menos... Era como un hermano pequeño —comentó Fatmeh.

—No lo conocía en absoluto, pero parecía muy trabajador —añadió Takla.

Se quedaron de nuevo en silencio y Rania supo que esperaban que dijera algo. «Ya se cansarán. No tengo la culpa de que se haya ido. Ha sido decisión suya. No tengo nada de qué disculparme y, evidentemente, no voy a hacerlo delante de ellas.»

—No creo que quisiera irse —comentó Saydeh mirando a Rania de soslayo.

—Yo tampoco. Me dio la impresión de que le gustaba El Cairo —añadió Yvonne.

—Era muy grato tenerlo cerca y vivir con él. Era tan agradable, tan atento..., y tenía un carácter adorable —continuó Saydeh.

—Y era guapo.

—Qué suerte tendrá la mujer que se case con él —la provocó Saydeh.

—¡Basta! —explotó Rania—. ¿Creéis que lo he echado? ¿Pensáis que se ha ido por mi culpa?

Yvonne y Saydeh asintieron casi imperceptiblemente.

—Apuesto por Yvonne y Saydeh. Siempre aciertan en esas cosas —envidó Takla.

—¿Tú también estás con ellas, Fatmeh? —Aún se enfadó más cuando esta bajó los ojos, incapaz de mantenerle la mirada—. No me lo puedo creer. ¿Pensáis que estoy equivocada?

—Sí —contestaron al unísono.

Rania soltó un bufido, se levantó y fue detrás de la barra.

—Pues muy bien, os podéis ir todas al infierno.

—¡Rania! —exclamó Fatmeh yendo hacia ella—. No lo hemos dicho con mala intención. Simplemente nos gustaba mucho Rabih y creíamos que era perfecto para ti.

—Gracias, pero soy lo suficientemente mayor como para saber lo que es bueno para mí.

—Pero, Rania, estaba enamorado de ti.

—¿Qué estás sugiriendo? ¿Que tengo que estar tan agradecida porque alguien se enamore de mí que he de corresponderle?

—No es eso...

—Entonces, ¿qué? ¿Crees que soy tan mayor y tan fea que nadie volverá a fijarse en mí y que debo aferrarme al primer hombre que demuestre un mínimo de interés por mí?

—Sabes que eso no es verdad, solo creíamos que te gustaba.

—Las situaciones evolucionan —replicó Rania con una falsa serenidad, mientras su voz interior argumentaba lo contrario: «Claro que me gustaba. ¡Dios mío!, ¿por qué no seguí adelante?».

—Todavía puedes cambiar de idea —sugirió Fatmeh—. A veces nos cegamos y no nos damos cuenta de que tenemos delante lo mejor para nosotros. En ocasiones merece la pena no pensar con la cabeza, sino con el corazón, y hacer un acto de fe si este te dice que es lo acertado.

287

Fatmeh salió del café y miró a un lado y otro de la calle. Sabía que Walid la espiaba. Había notado demasiadas miradas de los amigos de su marido como para que se tratara de una simple coincidencia.

—Pero ¿por qué? —le preguntó a Saydeh.

—¿Por qué vigilan los maridos a sus mujeres?

—Pero si no le importo. Nunca le he interesado.

—Eso es igual. Cree que le perteneces. Te espía porque quiere sorprenderte haciendo algo impropio y así poder acusarte, llamarte ramera y divorciarse sin darte un centavo.

—Pero, según el islam, una mujer también puede pedir el divorcio.

—*Habibti*, yo ya no me creo nada —se rindió bajando la vista al croché—. Supongo que en tiempos del Profeta era diferente, quizá más fácil, pero en la actualidad, des-

pués de todas esas leyes «islámicas» que aprobaron los
turcos, quién sabe.

Fatmeh se recostó pensativa. Decidió que iría a hablar
con el imán de la mezquita.

Ese día unas inesperadas ráfagas de viento soplaban
por las calles y callejones del zoco. Fatmeh se apretó la
abaya mientras se apresuraba por Zuqaq al-Hamra hacia
la calle principal del zoco, que conducía a Midam Al-Hussein. Al doblar una esquina se tropezó con un hombre.
Sorprendida, inspiró hondo.

—*'Afwan* —se excusó e intentó esquivarlo, pero volvió
a ponerse delante de ella. Fatmeh probó de nuevo, pero no
la dejó pasar—. ¡Cuidado! —gritó entonces, y cuando el
hombre miró hacia otro lado, lo sorteó e intentó echar a
correr. A pesar de haberlo engañado momentáneamente,
él era rápido, le atrapó un pliegue de la *abaya*, le puso las
manos en la espalda y la atrajo hacia él.

—*Shu baddak?* —preguntó asustada.

—Un consejo, madame Fatmeh —gruñó en su oreja—.
No haga nada de lo que pueda arrepentirse. Deje de flir-
tear con el enemigo. —Le retorció el brazo hasta que la
hizo encogerse por el dolor.

—¡Suélteme!

—¿Me ha oído, madame Fatmeh? Yo en su lugar me
mantendría alejada de los hombres con monos.

—Me está haciendo daño. ¡Suélteme! —gritó más alto.

—Está avisada. Si no, esto es lo que verá.

Le sujetó las dos manos con una suya y con la otra sacó
una daga y la pasó de izquierda a derecha de su cuello.

Fatmeh tragó saliva petrificada. «*Ya Allah!*», rogó.
«Por favor, sálvame. No dejes que muera a manos de este
sinvergüenza.» Entonces distinguió a Salah a lo lejos.

—¡Salah! ¡Socorro! —gritó con todas sus fuerzas.

El hombre le puso una mano en la boca y ahogó sus
gritos. Fatmeh intentó librarse y morderle la mano mientras la arrastraba hacia otro callejón. «Voy a morir. O, lo
que es peor, me violará y después me matará.» Luchó
cuanto pudo, pero era demasiado fuerte.

La tumbó y le cruzó el peludo antebrazo entre el pecho y la boca, para que no pudiera gritar, y le apartó la *abaya*. Sacó la daga para rasgar el resto de tela y empezó a subirle la túnica que llevaba debajo.

Fatmeh sintió su mano en el interior del muslo. Intentó gritar, pero la voz se atoró en su garganta. Mientras forcejeaba con las bragas, el antebrazo se separó de la boca y Fatmeh soltó un grito espeluznante antes de clavarle los dientes con todas sus fuerzas. El hombre aulló de dolor y se apartó. Ella se puso de pie, consiguió hacerse con la daga y se la puso en el cuello.

—Al parecer, se han vuelto las tornas —dijo con ojos centelleantes tras reunir el suficiente coraje—. No te atrevas a volver a acercarte a mí. Quiero que le des un mensaje a mi marido, dile que tenga cuidado. Y en cuanto a ti, la próxima vez que te vea no me limitaré a morderte.

Después le dio una patada en la entrepierna. El hombre gritó y se desplomó. Fatmeh se alejó apretando la daga con fuerza. El corazón le latía intensamente y temblaba por la descarga de adrenalina.

—¡Fatmeh! —gritó Salah al aparecer en la esquina—. ¡Gracias a *Allah*! —exclamó abrazándola.

Se quedó quieta con los brazos inertes. De no haberla sujetado, se habría derrumbado.

—¿Qué ha pasado? ¿Dónde está?

Tenía la mirada perdida y Salah le quitó la daga con cuidado, entendiendo la causa de su aturdimiento.

—¡Fatmeh! —La sacudió.

Finalmente volvió en sí, se le llenaron los ojos de lágrimas y se abrazó a él.

—Ya ha pasado. Ya ha pasado todo. ¿Te ha hecho daño? —No encontró respuesta ni en forma de gesto—. Pero lo intentó…

Ella asintió sin explicaciones.

—¿Estás bien, aparte del susto?

Fatmeh asintió de nuevo y Salah inspiró hondo antes de dejar caer los hombros aliviado.

—Ven, te llevaré a casa. ¿Puedes andar?

289

—Sí —contestó, pero al dar el primer paso le fallaron las piernas y dio un traspié.

—¿Quieres que te vuelva a llevar en brazos?

—No, tranquilo. No me he roto nada.

—*Tayeb*, vamos.

—Salah, Walid sabe que he visto a Charles. Ha enviado a un hombre para amenazarme.

—Lo solucionaremos.

—Iba a ver al imán.

—¿Por qué?

—Quiero divorciarme.

—¡Imán Ziad! —exclamó Salah al abrir la puerta—. Pase, por favor. *Ahlan wa sahlan!* Gracias por venir habiéndolo avisado con tan poco tiempo.

—No podría rechazar una invitación a casa de madame Saydeh Masri —agradeció ajustándose el chal de lino—. Sería una afrenta a esta maravillosa anfitriona.

—La conoce bien, imán. Ha estado cocinando toda la mañana.

Ziad era el imán más joven que había dirigido las oraciones en Al-Hussein, empezó con tan solo veinticinco años y llevaba cuarenta en aquella mezquita. El primer día que ejerció sus funciones como imán tuvo el privilegio de casar a Saydeh con Mohammed Masri. En aquel tiempo, Saydeh era una inquieta y animada mujer que lo había intimidado con la determinación que reflejaba su mirada. Tenía que admitir que, aunque con los años parecía más moderada, seguía conservando la chispa. De hecho, le había impresionado tanto que la utilizó como referencia para todas las mujeres con las que habría podido casarse, y seguía soltero.

El imán vestía pantalones de algodón, holgada túnica y chal de lino, todo en blanco, a tono con su piel y con la barba y el bigote, ya entrecanos. También su corto cabello había encanecido y mostraba una calva que tapaba con un gorro de oración blanco.

—Mi apreciado imán. Hacía mucho tiempo que no le veíamos. —Saydeh salió de la cocina para saludarlo.

—Mi querida señora, gracias por invitarme —contestó apretándole las manos.

—Ya sabe que esta casa está siempre abierta para usted.

Ziad sonrió y Saydeh intentó retirar las manos, pero el imán no se las soltaba. Volvió a intentarlo tirando con más fuerza, pero no lo consiguió. «¿Qué le pasa a este hombre?», pensó la anfitriona extrañada.

—Imán… —empezó a decir mirándole a los ojos y después a las manos, pero este seguía absorto en ella, así que le lanzó una mirada a Salah para que la ayudara.

—Muy bien, imán Ziad. Ya puede soltar a mi madre.

—¿Qué? —preguntó azorado y liberó a Saydeh—. ¡Oh!, perdone el atrevimiento, mi querida señora —se excusó pero intentó agarrarle las manos de nuevo—. Lo siento, no sé qué me ha pasado.

—No se preocupe —lo tranquilizó ella después de esconder los brazos detrás de la espalda.

—Imán, ¿conoce a Fatmeh, la mujer de Walid Al Asker, de la calle de los ebanistas? —preguntó Salah mientras lo acompañaba hasta el diván del cuarto de estar.

—Sí, por supuesto, Walid. Viene a rezar todos los días.

—¿De verdad? —inquirió Fatmeh extrañada.

—Debe de estar confundido. Este Walid no ha aparecido en la mezquita desde que se casó con esta encantadora mujer —objetó Salah.

—¡*Allah* le ayude! —exclamó Ziad sacando un rosario.

—¿Té, imán? —ofreció Fatmeh, una vez que Saydeh dejó la bandeja con el servicio en la mesa y fue a por otra con dulces, *mezze* y una cesta con pan recién hecho.

—Gracias. —Y se sirvió de todo con abundancia—. Querida señora, no había probado nada tan bueno en toda mi vida —la elogió antes de comerse el tercer pastel de espinacas.

—*Sahtain*, imán —le deseó Saydeh sonriendo a su hijo, en alusión cómplice a su glotonería.

Tras hartarse de comer y beber, Zaid se recostó, saciado.

—Imán, tenemos un problema y nos gustaría que nos ayudara —planteó Salah.

—Haré lo que sea necesario por ti y por madame Saydeh, solo tienes que pedírmelo.

—Fatmeh quiere divorciarse.

—¡Divorciarse! —exclamó Zaid poniéndose de pie—. Pero ¿por qué?

—Díselo, Fatmeh.

—Ya sabes que el divorcio en el islam es una prueba de la indulgencia y la naturaleza práctica de nuestra querida religión, pero mantener la unidad familiar es prioritario, por el bien de los hijos...

—Pero nosotros no tenemos hijos —le interrumpió Fatmeh.

—El divorcio es la última opción, después de haber agotado todas las posibles formas de reconciliación... ¿Y por qué no tienen hijos?

—No lo sé —respondió Fatmeh.

—¿Es impotente? —Al ver a Fatmeh encogerse de hombros, estaba dispuesto a proseguir el interrogatorio—. ¿Cuántas veces...?

—Por favor, imán. ¿Cuál es el procedimiento?

—Bueno, es más fácil para un hombre. Lo único que ha de decir es «Me divorcio de ti» y entregar una compensación económica a la mujer. En el caso de las mujeres, es diferente. Sea cual sea la razón del divorcio, que te haya maltratado, no pueda mantenerte o sea impotente y no sea capaz de darte un hijo, has de demostrarlo delante de un juez. Si las pruebas son convincentes, el juez otorga el divorcio y los derechos económicos.

Fatmeh se puso tensa.

—Hay otra forma. Si por ejemplo ya no se ama al marido o hay otra razón sentimental se puede solicitar un *jul'*. Se te concederá el divorcio, pero sin ninguna compensación económica y... tendrás que devolver a tu marido la dote que entregó al casaros.

—*Ya Allah!* ¿Qué voy a hacer? Le di mi dote a mi padre para que la invirtiera en la clínica.

—No te preocupes, encontraremos una solución —la tranquilizó Salah, que se volvió hacia el imán para agradecerle su propuesta y se lo encontró con los ojos cerrados, roncando ligeramente.

Capítulo 18

*E*n un vagón de pasajeros, junto con algunos miembros de la unidad de fuerzas especiales y un pelotón de soldados, Charles, Rabih, Nassim e Hisham se dirigían hacia Gaza.

Todas las ventanillas estaban abiertas, pero el calor seguía siendo sofocante. El tren también transportaba municiones, alimentos, agua y otros pertrechos para las fuerzas expedicionarias que el mariscal Allenby había estado preparando desde marzo para hacer una incursión en la Palestina otomana.

—Voy a echar una cabezadita. —Charles se bajó la visera de la gorra hasta la nariz, cruzó los brazos y apoyó la cabeza contra la ventanilla.

—¿Cómo podrá dormir con este bochorno? —protestó Hisham con la cara perlada de sudor y el pañuelo que llevaba al cuello empapado.

—Más vale que te acostumbres —sugirió Nassim.

Hisham miró a Rabih en busca de ayuda.

—Tiene razón. La exposición prolongada al calor consigue que el sistema se adapte y no se note tanto —razonó Rabih.

Se quedaron en silencio y se balancearon al compás del traqueteo del tren.

—Me gusta este uniforme —dijo Hisham alisándose la guerrera color caqui—. *Tante* Noura ha bordado mi nombre en el interior, no sé por qué.

—Lo ha hecho para que si mueres sepan quién eres y puedan comunicárselo a tu familia —aseguró Nassim con sarcasmo.

—Es una explicación un poco morbosa —intervino Charles, que seguía con la visera bajada fingiendo que dormía.

—¿Y qué pasaría si el mío se rompe y me pongo el de Rabih? Quien me encuentre pensará que soy Rabih y le dirá a su familia que ha muerto —dedujo Hisham.

—Ocurre a veces. Se intenta ser todo lo cuidadoso posible, pero en una guerra como esta es inevitable —concluyó Charles.

—Pero eso es horrible —añadió Nassim.

—Seguro que a las mujeres les gustan los hombres con uniforme —especuló Hisham y vio a Charles sonreír bajo la visera—. Es cierto, ¿verdad? ¿Qué te parece, hermano? —preguntó a Nassim dándole con el codo en el brazo.

—No piensas en otra cosa —le reprochó este antes de volver su atención a la libreta encuadernada en cuero en la que estaba escribiendo.

—¿Cuándo empezaste ese diario?

—Acabo de hacerlo.

—Quizá debería llevar uno yo también —pensó en voz alta Hisham—. ¿A cuánto está Suez?

—A unos ciento cuarenta kilómetros —contestó Rabih.

—Y después, ¿qué haremos?

—Cruzaremos el Sinaí en camello —intervino Charles renunciando a conciliar el sueño.

—¿Vienen todos estos soldados con nosotros?

—No, se quedarán en Suez, pero mis hombres nos acompañarán hasta Aqaba.

—¿De qué se encarga tu grupo?

—Formamos parte del ejército británico, pero estamos entrenados para llevar a cabo operaciones especiales.

—¿Qué harán los soldados en Suez?

—Seguirán hacia el norte, hasta Beersheba, en Palestina, y se unirán a Allenby.

—Allenby lo ha pasado mal en el Sinaí, ¿verdad? —preguntó Rabih.

—Sí. Intentó tomar Gaza dos veces esta primavera, pero no lo consiguió, así que se está reagrupando cerca de Beersheba. Con suerte, dentro de poco la tendrá bajo control.

Charles se excusó para ir a hablar con sus colegas. Rabih se apoyó en la ventanilla y miró distraídamente el paisaje que atravesaban a través de la pantalla de vapor que desprendía la locomotora. Hisham cruzó los brazos sobre el pecho, reposó la cabeza en el respaldo del asiento y miró el techo, y Nassim continuó escribiendo al tiempo que consultaba un mapa.

Un par de horas más tarde el tren llegó resoplando ruidosamente a Suez y Nassim sacó la cabeza por la ventanilla cuando el tren silbó al entrar en la estación. El andén estaba abarrotado de gente.

—Ya hemos llegado, chicos —dijo Charles. Se colocó la mochila en la espalda, bajó y le hizo una seña a un hombre bajo y fornido vestido de beduino—. Señores, este es Hammoudi, nuestro guía —explicó después de darle un abrazo—. Conoce el Sinaí como nadie.

—¿Nos enseñará a montar en camello? —susurró Hisham a Nassim mientras lo seguían.

—¿No lo has hecho nunca? —siseó Nassim.

—No, he estado toda mi vida en Al-Jalili. ¿Dónde iba a hacerlo?

—En el zoco también hay camellos.

—Sí, pero son de la gente que va a hacer sus negocios y se marcha. No los alquilan para dar vueltas, como en las ferias.

—No te preocupes, aprenderás. No es tan difícil.

Hisham hizo una mueca a la espalda de su amigo y aceleró el paso para que no le dejaran atrás.

—Muy bien, ahora todos sabéis lo que hay que hacer —Charles se dirigió a su grupo en el cuartel militar de

Suez—. Viajaremos de noche y descansaremos de día. Salimos esta noche. ¿Alguna pregunta? Muy bien, rompan filas. Todo el mundo aquí dentro de tres horas. Hemos de estar listos para salir antes de que se ponga el sol. Nassim, Hisham —los llamó acercándose a ellos—. Hammoudi os va a dar una lección rápida de cómo montar en camello.

—¿Ahora? —preguntó Hisham horrorizado.

—Rabih, ¿te apetece practicar un poco? —le ofreció Charles.

—No me vendría mal.

—Quizá prefieras descansar un rato. Al fin y al cabo pasaste mucho tiempo en Hejaz con Salah.

—Iré con los chicos. Hace un año que no piso el desierto.

—Vamos, Hisham. Los camellos no son tan malos —lo animó poniéndole el brazo en el hombro.

—Sí que lo son, muerden.

298 —Hisham, antes de seguir tengo que asegurarme de que estás listo —le advirtió Charles—. Esto no es un juego, ni una competición a ver cuántas mujeres conquistas con uniforme. La guerra es algo muy serio. No puedo prometerte que no resultarás herido ni garantizarte que volverás vivo. Si lo haces por Nassim, no es razón suficiente para ir a Aqaba.

—No es por eso, señor —aseguró bajando la vista avergonzado.

—Si tienes alguna duda, este es el momento para que la expreses. Echarse atrás no es ningún deshonor. Mira, chico, cuando se lucha por algo, cuando te comprometes a dar tu vida, tienes que creer en ello. Entregarte a algo que no te atañe sería desperdiciar tu vida. ¿Crees en la rebelión árabe y sabes lo que significa?

—Sí, señor. —Hisham elevó el mentón para expresar su convencimiento.

—Si deseas lo suficiente una nación árabe libre como para dar tu vida por la causa, anímate, deja de quejarte y hazlo.

—Gracias, señor. Y gracias por no decir nada delante de Rabih y Nassim.

—Jamás habría hecho nada parecido. Retírese soldado.

Aquella noche, cuando el sol empezó a ponerse, la caravana se puso en marcha. Doce camellos en fila india dieron comienzo a un viaje de doscientos cincuenta kilómetros hasta el golfo de Aqaba.

—¿Estás bien? —gritó Nassim en dirección a Hisham, y al no estar seguro de si le había oído, levantó el pulgar y Nassim le imitó.

Nassim observó el paisaje y se quedó sin habla. El desierto se extendía como un ondulado y arenoso mar. A su espalda, el sol se ponía y su debilitada luz cambiaba el color de las dunas de amarillo a chocolate oscuro y naranja. A lo lejos se veían algunas rocas y colinas de piedra arenisca, pero nada más. Por encima de su cabeza, el cielo seguía azul con algunas nubes que parecían la barba de Hammoudi.

Dejó escapar una risita por esa ocurrencia. Hammoudi le parecía un tipo muy interesante. Pertenecía a la tribu tarabin y había pasado toda su vida en el desierto, lo amaba y conocía como la palma de su mano. Y más aún que al desierto, Hammoudi amaba a sus camellos. Hablaba con ellos en un incomprensible dialecto beduino, les daba de comer, los mimaba e incluso dormía apoyado en sus cuellos. Los camellos le entendían a la perfección y siempre hacían lo que les pedía. Con los humanos, solo hablaba cuando era necesario. Aquella tarde había sido duro con ellos, pero paciente.

Era imposible imaginar su edad. Su pequeña y angulosa cara mostraba un intenso moreno y profundas arrugas por su vida a la intemperie. Tenía los ojos negros y brillantes, y tan penetrantes e imperturbables como los de una cobra. Tanto su fino y ralo bigote gris como la barba quedaban cubiertos por el pañuelo a cuadros blancos y negros que también le tapaba la boca y la nariz para protegerlas del árido viento.

—¿Cuánto falta para llegar a Eilat? —preguntó Nassim a Hammoudi cuando se detuvieron de madrugada junto a un pozo y supo que no era la pregunta correcta porque Hammoudi se encogió de hombros—. ¿Cuántos kilómetros recorremos cada noche?

Hammoudi hizo otro gesto de ignorancia y volvió a prestar atención a su camello.

—Llegaremos a Eilat en una semana, quizá algo más, y avanzamos entre treinta y treinta y cinco kilómetros cada noche —explicó Charles mientras se sentaba junto al fuego que Hammoudi había encendido.

—¿Por qué no me ha contestado él?

—Porque has interrumpido la conversación que estaba manteniendo con su camello. Hablará en cuanto haya acabado con Aisha.

—¿Lo dice en serio? —Nassim se echó a reír—. ¿Los camellos tienen nombres?

—Claro, todos ellos. Esto es precioso, ¿verdad? —comentó Charles mientras contemplaba el cielo estrellado y tomaba un trago de una petaca—. El desierto no puede ser conquistado ni poseído. En él no se pertenece a nadie, ni a ningún país. Uno se funde con él. Es un lugar que exige una fe absoluta porque tiene poder para mantenerte vivo o destruirte. ¿Quieres un poco? —Y le ofreció la petaca—. Whisky, para calentarse un poco.

—Ya lo he probado.

—¿Dónde? —preguntó Charles sorprendido.

—Rania tiene un bar escondido en el café.

—¿En serio?

—Sí, en una bodega guarda ginebra, whisky y también brandy.

—Rania es una caja de sorpresas.

—Se lo cedió el familiar de su marido que era el propietario del edificio. Era una especie de contrabandista o, al menos, eso es lo que me contó Salah.

Mientras Nassim y Charles conversaban junto al fuego,

Rabih subió a lo alto de una duna mientras se fumaba un cigarrillo.

—*Ya Allah!* —oyó que exclamaba Hisham a lo lejos. Cerró los ojos con intención de estar a solas con sus pensamientos—. ¡Rabih! ¿Qué haces ahí?

—He subido para mirar las estrellas —contestó dando una larga calada.

—Me duele el culo, ¿y a ti? —preguntó sentándose junto a él y Rabih negó con la cabeza—. Estás pensando en *tante* Rania, ¿verdad? ¿Por qué son tan raras las mujeres? ¿Por qué no dicen claramente lo que piensan? Dicen «no» cuando quieren decir «sí», «sí» cuando quieren decir «quizá» y «quizá» cuando quieren decir «no».

—¿Eso es lo que crees? —preguntó Rabih sonriendo con la vista concentrada en el cielo.

—Sí, hermano, eso creo. ¿Por qué no son sinceras? Todo sería más sencillo. ¿Me das un cigarrillo?

—¿Seguro que quieres fumar?

—Dame uno, anda. Rabih, ¿qué pasa cuando no se ven las estrellas? —Hisham se había recostado y apoyado la cabeza en una mano.

—¿Qué quieres decir?

—Mira allí, no hay estrellas. —Hisham señaló hacia el horizonte.

Rabih se levantó, miró a lo lejos y se asustó.

—¡Dios nos asista!

—¿Qué pasa?

—¡Corre! ¡Rápido!

Bajaron la duna a toda velocidad hundiéndose en la arena y se dirigieron hacia el grupo que estaba sentado junto al fuego.

—¡Tormenta de arena! —gritó Rabih—. ¡Moveos! ¡Tapad el pozo! ¡Poneos a cubierto!

—¡Rabih, ocúpate de Nassim e Hisham! —ordenó Charles—. Yo ayudaré a Hammoudi con los animales.

—¿Dónde nos cobijamos? —preguntó Nassim con voz entrecortada.

Rabih miró a su alrededor. No había dónde protegerse.

—¡Cubríos la cara! Voy a atarnos. Tendremos que movernos. No podemos pararnos. Si lo hacemos, la arena nos cubrirá y nos ahogaremos.

—¿Qué van a hacer los demás? —preguntó Hisham.

—No lo sé —contestó Rabih atándole a la mano de Nassim.

—¿Y los camellos?

—Ellos están acostumbrados. Seguro que Hammoudi ya se ha visto en esta situación y sabe cómo enfrentarse a ella.

—No abráis la boca —les aconsejó en el momento en el que llegó la arena.

De repente, se vieron envueltos en la tormenta. El ruido del viento era ensordecedor. Las columnas de tierra giraban a su alrededor como tornados y la arena se desplazaba por el suelo como un río desbordado. Era como si la superficie de la Tierra se elevara. La grava les golpeaba las rodillas, los tobillos y la cara, y los granos más finos les atravesaban la ropa. El cielo estaba completamente oculto y ni siquiera podían verse sus propias manos.

—¿Cuánto tiempo va a durar? —gritó Hisham, pero no pudo continuar hablando porque inmediatamente se le llenó la boca de arena y empezó a toser. Intentó tragar saliva, pero no pudo y al querer escupir aún le entró más arena en la boca. Entonces le faltó el aire y cada vez que intentaba inspirar, solo le entraba arena.

Cuando estaba a punto de desmayarse sintió unas manos en el cuello y un pellejo de agua en los labios.

—¡Bebe y escupe! —oyó que le ordenaba una voz.

Lo intentó, pero no fue capaz. Se estaba ahogando. Empezó a sentirse cada vez más débil, hasta que todo se volvió oscuro.

Cuando Rabih abrió los ojos, el sol estaba alto en el cielo. Volvió a cerrarlos rápidamente para que no le entrara arena y utilizó el pañuelo para limpiarse la cara lo mejor que pudo. Miró a su alrededor, descubrió un montículo de arena y empezó a excavar rápidamente. Debajo yacía Nassim.

—¡Nassim! —Le dio la vuelta y oyó un gemido—. ¿Estás bien? Toma —dijo dándole el pellejo de agua.

El joven seguía con los ojos cerrados y los labios secos y agrietados. Cuando sintió el agua en la garganta tuvo un ataque de tos.

—¿Dónde está Hisham? —Rabih meneó la cabeza y Nassim intentó levantarse, pero estaba demasiado débil—. No te muevas, voy a buscarlo.

Rabih recorrió la arena bajo el tórrido sol. Cada vez que veía un terraplén o una pequeña colina empezaba a excavar con las manos. «¡Por favor, Dios mío!», suplicó en silencio, pero no lo encontró. El sol se acercaba al mediodía. Pronto la arena quemaría. Tenía que volver con Nassim y encontrar a Charles y al resto del grupo. La cabeza le daba vueltas y se sentó un momento. Se le había nublado la vista, el corazón le latía con fuerza y sudaba copiosamente. Aunque sabía que tenía los ojos abiertos, no veía nada. Cuando no le llegó suficiente sangre a la cabeza, se desmayó.

303

Rabih abrió lentamente los ojos. Distinguió unas sombras encima de él, pero no pudo identificarlas. Oyó sonidos, entre susurros y gritos, pero incomprensibles. Ni siquiera le parecieron humanos. Volvió a desmayarse.

En el siguiente despertar no descubrió sombras ni escuchó nada. Gimió e intentó moverse, y entonces regresaron las sombras.

—¡Rabih! —oyó su nombre, pero como si fuera el eco de una habitación vacía e intentó abrir más los ojos.

—¿Sabes quién eres? —preguntó una voz y Rabih asintió—. Está volviendo en sí.

Notó un líquido frío en los labios y pasó la lengua lentamente por ellos. El agua empezó a entrar en su boca. Notó que le humedecía la lengua y volvía a sentirla. Poco a poco, las sombras empezaron a tomar forma. Intentó levantar la cabeza, pero Hammoudi le obligó a bajarla, sacó un frasquito, lo abrió y se lo puso en la boca.

—¡Bebe! —le ordenó el beduino.

No tuvo fuerzas para oponerse. Fuera lo que fuese aquel brebaje, sabía a rayos, pero al cabo de un momento notó que la sangre volvía a circular por su cuerpo y el oxígeno alimentaba de nuevo su cerebro.

—Ahora se quedará dormido —oyó que decía la voz de Hammoudi—. Cuando se despierte, estará bien.

Rabih obedeció y, cuando volvió a abrir los ojos, Charles estaba a su lado.

—Bienvenido.

—¿Qué ha pasado?

—Deshidratación grave y casi asfixia.

—¿Dónde estamos?

—Cerca de un oasis al norte del monasterio de Santa Catalina.

—¿Nos hemos retrasado?

—No, te hemos llevado en una camilla sujeta a dos camellos. Llegaremos a Eilat en dos días. Más vale que te pongas bien pronto. Lawrence se reunirá con nosotros allí y los tres nos pondremos en marcha hacia Siria.

—¿Qué tres? —Intentó incorporarse, pero se mareó.

—Tranquilo, hermano.

—¿Hisham? —preguntó apretándole la mano.

—No lo sé, no lo encontramos.

—¿Y Nassim?

—Está conmocionado, pero bien.

—*Ya Allah!* Es por mi culpa.

—No, no lo es. Ni tú ni nadie pudimos hacer nada. Una tormenta de arena es impredecible.

—Debería de haberme aferrado a él.

—No debes culparte. ¿Tienes hambre? Es mediodía y no has comido nada. Deberías intentarlo.

—Una joven vida malograda... Gracias, tomaré un poco de pan.

—Estupendo, ahora te lo traigo.

Él permaneció en el catre y miró al techo de la jaima a rayas.

—Rabih —oyó que decía una voz en la puerta.

—Entra, Nassim —dijo cuando escuchó a su amigo llamarle desde la puerta. Se apoyó en los codos para intentar levantarse.

Nassim parecía sombrío. Levantó la servilleta que cubría los dos trozos de pan que le había llevado en un plato y se arrodilló frente a él con los ojos inundados de lágrimas.

—Lo siento, Nassim. Lo siento mucho. Debería haberlo salvado. Fue por mi culpa. Yo conozco el desierto, pero él no.

—Me siento muy mal —confesó Nassim—. No creo que realmente quisiera involucrarse en todo esto. Era asunto mío, ya sabes, cuando Salah me rescató de los turcos juré que me vengaría. Entiendo la rebelión árabe, la siento. Quiero que esos malditos turcos se vayan de nuestra tierra. Pero para Hisham no significaba lo mismo. Lo fingía porque quería secundarme, porque era mi amigo. Para él era una cuestión de diversión y chicas. Esto no era para él y yo lo arrastré. —Se le quebró la voz y se tapó la cara para ocultar las lágrimas, pero no consiguió contener los sollozos.

—No te culpes —le consoló Rabih con ojos también llorosos.

—Ninguno de los dos debería hacerlo —dijo Charles, que acababa de entrar—. Os sugiero que abandonéis esa actitud.

—Era mi amigo… —replicó Nassim.

—Sí, y puedes llorar su pérdida, pero no sentirte responsable por lo que pasó. Mira, ahora no puedes venirte abajo. Vas a entrar en combate, en una guerra. —Charles se sentó junto a él en el suelo—. Vas a ver cosas peores, y mucha destrucción, gente muriendo delante de ti. No puedes culparte por cada uno de ellos o no sobrevivirás.

Nassim seguía con la cara entre las manos, pero Charles sabía que le escuchaba.

—Yo también he perdido a buenos amigos, que eran como hermanos. Siento lo mismo por todos los miembros de mi equipo, son como hermanos y nos cuidamos los

305

unos a los otros. Y si, Dios no lo quiera, algo le ocurriera a alguno de ellos, sería un gran golpe, pero lo lloraría en su momento, cuando pudiera concentrarme en su recuerdo, en su amistad y en el papel que desempeñó en mi vida.

—Lo que no puedes hacer es dejar que la muerte te distraiga de lo que tienes a tu alrededor. Puede que parezca duro, pero forma parte de la vida de un soldado. ¿Te ha quedado claro? —Comprobó que, por primera vez, Nassim asentía—. Sé que no eres un soldado. No estás preparado ni física ni psicológicamente. Pero tienes valor, el valor de defender algo en lo que crees, y eso es más importante de lo que imaginas.

A la tarde siguiente, antes de llegar a Eilat, un puerto en el extremo norte del golfo de Aqaba, encontraron un campamento de jaimas beduinas junto a un oasis en el que Charles hizo detener la caravana.

Un hombre vestido con ropa beduina salió de una de las jaimas y los esperó sonriente con los brazos cruzados sobre el pecho. Llevaba un tocado blanco sujeto con un *agal* negro bordado, una larga capa caqui sobre un uniforme militar y daga y espada colgadas al cinto.

—¡Comandante Hackett! ¡Hola, viejo amigo! —exclamó Lawrence mientras avanzaba hacia Charles, que le hizo el saludo militar—. Descanse, soldado. Ven, entra. ¿Qué tal ha ido el viaje?

—Ha sido muy largo, señor. Nos sorprendió una tormenta de arena nada más salir de Suez.

—Empezar un viaje con una tormenta trae suerte.

—No esta vez, Lawrence. Perdimos a un joven de dieciocho años.

—¡Vaya! —exclamó mordiéndose el labio inferior—. ¿Quién era?

—¿Recuerdas a Nassim, el chaval de Salah...? —Esperó a que Lawrence asintiera—. Hisham era amigo suyo, querían unirse a la rebelión y entrar en tus irregulares.

Salah me pidió que los trajera y pensé que serían útiles en labores de reconocimiento y en las emboscadas a los trenes.

—¡Maldita sea! ¿Se lo has dicho a Salah?

—No, tendré que esperar hasta volver a Suez. Por aquí no hay oficinas de telégrafos.

—Creo que los turcos tienen uno en Amán, incluso puede que haya otro en Ma'an, pero dudo mucho que te dejen usarlo. ¿Cómo se lo ha tomado Nassim?

—Eran buenos amigos, ha sido un golpe muy duro para él. Rabih Fartah también nos ha acompañado —le informó mientras Lawrence le servía un vaso de agua.

—No me informaron de que viniera. Sabía que conocía bien esta zona del ferrocarril, pero pensaba que Salah le pediría la información y te la transmitiría a ti. No pensaba que vendría en persona. ¡Salud! —brindó Lawrence levantando el vaso.

—¿Qué planes tenemos?

—Vamos a darles a los turcos una cucharada de su propia medicina. Les engañaremos de verdad.

—Soy todo oídos.

—¿Estás listo para partir?

—Creo que sí. ¿Por qué? ¿Adónde vamos?

—A Siria. Saldremos a las once de la noche, te lo explicaré de camino.

—¡Rabih! —exclamó Lawrence acercándose al pozo del que el otro estaba sacando un cubo de agua.

—¡Lawrence! —lo saludó sonriendo y secándose las manos mojadas en la capa antes de estrechar la de su amigo y darle un abrazo.

—Siento lo del chico. Intentaremos avisar a Salah cuanto antes, pero no creo que podamos hasta que volvamos a Suez.

—Lo entiendo. Fue una desgracia…

—Necesito tu ayuda. Te voy a presentar a Auda Abu Tayi. Permanecerá aquí y llevará a cabo ataques en la vía férrea para distraer a los turcos. Mientras tanto, Charles, tú y yo saldremos de excursión. Vamos a animarles la vida a los turcos. Plantaremos unos tulipanes e iluminaremos el cielo de la Siria otomana.

Auda Abu Tayi era un hombre extraordinario. Compensaba la falta de altura con un cuerpo musculoso y fuerte que le confería una gran presencia y mucho carisma. Pero lo que más intimidaba de su persona eran sus ojos azules, que brillaban como el acero y obligaban a apartar la mirada hasta a los hombres más duros. Era un consumado espadachín, rápido con la daga y un experto montando en camello. Tenía la reputación de ser el guerrero más temible de Hejaz.

Después de las oraciones de la puesta de sol se recogió en su jaima. En una pequeña mesa de latón había una jarra de terracota y varias tazas. Tumbado sobre unos cojines, Auda fumaba un narguile. Sobre la túnica blanca, ceñida en la cintura con una ancha faja multicolor en la que portaba una daga, vestía un chaleco corto marrón, cruzado por dos cananas.

—¿Se puede, jeque? —preguntó Lawrence levantando la tela de la puerta y asomando la cabeza.

—¡Lawrence! —saludó y se le iluminó la cara—. Dame buenas noticias.

—Quiero que conozcas a alguien.

—Si no es una mujer rubia con los ojos azules, no me interesa. Ya no es tan fácil encontrar mujeres guapas. Sobre todo aquí, en Hejaz.

Auda dirigió su intensa y gélida mirada a Rabih, que lo saludó con la cabeza.

—Rabih fue uno de los arquitectos del Chemin de Fer Impérial para la Sublime Puerta —lo presentó Lawrence mientras Auda lo estudiaba—. Diseñó algunos de los edificios que hay junto a las vías y nos informará de sus puntos débiles para que puedas continuar hostigando a los turcos.

—Sí, es uno de mis pasatiempos favoritos.

—El otro es casarte —bromeó Lawrence.

—Veintiocho veces, hermano —confesó sin quitarse la boquilla del narguile de la boca.

—A pesar de sus vicios, el jeque es el mejor guerrero de toda Arabia —le dijo Lawrence a Rabih.

—Los howeitat son buenos guerreros del desierto. Mi padre, mi abuelo y todos sus antepasados lucharon con orgullo.

—Y ferozmente —añadió Lawrence.

—Cuando acabe esta guerra y seamos libres, cuando podamos sentarnos alrededor de un fuego y mirar las estrellas, te contaré historias de valor y recitaré poemas sobre las batallas que libraron mis antepasados. La vida es una saga, todo sucede por alguna razón. Todo el mundo es un héroe...

—Jeque, tenemos que ir al grano —le interrumpió Lawrence—. Farhat nos dirá en qué estaciones podemos causar más daño.

—Yo creo que deberíamos concentrarnos en Ma'an —opinó Auda mirando el mapa que se extendía sobre la alfombra.

—Sí, justo aquí —indicó Rabih con el dedo índice.

—Continuad solos —se excusó Lawrence—. He de terminar con los preparativos antes de ponernos en camino esta noche.

—Nos vemos luego —lo despidió Auda—. Ahora, hermano, volvamos a lo nuestro...

—En este edificio los turcos guardan municiones y pertrechos de reserva para Aqaba. Aquí las vías giran...

—¿Eres creyente?

—Sí, soy musulmán. No muy bueno, podría ser mejor, pero...

—No te he preguntado si eres religioso, sino si crees en la causa de la libertad de los árabes.

—Por supuesto.

—Pero ¿como venganza por todo el mal que han hecho los turcos o porque te ha permitido escapar de la situación en la que estabas?

Rabih lo miró un momento. Auda era sorprendente. No solo era fiero, sino intuitivo.

—Has venido escapando de una mujer, ¿verdad? ¡Lo sabía! Tu silencio habla por ti.

Rabih bajó los ojos.

—De todo lo que impulsa a un hombre a ir a la guerra, lo más frecuente es una mujer. Te voy a dar un consejo, hermano. Cuando entres en combate, pregúntate si crees en por qué estás peleando. Creer da valor, y la fe te sustenta.

—Lo recordaré.

—Ahora, basta de digresiones. Soy como las abuelas. Vamos a seguir o Lawrence me dirá cuatro cosas.

—Este edificio es el más vulnerable de todos los que rodean la estación —indicó Rabih en el mapa.

Lawrence volvió a entrar, acompañado de Charles.

—¡Charlie! —lo saludó el jeque levantándose para darle un abrazo y besarle tres veces en las mejillas—. ¿Qué tal estás? Me alegro de ver que tienes buen aspecto.

—*Shukran ya*, jeque.

—Has venido por una mujer, ¿verdad?

—¡Auda! —exclamó Lawrence con las manos en las caderas—. ¡Otra vez!

—Lawrence no cree que tenga sensibilidad —bromeó—. Solo me ve como un guerrero, pero si solo pensara en luchar sería un hombre unidimensional.

—Por favor, Auda, no lo eres en absoluto. Pero ¿podemos añadir la vida amorosa de Charles a la lista de historias que contaremos alrededor del fuego cuando haya acabado todo esto?

—Eres un aguafiestas —bromeó Auda y se volvió a Rabih acariciándose la barba—. Bien, entiendo cómo hacerlo, pero necesitaré a alguien rápido, avispado y que sea buen corredor.

—Creo que conozco a la persona adecuada —intervino Lawrence.

—Nassim —mencionó Charles asintiendo.

—¿Quién es?

—Un joven de El Cairo, jeque —le informó Charles—.

Carece de formación, pero es listo, entusiasta y un patriota firmemente comprometido con el movimiento árabe.

—Muy bien, pondremos a prueba sus cualidades.

—¿Cuál es el resto del plan? —preguntó Charles a Lawrence.

—Mientras esperamos a que las tribus se reúnan con Auda, quiero ir en misión de reconocimiento a Siria para averiguar con qué tropas cuentan y cuáles son sus líneas de abastecimiento, para cuando Faisal suba desde Palestina hacia Siria. También visitaré a algunos jefes de tribus para asegurarnos de que están de nuestra parte. Esa misión servirá para que los turcos crean que el ejército árabe y las fuerzas británicas se dirigen a Siria y que nuestro objetivo es Damasco o Alepo, en vez de Aqaba.

—De esa forma reforzarán sus efectivos en Siria y debilitarán Hejaz —asumió Auda.

—¿Hay guarnición en Aqaba? —preguntó Charles.

—No exactamente. Es un pueblo pequeño. Los turcos mantienen a unos trescientos hombres en la boca de Wadi Itm, en caso de ataque desde el Sinaí.

—¿No bombardearon los británicos Aqaba? —preguntó Charles.

—Sí, y el año pasado consiguieron desembarcar un pelotón de marines, aunque creo que decidieron que un ataque por mar sería imposible.

—No hay playas a las que arribar, ni puerto —intervino Auda.

—¿Cómo insinuamos a los turcos que Damasco es nuestro próximo objetivo? —preguntó Lawrence.

—Tengo una idea —dijo Rabih—. ¿Por qué no dejamos que Nassim vaya a Aqaba y les haga creer que te diriges hacia el norte? Puede fingir que es uno de ellos e informar a alguien que tenga un rango lo suficientemente importante como para hacerle caso.

El corazón de Nassim latía a toda velocidad mientras se acercaba con Hammoudi a la guarnición turca de Wadi

Itm, una sima de roca roja y blanca en las afueras de Aqaba que acababa en el desierto.

—Allí. —Hammoudi señaló un fuego de campamento a unos ochocientos metros y Nassim descendió del camello—. No puedo acercarme más sin alertar a los centinelas.

Nassim sudaba profusamente y jadeaba por el esfuerzo.

—Tranquilo, *ibni*, respira. Inspira con fuerza por la nariz y espira por la boca —le aconsejó Hammoudi.

El corazón de Nassim recuperó lentamente su ritmo normal.

—Te espero aquí con Aisha y su hijo.

—*Shu* Aisha? —preguntó Nassim extrañado.

—Aisha y Hasan *hinne yamail* —contestó señalando hacia sus monturas.

—*Ya Allah!* —exclamó entre risas.

—He conseguido que te rieras.

—*Tayeb, yallah.* Vuelvo enseguida.

—*Allah ma'aak, ibni* —Hammoudi se apoyó en su bastón mientras Nassim desaparecía—. Un chico valiente, ¿verdad? —comentó con los camellos.

Aisha soltó un berrido y Hasan escupió.

—¿Es que no tienes educación? ¡Cómo se te ocurre escupir! —le reprendió dándole una palmada en la grupa.

Nassim se alisó la túnica antes de llegar al campamento turco. Vestía un uniforme lo más parecido al de un soldado otomano que habían conseguido improvisar en las jaimas del jeque Auda. La túnica era la caqui habitual, pero los pantalones otomanos llevaban refuerzos en las rodillas para protegerlas cuando se agachaban en las trincheras. Uno de los hombres de Auda le entregó unos de esos pantalones arrebatados a un soldado enemigo.

No se quedó muy tranquilo cuando se los puso. Le quedaban muy grandes, pero Lawrence se quitó el cinturón y se lo entregó para que los sujetara.

—Estupendo, no tendrás problemas. ¿Qué opinas, jeque? —Le miró y este asintió—. ¿Charles?

—Sí, da el pego.

—Será de noche. No se fijarán mucho —le animó Rabih.

Cerca de la hoguera había un árbol seco. Nassim se acercó, abrió las piernas y empezó a silbar mientras se aliviaba.

—¿Quién anda ahí? —preguntó uno de los soldados que estaban junto al fuego—. ¡Déjate ver! —le ordenó apuntándole con el fusil con la bayoneta calada.

—¿Es que no se puede tener un poco de intimidad? —replicó Nassim oculto por el grisáceo árbol.

—¿Quién eres?

Nassim suspiró y apareció con los pantalones en los tobillos.

—¿Te importa? —preguntó mirando exasperado al soldado turco—. ¿Puedo abrocharme los pantalones? Si voy a morir, prefiero hacerlo con decencia.

El soldado asintió sin dejar de apuntarle y Nassim rezó para que no se diera cuenta de lo grandes que le quedaban.

—¿Quién eres? —repitió.

—Soldado Hakan Boz.

—¿De dónde eres? —preguntó con recelo, pero había bajado el arma al oír un nombre turco.

—Acabo de llegar, me han trasladado. Estaba en Medina —contestó metiendo las manos en los bolsillos.

—¡Ponlas donde pueda verlas! —Levantó el fusil de nuevo.

—*Tayeb, tayeb.* No te pongas nervioso.

—¿Quién era el oficial al mando?

—Fahreddine Pasha.

—¿Por qué te han trasladado? —De nuevo, bajó el fusil.

—No lo sé, he venido con más soldados.

—A lo mejor esperan un ataque.

—Quién sabe…

—Los beduinos se han unido a ese inglés, es posible que estén al acecho.

—¿Lawrence?

—Sí, me dijeron que estaba aquí.

—No es así —susurró Nassim.

—¿A qué te refieres?

—Ha ido hacia el norte. No sé si debería decírtelo, pero cuando estaba en Medina oí a un par de árabes decir que preparaba un gran ataque con los árabes y el ejército británico en Damasco —le informó guiñándole un ojo.

—¿Damasco? —se extrañó el soldado.

—Quizá incluso Alepo.

—¿Estás seguro? ¿Lo sabe alguien?

—No tuve tiempo de contárselo a nadie antes de que nos embarcaran.

—¿Quiénes eran esos árabes?

—Estaban de nuestro lado, pero se han pasado al enemigo. Deberías informar al oficial al mando.

—Sí... —La idea de un ascenso o un aumento de sueldo empezó a dar vueltas en su cabeza—. Un momento. ¿Por qué no informas tú y te beneficias de ello?

La réplica le pilló por sorpresa y durante una fracción de segundo no supo qué decir.

—Porque acabo de llegar. ¿Quién iba a creer al nuevo? —contestó intentando calmar su desbocado corazón.

—¿Qué pasará si estás equivocado y me meto en un lío?

—No lo harás, te he dicho la verdad. Y siempre puedes buscarme para que lo confirme. Estoy aquí, ¿no? Si estoy equivocado, me culpas a mí para que vengan a pedirme cuentas.

—¿Quieres un trago? —le ofreció el turco a Nassim—. Tengo un poco de whisky.

—En otra ocasión, hermano.

—Entonces, hasta pronto —se despidió estrechándole la mano.

—*Yallah! Allah ma'aak.*

Aquella noche, de madrugada, tres camellos salieron en fila india del campamento de Auda en dirección norte hacia Néguev. En junio, ese desierto era casi insoportable. Siempre que podían, viajaban de noche y descansaban durante el día.

—Es una suerte que conozcas los pozos y oasis —comentó Rabih cuando se detuvieron en uno.

—Sí, es muy práctico —confirmó Lawrence quitándose el pañuelo de la cabeza—. ¿Alguna señal, Charles?

—Creo que nuestra estratagema ha funcionado —contestó Charles y se sentó para tomar un trago de agua.

—¿Nos siguen?

—Sí, están a unas tres horas.

—¿Sabes quienes son? —preguntó Rabih sacando un poco de pan de la mochila.

—Seguramente beduinos.

—¿Por qué no envían a alguien de los suyos?

—Porque, aparte de la gente que vive en el desierto, nadie está preparado —respondió Lawrence.

—Además, algunos beduinos siguen trabajando para los turcos —añadió Charles.

—¿Serán un problema? —preguntó Rabih antes de dar un mordisco al pan.

—No creo —contestó Lawrence—. Quizá intenten hostigarnos, pero nada más.

—Yo me preocuparía más por las serpientes y los escorpiones —comentó Charles.

—Deberíamos haber venido con Hammoudi, seguramente se habría hecho amigo de ellos —añadió Rabih y todos se echaron a reír.

Lawrence tenía razón. Se produjeron un par de pequeñas escaramuzas con los beduinos que los seguían, cuya intención era ponerlos nerviosos, pero unos días después estaban ya en Gaza.

—Aún nos quedan unas cuantas jornadas para llegar a Damasco —advirtió Charles mientras comían en Matouk, un restaurante muy popular entre los soldados.

—Precisamente estaba pensando en ello, pero no creo que importe —intervino Lawrence.

—Sí, cuanto más nos cueste llegar, más convencidos

315

estarán de que Damasco es el verdadero objetivo —concluyó Rabih antes de tomar un poco de *tawwouk* de pollo.

—Vaya, vaya, vaya —dijo una voz a su espalda y al volverse descubrieron al capitán Musa Nusair.

—¡Hola, viejo amigo! —lo saludó Lawrence levantándose para darle un abrazo—. ¿Qué haces aquí?

—¡Charles! *Marhaba*, hermano. —Musa le estrechó la mano y le abrazó, antes de hacer lo propio con Rabih.

—Siéntate con nosotros —le ofreció Lawrence—. ¡Camarero, traiga un cubierto más!

—Cuéntanos, ¿cómo has llegado hasta aquí? —preguntó Rabih.

—Hago la ronda habitual —contestó mientras se liaba un cigarrillo.

—¿Para quién trabajas en este momento? —preguntó Lawrence.

—Tengo que llevar un cargamento a Ahmed Djemal en Beirut.

—¿Cuándo zarpas? —inquirió Lawrence.

—Mañana temprano. ¿Por qué?

—¿Puedes llevar a algún polizón?

—¿De quién se trata?

—De nosotros tres.

—¿Vais a Beirut? —se extrañó Musa con su vozarrón—. Lo siento —se disculpó inmediatamente y miró a su alrededor por si les estaba espiando algún indeseable.

—Sí, primero a Beirut y después a Damasco —confirmó Lawrence también en voz alta.

—¿No deberíais estar en Hejaz con Faisal? —susurró Musa con cara de extrañeza.

—Es una maniobra de distracción —dijo Charles guiñándole un ojo.

—Más bien parece una misión suicida. ¿Os habéis vuelto locos?

—Gracias, capitán Nusair. Que hayas anunciado nuestros planes nos ha ayudado mucho —murmuró Lawrence.

—¿Queréis ir a la Siria turca? ¿Cómo esperáis entrar y salir?

—De la misma forma que hicimos en Hejaz y otros lugares, con mucho cuidado —precisó Charles.

El árbol de la vida llegó al puerto de Beirut en un tiempo récord. El viento les fue propicio y el carguero recorrió las ciento cincuenta millas a toda velocidad.

—Estaré por aquí un par de días. Así que si queréis que os lleve de vuelta a algún sitio, será un placer —les informó Musa antes de que desembarcaran.

—Gracias, Nusair —se despidió Lawrence con un fuerte apretón de manos.

—*Maa salama*, hermano. —Rabih le dio un abrazo, seguido de Charles.

—Qué *Allah* os acompañe.

Bajó la pasarela y gritó a sus hombres:

—¡Venga, gandules! El gobernador se enfadará mucho si no entregamos esta mercancía a tiempo. Buenos días, señores —saludó a los dos oficiales otomanos que estaban en el muelle.

—Buenos días, Nusair. ¿Qué has traído para Ahmed Djemal?

—Lo que me pidió —explicó levantando la esquina de una lona blanca que tapaba unas cajas—. Abridlas para que vean el contenido.

Mientras Musa distraía a las autoridades otomanas, Lawrence, Rabih y Charles bajaron la pasarela cargados con sacos de fruta y echaron a andar en dirección opuesta a Musa, que seguía hablando con los soldados.

—Como pueden ver, no hay nada escondido. Soy un hombre de palabra, leal al bajá —mientras hablaba echó un rápido vistazo a su espalda justo a tiempo para ver a sus amigos desaparecer en una esquina.

Lawrence, Charles y Rabih avanzaron a buen paso por el puerto y se mezclaron con el resto de comerciantes y porteadores que se dirigían hacia la puerta principal, donde unos guardias paraban aleatoriamente a los que salían.

—Mantened la calma —les pidió Charles poniéndose el primero.

—¡Tú! —le gritó uno de los guardias—. ¡Sí, tú! ¡Detente! ¿Adónde vas?

—Son provisiones para el ejército.

—¿Qué llevas?

—No pregunto, solo entrego —contestó encogiéndose de hombros.

—¿De dónde viene?

—Lo he recogido en el barco atracado en el muelle tres.

—*Yallah*, hermano —gritó Rabih detrás de él—. ¡No tenemos todo el día! Son patatas y cebollas para el palacio del gobernador. Si no las entregamos a tiempo, nos meterá en la cárcel.

El guardia dudó.

—Tiene razón, si le hacemos pasar hambre nos colgará a todos —gritó alguien más en la cola.

—¡Callaos, idiotas! —les amenazó el guardia con el puño—. Está bien, no necesito más historias por esta mañana, bastantes problemas tengo con mi mujer. *Yallah, yallah*, moveos.

Capítulo 19

Ahmed Djemal estaba en su oficina con las manos en la espalda mirando la ciudad por el ventanal.

—Señor... —lo llamó su secretario tosiendo discretamente—. Ha llegado el capitán Erdogan.

—¿Por qué? —preguntó el general turco con desdén.

—Lo mandó llamar, señor.

—Ah, sí. Que entre.

—Bajá —saludó Omer Erdogan entrechocando los talones y haciendo una reverencia.

—Erdogan —contestó Ahmed Djemal sin apartar la vista del ventanal—. Me he enterado de que tenemos un visitante no deseado. —Volvió a su escritorio—. Lawrence, el británico que no ha hecho otra cosa que lanzar ataques cobardes contra el ferrocarril de Hejaz y que ahora es el intermediario entre los británicos y el penoso grupo de indolentes que los árabes llaman ejército. Está en Siria, pero no sé dónde.

—Entiendo, señor.

—Lo vieron hace poco en Gaza y le oyeron decir que venía hacia aquí. Después le perdimos la pista. Creía que había venido con ese astuto yemení, pero Nusair estaba limpio. Lo que solo puede significar una cosa, que los árabes planean ir hacia el norte y Lawrence ha venido para convencer a las tribus sirias para que se unan a la causa árabe.

—¿De verdad cree que está pensando tomar Damasco o Beirut?

—Cree que es uno de ellos —se burló Ahmed Djemal—. Está convencido de que esos árabes deberían tener
libertad y tierras. Por supuesto, los británicos se han aprovechado de él y le han enviado para que les diga a los árabes que les concederán la independencia si ganan los aliados. Lawrence es muy convincente porque cree en lo que
dice.

—¿Cumplirán su palabra?

—Los británicos son unos mentirosos natos. No les da-
rán nada. Harán lo mismo que en la India, donde fingieron
ayudarles y después se la quedaron. Los árabes están demasiado divididos. Recuerda que los otomanos llevan quinientos años manteniéndolos unidos. Si se les deja solos,
no sabrán qué hacer y esa será la excusa perfecta para que
intervengan británicos y franceses. Los árabes nos habrán
cambiado por ellos. Al menos, con nosotros tienen una
cosa en común.

—La religión, señor.

320 —En efecto, capitán. Al acabar el día todos inclinamos
la cabeza en dirección a La Meca y solo hay un Dios y Mahoma es su profeta. ¿Qué tienen en común Faisal y sus hijos con Lawrence y los británicos?

—Nada, nada en absoluto.

—Hablan de la unidad árabe, pero ¿qué comparte uno
de los beduinos junto a los que lucha Lawrence con un si-
rio, mucho más culto y refinado? Nada, excepto la religión. Así es como los ha controlado el Imperio otomano.
¡Bah!, que sigan soñando.

—Entonces, ¿qué hacemos con Lawrence, señor? Ha
mencionado que quizá esté planeando atacar Damasco o
Beirut.

—Puede que sea eso o que se trate de uno de sus trucos
y quiera volar algo para distraernos mientras sus amigos
árabes atacan Aqaba —vaticinó retorciéndose la punta del
bigote.

—A lo mejor es una combinación de las dos cosas.

—Sea lo que sea, ha tenido la desfachatez de venir
hasta aquí. Esto es territorio otomano y su presencia basta

para ahorcarlo por traición. Encuéntralo, Erdogan y tráelo vivo. Ten cuidado, es muy astuto, como esos apestosos beduinos con los que se junta.

—Si está en Beirut lo localizaré, señor. Tengo hombres en todas partes.

—Puede que no haya venido aquí pero sé que está en Siria. Lo presiento. Recuerda que os encerró a ti y a Celik en El Cairo. Costó mucho sacaros de allí.

—¡Sí, señor! —acató Erdogan haciendo el saludo militar, giró sobre sus talones cuando recibió la orden de descanso y se dirigió a la puerta.

Una vez fuera dejó escapar el aliento que había estado conteniendo. «¡Maldita sea, buena misión imposible me ha caído!», pensó.

Mientras tanto, Lawrence había abandonado Beirut y se dirigía hacia Trípoli, en el norte, para desviarse hacia el este en la cordillera del Líbano antes de llegar a Yubail, pasar por el valle de la Bekaa en la cordillera del Antilíbano y bajar hasta Damasco.

—Tendremos que dar un gran rodeo, pero es una buena ruta —aseguró Rabih—. Cuando estemos en el valle será fácil encontrar caminos secundarios.

—Es cierto, y conozco bien la zona —intervino Charles.

—Ese recorrido me permitirá hablar con la tribu aniza sobre su adhesión a la causa árabe, tal como me pidió Faisal —añadió Lawrence.

—Sus tierras están muy cerca de Douma, donde vive mi familia —comentó Rabih.

—Más adelante hay un puesto de control —informó Charles mirando hacia la larga, polvorienta y en gran parte desértica carretera que discurría paralela a la costa mediterránea.

—¿Tan cerca de Beirut? —se extrañó Lawrence.

—Quizá están estrechando el cerco. Deben de saber que estamos en Siria.

—Muy bien. Hemos cumplido con la mitad de la misión. Ahora solo tenemos que hacerles creer que todo el ejército árabe se dirige hacia aquí —dijo Lawrence.

—Y que no nos descubran —añadió Charles—. ¿Cómo vamos a librarnos de los puestos de control?

Lawrence se detuvo y miró a su alrededor.

—¿Por qué no rodeáis Rabih y tú esa colina en dirección a ese monasterio? —sugirió Charles—. La pendiente de la colina os ocultará. Yo los entretendré y me reuniré con vosotros unos kilómetros más allá, donde la carretera tuerce hacia la bahía de Yunieh.

—Deberíamos decidir qué hacemos si algo sale mal —sugirió Lawrence.

—Si las cosas se tuercen nos reuniremos en Gaza.

—Muy bien.

—Tengo una idea mejor —terció Rabih—. ¿Por qué no paso yo el puesto de control? Siempre puedo decir que voy a ver a mis padres. Si quieren comprobarlo, verán que es verdad. Nunca se sabe, quizá tengamos que parar allí.

—Buena idea —aprobó Lawrence.

—Además, tengo acento árabe y soy el único que tiene documentación egipcio-otomana.

—*Tayeb, tayeb, habibi* —se burló Charles—. *Yallah.*

—Nos vemos al otro lado —se despidió Rabih.

—Buena suerte —le deseó Lawrence—. Valiente, para ser arquitecto —comentó con Charles cuando se alejó.

—Valiente, para ser arqueólogo —comentó con cautela Charles.

—¿Te refieres a mí? —se rio Lawrence—. Bueno, supongo que me lo merezco. Hace mucho tiempo que no realizo trabajos de campo ni investigaciones. Esto es lo que hago ahora, espiar, volar cosas, ir a la guerra, disparar a gente, matarles. Algo muy distinto de un aburrido arqueólogo que se entusiasmaba cuando encontraba un trozo de cerámica que pudo ser la jarra de barro más barata de sus tiempos y que alguna mujer pudo romper en la cabeza de su infiel marido.

—Lo entiendo. No quería ofenderte—se excusó Charles.

—No te preocupes, me has recordado los maravillosos años que pasé recorriendo el desierto en busca de los castillos de los cruzados.

—¿Continuamos, señor? Nos quedan unos cuantos kilómetros y no me gustaría hacer ruido con los cascos de los caballos.

—¿Dónde está Rabih? —preguntó mirando hacia el árido valle que se extendía ante ellos.

—Está llegando al puesto de control.

—*Halt!* —lo detuvo un soldado.

Rabih desmontó y fue hacia él. Cuando estuvo cerca, se dio cuenta de que vestía uniforme alemán. Otro soldado salió del puesto, ese era turco. Rabih oyó a otros hablando en el interior de la caseta, pero no pudo verlos ni distinguir en qué idioma hablaban.

—*Identifizierung* —pidió el soldado extendiendo la mano—. *Die Passe.*

—*'Afwan* —contestó con educación Rabih y se metió la mano en el bolsillo para buscar la documentación.

Mientras tanto, el soldado turco dio una vuelta completa a su alrededor mirándolo de arriba abajo y meneando la cabeza con curiosidad. Rabih esperó respetuosamente a que el soldado alemán desplegara la hoja de papel.

—Un momento —pidió este último y el corazón de Rabih empezó a latir con fuerza.

—¿Quieres uno? —le ofreció el turco después de encender un cigarrillo—. ¿Adónde vas?

—No, gracias. A Douma.

—Todavía estás muy lejos.

—Lo sé.

«¿Por qué tardan tanto?», pensó. Miró a su alrededor en busca de algún sitio en el que cobijarse si tenía que echar a correr, pero no había más que un grupo de árboles a lo lejos. Antes de llegar allí, seguro que le habrían metido una bala. Notó una opresión en la boca del estómago. Metió las manos en los bolsillos de la túnica y las apretó para calmar los nervios.

—Ponlas donde pueda verlas —le ordenó el turco.

Rabih las sacó y las dejó colgando. Tenía la boca seca. Sabía que si levantaba los brazos le temblarían.

—Soy de Esmirna. ¿Has estado allí alguna vez?

«*Ya Allah*», pensó Rabih cerrando los ojos.

—La verdad es que sí. Y me gustó bastante.

—¿Qué hiciste?

—Ya sabes…, fui con un amigo.

—Tu cara me resulta muy familiar. No sé por qué…

—Quizá nos vimos allí —murmuró Rabih con la lengua pegada al velo del paladar.

El soldado alemán al que le había entregado los papeles salió del puesto y le hizo un gesto a su colega turco para que se acercara. Empezaron a hablar en susurros y, por más que Rabih intentó deducir qué estaban diciendo, no se enteró de nada. «Si vas a echar a correr, este es el momento», pensó dando un par de pasos.

—¡Eh! ¡No te muevas! —le advirtió el turco y Rabih se quedó parado.

—¿Por qué tardan tanto?

—Paciencia, todo llega al que sabe esperar —pontificó el soldado.

Aquello no era buena señal, llevaba media hora allí. ¿Habría algún problema con la documentación? Era un pasaporte egipcio que le proporcionó Salah, porque cuando llegó a El Cairo no tenía. A pesar de que Egipto era un protectorado británico, técnicamente formaba parte del Imperio otomano y los profesionales y comerciantes podían viajar a territorios controlados por los otomanos.

Un oficial salió del puesto. En cuanto lo vieron, los dos soldados apagaron los cigarrillos y se colocaron a ambos lados de Rabih, al que se le encogió más el estómago.

—Así que es Rabih Farhat… —empezó a decir el oficial turco.

—Sí —contestó sin mirarle a los ojos.

—¿El mismo Rabih Farhat que empezó a trabajar en el Chemin de Fer Impérial en Esmirna en julio de 1914?

Rabih no contestó e intentó estrujarse el cerebro para encontrar algo que sonara verosímil, pero no había forma de explicar aquella situación sin mentir.

—¿El mismo Rabih Farhat cuyo superior era Salah Masri? —El oficial se creció cuando constató que Rabih no se atrevía a mirarlo—. ¿El mismo Rabih Farhat que trabajó en el ferrocarril de Hejaz con Masri? —Fue hacia él con las manos en la espalda y los ojos brillantes por la cólera. Se acercó tanto que las puntas de sus narices se tocaron—. ¿El mismo Rabih Farhat que traicionó a la Sublime Puerta arrancando pernos y debilitando las vías? —gritó y su saliva aterrizó en las mejillas de Rabih—. ¿El mismo Rabih Farhat que filtró la información secreta que causó la muerte de cientos, miles de soldados otomanos? ¿El mismo Rabih Farhat que huyó cobardemente a El Cairo? Rabih Farhat, queda arrestado. Es una deshonra y un traidor al Imperio otomano, y pagará por ello.

No pudo hacer nada. Estaba acorralado. Sabía que si echaba a correr no conseguiría escapar, pero también que si se quedaba no sobreviviría, solo conseguiría prolongar lo inevitable.

—¡Llévense a este excremento! —exclamó el oficial escupiendo en la cara de Rabih—. Por su culpa estuve preso en una infame prisión británica en El Cairo. Ahora, que se pudra.

Entonces lo miró, era uno de los turcos que lo había seguido hasta el café de Rania.

—Sí, soy ese hombre —le confirmó al notar su reconocimiento—. El sargento Mehmet Celik, del ejército imperial otomano.

Rabih parecía derrotado y los brazos le colgaban a los lados. El soldado turco le agarró por el izquierdo y, en la fracción de segundo que tardó el alemán en colgarse el fusil en el hombro para agarrarle el derecho, Rabih le dio un codazo en las costillas al turco con toda la fuerza que pudo.

Al doblarse le dio un rodillazo en el mentón. La cabeza del turco salió despedida hacia atrás y soltó un chorro de sangre por la boca. Rabih le arrebató el fusil y atravesó con la bayoneta el corazón del soldado alemán, que murió instantáneamente. Se abalanzó sobre el sargento Mehmet, pero este se apartó y solo consiguió alcanzarle en el brazo. En la segunda acometida acertó en el muslo y giró la bayoneta para desgarrarle el músculo. El sargento soltó un grito y cayó al suelo. Había sangre por todas partes.

Soltó el fusil y echó a correr tan rápido como pudo. No se atrevió a mirar atrás. Si conseguía llegar al monasterio y pedir asilo, estaría salvado. Por un momento, la esperanza le alentó a seguir corriendo. Cuando había recorrido unos quinientos metros, oyó un disparo y sintió un intenso dolor bajo el hombro. «¡No mires!», se ordenó. Sonó otro disparo, que le alcanzó bajo las costillas.

Ralentizó el paso, se llevó una mano a la cintura y la notó húmeda. Comprobó que era sangre. Tenía la túnica empapada. Fue dando tumbos entre unas hierbas altas, antes de desplomarse junto a unos árboles. Le costaba respirar y su pulso se debilitaba. No sentía las puntas de los dedos. Notó que le envolvía un sudor frío y se le nubló la vista.

En su mente aparecieron imágenes de sus padres, sus hermanas, él mismo de niño corriendo por los campos cercanos a la casa familiar de Douma. Finalmente se le apareció Rania. La vio sonreír, girar sobre sí misma mientras el vestido de seda flotaba a su alrededor y los volantes revoloteaban. Abrió los brazos hacia él. «¡Rabih!», oyó que decía sonriendo provocativamente antes de que se le cerraran los ojos.

—¿Dónde está Rabih? ¿Qué opinas, Charlie? —preguntó Lawrence mientras iba de un lado a otro por la playa.

Llevaban dos horas esperando. Charles estaba sentado en una roca y lanzaba piedras al agua.

—La verdad es que prefiero no pensarlo.

—Venga, no seas negativo.

—Creo que deberíamos continuar, señor. Aquí somos un blanco fácil. Si han capturado a Rabih, acabarán encontrándonos. Lo torturarán y harán todo lo posible por atraparnos. Sabe qué hacer si algo sale mal.

—¿No lo sabemos todos? —comentó Lawrence con sarcasmo—. ¡Que se pudran!

—Si viene y no estamos, continuará hacia Gaza.

—Sí, imagino que eso hará.

Al día siguiente, tras zigzaguear la llanura costera para evitar los puestos de control, Lawrence y Charles llegaron a Ain el Barida, un diminuto pueblecito a unos noventa kilómetros al norte de Beirut con un espectacular manantial. De hecho, todos los pueblos de la zona tenían manantiales: Saissouq, El Hmaira, Ain ad Douar…

Ataron los caballos en una valla de madera frente a una pequeña casa de piedra con techo de pizarra. Salía humo de la chimenea y Lawrence llamó a la puerta.

—*Min?* —preguntó una voz ronca en el interior.

—Lawrence.

Se deslizó un pequeño panel de madera y asomaron unos ojos. Al principio parecieron desconcertados pero enseguida reflejaron una gran sonrisa. Un hombre alto y fornido abrió la puerta y levantó a Lawrence del suelo al darle un abrazo.

—¡Hermano Lawrence! ¡Me alegro de verte!

—Yo también.

—¿Qué haces aquí?

—¿Puedes bajarme? —pidió Lawrence riéndose.

—¿Qué? Ah, perdona —se disculpó dejándolo en el suelo—. Entrad, estoy preparando cordero.

—Gracias, Dahmi. Este es mi compañero, el comandante Charles Hackett. Charlie, este es mi buen amigo Dahmi, jefe de la tribu aniza.

Los dos hombres se estrecharon la mano.

—Cuéntamelo todo, Lawrence —rogó Dahmi ofreciéndoles asiento en los taburetes de madera que había junto a la chimenea.

Una cazuela metálica colgaba sobre el fuego y los tres hombres hablaron, comieron y bebieron hasta tarde.

—Y eso es todo —Lawrence puso punto final a su relato y apoyó la espalda en la pared—. Así que, mientras espero que los hombres de Auda estén listos para atacar Aqaba, tenemos dos semanas libres.

—Y has decidido tomarte unas vacaciones —Dahmi se echó a reír y Charles le imitó.

—Sí, pensamos en venir aquí, recabar información sobre los planes militares y vías de abastecimiento de los turcos y hacer relaciones públicas en nombre de Faisal para cuando el ejército árabe llegue al norte.

—Mira, Lawrence, te apoyaré cuando vengas con Faisal, pero necesitaré dinero y pertrechos. En este momento lo único que puedo ofrecer a la causa árabe es mi lealtad. Hemos pasado hambre desde lo que nos hizo Ahmed Djemal hace unos años y todavía no nos hemos recuperado. Los turcos nos atacaron y se llevaron nuestro grano..., todo. Después tuvimos una plaga de langostas.

—Lo siento, amigo.

—Más lo siento yo, que de momento tengo que doblegarme ante los turcos. ¿Adónde irás después?

—Queremos ir a Damasco —intervino Charles.

—Os enseñaré un camino. Atravesaremos las montañas y os dejaré en Baalbek.

A la mañana siguiente se pusieron en marcha y el viaje de ochenta kilómetros se duplicó debido a los rodeos que les obligó a dar. El paisaje era espectacular y, tras el terreno llano, llegaron a la cordillera del Líbano. Atravesaron pasos de montaña, cruzaron arroyos, galoparon por campos y se maravillaron ante los elegantes y esculturales cedros que crecían en las montañas.

—Si seguís utilizando explosivos, a las afueras de Baalbek hay un puente del ferrocarril que quizá os interese —les informó Dahmi cuando se acercaban al valle de la Bekaa.

—Cómo me alegro de que no pueda oírte nadie más que Charles —se rio Lawrence.

—Excepto la madre naturaleza, hermano. Hay una cosa que me gustaría preguntarte. Si ahora eres el enlace entre los británicos y Faisal..., ¿cómo lo llamaste? Ah sí, relaciones públicas. ¿Por qué no dejaste ese menester en manos de otra persona?

—Me sigue gustando plantar tulipanes —respondió Lawrence.

—El puente está en la principal vía ferroviaria turca, que va de Constantinopla a Alepo y atraviesa Baalbek antes de llegar a Beirut.

—Es una de las principales vías de abastecimiento de Palestina. Me encantaría hacer algo allí.

—Cuando lleguemos, os ayudaré con lo que necesitéis en vuestras labores de jardinería —ofreció Dahmi mientras daba de beber a su caballo en un riachuelo cercano—. Es un buen sitio. Cerca vive la tribu metawileh y vuestra acción no pasará inadvertida.

—Justo lo que queríamos.

—No hará falta mucho para convencerlos. Están listos para la revolución.

329

La antigua ciudad de Baalbek, situada al norte del valle de la Bekaa, a mitad de camino entre Beirut y Damasco, apareció ante sus ojos al este del río Litani, responsable de la fertilidad de aquella llanura.

—¡Mira, Charlie, mi primer amor! —exclamó Lawrence inspirando con fuerza y mirando con cariño las ruinas.

—Es impresionante —admitió Charles—. Lo que no sé es cómo consiguieron los romanos mover piedras de ese tamaño para construir sus templos a Baco, a Júpiter, a Venus. Mira el terreno, es accidentado, desigual, y las desplazaron cuesta arriba. Nunca entenderé cómo lo hicieron, me sucede lo mismo con las pirámides.

—Dicen que Baalbek lo construyeron unos gigantes.

—Sí, claro… —aceptó Charles con sonrisa irónica.

—Yo tampoco me lo creo.

Lawrence y Charles estudiaron la ciudad y tomaron notas sobre las fortificaciones y las tropas otomanas asentadas en la zona antes de alejarse unos kilómetros. Por desgracia, no podían permitirse una visita para disfrutar de la gran mezquita omeya ni de la antigua ciudadela de los cruzados, ambas construidas en el siglo VII, pero cada una consagrada a una fe distinta. Dejaron los caballos atados y atravesaron a pie los campos y huertos que rodeaban Baalbek hasta llegar a las vías del tren.

—Ahí está el puente. —Charles señaló la gran estructura de hierro y cemento que se alzaba a unos ochocientos metros.

—Muy bien, haz paquetes de veinte cartuchos de dinamita —le instruyó mientras él se ocupaba del cable y la mecha.

Los colocaron rápida y silenciosamente en los extremos del puente, en cada pilar y alguno más «para que sea una explosión especial», según Lawrence. Cuando acabaron señaló una cueva en una colina cercana. Charles lideró la marcha y él fue detrás desenrollando el cable.

—¿Listo para el espectáculo? —preguntó Lawrence encendiendo una cerilla mientras estaban tumbados boca abajo en la cueva.

La explosión fue ensordecedora y levantó por los aires el puente en un caos de fuego y humo. Los paquetes de dinamita estallaron uno tras otro, destruyeron las vías y la infraestructura y provocaron una nube de polvo y piedras que cayó en el perímetro cercano. El ruido se propagó río abajo y regresó con el eco de las montañas.

Después todo quedó en silencio y solo se oyó un ligero rumor en la distancia.

—¿Ha explotado el último? —preguntó Charles poniéndose de rodillas y limpiándose el polvo de la túnica.

—Creo que sí.

—¿Voy a comprobarlo? —sugirió Charles.

—De acuerdo, yo iré a por los caballos.

—Nos veremos allí.

Charles se dirigió hacia el puente. A pesar de que el aire estaba cubierto por el polvo de la explosión, el paisaje seguía siendo hermoso. Los cedros de la ladera de enfrente habían sido testigos de la explosión. Siguió con cuidado la quemada mecha, llegó al desaparecido puente y miró a su alrededor para asegurarse de que no quedaban paquetes por explotar. Revisó los fragmentos de los que habían estallado. «Estupendo, misión cumplida», pensó. Se dio la vuelta para regresar y de repente oyó un sonido siseante. Buscó con la vista de dónde provenía y a menos de treinta metros descubrió un cartucho escondido en la hierba. Charles echó a correr, pero la potencia de la explosión lo levantó del suelo y lo arrojó con fuerza contra el suelo.

Lawrence oyó el estruendo y se le encogió el corazón.

—¡Charlie! —exclamó antes de ir corriendo hacia el puente.

Al rodear la colina en la que se habían escondido, se quedó parado. Un grupo de soldados otomanos se dirigía hacia el lugar de la explosión. «¿Cómo han podido llegar tan rápido?», se preguntó antes de agacharse para vigilarlos desde detrás de un arbusto.

—¿Qué demonios...? —exclamó uno de ellos al ver el estrago.

—¡Tú! Ve al cuartel e informa al capitán Erdogan. Seguro que quiere verlo en persona —ordenó el que parecía el oficial al mando—. Es una suerte que estuviéramos haciendo maniobras en la zona.

«¿Erdogan? ¿No era uno de los turcos que arrestamos en El Cairo», recordó Lawrence.

—*Ya Allah!* —gritó otro de los soldados, que se arrodilló detrás de una roca y se levantó rápidamente—. ¡Sargento! ¡Aquí! ¡Mire lo que he encontrado!

Lawrence intentó distinguir qué estaba mirando, pero se lo impidió la maleza que tenía delante. El oficial y un par de soldados se acercaron.

—*Allah!* —exclamó uno de ellos—. ¿Está vivo?

—No lo sé —contestó el oficial arrodillándose—. Tiene el pulso muy débil. No sé si sobrevivirá.

—Quizá es el responsable de la voladura.

—Sacadlo de aquí. Llevadlo a la enfermería de la academia militar. Ya veremos si llega. El resto, dispersaos y buscar pistas.

Lawrence se deslizó hacia atrás. Tenía que desaparecer antes de que le encontraran, pero iría a buscar a Charles.

—¡Señor, he encontrado una pistola! Nunca había visto una como esta.

—Claro, ¿estás ciego?, es del ejército británico —le reprendió el oficial arrebatándosela—. ¡Maldición! Están aquí, los británicos están aquí. Esto ha sido cosa suya. Seguro que es obra de ese inglés que se cree árabe. Volvamos a Baalbek. He de hablar cuanto antes con el capitán Erdogan.

332   Lawrence esperó al anochecer antes de dirigirse hacia Baalbek. Se acercó con cautela a la academia militar y se escondió detrás de la columna de madera que sujetaba el toldo de una tienda. Observó el edificio detenidamente y deseó haberlo estudiado mejor a la luz del día.

«¡Santo cielo! ¿Por qué se me ha pasado por alto una instalación militar? ¿Cómo he podido ser tan estúpido?», se recriminó. Fue de un lado a otro pensando cómo entrar. Unos minutos más tarde se le ocurrió una idea. Si la academia tenía enfermería, habría enfermeras. «Puedo disfrazarme, pero ¿dónde encuentro un uniforme o algo que se le parezca?», pensó.

Cruzó la plaza, recuperó su caballo y salió al galope hacia las jaimas de la tribu metawileh.

—¿Quién anda ahí? —oyó que preguntaba la voz del centinela del campamento.

—Soy amigo —respondió tirando de las riendas.

—¡Alto! —Un guardia de temible aspecto se acercó con el arma en la mano—. ¿Quién eres y qué quieres?

—He venido a ver al jeque.

—Eso es mucho decir para un extraño.

—Dile que ha llegado Lawrence.

Minutos más tarde un grupo de beduinos fue corriendo a la entrada.

—*Allaho Akbar*. ¡Es él! El nuevo príncipe de La Meca —exclamó un anciano elevando los brazos al cielo.

—¡Jeque Yasser! —saludó sonriendo Lawrence mientras el árabe le daba un abrazo.

—Has sido tú, ¿verdad? —preguntó el jeque mientras lo conducía a su jaima seguido por los ancianos de la tribu. Se echó a reír con ganas y le dio una palmada tan fuerte en la espalda que casi lo tumba—. Es increíble, ¿no os parece? —preguntó a sus acompañantes.

Todos asintieron, impresionados por la hazaña. Lawrence se limitó a sonreír.

—Lo hemos oído. Ha sido maravilloso. ¡Qué estallido! Hemos visto las llamas desde esa colina. ¡Menudo espectáculo! —continuó mientras levantaba el faldón de la puerta de la jaima y le hacía pasar.

A Lawrence siempre le había sorprendido el placer que encontraban los hombres del desierto en el estruendo de una explosión. Para ellos era un espectáculo de poder y fuerza.

—Traed agua y comida para nuestro invitado —pidió a un par de mujeres cubiertas con velo que esperaban con timidez a un lado de la jaima.

—Gracias, Yasser, pero no tengo hambre.

—No digas tonterías. No puedes entrar aquí y no compartir un refrigerio.

—De acuerdo, pero no pidas que asen una cabra.

—Ponte cómodo y deja que se ocupen de eso las mujeres. Dinos, ¿cuándo nos unimos? Estamos listos para empezar la rebelión. Solo tienes que indicarnos cuándo.

—Todavía no ha llegado el momento, Yasser —comunicó mirando sus expectantes caras y oyó un murmullo de desaprobación.

—¿Qué quieres decir? Es hora de hacer la revolución en Siria.

333

—Faisal está muy ocupado en Hejaz. Hemos logrado muchas victorias, pero necesitamos consolidarlas antes de avanzar hacia el norte.

—Pero si empezamos una rebelión aquí, los turcos tendrán problemas en dos frentes: en Hejaz y en Siria.

—No te preocupes, Yasser. Te avisaré en cuanto la revolución en Siria esté a punto. Dejemos que madure un poco más.

—No tenemos ninguna duda sobre la victoria árabe. El poder de los aliados junto al ejército de fieles de Faisal Ibn Hussein garantiza el éxito.

—Por supuesto. Faisal siempre ha querido liberar Siria. Es la cuna de la civilización árabe.

—Bien dicho, bien dicho —lo elogiaron todos.

—Lawrence, dile a Faisal que cuenta con la lealtad imperecedera de la tribu metawileh. Te doy mi palabra —proclamó el jeque llevándose la mano al corazón en señal de que cumpliría su promesa.

—Se lo diré.

—Sacad vuestros coranes —ordenó a los presentes—. Jurad lealtad al rey de los árabes. Ahí lo tienes, Lawrence, nuestra lealtad jurada sobre el Corán.

—Gracias.

—¿Qué más podemos hacer por ti?

—¿Conoces bien la academia militar? —Le alivió que Yasser asintiera con entusiasmo—. Estupendo. Puede que mi petición te parezca extraña, pero necesito ropa de mujer.

Capítulo 20

$\mathcal{M}$ás tarde, Yasser y Lawrence disfrazados de mujer cargaban un montón de sábanas y toallas limpias.

—¿Estás seguro de que funcionará? —preguntó el jeque.

—Nunca sospecharían de las mujeres. Considerarían degradante darles el alto.

—¿De verdad?

—Funciona siempre, ya verás.

Así cruzaron la plaza frente a la academia militar.

—Ropa limpia para la enfermería —anunció Lawrence al centinela con la voz más femenina que pudo imitar y las puertas se abrieron sin que mediara pregunta alguna.

—Sígueme —susurró Yasser bajo el velo una vez estuvieron dentro.

Atravesaron el patio principal, se dirigieron rápidamente a la parte posterior de edificio y entraron por una puerta lateral. En un largo pasillo Yasser miró a Lawrence para indicarle que la enfermería estaba detrás de la puerta a la que habían llegado. Lawrence asintió, la abrió con cuidado y asomó la cabeza. Entraron y se sorprendieron al no ver a la enfermera de guardia.

Llegaron al pabellón principal, en el que dormían algunos pacientes, pero ninguno parecía haber sufrido el estallido de una bomba. Lawrence fue de cama en cama y estudió las caras de los hombres. Al llegar a la última, se volvió hacia Yasser y negó con la cabeza. Charles no estaba allí.

Cuando estaban a punto de irse entró una enfermera para ocuparse de un paciente, pero estaba tan absorta que no se fijó en ellos.

—Espera, vigila a la enfermera —susurró Lawrence.

—¿Qué vas a hacer?

—Tú vigila.

Abrió el cajón superior del escritorio de la entrada. En el interior había una libreta parecida a un libro de contabilidad. Lo abrió y descubrió una lista con los ingresados, los cuidados que necesitaban, la dosis de sus medicinas y otros detalles. Fue hasta la última página. Allí estaba Charles, figuraba como «desconocido» pero habían anotado que padecía quemaduras graves, tenía una pierna rota y daños internos. No constaba el número de la cama, tal como estaba reflejado junto al nombre del resto de los pacientes.

—Date prisa —susurró Yasser.

—Un momento —pidió mirando el escritorio por si había alguna nota.

—Imposible, viene hacia aquí —dijo mientras lo arrastraba hacia la puerta.

—*Shu?* ¿Puedo ayudarlas? —preguntó la enfermera a sus espaldas. Mientras esperaba la respuesta se sorprendió de lo alta que era una de aquellas mujeres.

—Hemos traído sábanas y toallas —susurró Lawrence con voz ronca.

—¿A estas horas?

—Esto…, *'afwan.* No hemos podido venir por la tarde —se disculpó y se dio la vuelta para irse.

—Pero usted no es la mujer que viene normalmente.

—No, es mi hermana. Su marido no la deja salir de casa por la noche.

—¿Y el suyo sí? —dijo con tono de incredulidad.

—Yo no tengo esposo. Murió en una explosión como la de esta tarde. Nos hemos enterado de que alguien había resultado herido y lo habían traído aquí.

—Usted no es la mujer de la lavandería. ¿Quién es? —preguntó intentando quitarle el velo.

—¡Guardias! —gritó la enfermera mientras iba hacia el escritorio y descolgaba el teléfono.

—¡Corre! —ordenó Yasser y los dos salieron hacia la puerta principal sin mirar atrás.

Antes de llegar aminoraron el paso para no despertar sospechas en los centinelas. Nada más cruzarla oyeron gritos y un grupo de soldados salió del edificio. Yasser y Lawrence se levantaron la ropa y echaron a correr hacia los caballos.

—¡Detenedlos! —gritaron los soldados.

—¿Detener a quién? —preguntó el centinela.

—¡A esas mujeres!

—¿Queréis que detenga a unas mujeres?

—¡No son mujeres, idiota! —exclamó uno de los soldados dándole un golpe con la mano en la nuca.

Yasser y Lawrence cabalgaron en silencio hasta las jaimas de los metawileh.

—¡Te has vuelto loco! —le recriminó Yasser en cuanto llegaron al campamento.

—Es mi amigo.

—Podrían habernos matado. A pesar de todo, he de decirte algo. Tienes mucho valor.

—Gracias, pero con valor o sin él, no lo hemos encontrado. ¿Dónde estará? No quiero ni pensar que pueda estar muerto...

—Si no, ¿adónde lo han llevado? Podemos controlar las entradas y salidas de la enfermería. Si está allí, nos enteraremos.

—Te lo agradecería mucho —dijo Lawrence con voz entrecortada.

Era como si le hubieran dado un puñetazo en el estómago. «¿Lo he perdido? Era uno de mis mejores amigos. ¿Por qué le dejé volver? ¿Por qué no lo hice yo? Caer en manos de los turcos es como estar muerto», se recriminó con lágrimas en los ojos.

Al día siguiente partió hacia Damasco al rayar el día.

Υ

El bazar de Damasco estaba lleno de soldados otomanos y alemanes. Vestido de beduino, Lawrence se cubrió la cara con el pañuelo con intención de pasar inadvertido. Desmontó y sin mirar a nadie a los ojos se mezcló con la muchedumbre para recorrer a pie las estrechas calles adoquinadas del casco antiguo de la ciudad y llegar a tiempo a cenar en el palacio de Ali Riza Al-Rikabi, el gobernador militar otomano de Siria.

El palacio de Azm estaba en el corazón del casco antiguo, a pocos pasos de la mezquita omeya. Lawrence se detuvo un momento y se maravilló ante aquel extraordinario edificio damasceno. Antes de entrar se preguntó cómo sería el harén y el ala en la que vivía la familia. Solo había estado en el *salamlik*, el ala reservada a los invitados, que contaba con varios patios interiores, jardines y fuentes. Fue hasta la puerta y pidió que le anunciaran al gobernador.

338

—¿Y quién eres tú? —preguntó el guardia al fijarse en su sucio aspecto.

—Dile que traigo noticias de Palestina. Sabe quién soy.

—Me he enterado de que estabas por aquí —lo saludó Ali Riza Al-Rikabi cuando le hicieron entrar al jardín de los naranjos, donde estaba sentado cómodamente fumando un narguile, con una jarra de zumo de naranja delante—. Pero mis hombres no consiguen capturarte. ¿Por qué?

—Porque sé lo que hago —explicó suspirando mientras se sentaba en una silla baja.

—O porque me porto bien contigo —replicó Ali Riza enarcando una ceja.

—He de confesar que tener como amigo a uno de los oficiales de mayor rango del sultán es de gran ayuda.

—No me vengas con esas, Lawrence. Éramos amigos antes de que empezara todo esto y lo seguiremos siendo cuando acabe. El que estemos en bandos contrarios en esta guerra no quiere decir que no podamos cuidar el uno del otro.

—Gracias.

—Además, el que sea gobernador militar de la Siria otomana no significa que no comprenda la causa de los nacionalistas árabes. Aunque, por razones obvias, no puedo decirlo. Por eso he de dejar que Ahmed Djemal se ocupe de la rebelión árabe. Pero a escondidas sí puedo ayudarte.

—Por lo que te estoy muy agradecido.

Ali Riza era un hombre apuesto, delgado y musculoso, amigo de Lawrence desde que estudiaron juntos en Oxford y trabajaron luego en la excavación arqueológica de Carquemís.

—Por lo que me han contado, has prendido fuego al desierto. Deberías estar encantado. Con tu última demolición has alterado todo el valle de la Bekaa, en especial a los turcos. La tribu metawileh está a punto de rebelarse gracias a ese puente volado.

—Al parecer, el sonido de la dinamita es la mejor propaganda para la causa —comentó Lawrence sonriendo.

—Supongo. La guerra de guerrillas funciona, aunque hay algo muy noble en un ejército enfrentándose cara a cara al enemigo, ¿no crees? ¿Qué te ocurre?

—He pagado muy caro la voladura de ese puente. He perdido a uno de mis mejores amigos.

—Lo siento. ¿Te apetece un narguile? Por supuesto, te quedarás a cenar.

—Te estaré muy agradecido.

Permanecieron en el jardín en un cordial silencio disfrutando de la fresca tarde, el olor a jazmín, el sonido del agua que brotaba de la fuente de mármol y el canto de los grillos que se oyó en cuanto se puso el sol.

Un sirviente apareció y se quedó en silencio junto a la entrada.

—La cena está lista —anunció Ali Riza—. ¿Seguimos fuera o prefieres ir al comedor?

—Aquí se está bien y esta noche hay luna llena.

Ali Riza hizo una señal al criado, que se acercó con ademán reverencial sin atreverse a levantar la vista.

—Cenaremos fuera.

—¿Qué tal está Ahmed Djemal? —preguntó Lawrence.

—Está en Damasco.

—Entonces deberé tener más cuidado.

—Igual que yo. Imagina lo que me haría si supiera que estoy cenando con el enemigo. Me echaría como alimento a los buitres, vivo. Por cierto, tu disfraz es muy bueno. Todo el mundo piensa que eres uno de mis informadores en el campamento británico, que ha venido para ponerme al día sobre lo que Allenby y Lawrence, el arqueólogo transformado en soldado y espía, están planeando.

Se echaron a reír. Durante la cena trataron cuestiones triviales, pues a pesar de que los sirvientes estaban a una distancia prudencial, podían oírles. Cuando recogieron la mesa y se dispusieron a tomar café pudieron hablar abiertamente.

—¿Qué tal va la función de Allenby en Palestina?

340

—Estamos en el entreacto, pero le he echado el ojo a Aqaba. Estoy esperando a que se reúnan las tribus.

—Inteligente estrategia —aplaudió Ali Riza entrecerrando los ojos al comprender el plan del inglés—. Cada vez hay más tensión entre los turcos y los alemanes, hermano.

—¿Y eso?

—Creo que la victoria aliada está asegurada en Palestina y Arabia. Los alemanes se están comportando de una manera muy arrogante y tratan a los turcos con condescendencia. Casi como si los turcos fueran unos ignorantes orientales y ellos una omnisciente potencia europea. Los turcos están furiosos, hasta el punto de que cuando la comandancia general alemana da una orden, no la acatan.

Lawrence inspiró con fuerza y dejó escapar el aire.

—De hecho, el mariscal de campo alemán le ha comunicado a Ahmed Djemal que debería abandonar Arabia y Palestina y retirarse a Daraa, al sur. Cree que de esa forma los turcos podrán conservar Siria. Si no, Allenby se la arrebatará también.

—¿Y cómo están reaccionando los turcos, aparte de no acatar órdenes militares?

—Están asustados y no tienen una estrategia coherente. Por ejemplo, volaste una parte del ferrocarril de Hejaz y a los oficiales les entró el pánico y enviaron tropas allí para capturarte. Lo que no entienden es que hacía tiempo que te dirigías a tu siguiente objetivo. Lo único que han conseguido es debilitar sus fuerzas enviando trescientos hombres aquí y cuatrocientos allí. Cuando los necesiten, no podrán contar con ellos. No saben cómo enfrentarse a tu guerra de guerrilla.

—Lo tomaré como un cumplido —comentó para aliviar la tensión.

—Deberías hacerlo. Por *Allah* que eres muy rápido. Apareces y desapareces como por arte de magia.

Continuaron conversando toda la noche, hasta que Lawrence se dispuso a irse.

—¿Adónde te diriges? ¿Por qué no te quedas esta noche y sales por la mañana?

—Gracias, amigo, pero prefiero ponerme en camino.

—¿Vuelves al sur?

—Sí, quizá pase a ver a otros jefes de camino.

—Dales recuerdos de mi parte —bromeó Ali Riza—. Quién sabe, a lo mejor un día Damasco estará a tus pies.

—Prefiero que pertenezca a su pueblo.

—*Maa salama*, hermano. *Allah ma'aak*.

341

Disfrazado de comerciante druso con una larga túnica negra y pantalones holgados ceñidos en los tobillos, Lawrence deambuló por el abarrotado bazar de Daraa. Se había puesto el tradicional tocado druso en la cabeza, que era un turbante blanco con la parte superior roja, parecido a un fez grande. Encima llevaba un pañuelo blanco de lino, con el que cubrirse la cara en caso de ser necesario.

Como en Daraa estaba uno de los principales cruces del ferrocarril de Hejaz, era una de las etapas más importantes en su viaje de reconocimiento de las vías militares turcas y alemanas. Pasó dos días estudiando los raíles y tomó abundantes notas sobre las líneas al norte, sur y oeste que deberían destruir cuando el ejército árabe avanzara hacia Damasco.

Una vez terminada su labor, decidió dar un paseo por el bazar y saludar a un viejo amigo. «Así debía de ser este lugar en tiempos bíblicos», pensó al presenciar el bullicio.

—Hola, Bani —saludó en voz baja, pero jovialmente.

Bani Tallal, un frutero del mercado, levantó la vista y por un momento pareció confuso, pero después se le agrandaron los ojos y se dio cuenta de quién era ese comerciante druso.

—*Ahlan! Ahlan wa sahlan habibi!* —saludó antes de darle un cariñoso abrazo—. Me alegro mucho. No sabía cuándo volvería a verte. ¿Qué tal estás? —preguntó sin dejar de abrazarlo una y otra vez.

—Estoy bien, Bani —contestó sonriendo ante la efusividad del palestino.

—Siéntate, por favor —le invitó sacando rápidamente una banqueta y se frotó las manos con alegría—. ¿Qué puedo ofrecerte?

—¿Qué tal un poco de café?

—Ahora mismo. —Bani llamó a un niño y le dio dinero para que fuera a comprarlo—. Y trae *mamul*. ¿Cuánto tiempo vas a quedarte? Nos encantaría que vinieras a cenar.

—La verdad es que me iré en cuanto me tome el café.

—Qué pena. Mis mujeres se enfadarán mucho. Me están volviendo loco porque esta guerra está arruinando su vida social.

—¿Cuántas tienes?

—Solo las cuatro, ya sabes. Es lo que está permitido, y me atengo a la ley.

Mientras hablaban pasaron dos soldados, que se detuvieron a pocos pasos del puesto. Uno de ellos señaló hacia Lawrence con la barbilla, se volvió hacia el otro y murmuró algo. El segundo soldado asintió y empezaron a hablar sin dejar de mirarle.

—No creo que te dé tiempo a acabarte el café —presagió Bani.

—Yo tampoco. —Lawrence se tapó la cara con el pañuelo.

—¡Frutero! —gritó uno de los soldados y ambos se acercaron despreocupadamente al puesto.

—Sí, señor.

—¿Qué tienes bueno hoy?

—¡Todo! Miren estos preciosos melones —señaló yendo hacia un extremo para distraerlos—. Están maduros, son muy jugosos, acaban de llegar de Bekaa.

Lawrence permaneció en silencio en la banqueta tomando el café y un *mamul*. Sabía que los soldados le estaban mirando.

—¿Qué les parecen esas uvas?

Uno de ellos sacó un papel y lo miró. Después clavó la vista en Lawrence y le dio un codazo a su compañero.

—¿Y las naranjas? Acaban de traerlas de Jaffa. ¿Qué más puedo ofrecerles? Señores... —Bani intentó en vano atraer su atención.

—¡Tú, druso!

Lawrence los miró sin inmutarse.

—¿Estás sordo?

—Señores —Bani acudió rápidamente para interrumpirles—, ¿les apetecen unos higos? ¿O tal vez unos melocotones?

—Quedas arrestado —dijo uno de los soldados.

—¿Por qué? —preguntó Bani.

—Es un desertor del ejército turco.

—Estábamos buscándolo —aseguró el otro soldado.

—Están cometiendo un error —intervino Lawrence calmadamente.

—No creo. Vamos —ordenó el primero mientras se colocaban a ambos lados de Lawrence, que se levantó y miró a Bani.

—Señores, este hombre es un comerciante, no está en el ejército.

—Todo árabe sano está obligado a empuñar las armas

343

por el sultán. Por si no te habías dado cuenta, estamos en guerra. Si no te callas, te arrestaremos a ti también.

—*Ta'ah sabe* —llamó Bani al niño que les había llevado los cafés y le dio un par de monedas—. Sigue a esos soldados y dime dónde llevan al druso.

—Esto sí que es una agradable sorpresa —dijo sonriendo el oficial turco—. Creía que habían traído a un desertor, pero me han entregado al gran Thomas Edward Lawrence disfrazado de druso en territorio enemigo. A mis superiores les va a encantar. Finalmente lo hemos capturado con las manos en la masa.

Lawrence lo miró sin mostrar expresión alguna.

—Te das cuenta de la suerte que has tenido, ¿verdad? Si hubieran sabido quién eras te habrían matado como a cualquier otro espía, pero me alegro de que no lo hayan hecho. Ahora, el mérito de haber capturado al inglés que es…, ah sí, el príncipe de La Meca, será mío.

El oficial turco iba de un lado a otro cerca de una mesa de madera en aquella habitación vacía del cuartel turco de las afueras de la ciudad.

—¿Tienes algo que alegar en tu defensa? —preguntó sin obtener respuesta—. Considérate detenido en nombre del sultán. Como espía de los aliados, tu presencia en el Imperio otomano está castigada con la muerte. Se te ejecutará al amanecer.

Lawrence no movió ni un solo músculo.

—Muy bien. Te veré mañana delante del pelotón de ejecución. Por cierto, ya nos conocemos, por eso sé quién eres realmente. No ejecutaría a alguien que creyera que eras tú para que después aparecieras en Siria, volaras las vías férreas, cortaras nuestro abastecimiento… Ya sabes, las cosas que sueles hacer.

Lawrence ni lo miró.

—Nos conocimos en El Cairo. Soy el capitán Omer Erdogan. El año pasado me detuviste con uno de mis hombres.

Lawrence estaba en el rincón de una celda a oscuras oyendo las ratas que se movían entre la paja. Había una pequeña ventana desde la que se veía el cielo. Aquella noche había luna llena y sus plateados rayos intentaban colarse entre los barrotes.

«Así que este es el fin. Imagino que era inevitable. La suerte siempre se acaba. Quizá lo único que lamento es no ver el fin de esta campaña. Toda la información que he reunido no va a servir para nada. No voy a tener forma de hacérsela llegar a Faisal», se lamentó.

Se sintió inusitadamente calmado. «Qué curiosa es la vida. Si de joven alguien me hubiera dicho que acabaría frente a un pelotón de fusilamiento por espía, me habría echado a reír», pensó.

—¿Lawrence? —susurró una voz y el británico aguzó el oído—. Lawrence, ¿estás ahí?

—¿Quién eres?

—¿Dónde estás? Araña la puerta.

Lawrence obedeció. Apoyó la oreja en la puerta y oyó a dos personas murmurando, luego unas llaves y se echó hacia atrás. La puerta se abrió y allí estaban Bani y otro hombre.

—*Yallah, yallah* —lo saludó y Lawrence se quedó de piedra—. Ya te lo explicaré más tarde. Ahora tenemos que movernos rápidamente y en silencio.

Siguió a Bani y al otro, que parecía conocer el camino. Fueron hasta el final de un largo pasillo, donde el guía abrió una puerta secreta. Bani se agachó y la cruzó, seguido de Lawrence y del otro hombre, que la cerró. Recorrieron un laberinto de pasadizos subterráneos y finalmente el hombre se paró y apretó una piedra en una pared. Una parte de ella se abrió. Cuando la atravesaron, Lawrence miró a su alrededor. Estaban en el escenario del teatro romano de Daraa.

Bani asintió en dirección al hombre, que se llevó la mano al corazón y cerró la abertura. Después indicó a Lawrence que le siguiera. Sacó unas ropas de detrás de una columna y le pidió que se cambiara. Era el traje de una gitana

345

beduina. Cruzaron el escenario, salieron por una puerta lateral y caminaron en silencio hasta llegar al borde del desierto. Bani le dio un abrazo y le entregó agua y pan. Lawrence le estrechó la mano afectuosamente, pero ninguno de los dos pronunció palabra alguna, era demasiado peligroso. El sonido llegaba muy lejos en noches como aquella.

Lawrence se adentró en el desierto con solo la luz de la luna como acompañante. Tras recorrer unos kilómetros, cuando su resplandor empezó a debilitarse, miró las oscuras sombras de las dunas recortándose en el cielo azul cobalto. Se hincó de rodillas, hundió los hombros y rezó.

A la mañana siguiente llegó a las afueras de Minifir, donde iba a reunirse con Nassim y Zaal, un sobrino de Auda pocos años mayor que Nassim. Se sentó en una roca y miró al desierto que se extendía frente a él. A esa hora del día, cuando el sol todavía estaba bajo en el horizonte y los finos granos de arena reflejaban su color y calor, las rocas parecían arder y los tonos rojos y rosas variaban según el ángulo desde el que se contemplaran.

No había tenido tiempo de reflexionar sobre lo ocurrido en Daraa y sabía que tenía que asimilarlo, analizarlo y comprender que le habían dado otra oportunidad. Mientras comía el pan y bebía el agua que le quedaba se prometió a sí mismo que lo haría. Pero no en ese momento. Tenía que continuar andando.

Miró el disfraz. Bani lo había preparado bien, era muy bueno. Llevaba una larga capa negra con mangas largas ajustadas y abundantes bordados rojos en el cuello. Debajo se había puesto una túnica roja y en la cabeza un tocado negro sujeto con una joya. Llevaba anillos en todos los dedos y una pulsera en el tobillo.

Cuando llegó cerca de la estación de trenes vio a cuatro soldados otomanos cerca de la ventanilla de billetes, jugando a las cartas y tomando té. A un par de kilómetros, en una curva de las vías, había dos camellos.

—*Ya Allah!* —gritó Nassim asustado al ver aparecer a

una gitana detrás de la palmera en la que estaba apoyado—. ¿De dónde has salido?

—Por favor, una ayuda para una viajera —pidió la gitana estirando una mano y sujetándose el pañuelo que le tapaba la cara con la otra.

—¿La has visto llegar? —susurró a Zaal y este negó con la cabeza.

—¿Quién eres? ¿Qué quieres? —preguntó Zaal.

—Unas monedas para comprar pan en el bazar. Tengo mucha hambre.

—¡Vete! —la echó Zaal.

—Por favor, *ibni*, ayuda a una mujer necesitada.

—Creo que tengo algo —dijo Nassim metiéndose la mano en el bolsillo.

—Guárdatelo. Son un incordio. Le das algo pensando que está sola y enseguida aparece con todo el clan.

—Pobre mujer.

—Que trabaje —replicó Zaal—. ¿Ves a esos hombres sentados en la estación? —preguntó volviéndose hacia la gitana—. Seguro que les sacas algo. Gánate el pan.

—Esas cosas no se dicen a una dama —le reprendió Lawrence quitándose el pañuelo.

—¡Lawrence! —exclamaron los dos jóvenes.

Nassim lo abrazó primero y después Zaal.

—Muchas gracias. Menuda bienvenida...

—Me alegro de verte. Parece que hacía meses que no nos veíamos —dijo Nassim sin soltarlo.

—Solo he estado fuera unas semanas.

—¿Dónde están Rabih y Charles?

Lawrence inspiró con fuerza y frunció los labios.

—No lo sé.

—¿Están vivos? —intervino Zaal.

—*Ma'baa-rif* —contestó Lawrence y la cara de Nassim se veló de preocupación y tristeza—. Pero no podemos dejar que nos afecte. Tenemos trabajo que hacer. ¡Nassim! ¡Reacciona!

—Sí..,. sí..., *akid* —obedeció abandonando su abatimiento—. *'Afwan*.

347

—Muy bien, ¿qué tenemos?

—No sé si te has fijado en la curva que hacen las vías hacia el oeste —se recuperó Nassim—. Creo que sería un buen sitio para plantar un tulipán.

—Aprendes rápido —lo felicitó Lawrence alborotándole el pelo con la mano—. Las curvas son los mejores sitios para colocar explosivos porque son los más difíciles de reparar. Muchos ingenieros no saben cómo hacerlo. Sin embargo, las rectas se arreglan rápidamente.

Los tres pasaron la mañana preparando los explosivos y vigilando, antes de colocarlos cada dos metros en los tres kilómetros que abarcaba la curva cercana a Minifir.

—¿Listos para el espectáculo? —preguntó Lawrence antes de accionar el detonador.

La explosión cumplió su objetivo. Los soldados otomanos llegaron enseguida al lugar y rápidamente se envió un tren desde Daraa para reparar la vía. Sin embargo, Lawrence había colocado una mina un poco más allá del lugar de la explosión y al día siguiente el tren voló por los aires.

Gracias a la confusión que provocó el segundo estallido, Lawrence y los dos jóvenes no tuvieron problemas para desaparecer. Lawrence robó el camello de uno de los oficiales y partieron hacia el sur en dirección a Ba'ir, donde Auda, sus guerreros y el ejército árabe esperaban ansiosos su regreso.

Pasaron Amán y continuaron hacia el suroeste bordeando el mar Muerto, hasta que llegaron a Al-Karak, en el extremo sur.

—Tengo que ver a un par de amigos. ¿Queréis venir conmigo o preferís dar una vuelta por vuestra cuenta? —preguntó Lawrence.

—Si no te importa, no te acompañaremos —contestó Zaal y Nassim lo miró extrañado—. Nos encontraremos a mitad de camino a Ba'ir a medianoche.

—Que lo paséis bien —se despidió Lawrence, todavía vestido de gitana, antes de dar la vuelta al camello para ir hacia las jaimas de la tribu beni sakhr.

—¿Por qué no has querido ir con él? —preguntó Nassim.

—Porque me apetece divertirme. Va a estar en una jaima con el jeque de los beni sakhr, nos aburriríamos como ostras. Ya verás, he tenido una idea. *Yallah* —le animó dirigiendo el camello hacia el este.

—¿Quieres decirme adónde vamos?

—Quiero llevarle un regalo a *jali* Auda.

—Entonces, ¿no deberíamos ir al zoco de Al-Karak?

—No podemos ir allí, no tenemos dinero ni nada que cambiar. *Yallah*. Vamos a divertirnos y, si la memoria no me falla, le llevaré un bonito regalo a mi tío.

—Sobre todo, no nos metas en un lío. No me gustaría tener problemas estando con Lawrence.

—Deja de preocuparte y hagamos lo que nos ha recomendado Lawrence: divertirnos.

—¿Te has vuelto loco? —siseó Nassim.

—No —contestó Zaal mientras apuntaba con su rifle al grupo de oficiales turcos que había a la sombra de unas palmeras junto a la estación de tren del oasis de Atwi—. Es un ataque sorpresa, para lo que nos han entrenado. Es lo que hacen los beduinos. ¿Por qué crees que la alianza y lealtad de mi tío es tan importante para Lawrence y los británicos? Los ataques sorpresa, las explosiones..., son las tácticas de la guerra de guerrillas. Desconciertan y aterrorizan al enemigo, porque no sabe de dónde proviene la ofensiva, y reacciona moviendo sus tropas. Así es como tomaremos Aqaba, ya lo verás.

—¿Y el ejército árabe no puede hacer lo mismo?

—Es demasiado grande, no puede maniobrar con facilidad. En este tipo de guerra hay que ser rápido y valiente, estar preparado para enfrentarse solo a trescientos hombres.

Sin previo aviso a su compañero, Zaal disparó. Nassim, mudo de asombro, vio que uno de los oficiales caía al suelo como un saco de patatas ante la mirada atónita de los cuatro hombres que estaban con él.

—¡Qué demonios…! —exclamó uno de ellos acercándose al herido.

Los otros sacaron sus armas y apuntaron en todas direcciones.

—¡Estamos rodeados!

—¡Rápido! ¡Que alguien vaya dentro y envíe un telegrama! ¡Están atacando Al-Karak!

Zaal se echó a reír al oírlos. Estaban escondidos detrás de unas rocas y miraban el corto trecho que los separaba de ellos. Zaal volvió a apuntar y disparó a otro de los hombres.

—*Ya Allah!* ¡Vamos a morir! ¿Dónde está la patrulla que ha salido antes? —gritó uno de los oficiales.

Zaal acabó con el resto, uno por uno.

—Los has asesinado a sangre fría —le acusó Nassim en voz baja.

—Estamos en guerra. Si no lo hacemos, nos matarán a nosotros y, créeme, no se lo pensarán dos veces antes de cortarnos el cuello. Acéptalo y madura. Venga, vamos a recoger el premio.

—¿Qué premio? —se extrañó Nassim.

—Tienen ovejas, muchas. Auda me dijo que guardaban un rebaño aquí por si se produjera un ataque en Al-Karak o Aqaba y se quedaran sin comida.

Tal como había dicho, detrás de la estación de trenes había varias docenas de ovejas que no dejaban de balar, aterrorizadas por el ruido de los disparos.

—*Yallah*, ovejas. Venga, vamos. —Zaal abrió la puerta del corral y los animales se abalanzaron sobre ella, tropezando unos con otros—. ¡Estupendo! A mi tío le va a encantar este regalo.

—Estás loco —dijo Nassim mientras el otro dirigía a las ovejas.

Zaal agarró su camello con una mano y blandió una vara en la otra rumbo a Ba'ir.

Capítulo 21

—*E*l gobernador le verá enseguida, capitán —le informó el secretario—. Ah, Erdogan, Ali Riza también está dentro.

—Gracias. —El capitán Erdogan se levantó, metió la gorra bajo el brazo, se estiró la guerrera, se ajustó el cinturón y echó los hombros hacia atrás antes de llamar a la puerta de Ahmed Djemal.

—Entre.

—Ahmed Djemal —saludó poniéndose firmes y este hizo un gesto con la cabeza—. Ali Riza —dijo ante el gobernador militar de Siria.

—Descanse, capitán.

Erdogan puso las manos a la espalda y las apretó para que no le temblaran. Ahmed Djemal levantó un papel, se puso las gafas y empezó a leer:

—El 30 de junio, hace cinco días, las tropas árabes llegaron a las marismas de la llanura de Al Jafr. El 1 de julio atacaron a fuerzas otomanas al norte y el sur de Ma'an. Rápidamente se enviaron tropas a Abu al Assal, el pozo de la cordillera de Batra. —Ahmed Djemal se quitó las gafas—. ¿Llevó tropas a Batra por...? —preguntó con sarcasmo.

—Porque es un lugar clave para llegar a Aqaba.

—Y, siendo así, ¿por qué no estaba debidamente defendido?

—Señor... —titubeó—, los árabes no fueron directamente a Batra, se dirigieron al sur, destruyeron un puente...

—Ah, fueron al sur, ¿eh? —se burló Ahmed Djemal—. ¿Lo has oído, Ali Riza? Destruyeron un puente...

—Por eso pensamos que se dirigían hacia el sur, señor. Nunca imaginé que su objetivo fuera Aqaba —se justificó Erdogan.

—Y los hombres que estaban en Batra no les esperaban... —Volvió a ponerse las gafas—. Aquí dice: «De repente los árabes aparecieron en la cordillera, rodearon a nuestros hombres en el pozo que había abajo y empezaron a disparar desde las montañas. Los guerreros de la tribu howeitat, liderados por Auda Abu Tayi, descendieron y atacaron por sorpresa a nuestros hombres y causaron un gran número de bajas». ¿Se da cuenta de que se dejó engañar por una táctica de primer curso de academia militar? —preguntó con los ojos brillantes por la rabia.

—Señor, todos mis informes y mis espías confirmaron que los árabes se dirigían hacia el norte, a Damasco.

—¡Pues estaban equivocados! —exclamó arrojando al aire los papeles que llevaba en la mano—. ¡Todos esos malditos informes estaban equivocados! ¡Todos! Los malditos beduinos se dirigían hacia Aqaba y le hicieron creer que iban a Damasco.

—Señor..., sigo pensando que su objetivo es Damasco.

—¡Cállese! —le ordenó amenazándole con un puño—. ¡Por sus suposiciones, quinientos de mis hombres han muerto, masacrados! ¿Y cuántas bajas hubo entre los árabes?

El capitán Erdogan negó con la cabeza en señal de ignorancia.

—Dos muertos y un herido. Ese es todo el daño que se causó a los árabes. Y hoy se han acercado incluso más a Aqaba. Han caído tres puestos de avanzada, han tomado Al Quwayrah sin hacer un solo disparo, mientras nuestros hombres echaban a correr —gruñó enfadado—. ¡Malditos cobardes! Mañana llegarán a Aqaba. Ya hay barcos británicos en el golfo y han empezado a bombardear. ¡Dios los mande al infierno! —Y pegó un puñetazo en la mesa.

—Ahmed Djemal, estoy de acuerdo en que es un desastre. —Ali Riza se levantó—. Pero nos hicieron creer a todos, incluido a usted, que se dirigían a Damasco. El movimiento de tropas fue idea suya. Erdogan se limitó a cumplir sus órdenes.

Ahmed Djemal gruñó y empezó a ir de un lado a otro de la habitación con las manos a la espalda.

—Y Erdogan no está del todo equivocado. Creo que para ellos Aqaba es la puerta de entrada en Siria. ¿Por qué no? La utilizarán para abastecer a Allenby en Palestina y guardarle las espaldas, y al mismo tiempo aprovisionarán a las tropas de Faisal cuando avancen hacia Siria. Es una excelente estrategia, enviaron un caballo de Troya a Siria y estábamos tan ensimismados con él que no nos dimos cuenta de lo que pasaba en el sur. Pero, a lo hecho, pecho. Ahora tenemos que concentrar las fuerzas en Siria y coordinar nuestros movimientos.

353

—¿Quién concibió esa estrategia? —preguntó Ahmed Djemal.

—El británico, Lawrence... —le informó Ali Riza.

—¡Malnacido! Estuvo en Gaza hace poco. ¿Qué pasó con él, Erdogan?

—Ahmed Djemal —lo interrumpió Ali Riza chasqueando la lengua—, ya hemos hablado de eso. ¿Por qué vuelve a mencionarlo? Tenemos a los dos hombres que lo acompañaban.

—Uno muerto y el otro prácticamente. ¿Para qué nos sirven? ¡No lo atrapó! ¡Quiero ver muerto a Lawrence!

—Pero, mi querido bajá —intentó calmarlo Ali Riza—, también tenemos a otro de los miembros del grupo de nacionalistas que ahorcó el año pasado.

—Sí, pero es solamente un triste arquitecto..., un lacayo de Salah Masri. ¿Dónde los capturó? —preguntó volviéndose hacia Omer Erdogan.

—Celik atrapó a uno cerca de Beirut y al otro lo encontramos después de que volara el puente cercano a Baalbek.

—Lo que quiere decir que Lawrence estaba aquí, ¡en mi maldita provincia! ¿Cómo es posible que, a pesar de nuestra excelente red de espías, Lawrence se nos escapara de las manos?

Omer Erdogan tragó saliva, volvía a sudar. Había informado a Ali Riza, que en calidad de gobernador militar supervisaba la labor de los servicios de inteligencia en la provincia de Siria, de que Lawrence estaba detenido en el cuartel de Daraa y de que al día siguiente había escapado.

—Lawrence es bueno, Ahmed Djemal, y muy astuto —aseguró Ali Riza recostándose en el sillón—. Es un maestro del disfraz y conoce todos los dialectos locales. Es la persona con mayor capacidad para desaparecer que he conocido nunca.

—Pero es un maldito británico…

—Ahmed Djemal, ese comentario es impropio de usted —le reprendió en tono amistoso.

—Es muy frustrante —rezongó acercándose al ventanal para mirar la calle—. ¿Qué hacemos ahora?

Erdogan lanzó una inquisidora mirada a Ali Riza, cuyo rostro seguía inexpresivo. El capitán tenía la impresión de que Ahmed Djemal no se había enterado de que habían capturado a Lawrence y que había escapado. De saberlo, estaría muerto. «¿Por qué no se lo habrá dicho Ali Riza?», pensó y de inmediato recordó un detalle: el gobernador propuso una custodia especial para la celda de Lawrence. «Claro, Hamdan Osama. Al que no he vuelto a ver desde ese día, por cierto.»

—¿Auda? —llamó Lawrence quedamente desde la puerta de la jaima.

El beduino se había tapado el rostro con las manos y dejó escapar un suspiro. Se limpió la cara y observó sus ahuecadas palmas.

Lawrence se aproximó despacio. Parecía haber envejecido repentinamente. Estaba demacrado, se le habían hinchado los ojos y, a pesar de que solía recortarse la barba, aquel día se veía alborotada. Le puso una mano en el hombro y lo apretó suavemente. Auda le dio una palmadita en la mano para agradecerle su preocupación. Después se sentó en un taburete junto a él y miraron en silencio el cadáver cubierto por un sudario blanco.

Auda tenía un rosario musulmán en las manos. Lawrence lo miró y las lágrimas se agolpaban en sus ojos. Le apretó el brazo sin pronunciar palabra, a punto de echarse a llorar.

—¿Qué tal está Nassim? —preguntó el beduino.

—Muy grave —contestó bajando la vista.

—¿Por qué, Lawrence? ¿Por qué los jóvenes? Voy a enterrar a mi sobrino. No debería ser así...

—Vivimos tiempos extraños, Auda.

—Era tan valiente..., impulsivo, pero valiente. Es por mi culpa —confesó enjugándose las lágrimas.

—La verdad es que la culpa es mía. Si no hubiera dicho nada...

—Sí, pero tú no ordenaste a tus hombres descender la montaña, sino yo. No sabía que Zaal estaba entre ellos.

Lawrence se mantuvo en silencio junto a su amigo mientras recordaba el ataque en la cordillera Yabal al-Batra.

Los turcos estaban rodeados, pero el abrasante calor frenaba el ataque árabe. La pistola le quemaba en la mano y se sentó un momento en la sombra de un árbol hueco.

—¿Te rindes? —le increpó Auda—. ¿Qué clase de hombre eres? ¿Dices que eres mi hermano? ¿Pretendes ser árabe? ¿Uno de nosotros? ¿Quieres ser un beduino? Entonces deja de esconderte, niño blanco...

—¿Ah, sí? —respondió Lawrence enfadado—. ¿Por qué no miras a tu alrededor? Tus feroces guerreros disparan mucho, pero ¿a quién aciertan? A nadie. Menudos inútiles.

Auda entrecerró los ojos, se le ensancharon las aletas de la nariz y sacó pecho.

—¿Cómo te atreves? —gruñó antes de ir hacia sus hombres gritando órdenes.

«¿Por qué se lo habré dicho?», se reprochó de inmediato Lawrence.

—¡Auda! —gritó saliendo en pos de él—. ¡Auda! Lo siento, no era mi intención...

—¡Apártate!

Al grito de «*Allaho Akbar*», Auda guio a cincuenta de sus hombres por la ladera de la montaña, gritando y disparando desde la montura, hasta el corazón de las tropas turcas. Lawrence se arrastró hasta el borde de la cumbre para ver la carga. La visión de los guerreros de Auda desconcertó a los turcos, que parecían no poder moverse. Al principio respondieron con algunos disparos, pero la mayoría echó a correr cuando llegaron los beduinos.

Lawrence montó rápidamente su camello y, junto con Sharif Nasir, teniente de Faisal, condujo a la batalla al resto de los árabes. En el camino, su camello tropezó y cayó al suelo. Al levantarse vio a Nassim; estaba cubierto de sangre y lloraba mientras acunaba un cadáver entre sus brazos.

Zaal estaba cosido a balazos y la pierna de Nassim parecía aplastada.

—¡Nassim! —gritó mientras corría hacia ellos. Se quitó la capa y cubrió a Zaal.

Nassim no podía hablar. Dejó que Lawrence se llevara el cadáver y lo pusiera bajo un árbol apartado del fragor de la batalla.

—Ven —le pidió con delicadeza a Nassim—. Voy a sacarte de aquí, agárrate.

—La pierna, Lawrence. No la siento.

—No te preocupes, la curaremos.

—Y este brazo...

—No hables, aguanta...

Zaal fue uno de los dos árabes que murieron ese día y Nassim el único gravemente herido. Tuvieron que amputarle la pierna izquierda y perdió la movilidad del brazo derecho.

Υ

—Vamos, Auda, es la hora. —Lawrence le ayudó a levantarse y salieron al desierto.

Media docena de sus hombres entraron en la jaima para sacar el cuerpo de Zaal y enterrarlo junto al otro guerrero muerto.

—Le gustaba el desierto —comentó Auda dejando escapar la arena entre los dedos cuando los hombres depositaron los dos cadáveres en sus tumbas.

Tras el entierro y las oraciones, Lawrence volvió a la jaima de Auda, que se puso a pasar las cuentas del rosario en silencio.

—Tengo que ir a El Cairo. La comida escasea. Necesitamos provisiones, oro...

—¿Y crees que lo conseguirás?

—Tengo más posibilidades de que me lo den si estoy delante de ellos que si les envío un telegrama. También quiero hablar sobre Aqaba en persona.

—Entonces, ve. Espero que consigas lo que deseas.

—Espero conseguir lo que necesitas.

Esa tarde Lawrence cabalgó por el desierto del Sinaí y se dirigió hacia Suez de camino a El Cairo. En tres días recorrió doscientos cuarenta kilómetros.

357

Salah estaba leyendo el periódico en su habitual rincón de El Fishawy y disfrutando de su narguile de media mañana con un vaso de zumo de lima recién exprimido. En la mesa había platillos con almendras, nueces e higos de Bagdad. Dio una calada a la pipa, pero no le supo bien y levantó la mano para llamar a un camarero.

—¿Puedes calentar los carbones o cambiar el tabaco?

—Pon más hachís —le recomendó una voz.

—¡Lawrence! —Salah se levantó tan rápido que golpeó con la rodilla la mesa y derramó lo que había encima.

—Mira lo que has hecho —le reprendió en broma Lawrence.

—No te preocupes. ¿Qué tal estás? —preguntó dándole un abrazo—. ¿Cuándo has vuelto?

—Ayer, pero tuve que ir al cuartel general del Arab Bureau para presentar mi informe.

—Ven, siéntate y cuéntamelo todo.

Lawrence inspiró hondo, no tenía muchas ganas de hacerlo, pero le relató abundantes anécdotas.

—El camello de Auda estaba muerto, los binoculares hechos pedazos y seis balas impactaron en sus pertrechos, pero ninguna le alcanzó el cuerpo. Asegura que es porque llevaba un Corán en miniatura en un bolsillo junto al corazón.

Salah se echó a reír.

—¿Qué tal están mis hermanos?

Finalmente había formulado la temida pregunta y Lawrence bajó la vista. El corazón le empezó a latir con fuerza. Había visto muchas cosas desde el comienzo de la guerra: muertos, destrucción, traiciones…, pero nada le había dolido tanto como tener que informar sobre la muerte de los amigos.

—Han muerto, ¿verdad?

Lawrence se retorció las manos.

—¿Rabih?

—Me temo que sí. Creo que lo mataron cerca de Beirut.

—¿Charlie?

—No lo sé.

—¿Los chicos?

—Hisham desapareció y Nassim ha perdido una pierna y un brazo.

Salah inspiró con fuerza y dejó escapar el aire lentamente. No pudo reaccionar.

—Salah…, esto es lo más duro a lo que he tenido que enfrentarme. Hubiera preferido luchar contra quinientos turcos que tener que darte esta noticia.

—No tienes la culpa. Estamos en guerra.

—A mí también me partió el corazón, eran muy valientes.

—Lo sé.

—Mira, Salah. Odio tener que irme, pero he de ver a Allenby.

—No te preocupes.

—Los chicos de Aqaba necesitan comida... y tabaco. Tengo que llevar seis mil cigarrillos. —Lawrence vio el esfuerzo de Salah por sonreír, pero no pudo—. Estaré un par de días más, si me necesitas...

—Gracias por venir a contármelo.

—No se merecen, hermano —dijo dándole un abrazo.

—Prefiero que hayas venido a que me enviaras un telegrama.

—Nunca habría hecho algo así.

—Buena suerte.

Noura bajó del taller con un montón de bultos. No esperaba encontrar a nadie, por lo que se sobresaltó al verle sentado en silencio en el cuarto de estar de su piso.

—¡Salah! —exclamó cuando los paquetes se le cayeron al suelo—. ¡Me has asustado!

Él no dijo nada y siguió mirando el suelo con cara inexpresiva.

—¿Qué pasa? —preguntó sentándose junto a él en el sofá.

—Se han ido, Noura —anunció hundiendo los hombros.

—¿Qué? ¿Quién se ha ido?

—Lawrence ha venido a El Fishawy —dijo apretándole la mano.

—*Ya Allah.* —Noura miró la mano de Salah, se la llevó al pecho y a Salah se le llenaron los ojos de lágrimas por la ternura de aquel gesto.

—*Habibi...* —Ella le soltó la mano, le abrazó y le acercó la cabeza.

—Se han ido, Noura —susurró mientras las lágrimas le corrían por las mejillas—. Y es por mi culpa. Yo los envié.

—No, no lo es.

—Noura... Los chicos tenían dieciocho años y Rabih...

—No es culpa tuya —aseguró con voz convincente mirándolo a los ojos—. Si vas a quedarte sentado echándote la culpa, me iré arriba y seguiré trabajando. No puedes asumir la responsabilidad de ninguna muerte. ¿Quién te crees que eres, Dios? Eran adultos. Rabih tomó una decisión, incluso Nassim y Hisham lo hicieron, y Charles estaba en el ejército. Tenía órdenes que cumplir. No, no voy a sentarme aquí viendo cómo te mortificas. Puedes afligirte y llorar su pérdida, pero tú no les arrebataste la vida ni eres responsable de su muerte.

—¿Cómo vamos a contarlo? No creo que pueda hacerlo solo.

Noura suspiró y, de pronto, se miraron a los ojos.

—Tu madre.

—Mi madre —dijo Salah casi al mismo tiempo que Noura.

—Takla, al menos está vivo y vuelve a casa —la consoló Saydeh apretándole la mano tras comunicarle la noticia.

Takla no podía creer lo que había oído. No, Saydeh estaba equivocada. A Nassim no le había pasado nada. En un par de días aparecería por la puerta tal como se había ido. ¿Cómo podía haberle pasado eso en tan solo dos meses? No, Saydeh mentía.

—Vete —gruñó Takla.

—*Shu?*

Takla le agarró el brazo y, recurriendo a toda la fuerza física que tenía, la levantó, la arrastró hacia la puerta y la echó fuera dándole un empujón. Saydeh la miró con tristeza.

—Sé cómo te sientes...

Pero Takla cerró dando un portazo. Saydeh se recompuso y permaneció en la calle un momento. Se dio la vuelta para irse, pero cambió de idea. Volvió a la puerta y llamó al timbre.

—¡Takla! —gritó aporreando la madera—. Sé que me oyes. No voy a irme.

Su amiga se había dejado caer en un sillón.

—Hijo mío..., Nassim —gimió llevándose las manos al corazón y estallando en sollozos—. ¿Por qué te dejé ir? ¿Por qué no insistí en que te quedaras? Te dejé marchar a un lugar en el que no podía protegerte. Te fallé...

Saydeh la oyó y sus ojos se llenaron de lágrimas al sentir su dolor. Se sintió impotente. Se sentó en el escalón, apoyó la cabeza en las manos y esperó.

Al rato levantó la cabeza. No se oía nada. Se puso de pie rápidamente y volvió a llamar a la puerta.

—Takla, por favor. Soy tu amiga. No me culpes por lo que le ha pasado a Nassim. Deja que te ayude, *habibti*, por favor. No te quedes sola.

Apoyó la oreja en la puerta, pero no consiguió oír nada. Al rato, la hinchada cara de Takla, surcada de lágrimas, apareció en el resquicio.

En cuanto Saydeh entró, Takla volvió a sucumbir al llanto, pero su amiga estaba allí para consolarla. La sentó en un sillón y la abrazó.

—Toma, suénate —dijo ofreciéndole un pañuelo.

—Eres idiota y cabezona —la acusó Takla mientras guardaba el pañuelo.

—Está vivo, Hisham no ha regresado. Murió en una tormenta de arena.

—¡Dios mío! ¡Qué egoísta soy! Ni siquiera he preguntado por él. ¿Cómo se lo habrá tomado Nassim? ¿Lo saben sus padres? ¿Se lo ha dicho Salah?

—Salah ha ido a ver a Magdi.

—Pobre Hala... Y Magdi, es el primer hijo que pierden en la guerra.

—Recemos para que no les ocurra nada a los dos que siguen combatiendo. Rabih también ha muerto. —Se arrepintió de haberlo dicho porque Takla volvió a echarse a llorar—. Venga, tenemos que ser fuertes.

Υ

Rania preparaba en la cocina la comida para los clientes de la mañana. Estaba sola y contenta, sonreía y canturreaba. Fatmeh había ido a ver al imán para arreglar su divorcio. Encendió el horno de leña y, mientras esperaba a que se calentara, salió al café. «Tiene muy buen aspecto. Rabih hizo un buen trabajo. Ahora solo necesito cortinas y manteles. Quizá le pida a Noura que me los haga», planeó.

Miró el reloj. Se había levantado pronto esa mañana. Como tenía tiempo, decidió desayunar. Volvió a la cocina y cuando se estaba sirviendo un café oyó que llamaban a la puerta trasera. Miró por las cortinas y reconoció a Salah.

—¡Salah, hermano! *Sabah aljair.*

—*Sabah al nur* —contestó con sequedad.

Rania se percató del tono de su voz. Normalmente siempre estaba sonriendo.

—Estaba a punto de desayunar. ¿Quieres un poco de *manush* con aceite de oliva?

Salah negó con un gesto, mantenía la mirada seria y la frente arrugada por la preocupación. No era normal que rechazara la comida.

—¿Qué te pasa, hermano?

—Siéntate, Rania —pidió con voz grave.

Extrañada, se sentó frente a él y estudió fijamente su cara. Salah cerró los ojos e inspiró profundamente. Mientras dejaba escapar el aire le agarró las manos. No la miró y se limitó a juntarlas, dentro de las suyas, como para rezar. A Rania se le hizo un nudo en la garganta y el corazón se le aceleró tanto que notó sus latidos en la boca del estómago.

—Rabih ha muerto —se adelantó Rania sin mirarlo, con la vista fija en las manos.

Notó que Salah asentía y tragó saliva. Se levantó, fue al horno y empezó a colocar las barras de pan en la pala.

—¿Estás seguro de que no quieres desayunar? —preguntó con voz apagada.

—No, no tengo hambre, gracias.

Rania siguió con sus quehaceres y se tomó el café de

un trago dándole la espalda. Salah estaba confundido. No entendía por qué Rania se mostraba tan indiferente.

—¿Rania? —la llamó, pero no obtuvo respuesta—. Me voy.

—Gracias por venir y darme la noticia.

Los ojos de Salah estaban llenos de lágrimas que amenazaban con desbordarse y le temblaba el mentón.

—Rabih era un buen hombre —dijo sacando un pañuelo del bolsillo.

Rania frunció los labios y asintió sin decir palabra. Salah esperó un momento, por si decía algo, pero no lo hizo.

—*Maa salama* —se despidió dándole un beso en la frente.

Rania permaneció rígida y fría, con los ojos fuertemente cerrados. Al oír cerrarse la puerta los abrió y se vio rodeada de imágenes. Rabih en la cocina, subido a la escalera, sonriendo cuando la veía aparecer por la mañana. «*Marhaba*, Rania», oyó su voz. Se dio la vuelta para alejar los recuerdos y lo vio sentado junto a la mesa, comiendo lo que le había servido. «Está estupendo. Me encanta el *baklawa*.»

Rania corrió al café, se metió detrás de la barra y se agachó cerca de la cafetera con las manos en las orejas y los ojos fuertemente cerrados para evitar que la invadiera su recuerdo. «¡Por favor, ayúdame!», oyó a Rabih ensangrentado y desplomado encima de la barra, antes de que su cuerpo cayera lentamente al suelo.

—¿*Tante* Saydeh? —Fatmeh llamó suavemente en la puerta y al no obtener respuesta asomó la cabeza. Como no parecía haber nadie, cerró la puerta y bajó las escaleras.

Entonces Noura apareció en el rellano del primer piso.

—Espera, Fatmeh.

—¡Hola! —la saludó sonriendo.

—Perdona, estaba en el baño.

—Estaba buscando a Salah —comentó mientras subía las escaleras—. Acabo de estar en la mezquita con el imán

363

y quería contarle lo que me ha dicho, porque no le he entendido.

—Tenía que hacer un par de cosas por la mañana. Pero entra, tomaremos un café mientras lo esperamos.

—No quiero entretenerte. Sé que tienes mucho trabajo.

—No digas tonterías —contestó con cariño—. Para ti nunca estoy muy ocupada. Además, quería verte.

—¿Adónde ha ido *tante* Saydeh? Normalmente está en casa antes de pasar por el café de Rania.

—Lo sé, pero también tenía algo que hacer esta mañana —dijo mientras entraban en la cocina—. ¿Por qué no subimos al taller? Podemos sentarnos en la terraza, se está mejor.

—No me había fijado en lo grande que es esta casa. *Tante* Saydeh tiene mucha suerte —comentó de camino al tercer piso.

—Sí, es una casa muy cómoda.

—¿Ha vuelto al segundo piso Salah ahora que Rabih no está? —preguntó y Noura casi tropieza en los escalones.

—No, sigue en el primero, con *tante* Saydeh.

—No había estado aquí desde el día que Rania y tú me vestisteis para la cita con Charles.

—Fatmeh... —Noura pronunció su nombre con voz vacilante.

—Noura... —dijo Fatmeh casi a la vez y las dos se echaron a reír.

—Tú primero —pidió Noura.

—Estaba pensando... Bueno, la verdad es que se me ha ocurrido algo, pero no sé qué te parecerá o ni siquiera si querrás...

—Suéltalo.

—Estaba pensado si, con todo el trabajo que tienes... Si necesitarías una ayudante, ya sabes, para lavar y planchar. Casi no sé coser, en eso no puedo ayudarte, pero sí con todo lo demás.

—Sería estupendo. Me encantaría que trabajaras conmigo.

—¿De verdad? —preguntó sonriendo nerviosa.

—Pues claro —aseguró con rotundidad.

—No me atrevía a comentártelo —confesó mientras le apretaba la mano—, pero así tendré algo que hacer y no molestaré a Rania. Había pensado en ayudar a mi padre en el dispensario, pero con lo del divorcio se ha creado una situación un poco violenta, ya sabes.

—No podré pagarte mucho.

—No lo hago por el dinero. Los días son muy largos… —dejó la frase sin acabar.

Noura no sabía cómo decirle lo que sabía sobre Charles. No tenía valor para explotar su burbuja, pero tampoco era justo dejar que siguiera esperando que volviera.

—Fatmeh…

—Me vas a decir que Charles no va a volver, ¿verdad? —comentó despreocupadamente—. Sé que ha desaparecido.

—¿Cómo te has enterado? —Noura le agarró una mano.

—Dejó mi nombre junto con el de su familia a su oficial en jefe en El Cairo para que nos informara si desaparecía o moría. Recibí un telegrama en el que me anunciaban que había desaparecido en combate.

—Pero Fatmeh, puede estar muerto.

—No, no está muerto.

—Lawrence ha vuelto a El Cairo. Los árabes han tomado Aqaba. Le dijo a Salah que…

—¿Le dijo que Charles estaba muerto?

—No, solo que había desaparecido.

—Entonces no sabe si está muerto.

—Pero hay muchas probabilidades de que lo esté. Tienes que prepararte para la noticia.

—¡No! Charles no está muerto —replicó enérgicamente—. Está vivo y volverá. Me pidió que lo esperara y le aseguré que lo haría. No voy a romper mi promesa. Si hubiera muerto, lo notaría.

Noura suspiró, nada de lo que dijera la haría cambiar de opinión.

Y

Edmund Allenby se estaba tomando un whisky. El mayordomo llamó suavemente a la puerta. El mariscal estaba apoyado en la repisa de la chimenea y se volvió.

—Mariscal de campo —saludó Lawrence.

—El joven de oro. Hola, viejo amigo. ¿Qué tal estás? —Se acercó para estrecharle la mano con fuerza—. ¿Te apetece un whisky?

—No, gracias. No bebo.

—Lo había olvidado. Debes de ser el único oficial británico que no lo hace. Ven, siéntate —pidió conduciéndolo a un cómodo sillón frente a uno de los ventanales—. Estoy muy contento. Al principio, cuando empezaste a hablar de Aqaba, tuve mis dudas, pero ahora veo que tenías razón. ¿Qué vamos a hacer ahora?

—Iremos hacia el norte, hasta Damasco. El ejército árabe será su ala derecha, señor.

—A partir de ahora tendremos que mantener una estrecha colaboración. Me gustaría llegar a Jerusalén en Navidades.

—Creo que lo conseguiremos, señor. Pero necesito pertrechos. Comida, municiones, oro…, lo que prometimos a los árabes. Creo que fueron dieciséis mil libras, señor, por el apoyo de las tribus.

—Por supuesto, te daré lo que necesites. Tienes carta blanca, Lawrence. Te la has ganado. Dale la lista a Clayton y lo enviará todo inmediatamente a Suez y de allí a Aqaba.

—Me han hecho una petición especial: cigarrillos y chocolate. En grandes cantidades.

—No hay duda de que los árabes tienen sus vicios —comentó entre risas antes de aclararse la garganta y dirigirse al aparador para rellenar el vaso—. Huelga decir que la noticia de tu triunfo reforzará nuestra moral, sobre todo ahora que estamos atascados en Gaza, pero tengo que mantener en secreto tus hazañas.

—Lo que usted crea que es mejor.

—Por cuestiones políticas, nadie puede enterarse de la

misión de reconocimiento que llevaste a cabo en Siria. En primer lugar, porque podría desencadenar una caza de brujas por parte de los turcos contra todos los que te ayudaron. Pero también porque los franceses se pondrán nerviosos si se enteran de que estuviste incitando a la rebelión a los árabes en Baalbek. Según el acuerdo Sykes-Picot que firmaron nuestros gobiernos, esa zona queda bajo mandato francés.

—La tribu metawileh de Baalbek se unió a la rebelión después de mi visita.

—Ya conoces a los franceses. Son demasiado arrogantes como para aceptar que un inglés haya estado por allí, pero solo porque no tienen a nadie con tanto valor como tú.

—Gracias, señor.

—Los franceses creen que has estado todo el tiempo en el sur de Palestina, confinado en la zona británica delimitada en el acuerdo.

—Como sabe, la discreción es una de mis mejores virtudes.

—Sí, sabía que no te importaría. Aún hay otra cosa… Te voy a ascender. Pero antes de que me des las gracias, quiero decirte que te lo has ganado, junto con mi respeto y mi admiración. Eres el principal resorte del movimiento árabe. Los conoces mejor que nadie, hablas su idioma, entiendes su mentalidad, sus costumbres… Lo anunciaré oficialmente mañana, pero ahora, comandante Thomas Edward Lawrence, salud —brindó levantando el vaso—. ¿Seguro que no quieres tomar nada para celebrarlo?

—Bueno, supongo que uno no me sentará mal.

—Excelente, comandante. Odio ver a un hombre sin un whisky en la mano.

Rania estaba detrás de la barra lavando vasos cuando oyó a alguien en la puerta. Miró el reloj. Todavía faltaba media hora para abrir. Cuando apartó la cortina descubrió a Saydeh e Yvonne. «*Ya Allah*», pensó. No quería hablar

367

con nadie y sabía perfectamente por qué habían ido a verla. Inspiró con fuerza y abrió a regañadientes.

—¿Podemos entrar? —preguntó Saydeh.

—Es un poco pronto y todavía no estoy lista.

—No digas tonterías, somos nosotras. —Yvonne chasqueó la lengua y se abrió paso.

—¿Qué les pongo?

Saydeh e Yvonne se miraron. No iba a ser fácil. Rania se había refugiado en su cascarón.

—Café —pidió Yvonne.

Rania colocó de mala manera dos tazas y dos cucharillas encima de los platillos. Sacó el recipiente donde guardaba los granos y lo puso de golpe en la barra sin preocuparse de lo que pensaran las ancianas. «¿De qué sirve este estúpido ritual y por qué fingen que han venido a tomar café?»

Al echar el café en las tazas vertió parte en los platillos.

—*Haraam!* —gritó.

—¿Quieres que te ayude? —se ofreció Yvonne.

—No, gracias. Lo que pasa es que no tengo nada preparado, tal como les he dicho. Han venido demasiado pronto —les recriminó con una voz que evidenciaba su frustración.

Sacó un trapo para limpiar lo que había derramado. Se le habían ensanchado las aletas de la nariz y había fruncido el entrecejo. Cuando intentó llenar un poco más las tazas, quiso ponerlas directamente debajo de la boquilla, pero no acertó y el café hirviendo le cayó en la mano.

Soltó un grito de dolor y los ojos se le llenaron de lágrimas. Las tazas cayeron al suelo, se hicieron añicos y al ir hacia la cocina con los pies descalzos para echarse agua fría, se cortó. Se inclinó sobre el fregadero y se apoyó en un pie para que las esquirlas no se clavaran más. Puso la mano roja y llena de ampollas bajo el agua fría con las mejillas surcadas de lágrimas.

—¡Rania! —gritaron Saydeh e Yvonne corriendo detrás de ella.

—¡Déjenme en paz! —pidió con la cara oculta por la mata de pelo que le colgaba a ambos lados.

—Por favor, Rania, solo queremos ayudar…

—No quiero ayuda de nadie. ¡No se acerque! —le gruñó a Saydeh, todavía inclinada sobre el fregadero—. ¡Váyanse! ¡Las dos!

Se dio la vuelta. El pelo se le había despeinado, tenía las mejillas manchadas de kohl y la mano se le había hinchado y seguía roja, pero lo que realmente las asustó fue el salvaje brillo que había en sus ojos.

—¿Qué pretenden? ¿Consolarme por la muerte de Rabih? ¿Quieren que les llore en el hombro y les diga que lo echo de menos y cuánto lo quería? ¿Es eso lo que están buscando? ¡Fuera! —continuó gritando mientras le corrían las lágrimas—. ¡No le quería! ¿Lo entienden?

Agarró una botella de aceite de oliva y la lanzó contra la pared. Al romperse dejó una marca verde amarillenta. Soltó un fuerte gruñido y empezó a tirar botes, platos, vasos, cualquier cosa que estuviera al alcance de sus manos. Arrancó las cortinas y desgarró la tela de lino antes de pisotearla. Cogió la pala del horno y empezó a golpear el suelo. Arrojó cazuelas y sartenes contra la pared. Derribó la mesa con todo lo que había encima y volvió a cortarse con los trozos de cristal y terracota que se esparcieron. Mientras duró el destrozo, Saydeh e Yvonne se acurrucaron en un rincón, muertas de miedo.

Cuando todo lo que había en la cocina estaba roto, volcado o patas arriba, miró a su alrededor y la emprendió con lo que había en la despensa. La harina, las lentejas…, todo salió volando de sus cuidadosamente cerrados saquitos y se desparramó. Cuando no quedó nada que destruir comenzó a golpear las paredes con los puños y las llenó de sangre.

Finalmente, agotada, se desplomó sollozando, con los hombros caídos. Saydeh se levantó con cautela y fue hacia ella. Se arrodilló y le puso una mano en la espalda. Al sentirla, Rania sollozó con más fuerza.

—*Tante* Saydeh, lo…

—Calla, hija… —le pidió mientras la acunaba en sus brazos.

369

—No pude decírselo, *tante*, y ahora es demasiado tarde —gimió en su hombro—. No pude decírselo a nadie, ni siquiera a mí misma. ¡Dios mío!, *tante* Saydeh, lo echo de menos. Me quería tanto…, y yo no supe corresponderle.

Saydeh la mantuvo en sus brazos y dejó que las lágrimas descendieran por sus mejillas.

—Hizo tantas cosas por mí… Arregló este cuchitril y ni siquiera le demostré cuánto se lo agradecía, no le dije lo que me gustaba ni que había hecho bien su trabajo.

—Shh, Rania. No te preocupes, él lo sabe. Allá donde esté, lo sabe.

—¿Cómo va a saberlo? Está muerto.

—Lo sabe, Rania, estoy segura. Si está en tu corazón, lo sabe.

—¿Cómo pude ser tan egoísta? Se me parte el corazón, *tante* Saydeh. Por favor, Dios mío, deja que vuelva conmigo —pidió ocultando la cara entre las manos—. Solo un minuto, para que pueda decirle que le quiero.

Saydeh le hizo un gesto a Yvonne para que se acercara.

—Sujétala.

—Lo siento mucho, *tante* Yvonne —repitió una y otra vez mientras la arrullaba.

—A mí no tienes que pedirme perdón —la tranquilizó dándole un beso en la frente.

—¡Dios mío! Lo siento, Rabih —se disculpó mirando al techo—. Siento haberte echado. Tenía miedo. No quería que me hirieran de nuevo…

Yvonne le secó las lágrimas y junto con Saydeh la abrazaron con tanta fuerza como pudieron.

La mano de Rania se curó, al igual que todas las magulladuras y cortes, pero cualquier mención de Rabih conseguía que se echara a llorar. «Te costará. Por mucho que lo intentes», pensaba Saydeh cada vez que sucedía, llevándose la mano al pecho izquierdo, «el corazón tiene un ritmo propio».

Tras el colapso de Rania todos la ayudaron a arreglar la

cocina, incluso Salah. Noura cosió cortinas, manteles y servilletas para el café y Saydeh le regaló una nueva araña de luz para cambiarla por la que había sufrido el impacto de varios platillos volantes y la pala del horno. Yvonne le dio una batería de cacerolas y sartenes que había recibido como parte de la dote y nunca había usado, y Fatmeh fue por las mañanas, preparó el pan y los pasteles, y sirvió el café y limpió mientras meditaba su promesa de trabajar con Noura por las tardes.

Capítulo 22

Salah estaba sentado en una silla fuera del hospital militar británico, mirando hacia el desierto, más allá de la verja. Se levantó y fue de un lado a otro por el porche cubierto del edificio.

—Perdone, ¿sabe cuándo llegará el convoy de Suez? —preguntó a una enfermera que pasaba.

—Ni idea —contestó esta siguiendo su camino con una bandeja en las manos.

Volvió a sentarse. Pasaron los minutos y se durmió con las manos apoyadas en su abultado estómago. Hasta que lo despertó el sonido de un motor. Se levantó de un salto y vio cuatro coches que se acercaban por la polvorienta carretera que llevaba al cuartel militar. Corrió hacia la verja y llegó en el momento en el que el primero se dirigía hacia la entrada circular. Intentó ver a los ocupantes, pero pasaron a demasiada velocidad, antes de detenerse en la puerta principal. Enfermeras y médicos vestidos con batas blancas y estetoscopios al cuello se precipitaron hacia el vehículo. Uno de los médicos parecía dirigir la recepción e indicaba a las enfermeras adónde llevar a los heridos que iban depositando con cuidado en camillas.

«¿Dónde estará. Tiene que haber venido», pensó Salah buscando a su alrededor.

—Perdone, estoy buscando a un joven de dieciocho años… Estuvo en Aqaba con Lawrence —indicó a uno de los médicos.

—Lo siento, señor. Tendrá que esperar. Estos pacientes están en estado crítico. Tenemos que llevarlos al quirófano.

—Por favor. También resultó herido. Solo quiero saber si ha venido con este grupo. ¡Nassim! ¡Nassim! —gritó intentando comprobar todas las camillas.

—¿Puedo ayudarle? —se dirigió a él un hombre que parecía estar al mando.

—Estoy buscando a un joven de dieciocho años. Se llama Nassim Alamuddin. Estuvo en Aqaba con Lawrence. Con el comandante Thomas Edward Lawrence.

El médico miró el sujetapapeles y pasó un lápiz por encima de los nombres de la lista.

—¿Es su padre? —preguntó mirándolo por encima de las gafas.

—No, soy amigo de la familia. Su padre murió.

—¿Cómo se llama?

—Salah Masri.

—Venga conmigo, señor Masri —pidió quitándose las gafas.

—¿Dónde está? Creía que llegaría en el convoy. Al menos, eso es lo que me dijeron en el Arab Bureau.

—¿Por qué no se sienta? —sugirió el otro al llegar al porche.

—Lléveme donde esté, por favor. Perdió una pierna. Me gustaría verlo.

—Lo haré, señor Masri, pero siéntese, por favor.

—¿Qué le ha pasado? —insistió sentado en el borde de una silla.

—Nassim ha muerto esta mañana —le comunicó el médico con voz inexpresiva y Salah lo miró conmocionado.

—¿Qué? ¿Muerto? ¿Nassim?

—Lo siento mucho.

—¿Cómo ha sido? —preguntó, incapaz de aceptar lo que acababa de oír.

—Llegó ayer por la mañana. Tenía la pierna en muy mal estado. En Aqaba hicieron todo lo que pudieron, pero tuvimos que amputarle la pierna completamente y el brazo a la altura del codo. Estaba muy infectado.

—*Ya Allah!*

—Hicimos todo lo que pudimos, pero esta mañana, cuando la enfermera hacía la ronda, lo ha encontrado muerto, envenenado.

—¿Envenenado? ¿Cómo es posible?

—Eso es lo más extraño de todo, era veneno de serpiente —le informó frotándose la frente—. Señor Masri, hay guerreros beduinos que llevan consigo un frasquito por si los capturan. Prefieren morir a ser prisioneros de guerra.

—Pero ¿cómo lo consiguió Nassim?

—Estuvo peleando con los beduinos howeitat, ¿no? Mencionó que había estado en Aqaba con el comandante Lawrence. Los howeitat son famosos por su ferocidad y por anteponer la muerte al deshonor.

—Pero ¿por qué lo tomaría Nassim? No es un deshonor estar vivo. No lo habían capturado.

—No, pero quizá no quiso vivir lisiado y depender de alguien el resto de su vida.

—¿Dónde está el cadáver?

—Aquí. Iba a enviar un telegrama al comandante Lawrence para preguntarle si conocía a sus parientes.

—Me encargaré del entierro.

—¿Quiere verlo? Me refiero a antes de meterlo en el ataúd. Tiene una expresión muy sosegada, incluso noble —comentó mientras recorrían los largos y bien iluminados pasillos que conducían a la morgue—. Algunos rostros parecen sorprendidos o inquietos, pero este joven no. Da la impresión de que se había preparado para la muerte.

Cuando volvió al zoco, los hombros de Salah se hundieron bajo el peso de la pena. Al pasar junto a la mezquita Al-Hussein decidió entrar aunque no fuera hora de oraciones. Quería rezar una por Nassim, pero también tenía que prepararse para la terrible experiencia de darle la noticia a *tante* Takla. Se sentó en la sala mayor. Estaba en silencio y en calma. Sacó el rosario del bolsillo, empezó a rezar y moviendo los labios pidió valor y fuerza.

—¡Salah! —lo saludó Takla al verlo en el umbral—.

375

Está muerto, ¿verdad? —dijo inmediatamente y Salah asintió—. ¿Cómo ha sido?

—Veneno.

—¿Veneno? Takla le dio la espalda y le empezaron a temblar los hombros. Salah le dio la vuelta y ella no se resistió, dejó que la abrazara mientras demostraba su dolor sollozando en su pecho.

Enterraron a Nassim Alamuddin en el cementerio de la iglesia de San Menas, en el extremo septentrional del Viejo Cairo. Takla no derramó ni una lágrima cuando bajaron el ataúd, a pesar de que Saydeh sollozaba e Yvonne lloraba en silencio.

—¿Qué voy a hacer ahora? ¿Adónde voy a ir? —preguntó mientras regresaba al zoco con Saydeh e Yvonne.

—Lo superaremos, Takla —la animó Yvonne.

—No estás sola, siempre nos tendrás a tu lado —aseguró Saydeh.

Fuera de Al-Jalili, la rebelión árabe continuó durante el resto de 1917.

En Aqaba el ambiente no era muy alentador. Llegaron miles de hombres que juraron lealtad a Faisal. En un primer momento, el príncipe se alegró, pero después descubrió que no lo hacían por estar comprometidos ideológicamente con la causa, sino porque tenían agua y alimentos. La noticia de que en Aqaba había comida gratis había viajado rápidamente por el desierto, en un tiempo en el que la hambruna había acabado con medio millón de vidas en Siria. La llegada de todas esas personas, muchas acompañadas de sus familias, había supuesto una carga para las provisiones y el dinero que Faisal había prometido a cambio de la lealtad.

Los aviones alemanes empezaron a bombardear el puerto y se producían escaramuzas todos los días con los turcos que llegaban desde Ma'an.

—La situación empieza a ser insostenible, Lawrence —le comunicó el mariscal de campo Allenby en la jaima a las afueras de Gaza, donde llevaba acampado un par de meses mientras reagrupaba a sus fuerzas y enviaba a los nuevos reclutas a un campo de entrenamiento—. Había calculado que se necesitarían cincuenta mil libras mensuales en Aqaba, pero Joyce me ha dicho que serán más bien ochenta mil. Es imposible calcular cuántos miembros de tribus llegarán cada día. Tenemos que frenar el gasto de Faisal. Cree que ese oro no tiene límites. Quizá deberíamos decirle a Joyce que lo racionara.

—No sé cómo se lo tomaría Faisal —replicó Lawrence—. Se quejó a Joyce de que algunos miembros de la tribu howeitat que defendían la llanura sobre Aqaba se pasaron al bando turco porque les ofrecieron más comida y oro.

—La escasez de provisiones va a crearnos problemas. Creo que subestimé las peticiones de Faisal. Intentaré hacer lo que pueda para solucionarlo.

—Señor... —empezó a decir, extrañado ante ese distanciamiento en el apoyo británico a los árabes, pero después meneó la cabeza y se quedó callado.

Allenby se fijó en que se retorcía las manos y parecía batallar con sus pensamientos.

—Suéltalo, Lawrence.

—¿Qué pasará si Faisal cree que le estamos defraudando? Que es lo que Sykes piensa hacer, ¿verdad? —concluyó enfadado.

—Cálmate, Lawrence —pidió Allenby, pero recibió una mirada indignada—. Recibiste una carta de él, ¿no es así?

—No estoy de humor para sus condescendientes palabras —contestó apretando los dientes—. No sabe nada de los árabes, ni le preocupan. Lo único que le interesa es su capital político. He redactado mi respuesta y le estaré muy agradecido si se la entrega.

—¿Te importa si la leo antes?

—Hágalo.

Allenby se puso las gafas y se sentó junto a su improvisado escritorio mientras Lawrence permanecía en la entrada de la jaima y contemplaba el desierto. Al poco, Allenby se las quitó y mordisqueó una patilla mientras miraba la hoja de papel que tenía delante. Lawrence se volvió con las manos unidas.

—Lawrence... —dijo dando unos golpecitos con el dedo sobre el papel—, además de ser un extraordinario militar y un fantástico arqueólogo, entre tu extensa lista de talentos se encuentra el de ser un excelente escritor.

—Pero no va a enviar a Sykes la carta... —lo interrumpió, y Allenby negó con la cabeza—. ¿Y por qué no, si puede saberse?

—Porque, querido amigo, dices que el acuerdo Sykes-Picot «no es bien recibido en la mayoría de cuarteles» y ahora es «un monumento exánime».

—Y lo es. El acuerdo ya no tiene importancia, incluso es inútil ahora que hemos hecho otro pacto con los árabes.

—Eso puede que sea cierto, pero no es la razón por la que no quiero enviar la carta.

—Entonces, ¿cuál es?

—No quiero granjearme un enemigo de su talla. Ni para mí, ni para ti.

Lawrence empezó a ir de un lado a otro con las manos firmemente unidas en la espalda.

—¿Por qué demonios hicimos ese estúpido acuerdo con los franceses? —explotó finalmente.

—Cuando entremos en Palestina y Siria, se dará por terminado el acuerdo, puesto que se supone que Siria pasará a manos francesas. Pero aún quedan varios meses para que llevemos a cabo nuestra ofensiva y no quiero atraer su atención. Es un político muy poderoso y podría acabar con nosotros. Te sugiero que no seas impetuoso y hagas algo de lo que te puedas arrepentir.

Lawrence soltó un suave gruñido.

—Quiero asegurarme de que nuestras acciones no ponen en peligro a los sirios y propicien un ataque sobre Siria que no podremos evitar y por el que se nos culpará.

—Pero está de acuerdo conmigo, ¿no? Respetará el

apretón de manos con los árabes y no los traicionará como quiere hacer Sykes…

—Cada cosa a su tiempo —replicó con diplomacia—. Todavía estamos en guerra.

Lawrence cedió a regañadientes. Continuó con sus ataques y tácticas de guerrilla para apoyar la ofensiva en invierno de Allenby sobre Beersheba, que precipitó la captura de Jerusalén antes de las Navidades de 1917. Poco después del día de Año Nuevo de 1918, Allenby y Lawrence empezaron a preparar la invasión de Siria.

—¿Cuándo acabará esta guerra? —preguntó Noura mientras intentaba enhebrar una aguja.

Salah tomaba una taza de café con pasteles y leía el periódico.

—*Shu?* —respondió cerrando el periódico para mirarla.

—No te hagas el loco. Sé que me has oído. Te estaba comentando que ya llevamos cuatro años con esta guerra y que parece no tener fin. ¿Dónde está tu amigo Lawrence?

—Allenby y él han tenido un ligero contratiempo. Allenby quería lanzar el ataque definitivo sobre los turcos en junio y seguir hacia el norte de Jerusalén hasta llegar a Siria.

—¿Y? —le apremió concentrándose en el botón que estaba cosiendo.

—Pero ha tenido que enviar las divisiones que tenía en Palestina al frente occidental en Francia. El general alemán Ludendorff quiere tomar París y los puertos del canal de la Mancha a toda costa.

—¿Y ahora qué va a pasar?

—Allenby tendrá que reunir un nuevo ejército. Lawrence me ha dicho que ha recibido nuevos reclutas de la India y que tardarán un tiempo en meterlos en cintura. Pero lo conseguirán, no les queda más remedio. Por cierto, han ascendido a Lawrence.

—Seguro que estará contento.

—Yo me alegré mucho por él. Está preocupado porque, conforme avance el otoño, sus beduinos querrán llevar sus rebaños a los pastos de invierno.

—Además, octubre suele ser muy lluvioso en el Levante. Puede que aquí no tanto, pero me acuerdo de que cuando era niña en otoño llovía y los inviernos eran fríos.

—Sí, mi pequeña estratega militar —dijo rodeándola con un brazo—. Tendremos que esperar a ver qué pasa.

Noura sonrió tímidamente ante aquella muestra de cariño y se acurrucó contra él.

—Mira esto —comentó dándole una palmadita en el estómago—. ¿De dónde ha salido? Quizá deberíamos reducir los dulces.

—¡No! —exclamó horrorizado.

—No seas tonto, nadie te va a poner a dieta.

—¿Me querrás aunque engorde?

—Por supuesto, Salah. Unos kilos de más no conseguirán que deje de quererte. Ahora suéltame o no acabaré nunca este uniforme.

—Noura... —repitió soltándola, aunque permaneció a su lado sentado sobre los talones—. Sabes que te adoro y que quiero a Siran como si fuese mía. Nunca lo hemos hablado, pero... Bueno, nunca he encontrado el momento oportuno... para... preguntarte si te casarías conmigo.

—Sí, Salah.

—¿Sí? —preguntó mirándola extasiado—. ¿Estás segura? No te he presionado porque quería darte todo el tiempo que necesitaras. Anunciamos nuestro compromiso en aquella fiesta, pero no quiero ser tu novio, sino tu marido.

—Y yo quiero ser tu mujer —aseguró con los ojos llenos de lágrimas—. Estaba esperando a que me lo pidieras.

—¡Señor gobernador! —Omer Erdogan entró corriendo en la oficina de Ahmed Djemal en el Grand Serail de Damasco.

Al ver al gobernador sentado frente a su escritorio mirando tranquilamente unos papeles, se detuvo e hizo el saludo militar. Omer Erdogan estaba sucio. La mezcla de pólvora y sudor había creado surcos negros en su cara y manchado el cuello de la camisa.

—Descanse, capitán —le ordenó sin levantar la vista.

—Gobernador, tenemos que abandonar Damasco… He de sacarlo de aquí.

—¿Por qué?

—Los británicos están a punto de entrar, bajá.

—No derrotarán al gran Imperio otomano.

—Por favor, he de llevarlo a un sitio seguro.

—No voy a irme.

—Señor, ayer cruzaron el río Jordán y ya han tomado Baalbek y Beirut.

—¿Se han apoderado de nuestros campamentos de aprovisionamiento del valle de la Bekaa?

—Sí, ahora están en Daraa y vienen hacia aquí.

—Entonces saldremos a su encuentro —propuso levantándose.

—Por favor, señor, es demasiado peligroso.

—No dejaré mis tropas sin un líder. Nos enfrentaremos a ellos en Tafas.

A pesar de la presencia de Ahmed Djemal, las brigadas otomanas fueron derrotadas y el gobernador tuvo que retirarse precipitadamente hacia Damasco ante el avance de los árabes, después de haber perdido a 5.000 hombres en dos días.

—Señor. —Un exhausto y derrotado capitán Omer Erdogan se cuadró frente al gobernador—. Por favor, señor, ahora o nunca. Los árabes han cerrado las puertas norte y noroeste de la ciudad. Es el fin, señor.

—No lo es.

—Señor, la guarnición de Damasco se bate en retirada por la garganta del Baradá. Desde allí se puede llegar rápidamente a Turquía. Tenemos que irnos. Por favor, venga conmigo, señor.

—No puedo, capitán. No puedo dejar Siria en manos de los británicos.

—La tomarán los árabes. Quieren que sea la capital de la nueva nación árabe unida.

—No funcionará, capitán —vaticinó al tiempo que se oían explosiones en la distancia—. ¿Qué ha sido eso?

—Los británicos, señor.

—Están muy cerca...

—Volvamos a nuestra tierra, Turquía —propuso Erdogan ofreciéndole una mano.

Ahmed Djemal empezó a moverse lentamente. Miró a su alrededor por toda la habitación y salió de ella delante del capitán, con la cabeza alta.

—¡Rápido! ¡Ponedlo a salvo! —ordenó Erdogan a los soldados que les esperaban fuera.

—Gracias, capitán —se despidió una vez dentro del coche.

—Gracias, señor. —Omer Erdogan hizo el saludo militar montado en su caballo.

—Capitán, dé la orden de destruir nuestras municiones.

Al darse la vuelta vio a un grupo de soldados británicos que se dirigía hacia el palacio del gobernador. Estaban a un kilómetro y se movían deprisa. «Tengo que detenerlos o lo capturarán», pensó.

Empezó a galopar en su dirección con la espada desenvainada. Soltó un grito, espoleó y fue a galope tendido hacia la columna británica.

El capitán Omer Erdogan cayó acribillado a balazos y atravesado por decenas de bayonetas.

Damasco cayó en manos británicas el 1 de octubre de 1918.

Capítulo 23

*L*awrence estaba en la puerta de su jaima en el desierto. Quería ver amanecer, contemplar el trofeo, Damasco, aparecer entre la luz, con los picos nevados de la sierra del Antilíbano como telón de fondo. Deseaba contemplar sus fértiles llanuras, regadas por los resplandecientes ríos Abana y Farfar, el centelleo de las blancas casas de las colinas cercanas y el brillo de los palacios mientras el sol se elevaba, en marcado contraste con el árido y rocoso desierto que la rodeaba. «Cuánto ha visto esta ciudad, cuánto ha soportado, cuánto podría contar... Tiene cinco mil años y realmente es una joya», pensó Lawrence.

— Hermosa, ¿verdad? —comentó Auda.

— No me extraña que los árabes la identifiquen con el paraíso.

— Venga, hermano, vayamos juntos para hacerla nuestra —le propuso montando un caballo blanco.

— Creo que iré en camello.

— Eres más árabe que los árabes, querido Lawrence —bromeó Auda.

— Es el mejor cumplido que me han dirigido en toda mi vida.

El ejército árabe entró en Damasco antes que los británicos, algo hábilmente orquestado por Lawrence, pues permitió a Faisal apoderarse de ella, para gran disgusto de Mark Sykes, que pronunció un encolerizado discurso en el Parlamento de Londres, y para gran decepción de los franceses, que también protestaron. Pero a Lawrence no le importó. Faisal se convirtió en el gobernador de Damasco y de la Siria árabe.

Unos días después, Lawrence visitó la tumba de Saladino, uno de sus héroes. Contempló el águila roja prusiana y el laurel de bronce que había colocado encima el káiser alemán en 1898. «De un emperador a otro», rezaba la cinta. Lawrence quitó el águila y la corona, y al mirar la tumba, mucho más sencilla sin adornos, se llevó la mano derecha al corazón, en un gesto típicamente árabe, e hizo una reverencia.

Al levantar la vista vio a un beduino al otro lado de la calle. Se apartó el pañuelo de la cara y sonrió. Lawrence lo miró fijamente y se preguntó si le engañaba la vista. «*Smallah*, hermano», se despidió una vez montado en su caballo. Fue la última vez que vio a su viejo amigo Ali Riza, el gobernador militar de Siria.

384

Charles abrió los ojos. Permaneció tumbado sin saber si habría soñado las explosiones. Pero no, oyó otra, y luego otra. Se levantó intrigado de la sucia paja en la que solía dormir y se acercó a la pared de piedra de la celda para mirar por la diminuta ventana con barrotes que había a un lado del inclinado techo. El cielo cambiaba de color, estaba amaneciendo. Al oír otra detonación golpeó la pesada puerta de madera.

—¡Guardia! ¿Qué está pasando?

No obtuvo respuesta. Los estallidos se oían cada vez más cerca y vio humo a través de la ventana. Las ratas correteaban por las paredes intentando huir. Después oyó gritos airados, aunque no logró entender lo que decían.

—No…, no…, no… Tengo mujer e hijos —suplicó una voz masculina y después se oyó un grito espeluznante—. ¡Sacadlos! ¡Sacadlos a todos! —ordenó alguien y sintió un escalofrío.

Aquello era el final, los estaban matando a todos.

—¡Abrid todas las celdas! Las órdenes provienen de Damasco, aseguraos de que no queda nadie.

Charles permaneció inmóvil, estaba atrapado. Tras pasar un año y medio en una sucia prisión otomana, finalmente iba a morir. «Sabe Dios cómo lo harán», se angustió mientras esperaba que fueran a por él. Oyó la puerta de la celda contigua.

—*Allah!* —gritó el prisionero antes de romper a llorar.

—*Yallah, yallah! Jalas!* ¡Levántate!

Sintió que alguien introducía una llave en la suya. Se enderezó tanto como pudo para enfrentarse a los soldados, pero estaba muy débil. Hacía días que no comía. Su fracturada pierna no se había curado bien y cojeaba. Tenía la camisa sucia, los pantalones rotos e iba descalzo. Llevaba el pelo y la barba largos y llenos de piojos. Tenía la piel negra por la mugre y estaba seguro de que había bacterias en su estómago.

Un hombre con uniforme británico apareció en la puerta. Al verlo, pensó que la vista le estaba gastando una broma pesada.

—¡Tú! ¿Cómo te llamas? —preguntó apuntándole con la bayoneta.

—Charles… —balbució—. Comandante Charles Hackett, del ejército británico en El Cairo.

El soldado retrocedió sin dejar de apuntarle.

—¡Señor! ¡Hay un soldado inglés!

—Gracias, cabo. Siga abriendo las celdas. Saquen a todo el mundo y llévenlos a la enfermería.

Charles no dijo nada. Miró al hombre que había entrado. Era alto y llevaba un turbante sij.

—¿Quién ha dicho que era? —preguntó el oficial.

—Comandante Charles Hackett, de las fuerzas especiales del ejército británico.

—¡Comandante! ¡Señor! —exclamó cuadrándose y llevándose la mano a la frente.

—Descanse. ¿Cómo se llama? —preguntó aún aturdido.

—Capitán Sukjit Singh, señor, tercera división de Lahore de la caballería egipcia. —Decidió explicarse ante la mirada aturdida del prisionero—. Hemos ganado, señor. Hemos derrotado a los otomanos. El mariscal de campo Allenby y Lawrence han entrado en Damasco.

Cuando volvió a despertarse estaba en una cómoda cama con sábanas blancas de algodón. Llevaba puesta una bata blanca, pero no ropa interior. Le habían cortado la barba y el pelo, estaba calvo. Tenía los brazos limpios, excepto por las manchas de mercromina en las heridas. Miró a su alrededor, todas las camas estaban ocupadas. Vio hombres con vendas, escayola, sin piernas, sin brazos, sin ojos, y doctores y enfermeras que iban de un lado a otro y hablaban suavemente a los heridos. Un hombre soltó un grito y empezó a llorar.

—¿Qué le pasa? —preguntó al herido que había en la cama de al lado.

386 —Creo que acaban de decirle que ha perdido una pierna.

—¿Qué tal estás?

—Supongo que bien. Conservo todas las extremidades.

—Me llamo Charles Hackett —se presentó ofreciéndole la mano.

—Michel Khoury, teniente.

—¿Libanés? ¿Dónde estabas destinado, en Beirut?

—No, en El Cairo.

—Yo también. Seguro que nos vemos.

—¿Qué tal se encuentra, comandante Hackett? —los interrumpió un médico con un sujetapapeles.

—Muy bien, gracias.

—Es un hombre fuerte. Por lo que veo, se ensañaron con usted —dijo mirando su historial y Charles esbozó una triste sonrisa—. Parece estar bien. Por desgracia, su pierna no se curó debidamente. Le daremos medicación, pero puede irse cuando quiera. ¿Necesita algo?

—Me encantaría darme una ducha con agua caliente.

Charles se lavó y enjabonó a conciencia, se frotó la piel

con un cepillo y se limpió la suciedad de las uñas para librarse definitivamente de la mugre que había acumulado en dieciocho meses. Volvió a enjabonarse la cabeza para asegurarse de que no le quedaba ningún piojo. Permaneció debajo de la ducha y dejó que el agua corriera por su cuerpo y se llevara el tiempo consumido en aquella cárcel, soportando las horribles torturas y el daño físico y moral que le habían infligido los turcos. Llegó a un punto en el que pensó que se derrumbaría, pero consiguió sobreponerse.

Se secó con cuidado y finalmente se miró en un espejo empañado. Había envejecido: notó nuevas arrugas en su cara, estaba muy delgado y demacrado, y aún se sentía débil. «Tiempo. Has de darte tiempo», se recordó.

Se puso un uniforme nuevo y disfrutó el tacto de la camisa, la guerrera y los pantalones que olían a limpio. Se colocó la gorra ligeramente ladeada y sonrió. «Al menos estoy vivo», pensó.

Salió del baño y fue a la recepción para informarles de que se iría antes de lo previsto. Al principio se negaron, pero después accedieron a dejarle marchar. No quería seguir cautivo.

—Adiós, señoras —se despidió amablemente de las dos enfermeras que había en el escritorio y que le devolvieron la sonrisa.

Charles salió por la puerta diciendo adiós con la mano. Una vez fuera se quedó con la boca abierta.

—Hola, Charlie, viejo amigo. Vamos a casa, hermano.

Fue tan rápido como pudo para echarse en los brazos de Lawrence.

Charles se miró en el espejo del cuarto de baño que formaba parte de sus aposentos en el cuartel de El Cairo. El pelo le había crecido, aunque lo tenía corto. Había decidido dejarse una somera barba y bigote. Estudió su cara. La frente estaba surcada, las patas de gallo eran más profundas y su marcada mandíbula parecía arrugada, pero tenía un aspecto más sano. El sueño, el ejercicio y tres comidas diarias habían ayudado.

La pierna todavía le dolía, sobre todo en las noches frías, y tenía que apoyarse en un bastón para andar, pero no le importaba. Lawrence le había dicho que le daba un porte más regio. Quizá un día dejara de necesitarlo. Había empezado a ejercitarse con el fisioterapeuta del ejército, que confiaba en que pudiera volver a correr. Se sentó en una silla de la habitación y se puso los calcetines. Miró los zapatos para asegurarse de que brillaban y se los calzó. Se colocó la gorra, se echó un último vistazo en el espejo y abrió la puerta, pero volvió a entrar para ponerse un poco de colonia. «Ahora estás listo», le dijo a la imagen que reflejaba el espejo.

—¿Qué te parece? —preguntó a *George*, el mono que había cuidado uno de los jóvenes auxiliares del Arab Bureau.

El mono se enderezó y se golpeó el pecho con las manos.

—Gracias, *George* —dijo Charles bajando el brazo para que pudiera trepar a su hombro—. Tú también tienes buen aspecto. ¿Te apetece venir a Al-Jalili? Quizá deberías esperarme en El Fishawy, pero nada de robar comida en las mesas, ¿de acuerdo?

—¡Comandante! —oyó que lo llamaba una voz.

—¡Khoury! ¿Qué haces aquí? —preguntó al ver al teniente que había conocido en la enfermería de Baalbek.

—He vuelto a incorporarme.

—Me alegro de que te hayas recuperado.

—¿De dónde ha salido el mono?

—Es mi mascota, *George* —lo presentó y Khoury se echó a reír.

—¿Adónde va, comandante? ¿Puedo llevarle? —preguntó indicando una moto con sidecar.

—Voy a la mezquita Al-Hussein.

—Qué coincidencia, yo también. Venga, le llevaré.

—¿Por qué vas a la mezquita?

—En realidad voy a Al-Jalili. Mi padre tiene varias

tiendas en el zoco y voy a ver a un par de amigos que han vuelto de Palestina. Por desgracia, uno de sus hermanos murió hace unos meses. El padre es frutero y voy a darle el pésame.

—No me digas que se llamaba Hisham...

—Sí, ¿por qué? ¿Lo conocía?

—Estaba con él cuando desapareció durante una terrible tormenta de arena.

—Así que conoce a su padre, Magdi.

—Sí, hace un tiempo llevé a cabo una misión en el zoco, conozco bien la zona. ¿Dónde está la tienda de tu padre?

—Tiene varias, pero la más grande es la de arañas de luz antiguas en Zuqaq al-Hamra, cerca del café que regentaba un buen amigo de mi padre. Al morir se lo dejó a un sobrino y su mujer.

—Así que conoces el café de Rania —comentó Charles riéndose.

—No mucho, pero he pasado alguna vez por allí. Rania es muy guapa. Pero, como siempre, las más agraciadas están casadas —razonó al detenerse en un cruce.

—Rania es viuda —le informó guiñándole un ojo.

En cuanto vio Midan Al-Hussein, el corazón de Charles empezó a latir con fuerza. Era donde una vez había estado esperándola. La recordó cruzando la plaza con el pelo suelto, las mejillas encendidas y los ojos brillantes por la emoción.

—Gracias, teniente.

—De nada, comandante.

—Nos veremos en el cuartel.

—O quizá aquí, en Al-Jalili —añadió sonriendo—. *Maa salama. Allah ma'aak.*

Charles permaneció un momento en la plaza cuando la motocicleta desapareció. Durante su cautiverio hubo momentos en los que pensó que no volvería a verla. Seguía sin saber de dónde había sacado el coraje para seguir vivo las noches que lo habían arrojado en la celda después de golpearle y torturarle para conseguir información sobre los movimientos del ejército árabe y de Lawrence. ¿Había sido el recuerdo de su cara? ¿Tendría el mismo aspecto, o la imagen que había atesorado en su mente no coincidiría con la realidad? ¿Le había esperado? ¿Y si había vuelto con su marido? No, le había dado su palabra. No habría roto su promesa, aunque tampoco podría culparla si había cambiado de idea. Al fin y al cabo, no se conocían mucho. Solo habían pasado una noche juntos. Cruzó la plaza acosado por las dudas. Estaba tan absorto en sus pensamientos que no vio a las dos mujeres vestidas con *abayas* y pañuelos que salían de la mezquita sonriendo y conversando animadamente con el hombre robusto y alto que caminaba junto a ellas.

El hombre las llevaba del brazo, pero le dejaron atrás y continuaron hacia el zoco. Había algo en él que le resultaba familiar, pero no conseguía distinguirlo desde tan lejos. La vista empezaba a fallarle. El hombre se detuvo, lo miró haciéndose visera con una mano debido al sol, y empezó a acercarse. Cuando sus facciones se hicieron visibles, Charles sonrió y se le humedecieron los ojos al reconocer a Salah corriendo hacia él con la túnica pegada al estómago y el chaleco flotando al viento. Cuando lo abrazó, lloraba abiertamente.

—Creía que también te había perdido —confesó con voz entrecortada—. ¿Por qué no vamos a tomar un café o algo más fuerte? Sé que Rania tiene whisky detrás de la barra —propuso mientras se secaba los ojos con un pañuelo, repentinamente incómodo por aquel arrebato emocional en medio de Midan Al-Hussein.

—¿Qué tal está Rania?

—Enseguida lo verás. Vamos —lo animó Salah con su habitual vozarrón.

—¿Qué tal estás tú? —preguntó Charles dándole una palmada en la espalda.

—¿Yo? Muy bien. Noura va a casarse conmigo...

—¿Sí? ¿Por qué? —bromeó.

—Muy gracioso. Debo admitir que tienes muy buen aspecto, aun sin pelo...

—Ya crecerá.

—Por supuesto, vendrás a la boda...

—¿Cuándo la celebráis?

—Pronto, la verdad es que no recuerdo la fecha. Mi madre y Noura... Me he puesto en sus manos.

—Es lo que haría yo, viejo amigo.

Caminaron por las antiguas y estrechas callejuelas adoquinadas en alegre compañía, como si el tiempo se hubiera detenido y no hubiera pasado nada.

—¿Qué se siente al estar divorciada? —preguntó Noura a Fatmeh cuando subían las escaleras del taller.

—Un gran alivio.

—Me lo imagino. ¿Vas a seguir con los uniformes o empezamos con el vestido? —preguntó con mirada maliciosa.

—¡Hagamos el vestido! —exclamó entusiasmada—. Me alegro tanto por ti. No podrías haber encontrado a un hombre mejor que Salah.

—Lo sé, soy muy afortunada. Y lo más importante es que Siran no crecerá sin un padre.

—Pero además, estás enamorada, ¿verdad?

—Completamente, con todo mi corazón.

—¡Noura! —oyó que la llamaba Salah desde abajo.

Las dos se miraron y sonrieron por la coincidencia.

—¡Sí! —gritó Noura saliendo al descansillo—. Vamos a tener que instalar esos teléfonos para no tener que gritarnos de esta forma.

—¿Está Fatmeh contigo?

—Sí.

—¿Podéis bajar? Quiero que veas algo, Noura.

—¿Qué pasa? ¿Por qué querías que bajara también Fatmeh? —preguntó extrañada Noura, ya en la planta inferior.

—Ah, que espere un momento...

—Subiré a seguir planchando —propuso Fatmeh.

—¡No! —exclamó Salah sujetando con fuerza el brazo de Noura—. Espera aquí. No te muevas, volveremos enseguida. Por favor, espera.

Fatmeh se dirigió al salón meneando la cabeza y fue a la ventana. Salah le estaba diciendo algo a Noura y esta se llevó una mano a la boca. Intentó aguzar el oído, pero en la calle había mucho ruido. Cuando oyó un ruido a su espalda se quedó parada y sintió un escalofrío al tiempo que se le entrecortaba la respiración. No se atrevió a volverse. Cerró los ojos para evitar derramar lágrimas y se puso los brazos alrededor en un gesto protector.

Se dio la vuelta lentamente y abrió los ojos. En el momento en el que vio sus brillantes zapatos empezó a llorar. Levantó la vista, incapaz de hablar. Charles también tenía lágrimas en los ojos y, en un segundo, estaba en sus brazos, llorando en su cuello.

—Charlie... Sabía que estabas vivo.

392 Él no pudo articular palabra, se lo impedían las lágrimas. Enterró la cabeza en su cuello. Su pelo, suave y brillante, olía tal como recordaba, su piel era como un pétalo de rosa. Era ella, tras todas aquellas noches soñando y guardando su imagen en su memoria.

Finalmente levantó la cabeza, le acarició la cara y le apartó el pelo. Fatmeh sonrió. Estaba igual de guapa, o más. Le pasó el pulgar por los labios y lo besó. Le sujetó el mentón entre el pulgar y el dedo índice, y estudió su cara. Le colocó las manos en la nuca y la atrajo hacia él. Fatmeh cerró los ojos cuando inclinó los labios para posarlos sobre los suyos, suavemente, con creciente deseo, hasta que los abrió y sus lenguas se unieron, se sintieron, se exploraron, vacilantes en un principio y con más seguridad conforme profundizaban el beso.

Charles se echó hacia atrás y la miró mientras le sujetaba la cara entre las manos. Fatmeh abrió los ojos con los labios entreabiertos.

—Tu imagen me mantuvo vivo. Lo que consiguió que no me rindiera fue saber que me estabas esperando. Para mí eres la mujer más guapa del mundo. No puedo dejar que te vayas.

—No tienes por qué hacerlo.

—¿Y tu marido?

—Ya no estoy casada. El imán nos ha divorciado hoy.

—Entonces, ¿aceptarías a un soldado herido como nuevo marido? —pidió arrodillándose.

Fatmeh se agachó y lo abrazó. «Esto es el amor», pensó. Era lo que en toda su vida solo había conseguido imaginar. Lo que sentía en ese momento, el ardor en su corazón, notar que se derretía como chocolate fundido cuando estaba en sus brazos, su mirada, era lo que quería apresar y guardarlo con ella para siempre. Y supo que, mientras Charles estuviera a su lado, siempre lo tendría.

Tal como había prometido, Musa Nusair casó a Salah y Noura, aunque no en *El árbol de la vida*. La ceremonia se celebró en febrero de 1918 en el Jardin des Plantes de Zamalek, donde Salah la había besado por primera vez y le había confesado su amor. Solo estuvieron presentes los más allegados: Saydeh, Yvonne, Takla, Charles y Lawrence. Fatmeh y Rania se quedaron en el café para organizar el banquete.

Noura llevaba el vestido que había hecho con tul blanco forrado con seda satinada, que relucía cuando se movía. Tenía un sencillo diseño estilo imperio, con cuello de pico y mangas cortas abombadas. El ajustado canesú acababa bajo el pecho y le hacía parecer más alta y esbelta. La falda fruncida era larga y holgada, y caía suelta a su alrededor.

Después volvieron a Jan el Jalili. El café de Rania estaba a rebosar. Cuando entró la pareja todo el mundo estalló en gritos y vítores.

Noura resplandecía cogida del brazo de Salah y se protegía de la lluvia de pétalos y arroz que les arrojaban.

Cundo la fiesta estaba en su apogeo, Fatmeh descubrió una cara desconocida.

—¿Quién es? —preguntó a Rania, señalando discretamente con la cabeza.

Los ojos de Rania se toparon con los del teniente Michel Khoury, que inclinó la cabeza para saludarla. Azorada, sonrió forzadamente y volvió la vista hacia Fatmeh.

—¿Por qué te mira así?

—¿Cómo? —contestó ruborizándose.

—Ya sabes, como si pensara que eres muy guapa.

—*Ya* Fatmeh, *bas* —se burló, pero en el fondo se alegró.

Volvió a mirar por encima de las cabezas de los que se habían congregado alrededor de los novios y vio que el desconocido se había sentado junto a Lawrence y Musa Nusair. Se estaban riendo y cuando volvió la cabeza, la sorprendió mirándolo. Rania se sonrojó y fingió estar sirviendo bebidas, pero aprovechó todas las ocasiones que pudo para volver a mirarlo.

Fatmeh se dio cuenta, pero no dijo nada. «Cuántas cosas han sucedido en este café. Cuántas historias han comenzado y finalizado aquí. Parece un cuento de *Las mil y una noches*.»

—¿Qué te hace sonreír? —le preguntó Charles.

—Tengo la sensación de que todo va a salir bien.

Charles sonrió y, sin soltarla, miró hacia la mesa de granja. Vio lo felices que eran Salah y Noura. En el medio estaba el pastel de bodas, con las velas encendidas, y su tenue luz les iluminaba. Las apagaron y cortaron el pastel. Todo el mundo vitoreó y los felicitó. Michel se acercó a Rania. Lawrence y Musa Nusair, los dos aventureros, se reían. Saydeh, Yvonne y Takla se movían entre los invitados para asegurarse de que todos los presentes comían y bebían cuanto quisieran. Y allí estaba él, vivo y abrazado a la mujer que amaba.

Fatmeh tenía razón, al menos de momento.

Epílogo

La campaña del Sinaí y Palestina finalizó cuando Damasco cayó en manos de las tropas británicas y árabes el 1 de octubre de 1918. Faisal Ibn Hussein y sus tropas entraron victoriosas en la ciudad y la bandera árabe ondeó orgullosa sobre la mansión del gobernador.

Los británicos y sus aliados habían vencido y el Imperio otomano había sido derrotado. Los árabes habían conseguido su independencia o, al menos, eso era lo que esperaban, según lo que les habían prometido los británicos a cambio de su rebelión contra los turcos. Pero no fue lo que ocurrió.

El 3 de octubre, Edmund Allenby le comunicó a Faisal que las cosas habían cambiado, que Siria tendría protección, asesoramiento y apoyo financiero francés y que un oficial de enlace le ayudaría en todo el proceso. Naturalmente, Faisal se opuso. Allenby se vio obligado a imponer su rango, alegar que era el comandante en jefe y que tendría que aceptar la situación, al menos temporalmente, hasta que esa cuestión se resolviera en la Conferencia de Paz de París.

Lawrence, horrorizado, regresó a Inglaterra al día siguiente con intención de presionar al Gobierno británico para que cumpliera su promesa con los árabes. Llegó a pedir audiencia con el rey Jorge V, ante el que provocó un escándalo y rechazó las medallas que le había concedido, debido a la indignación que sentía por la traición británica.

En la Conferencia de Paz de París que comenzó en

enero de 1919 el tema de debate más importante fue cómo castigar a Alemania. Así que los aliados solo volvieron a prestar atención al Imperio otomano y las reivindicaciones árabes tras la firma del Tratado de Versalles en junio de ese mismo año.

Lawrence convenció a Faisal para que viajara a Gran Bretaña, donde consiguió un mínimo apoyo antes de ir a París. Preparó un discurso en el que expuso el punto de vista árabe ante los delegados y diplomáticos. Faisal lo leyó en árabe y Lawrence en inglés y francés. Lawrence esperaba que los estadounidenses entendieran la posición árabe y la respaldaran, sobre todo porque su presidente, Woodrow Wilson, era partidario de la autodeterminación y había exigido que se asegurara a todas las nacionalidades del antiguo Imperio otomano «la oportunidad sin restricciones de un desarrollo autónomo».

Pero los europeos no pensaban igual. Gran Bretaña y Francia se mostraron inflexibles en su decisión de mantener sus imperios coloniales y ampliarlos, sobre todo tras el descubrimiento de grandes depósitos petrolíferos en el desierto de Arabia.

Los británicos y los franceses también querían reducir la influencia del islam en la región y promover un Gobierno secular, pero, tal como escribió el historiador David Fromkin, «Las potencias extranjeras que intenten imponer su nuevo orden no serán bien recibidas en lugares cuyos habitantes han consagrado su fe durante más de mil años a una ley sagrada que preside su vida, incluido el Gobierno y la política».

Para complicar aún más las cosas, además del acuerdo Sykes-Picot con Francia en 1916 (según el cual Gran Bretaña recibiría Mesopotamia y Palestina; Francia, Siria y el Líbano; y los árabes, nada), los británicos también anunciaron su apoyo a un «hogar nacional judío en Palestina» en 1917, en una carta conocida como la Declaración Balfour, escrita por el ministro de Asuntos Exteriores, Arthur Balfour, al barón Rothschild, líder de la comunidad judía en Gran Bretaña.

Al final, a pesar de todos los esfuerzos de Lawrence, se hizo caso omiso a la opinión de los árabes y las promesas británicas y francesas hechas por Henry McMahon al jerife Hussein de La Meca en 1915 desaparecieron como huellas en la arena el desierto.

Para cuando en agosto de 1920 se firmó el Tratado de Versalles, que establecía la paz entre los aliados y el Imperio otomano un año y medio después de que hubiera comenzado la conferencia de paz, el acuerdo Sykes-Picot ya había entrado en vigor. Gran Bretaña y Francia recibieron «mandatos» de la recién creada Liga de las Naciones para supervisar gran parte del antiguo Imperio otomano, en el que crearon nuevos Estados y designaron gobernantes títeres.

Incluso entonces, los estadounidenses creyeron que las líneas trazadas en la arena por los británicos y los franceses, unas líneas que no tenían en cuenta razas, religiones y lealtades tribales, estaban creando «el caldo de cultivo de la siguiente guerra».

En 1919 Irak no existía. Para establecer esa nueva nación en la antigua Mesopotamia, Gran Bretaña unió apresuradamente las provincias otomanas de Bagdad, principalmente sunita, Basra, chiíta, y Mosul, kurda.

En 1920 Siria se convirtió en protectorado francés y se atribuyó la responsabilidad de proteger los enclaves cristianos del Imperio otomano. Francia constituyó el estado del Líbano, cuya legitimidad siguen sin reconocer los sirios, en la región costera de Siria.

El mandato británico de Palestina incluía el actual Israel, Jordania, Cisjordania y la Franja de Gaza. En 1921, en las tierras al este del río Jordán, Gran Bretaña instituyó Transjordania y nombró gobernador a Abdalá, hermano de Faisal.

Al oeste del río Jordán, la cuestión del hogar judío se trató durante las siguientes dos décadas. La mayoría de los líderes árabes se oponía a la creación de un estado judío en

Palestina, cuya población era predominantemente árabe.

Egipto fue el país mejor parado. Continuó siendo un protectorado británico hasta conseguir la independencia en 1922, aunque el ejército británico se retiró en 1956.

En la actualidad, tres generaciones después del fin de la Primera Guerra Mundial, el asesor del presidente estadounidense acertó en su funesta predicción para Oriente Próximo. La cuestión es: ¿cesarán alguna vez los conflictos?

Alguien dijo que al final todo sale bien y que, si no es así, es que aún no es el final. Ciertamente, en Oriente Próximo todavía no hemos llegado al final.

Glosario

Abaya: túnica larga que visten la mayoría de mujeres ára-
   bes.
Adhan: llamada a la oración.
'Afwan: perdón.
Agal: cordón para sujetar el tocado.
Ahlan: hola.
Ahlan wa sahlan: bienvenido.
Akid: por supuesto.
Al-hamdulila: gracias a Dios.
Allah: Alá.
Allah ma'aak: vaya con Dios (a un hombre).
Allah ma'ik: vaya con Dios (a una mujer).
Allaho Akbar: Alá es el más grande.
Allah yeshfik: Alá te curará.
Amin: amén.
Ana: yo.
Assalamu aleikum: la paz sea con vosotros.
Assalamu aleikum wa rahmatullah: la paz sea con voso-
   tros y la misericordia de Dios.
Babaganush: crema de berenjenas.
Baklawa: pastel de pistacho o nueces.
Bas: basta.
Be'jannin: excelente.
Be'tizir: lo siento.
Bikaffi: ya basta.
Binti: hija.

Bonjourein: buenos días.
Bukaj: pastel de frutos secos y miel.
Enti kifek: ¿qué tal estás?
Falafel: croqueta de puré de garbanzos.
Ful muddamas: plato de habas muy popular en Egipto.
Galabiyya: túnica tradicional egipcia.
Günaydin (turco): buenos días.
Habibi: cariño (a un hombre).
Habibti: cariño (a una mujer).
Hadef: pastel.
Haida ktir: esto es demasiado.
Halloumi: queso chipriota.
Hamdellah: gracias a Dios.
Hamdellah assalame: alabado sea Dios.
Hammimi: relación sexual.
Haraam: maldición.
Hiyab: pañuelo que llevan en la cabeza las mujeres de Oriente Próximo.
Hummus: crema de garbanzos.
Ibni: hijo mío.
Immi: madre.
Insha'Allah: Dios lo quiera.
Jair: ¿va todo bien?
Jalas: ya basta.
Jali: tío.
Jalto: tía.
Jul': repudio.
Kifek alium: ¿qué tal estás hoy?
Kifek enti: ¿qué tal estás?
Ma tuejezni: perdone.
Maa salama: adiós.
Ma'baa-rif: no lo sé.
Mabruk: felicidades.
Maghrib: oración a la puesta de sol.
Mamul: galletas de frutos secos.
Manush: pan parecido a la *pizza*.
Marhaba: hola.
Masbut: exactamente.
Massa aljair: buenas tardes.

400

Meghli: pudin de arroz que se sirve tras el nacimiento de un niño.

Mezze: aperitivos.

Min: ¿quién es?

Min fadlek: por favor.

Mnih: bien.

Mnih ktir: muy bien.

Mohammadun rasul Allah: y Mahoma es su profeta.

Mulladarah: plato de arroz y lentejas.

Nammura: pastel de sémola.

Ntebih: ¡cuidado!

Sabah al nur: buenos días (respuesta).

Sabah aljair: buenos días.

Sahebi: señor.

Sahtain: buen provecho.

Sfuf: pastel de sémola y miel.

Shu: ¿qué?

Shu ajbarik: ¿estás bien?

Shu baddak: ¿qué quiere?

Shu badkun: ¿qué quieren?

Shu haida: ¿qué pasa?

Shukran: gracias.

Sitti: señora.

Smallah: Dios te bendiga.

Ta'ah sabe: ven, niño.

Tabulé: ensalada de trigo burgul y perejil.

Tala'a maa'y: estoy loca.

Tamem: bien.

tawwouk: guiso.

Tayeb: de acuerdo / bien.

Tsharrafna: encantado / mucho gusto.

Wallah: ¡Por Dios!

Ya Allah: ¡Dios mío!

Yallah!: venga / vamos / basta.

Ya'anni: o sea.

Yih: ¡Ah!

Yimkin: quizá.

Zaub: túnica larga que visten los hombres de Oriente Próximo.

Agradecimientos

Mi sincero agradecimiento a Duncan Macaulay por estar a mi lado cuando escribí este libro; a Gay Walley, mi amiga y editora, por su inagotable paciencia; a Blanca Rosa Roca por su eterna confianza.

Otros títulos que te gustarán

LA NIETA DE LA MAHARANÍ
de Maha Akhtar

A través de tres generaciones, gran parte del mundo y un siglo completo, *La nieta de la maharaní* es la historia real de cuatro mujeres admirables. La primera de ellas es Anita Delgado, una bailaora de flamenco malagueña que con diecisiete años contrajo matrimono con Jagatjit Singh, el marajá de Kapurthala, en la India. Laila, una bella e impetuosa mujer libanesa, independiente y adelantada a su tiempo; Zahra, su hija, que cometió el terrible error de enamorarse de Ajit Singh, el hijo de Anita Delgado y el marajá. Y por último, Maha, la narradora de la historia y la hija fruto de la relación entre Zahra y Ajit, que a los 41 años descubrió sus ancestros indios y españoles por pura casualidad, cuando se decidió a dejar su exitosa carrera en la CBS de Nueva York para dedicarse de lleno a una pasión que le hervía en la sangre: el flamenco. Y así completó el círculo de esta historia que permite viajar desde España hasta Delhi y desde Delhi de vuelta a Sevilla, cien años después.

la princesa
perdida

MAHA AKHTAR

Por la autora de
La nieta de la maharani

rocabolsillo

LA PRINCESA PERDIDA
de Maha Akhtar

Tras narrar su historia familiar y el descubrimiento de sus orígenes en *La nieta de la maharaní*, Maha Akhtar nos cuenta de un modo más intimista su búsqueda interior, las reflexiones y las emociones sentidas tras conocer quién era su padre. Pero nos habla también de quién era su madre, de la relación entre ambas y el reencuentro después de años de separación. Y cómo su vida viene marcada por el carácter no solo de su madre, si no también por el de la mujer que estuvo a su lado durante la adolescencia, su tía Hafsa. Las historias de Zahra y Hafsa llevarán al lector a través de escenarios y culturas aparentemente dispares, de Nueva York a Beirut, y de Londres a Nueva Delhi. E incluso más allá, a un viaje interior que nos permitirá descubrir cómo algunos sacrificios del pasado nos permiten ser quienes somos en la actualidad.

MIEL Y ALMENDRAS
de Maha Akhtar

Mouna Al-Husseini es la propietaria del Cleopatra, un salón de belleza algo decadente en un barrio de Beirut. Mouna es una mujer atrevida y liberal, que lucha por desmarcarse de la rígida tradición, a pesar de que a sus 37 años su madre todavía le recuerda día a día lo mal que ha encaminado su vida. La casualidad llevará a las puertas del Cleopatra a Imaan Sayah, una importante diplomática libanesa, y con ella a tres de sus amigas: Nina, Lailah y Nadine. Tras ese primer encuentro, Mouna, Imaan, Nina y Lailah desarrollarán una amistad profunda y honesta al margen de sus procedencias sociales, religiosas y culturales. Las cuatro compartirán momentos de soledad, desamor e incluso humillación que acabarán por forjar una amistad inquebrantable.

Miel y almendras es un hilarante y provocativo cuento de Scheherezade que nos acerca a la realidad del Beirut de nuestros días y a esas mujeres de Oriente que viven su día a día entre tradición y modernidad a través de calles, bazares o fiestas.

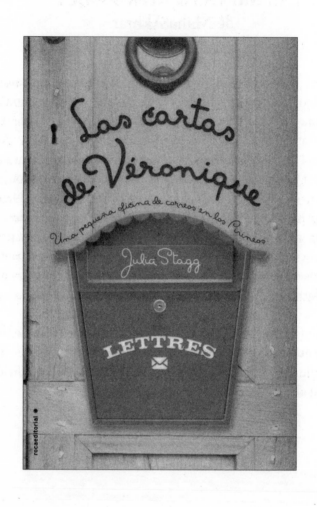

i Las cartas
de Véronique

Una pequeña oficina de correos en los Pirineos

Julia Stagg

LETTRES

rocaeditorial ●

LAS CARTAS DE VÉRONIQUE
de Julia Stagg

———

Cuando la oficina de correos se incendia, Veronique intenta influir entre sus contactos para buscar una nueva ubicación. Pero los habitantes de Fogas están demasiado ocupados para aliarse en su causa. El alcalde Serge Papon, abrumado por el dolor de la muerte de su esposa, ha perdido su *joi de vivre*, así como su interés por la política (y los *croissants*) de Fogas, y parece que el infatigable teniente de alcalde Christian, cuya *tendresse* por Véronique lo convierte en su habitual protector, muy pronto dirá *au revoir* al pueblo. Si a esto le sumamos la controvertida iniciativa del gobierno para reintroducir osos en el área, los habitantes de Fogas se convertirán en los testarudos que atenten contra el normal desarrollo del bendito Tour de Francia, y hasta contra la existencia de Fogas mismo.

Tras *L'auberge* y *L'épicerie* llega la tercera entrega de la divertida y entretenida serie que protagonizan los habitantes del encantador pueblo de Fogas en los Pirineos Franceses.

———

Un sospechoso de asesinato. Una mujer que huye de su pasado.
Un juego peligroso. Alguien maneja los hilos invisibles que
dirigen sus vidas y no se sabe hasta dónde está dispuesto a llegar...

La ÚLTIMA
DECISIÓN

RAQUEL RODREIN